# HET HONDENPARK

Sofi Oksanen

# Het hondenpark

VERTAALD DOOR
ANNEMARIE RAAS

2020 Prometheus Amsterdam

De vertaler ontving voor deze vertaling een projectsubsidie van het Nederlands Letterenfonds (www.letterenfonds.nl).

Nederlands letterenfonds
dutch foundation
for literature

Deze vertaling kwam mede tot stand dankzij een subsidie van FILI – Finnish Literature Exchange.

FILI FINNISH LITERATURE EXCHANGE

Deze uitgave kwam tot stand in overeenstemming met Salomonsson Agency.

Oorspronkelijke titel *Koirapuisto*

Omslagontwerp Tessa van der Waals
Foto omslag PlainPicture/Svetlana Bekyarova
Foto auteur Toni Härkönen
www.uitgeverijprometheus.nl
ISBN 978 90 446 4422 7

# Helsinki

## 2016

Misschien was alles anders gegaan als ik haar meteen had herkend en zo verstandig was geweest te vluchten. Maar dat deed ik niet; ik draaide zelfs mijn hoofd niet om toen er een onbekende vrouw op het uiteinde van het bankje ging zitten, een vrouw die zich zo traag bewoog dat het op problemen duidde. Ik hoopte dat ze begreep dat ik geen zin had in een gesprekje en liet de pagina's van het boek op mijn schoot luidruchtig ritselen. Ik was niet omwille van gezelschap in het park.

Het boek kwam uit een bibliotheek die op slechts een steenworp afstand van het park met de omheinde uitlaatplaats voor honden lag. Dankzij mijn tas, die uitpuilde van de romans, leken mijn uitstapjes naar het park heel gewoon. Als iemand iets kwam vragen, zei ik dat ik veel van dieren hield en graag toekeek terwijl ze in actie waren, maar dat ik vanwege een allergie zelf geen huisdieren kon nemen. Ook de vrouw die naast mij was gaan zitten had geen hond bij zich; dat werd ik gewaar, maar verder hield ik mijn aandacht op de weg naast het park gericht. Ik wierp een steelse blik op mijn horloge, ook al was ik op tijd. Ik was bang dat ik voor niets was gekomen.

De vrouw strekte haar benen en rekte zich uit, zoals mensen vaak doen wanneer ze zich afvragen hoe ze het gesprek kunnen openen: gapen, je jas rechttrekken of je handen bewegen vormde de inleiding tot opmerkingen over het weer of andere trivialiteiten. Toch kwam er geen vraag over mijn boek, geen platitude over de temperatuur.

Ik schoof naar het andere uiteinde van het bankje, nam afstand tot de indringer. Ik was de laatste tijd met een nieuwe blik naar de andere lanterfanters in het park gaan kijken. Langzaam voortschuifelende AOW'ers en werklozen hadden een excuus nodig om naar buiten te gaan. Misschien zou ik op een dag ook zo iemand zijn, wanneer de werkelijke reden voor mijn parkbezoekjes niet meer bestond en ik niet meer volgens mijn agenda hoefde te leven. Ook ik zou willen dat de buren hoorden hoe mijn voordeur in het slot viel, ten teken van het feit dat ik voldoende bezigheden had, en vrienden om naartoe te gaan, en ik zou hierheen komen om bij de wereld betrokken te zijn door het leven van anderen te aanschouwen.

De witte dwergschnauzer die het hondenpark naderde kreeg bewonderende blikken van voorbijgangers. De vrouw naast mij spitste haar oren. Ze leunde iets voorover en ik verwachtte dat ze eindelijk de moed had verzameld om iets te zeggen, misschien over de fotogeniek getrimde hond of zijn voorbeeldige gedrag, maar ze zweeg nog steeds.

# I

# ONZICHTBAAR

# Het dorp, Oblast Mykolajiv

## 2006

Toen ik de slaapkamer binnenstapte, voor het eerst sinds mijn jeugdjaren, schrok ik van de aanblik. Overal stonden en hingen ingelijste foto's van mij: op de tafel, op het ladekastje, aan de muren. Het ging hoofdzakelijk om vergeelde, uit tijdschriften geknipte advertenties die alles probeerden te slijten wat met behulp van vrouwelijke rondingen kon worden verkocht, van vlekkenmiddelen tot reserveonderdelen voor auto's. Ik had de foto's aan mijn moeder opgestuurd als bewijs van mijn modellenwerk, ervan uitgaande dat ze in een plakboek zouden eindigen, maar moeder had er een altaar uit geschapen dat de hele kamer omvatte, een altaar waarop schreeuwende kleuren en kortingspercentages met elkaar wedijverden. Op de foto's was niets feestelijks te zien, laat staan iets om met trots aan terug te denken. Ik werd er misselijk van.

Ik haalde de knipsels van de muur, veegde de foto's op het ladekastje bijeen met mijn armen en stopte de hele stapel in een kast. Ik legde een advertentie met een kluwen garen dat in de gloed van een haardvuur baadde bovenop en deed de deur dicht.

Tegen de tijd dat het avondeten werd geserveerd waren de foto's weer terug op hun plek – zelfs de advertentie voor kastanjepuree die ik zo haatte. Moeders behendigheid verbaasde me.

Ze had haar slag geslagen terwijl ik samen met tante de tuin had geïnspecteerd. Tante kwam de slaapkamer binnen, raakte mijn rug aan en fluisterde dat ik mijn moeder niet het recht mocht ontnemen trots te zijn op haar kind. Ik kon haar niet vertellen hoe verschrikkelijk alles mislukt was. Tante keek me aan, omhelsde me.

'We gaan meer planten verbouwen en Ivan helpt ons, het ontbreekt ons aan niets,' zei ze. 'Heerlijk dat we je weer thuis hebben, Olenka.'

Tante was ouder geworden, net als moeder. De hond die in de tuin de wacht hield was nieuw. Verder was er helemaal niets veranderd sinds mijn vertrek. Boven op de elektriciteitsmast bevond zich nog steeds een ooievaarsnest, ook al waren de vogels al naar het zuiden vertrokken, en naast de voordeur hingen net als altijd de jassen van mannen die al waren overleden. De ene was van mijn vader, de andere van de man van tante. Ze was de zus van mijn vader en meende dat bezoekers maar beter konden denken dat er mannen in huis waren. Na de begrafenis van mijn vader waren we bij haar ingetrokken, en nu was ik teruggekeerd in het huis van de eenzame weduwes, waar we elkaar op Internationale Vrouwendag bloemen zouden geven. Bij de gedachte daaraan vroeg ik tante of Boris nog steeds *horilka* maakte. Terwijl tante een fles ging halen kon ik eindelijk mijn schoenen voor galoches verruilen. Ze waren nieuw en licht, van silicone misschien. Speciaal voor mij gekocht waarschijnlijk.

De volgende ochtend liep ik naar de bushalte, en ik gluurde door de gaten in het hek om de tuin om te controleren in hoeverre die zichtbaar was, en hoeveel er verderop vanaf de weg over het hek heen van de tuin te zien was. Er was niets wat de aandacht trok, niemand zou het lapje grond per ongeluk aan een inspectie onderwerpen. Dat zou misschien anders worden wanneer de bloemen felrood bloeiden. Maar toch had tante gelijk: we hadden meer papavers nodig. Door mijn terugkeer was het aantal te voeden monden gegroeid, en ik had de voorgaande avond al jerrycans van dertig liter inhoud besteld, voor drinkwater. In het buitenland was ik gewend geweest constant water te drinken, en ik was het paadje naar onze waterput helemaal vergeten. Ik wist niet hoe ik voor mijn bestelling zou betalen. De manier waarop wij fotomodellen ons gewicht in toom hielden, zou ik moeten loslaten. Maar een bredere taille was nog de minste van mijn zorgen.

Ik wilde niet dat tante op de voorstellen van Ivan zou ingaan, ik wilde geen geld van hem lenen, ik wilde het perceel met papaverbloemen niet uitbreiden, ook al had ik vertrouwen in hem en zijn wens om te helpen. Een hoog, ruisend maïsveld zou ook een groter veld met bloemen aan het oog onttrekken, en Boris, die voor ons werkte, zou best in staat zijn de uitbreiding aan te kunnen. Boris was de broer van Ivan en was als een zoon voor mijn tante. Maar toch wilde ik absoluut niet nog afhankelijker worden van de lui voor wie Ivan werkte en aan wie hij de compote leverde die hij van de papaver maakte. Dat was niet het soort toekomst dat ik voor ons in gedachten had. Als mijn gezicht genoeg geld had opgeleverd zouden we het nu niet eens over papaver hebben. De compotekeuken zou zijn gesloten en ik zou een nieuw huis voor tante hebben laten bouwen, of een appartement in de stad voor haar hebben gekocht. Ze zouden zich niet langer bij ieder teken van instabiliteit zorgen hebben hoeven maken over de gevolgen voor de uitbetaling van hun toch al ontoereikende pensioenen.

Ik had beweerd dat heimwee me ertoe had gedwongen naar huis terug te keren. Ik weet niet of iemand dat geloofde. Ik had in geen jaren geld kunnen sturen. Ik moest daar iets aan doen. Ik moest werk vinden.

Ik ging regelmatig naar de stad om personeelsadvertenties te bekijken. In dezelfde bus zat vaak ook een door hoopvolle parfumwolken omgeven kudde meisjes die op weg waren naar het Palace, waar in de conferentiezalen bruidskeuringen werden georganiseerd voor buitenlandse vrijgezellen. Bij het naderen van de bestemming spoten de kortharige dames nog wat lak in hun haar; de langharigen grepen een borstel. De kambewegingen werden begeleid door het geklik van hulzen, doosjes en zakspiegeltjes. Ik had vele jaren in achterkamertjes doorgebracht die gevuld waren met dezelfde dromen van een schitterende toekomst; het enige verschil was dat je in de parfumwolk in de bus de geur van ranzige lippenstift gewaarwerd, dat het meisje achter mij haar wangen poederde met een donsje dat in geen jaren was gewassen, en dat veel meisjes een rok droegen waarin het welbekende vachtpatroon van wilde katten terugkeerde. Ik luisterde naar hun gesprekken en vroeg me af of ook ik mijn geluk ooit op die manier zou moeten beproeven, ook al wist ik dat er geen prinsen te vinden waren, hier noch ergens anders. Maar deze meisjes wisten dat nog niet, en hun opgewonden stemmen deden me terugdenken aan het moment waarop ik zelf naar Parijs was gevlucht. Ook ik was nerveus geweest, bang om iets verkeerd te doen. Ook ik had meer gewild dan mijn geboortestreek me had kunnen bieden. Die weg was bekend.

Eenmaal aangekomen vloog de zwerm meisjes de bus uit, een geur van oude cosmetica en jonge haren achterlatend; arm in arm en met klakkende hakken liepen ze naar het hotel. Het was duidelijk dat de handel bloeide, en daardoor bedacht ik iets wat van pas zou kunnen komen.

Op weg naar het internetcafé bleef ik bij een elektriciteitspaal vol verweerde advertenties staan. Ik probeerde de bedrijven eruit te pikken die huwelijksbureaus leken te zijn. Als ik geen verzoekjes om contactopname op stroompalen, schakelkasten, telefooncellen of het internet zou vinden, zou ik wederom een hoop geld moeten uitgeven aan kranten en de pagina's met personeelsadvertenties moeten doorspitten.

Ik had meteen beet.

De huwelijksbureaus zochten niet alleen naar potentiële echtgenotes, maar ook naar taalvaardige vrouwen om te tolken. Ik scheurde een van de reepjes met een telefoonnummer die onder aan het briefje hingen af. Vervolgens dacht ik even na, en toen verwijderde ik het hele briefje van de paal, evenals een paar andere met een soortgelijke oproep, om het aantal concurrentes te verkleinen. Ik besloot diezelfde dag nog rond te bellen. Het stond vast dat ik succes zou hebben. Ik was meer dan competent. De hoop ontvouwde zich als een bloem binnen in mij en de kroonbladeren streken over mijn wangen, gaven me het zelfvertrouwen dat ik al was kwijtgeraakt.

Ik mocht meteen de volgende dag al op gesprek komen, maar de baan kreeg ik niet. Toch gaf ik niet op; ik wapperde met mijn haren en maakte een nieuwe afspraak. De opgewonden stemming van de meisjes in de bus was op mij overgesprongen, en huwelijksbureaus waren er meer dan genoeg. Op Prospekt Lenina waren er maar liefst drie, evenals op Sovjetskaja en Moskovskaja. Ik zou me verdiepen in de branche en geld sparen zoveel ik kon, en misschien zou ik er op een dag in slagen mijn eigen onderneming te starten – bijvoorbeeld een onderneming die advies gaf over het veroveren van een Oekraïens vrouwenhart, en die hielp bij het kiezen van persoonlijke geschenken voor de beminde. We zouden de gentleman in kwestie eraan herinneren dat hij bloemen moest meenemen, zijn arm moest bieden, deuren moest openhouden en de dame moest helpen bij het uitstappen. Of anders zou ik gezichten kunnen zoeken die geschikt waren voor westerse tijdschriften, en een modellenopleiding starten in een van de vele miljoenensteden in Siberië waar sprake was van een unieke mix van nationaliteiten – een neveneffect van de Siberische strafkampen. Ik had het altijd moeten afleggen tegen meisjes uit die regio. Hun bloed was afkomstig uit alle windstreken van de Sovjet-Unie – Oost-Europa, de Baltische staten, Azië en vele inheemse volken.

Maar voor een dergelijk plan was kapitaal nodig, en dat had ik nog niet. Binnenkort wel.

Ik was op weg naar het busstation toen er een meisje achter me aan kwam gerend dat me vaag bekend voorkwam. Ze groette me en zei dat ze me eerder die dag in de rijen voor de huwelijksbureaus had zien staan. Ook zij had daar haar geluk beproefd. Vandaag had ze zich als kandidaat-bruid aangemeld bij hetzelfde bureau waar ik op de baan van secretaresse had gesolliciteerd.

'In ieder geval heb ik zo geen kosten,' zei ze. 'Meld je ook aan, joh.'

'Hm, ik weet het niet.'

Ik haalde advertenties van een aantal bruidsondernemingen uit mijn tas en wilde haar om tips vragen, maar ze schudde haar hoofd voordat ik iets kon zeggen.

'Doe geen moeite.'

'Hoezo?'

Ik somde de talen op die ik redelijk goed beheerste. Ik sprak Engels, Frans, Russisch, Oekraïens, Estisch, Duits en zelfs een beetje Fins. Ik had me altijd al makkelijk woorden uit andere talen kunnen inprenten. Waarschijnlijk was ik de taalvaardigste vrouw in de hele oblast, waar zelfs een gebrek heerste aan mensen die Engels konden.

'Je vindt in no time een echtgenoot.'

'Ik wil niet trouwen. Ik wil tolk worden. Of desnoods bij een visumagentschap werken.'

Het meisje lachte en trok haar laarzen, die waren afgezakt, op naar haar dijen. Haar rok was kort. Ik besefte dat ik me verkeerd had gekleed voor deze dag. Ik moest ook mijn andere talenten tonen.

'Een kennis van mijn nicht werkt als assistent in een onderneming die tolken zocht, en zij vertelde wie de baan had gekregen,' zei het meisje. 'Een griet die verkering heeft met de zoon van de baas.'

Ik keek naar het warrige netwerk van bovenleidingen voor de trolleybussen en verlangde naar een borrel. In dit land veranderde nooit iets.

'En toch ben je op gesprek geweest.'

'Een mens moet alles proberen. Misschien dat de zoon van de baas precies op het moment dat ik daar ben langskomt op kantoor en verliefd wordt op mij. Zo heeft die kennis haar baan ook gekregen.'

Het meisje schudde haar haren op en knipoogde. Ik haalde een pakje dunne sigaretten uit mijn tas en bood haar er eentje aan. De gedachte dat ik moest terugkeren in die met modellenfoto's besmeurde kamer thuis greep me naar de keel; ik vermoedde dat ik daar langer zou moeten verblijven dan ik van plan was geweest. Tante had naar kennissen van haar gebeld, moeder en Ivan eveneens. Iedereen beloofde meteen contact op te nemen als ze over een geschikte baan hoorden. Niemand had dat tot op heden gedaan.

'Met reisdocumenten kun je goed verdienen. Je zou je eigen visumagentschap kunnen starten,' zei het meisje. 'Maar daarvoor heb je contacten en een gevulde portemonnee nodig. Ik heb een beter idee.'

'Vertel.'

'Tijdens betogingen hebben ze mooie gezichten nodig. Je krijgt het geld handje contantje en iedereen die wil wordt toegelaten.'

Ik kon me vaag herinneren dat moeder hier iets over gezegd had. Na de Oranjerevolutie waren er op de elektriciteitspalen briefjes verschenen waarin werd gezocht naar deelnemers aan demonstraties. Om wat voor soort gebeurtenissen het ging kon uit de briefjes niet worden afgeleid. Maar de hoogte van de beloning vormde het belangrijkste lokaas en die werd altijd vermeld.

'Mijn broer verdient het een en ander aan schreeuwdemonstraties.'

Ik trok mijn wenkbrauwen op.

'Nooit van gehoord? Het werk is bijna hetzelfde als meelopen in betogingen, maar dan luidruchtiger, en ze moeten aan oefeningen meedoen. Eigenlijk is dat meer voor mannen bedoeld. Ik neem aan dat je een man hebt?'

Ik schudde mijn hoofd.

'In dat geval kun je mij meehelpen met spandoeken dragen. De busreizen duren soms lang, gezelschap zou leuk zijn. Bel me als je geïnteresseerd bent.'

Ze diepte een verscheurde advertentie op uit haar jaszak, schreef haar telefoonnummer op de achterkant en gaf me het papiertje. Ik kreeg een brok in mijn keel. Ik had haar op koffie met een cognacje willen trakteren, maar ze moest haar kind gaan ophalen bij de opvang, en de *marsjroetka* op de hoek zou zo vertrekken. Ze verdween wuivend, haar tas zwaaiend aan haar schouder, en de eenzaamheid landde als een steen op mijn hart.

Thuis werd ik door een paniekerige stemming opgewacht. Boris zat in de hoek zichzelf te wiegen; zijn handen bedekten zijn hoofd. Moeder en tante droegen nog steeds hun begrafeniskledij, waarin ze zich die ochtend hadden gehuld om naar de teraardebestelling van een verre verwant te gaan. Ik dacht dat er tijdens de begrafenis iets was gebeurd, maar toen werd duidelijk wat er aan de hand was. De compotekeuken was leeg, en ook de tv was verdwenen. We waren beroofd. Het huis was heel even onbewaakt geweest, omdat wij allemaal waren vertrokken voordat Boris was gearriveerd, en dat was een vergissing gebleken.

Ik maakte me geen zorgen over de dieven. Ivan zou ze opsporen en hun gegarandeerd aan het verstand brengen dat ze zich aan de verkeerde mensen hadden vergrepen, dat ze de hond van de verkeerde mensen hadden bedwelmd. Maar dat zou de compote niet terugbrengen. Ik herinnerde me hoe liefdevol Boris de steeds donkerder kleurende papaverbollen had geïnspecteerd, hoe goed hij voor de bollen en zijn keuken had gezorgd. De rovers hadden het beste spul dat in de oblast te vinden was in handen gekregen. We hadden niets meer over.

De advertentie op de elektriciteitspaal was niet het enige verweerde briefje waarin om mooie meisjes werd gevraagd, maar wel het eerste waarin ronduit werd gezegd dat het niet om een escortservice, horecawerk of een huwelijksbureau ging. Ook jonge moeders werden van harte welkom geheten, evenals getrouwde vrouwen. Dat trok mijn aandacht, al besefte ik dat het niets te betekenen had. Misschien was dit gewoon een manier om de branche van vers vlees te voorzien. Maar ik begon al wanhopig te worden, en ik had meer dan genoeg van opschriften als 'Waarom zou een mooi meisje arm moeten zijn?' De sollicitatiegesprekken hadden niets opgeleverd. Tante had met Ivan al over de verloren compote en de mogelijkheid van een lening gesproken. Ik wilde niet dat ze die kant zouden op gaan. Hun radeloosheid was het gevolg van mijn mislukte carrière, was mijn schuld, en dus moest ik voor een oplossing zorgen.

In de advertentie werd gezinspeeld op een aanzienlijke eenmalige vergoeding; aan de onderkant van het briefje was nog maar één strookje met een telefoonnummer over.

De vrouw die opnam reageerde enthousiast toen ik over mijn jaren als model vertelde. Op de achtergrond klonk het getik van een toetsenbord; de vrouw zocht op internet naar mijn naam. Ik hoopte dat de browser haar naar de website van mijn voormalige agentschap zou leiden. Mijn foto's waren daar nog steeds te zien. Ik had ze een keer of wat bekeken in het internetcafé. Ik weet niet waarom. Alsof ik mezelf wilde pesten, of moed moest scheppen om zelfverzekerder over te komen tijdens de sollicitatiegesprekken.

'Wanneer kun je bij ons langskomen?'

'Ik zal even mijn agenda pakken, momentje.'

Ik stond voor het huwelijksbureau aan de Prospekt Lenina. Het bureau had de naam 'Koninklijke betrekkingen'. Op Moskovskaja wachtte 'De boog van Amor', naast hotel Metallurg het 'Slavianka', en in mijn tas verkommerde het briefje met het telefoonnummer van het meisje dat voor haar werk in betogingen meeliep. Wat je een agenda noemt. Ik liep terug in de richting van de halte en gooide de contactgegevens van het meisje op straat. Het bureau was in Dnipropetrovsk, de reis zou dus even duren. Toch was ik bereid om desnoods nu meteen op de trein te springen.

'Het zou fijn zijn als je foto's van jezelf kunt meebrengen, en misschien ook van je familie, je ouders, grootouders, tantes, ooms, neven en nichten,' zei de vrouw. 'Hoe meer, hoe beter. We willen onze medewerkers goed leren kennen en weten wie je echt bent en wat je sterke punten zijn.'

'Wat voor foto's?'

'Maakt niet uit. Foto's vertellen meer dan duizend woorden,' zei de vrouw met een kort lachje. 'De manager komt aanstaande maandag met de avondvlucht uit Kiev en moet woensdag alweer terug. Zou je hier dinsdagochtend kunnen zijn?'

Ik stootte mijn teen tegen een omhoogstekende straatsteen. Liep het bedrijf zo goed dat de manager met het vliegtuig tussen Kiev en Dnipro heen en weer reisde? Alleen parlementariërs en belangrijke zakenlui deden dat, mensen die zwommen in het geld. Zou ik echt zo iemand in levenden lijve ontmoeten? Of wilde de vrouw alleen maar indruk op mij maken, duidelijk maken wat voor kwalitatief hoogstaande winkel ze daar runden? Onwillekeurig haalde ik een hand door mijn haar. Uitgroei. Bij tante thuis hadden ze alleen een zomerdouche. Om daarmee haarverf uit te spoelen was lastig, dus ik zou naar de kapper moeten.

'De Kiev-agenda van onze manager is komende week vrij vol. Hier bij ons is er meer tijd. Wat denk je, zien we elkaar hier? Als je je rekeningnummer opstuurt, maken we het geld voor het treinkaartje aan je over. Is eerste klasse in orde?'

Ik slaagde erin bevestigend te antwoorden en hoopte dat mijn onregelmatige ademhaling niet aan de andere kant van de lijn te horen was. De geur van steenkool in de trein maakte me altijd misselijk, en daarom was het ticket voor een tweepersoonshut een bijzonder prettige verrassing. Toch klopte er iets niet. Ik had de advertentie op een elektriciteitspaal aangetroffen, niet in een krant, niet op internet, zelfs niet in een marsjroetka – op geen enkele plek waar succesvolle bedrijven normaal gesproken adverteerden. Ik had het briefje gevonden op een plek waarvoor niet betaald hoefde te worden. Hoe kon een manager van zo'n onderneming het zich veroorloven tussen Dnipro en Kiev heen en weer te vliegen, en hoe kon een dergelijk bedrijf zich een duur treinticket voor een sollicitant veroorloven, alleen maar voor een gesprek? Ik begreep niet waarom er zo veel haast bij was, en ook niet waarom ik zo'n uitgebreide collectie foto's moest meebrengen, laat staan om wat voor werk het nou eigenlijk ging. Het enthousiasme van de vrouw deed me vermoeden dat het orgaandonatie betrof, al begreep ik niet wat mijn foto's daarmee te maken hadden. Maar wat maakte het uit, het ging om het honorarium. De vrouw babbelde het een en ander over de gave des levens en begon toen weer over de organisatie van de reis. Ik besloot dat ik best een nier kon missen. Ook met eentje zou ik het wel redden. En met een halve lever. Daar werd nog veel meer voor betaald.

Ik vertelde niemand over mijn twijfels. Ik zei dat ik naar Dnipro ging om op een baan als tolk te solliciteren, en daardoor lichtten de ogen van moeder heel even op. Ze begon met grote stappen door de keuken te lopen, heen en weer en met rechte rug, alsof ze iedereen van het goede nieuws op de hoogte wilde brengen, hoewel mijn tante het enige publiek vormde, en moeders wangen glommen van geestdrift als de flank van een pas ingewijde bus. Ik wilde hen niet ongerust maken, en vertelde hun pas over de aard van mijn nieuwe werkzaamheden toen ik al was opgeklommen tot coördinator.

# Helsinki

## 2016

Mijn hart sprong over toen ik zag hoe de vader van het gezin achter de moeder en de hond aan naar het park liep. Ook hun twee kinderen waren erbij. De zoon bleef iets achter op de rest en oogde opgewekt terwijl hij met een zakje rozijnen ritselde, dat gestaag leger werd; bijna zonder dat ik het in de gaten had knikte ik goedkeurend om de gezonde snackgewoontes van het gezin. Vorige week waren de kinderen er niet bij geweest, wat ik aan de buikgriepepidemie weet. Ditmaal maakten ze allemaal een gezonde indruk. Als je de vrouw zag zou je nooit geloven dat ze bij haar zieke kinderen had gewaakt, en ze had ook nog kans gezien te shoppen: haar nieuwe, zandkleurige voorjaarstrenchcoat zou ook mij goed hebben gestaan, en de dochter droeg een sjaal die ik nog niet eerder had gezien. Toen zijn telefoon ging nam de man op, verontschuldigend glimlachend naar zijn vrouw. Ze streelde zijn arm, drukte heel even haar voorhoofd tegen zijn schouder. Zelfs het onstuimige gedrag van de schnauzer, die inmiddels vrij rondrende, was stijlzuiver. Zijn vrij ongewone witte vacht trok veel aandacht, en op hondententoonstellingen won hij altijd. Ik keek een tijdje bewonderend naar de manier waarop de hond rende, en naar de oplettende houding waarin hij bleef staan toen hij verderop iets interessants zag. De zoon was bij het hek blijven staan. Toen hij zijn zakje rozijnen had leeggeschud gooide hij het niet op de grond maar in de prullenbak. Goed opgevoed, goede manieren, dezelfde manieren die ik hem ook zou hebben bijgebracht.

Mijn observaties werden verstoord door het klikken van een aansteker. De vrouw die naast mij was gaan zitten had een sigaret opgestoken. Geïrriteerd wierp ik een blik op haar, en ik werd nog net een vertrouwd bloemenmotief op het pakje dunne sigaretten gewaar voordat ik me opnieuw op het gezin concentreerde, dat achter een rots verdween. De vrouw naast me was niet Fins, Glamour-sigaretten vielen hier in Finland niet in de smaak.

'In Amerika werden we engelen genoemd. Hebben jullie het daar geleerd?'

Ik wist niet zeker of ik de woorden echt had gehoord of dat mijn fantasie met me op de loop ging. Mijn blik was nog steeds op het gezin gericht, mijn hals nog steeds uitgestrekt. Ik durfde mijn hoofd niet te draaien, mezelf geen zekerheid te verschaffen. De vrouw ging verder, en hoe langer ze praatte, des te duidelijker werd het dat het niet om een hersenspinsel ging. Ik kende haar en zij kende mij, en we zaten allebei op een bankje in een park in Helsinki alsof er geen jaren waren verstreken. Woord voor woord rolde ze de ene na de andere steen opzij van het fundament van het leven dat ik zo zorgvuldig had opgebouwd. Ik had nooit gedacht dat het op deze manier zou beginnen. Dat ze met mooie beschrijvende woorden zou komen die ze de lucht in gooide als theekopjes van een Lomonosov-servies, terwijl ze tegelijkertijd in de gaten hield of ik me herinnerde waar ze het over had. Herinnerde ik me dat ik jaren geleden zelf dat soort woorden had gebruikt om meisjes ertoe te verleiden voor ons te komen werken, en dat ik die ook bij haar had gebruikt, en uiteraard herinnerde ik me dat, ik herinnerde me elke in stroperige adjectieven verhulde valstrik, en stuk voor stuk drukten die mijn schouders nog verder omlaag, alsof ze me hielpen van het bankje te verdwijnen, en lettergreep voor lettergreep voelde ik mezelf kleiner worden.

'Maar jullie wisten dan ook altijd meisjes te vinden die nooit complimentjes kregen. Precies dat soort meisjes zocht je.'

'Jij was niet zo'n meisje.'

'Vele anderen wel.'

Ze smakte met haar lippen en strekte haar armen als een ballerina.

'Hoe ging het ook alweer?' vroeg ze zich hardop af. '*Het zwanenmeer*. Mijn armen deden je aan *Het zwanenmeer* denken, ja toch?'

'Dat doen ze nog steeds.'

Ze lachte kort, haar windjack ritselde en ik zag de vertrouwde vleugelbeweging. Ik was betoverd geweest door haar beheerste manier van bewegen. Haar voeten waren bij iedere pas op de grond beland alsof er een arena vol publiek naar haar zat te kijken. Toen er foto's waren genomen voor de portfolio van de vrouw – toen nog een meisje – had ze in een door mij gekozen rok een spagaat gemaakt. Hoewel ze alleen nog maar aan het opwarmen was voor de eigenlijke opnames, had de combinatie iets onvergetelijk intiems: de gebloemde klokrok, de oefenruimte, de buigzame enkels. Het was alsof ze de fotograaf was vergeten. De visagist had meer dan een uur lang haar kwasten over het gezicht van het meisje laten zwaaien, maar dat zou je niet zeggen. Toen ik de voltooide portfolio zag, wist ik dat Daria mijn ster zou worden, en dat zij van mij een ster zou maken.

Daria ging staan en liep naar het hek rond het loslooptterrein voor honden. Tegen die tijd was ik zo ver hersteld van mijn verbijstering dat ik besefte wat dat betekende. Meter voor meter kwam ze dichter bij het gezin, en meter voor meter doken er voor mijn geestesoog beelden op van wat er zou gebeuren als de vader haar zou herkennen. Eerst zou hij verbijsterd kijken, vervolgens naar zijn telefoon grijpen. De moeder zou gaan gillen, de hond wild worden, de dochter in huilen uitbarsten en de zoon ons aanstaren, de onruststokers, en terwijl de moeder onder het geluid van aanzwellende sirenes haar kinderen zou grijpen om ze in veiligheid te brengen, zou de jongen achteromkijken, en de aanblik van de twee voddenbalen die zijn ouders zo van hun stuk hadden gebracht zou voor altijd in zijn geheugen gegrift staan.

Terwijl Daria en ik in gesprek waren geweest had het gezin zich opgesplitst, en Daria bleef heel even staan, alsof ze zich afvroeg wie ze als eerste zou benaderen. De vader had de hand van de dochter vastgepakt, zij verdwenen uit mijn blikveld terwijl ze achter de verdwenen hond aan gingen, en de aandacht van de moeder werd opgeëist door een goldenretrieverpuppy, met wiens eigenaar ze een praatje maakte. De zoon lummelde wat op straat. Daria hield haar hoofd schuin, nam een besluit en opende het hek van het losloopterrein. Tussen haar en de moeder lagen nu niet meer dan tien meter rotsblokken. Nog even en ik zou ontmaskerd worden; ik zou alles verliezen wat ik de afgelopen zes jaar had weten op te bouwen, mijn hele nieuwe leven in Helsinki verliezen. De mij resterende levenstijd zou in dagen te tellen zijn, in uren misschien.

Ik richtte mijn blik omhoog. Mijn moeder vertrouwde op God en de heiligen, ik niet. Desondanks bedekte ik mijn hoofd met mijn sjaal, alsof ik me in een kerk bevond, en ik mompelde iets wat een gebed had kunnen zijn, en het was door de beweging waarmee ik mijn hoofd bedekte dat ik me ineens herinnerde dat ik nog twee functionerende benen had. Ik moest Daria stoppen.

De schnauzer kwam achter de rots vandaag gerend met een terriër op de hielen, en de aandacht van het gezin werd door het wilde spel van de honden afgeleid. Ze zagen mijn wankele passen niet, zagen niet hoe ik bijna over mijn sjaal struikelde en hoe mensen voor me aan de kant gingen alsof ik dronken was. Daria was nog maar een paar meter verwijderd van de vrouw en wilde al iets zeggen.

'Wil je geld? Gaat het je daarom?'

Ik was op tijd, toch nog. Daria's mondhoeken krulden omhoog. De rug van de moeder verdween uit het zicht. De honden waren weer onder controle. Riemen klikten vast aan halsbanden.

'Hoeveel wil je me geven?'

Heel even dacht ik dat Daria zou lachen en iets over mijn kleding zou zeggen, over mijn verschijning, die niet bepaald rijkdom verried, maar in plaats daarvan verstarde ze ter plekke, en ze probeerde zich niet los te maken uit mijn greep. Ik volgde haar blik. Het gezin verliet het park, de moeder trok de jas van de dochter recht, het meisje vloog haar moeder om de hals, en Daria deinsde terug alsof ze geslagen was. Ik voelde hoe haar benige arm trilde. Stel dat ze helemaal niet in het park was om mij of het gezin te chanteren? Toch staafde haar hele verschijning mijn veronderstelling dat ze om geld verlegen zat. Ze was afgevallen. Haar kleren zaten te ruim. Ze droeg vodden, het nepleer van haar laarzen schilferde en haar schoudertas stond open; de scheuren in de voering waren met tape gerepareerd. Daria had goed verdiend. Waaraan had ze haar geld verbeuzeld? Had iemand het haar afgenomen, had ze zich met de verkeerde man ingelaten of had ze het gebruikt om haar familie te helpen? Had ze al haar geld gebruikt om hen aan oostelijk Oekraïne en de oorlog te laten ontsnappen? Was het geld niet toereikend geweest om een nieuw bestaan op te bouwen? Of had ze het al eerder verkwanseld en was ze nu op zoek naar valuta om haar familie te helpen, die in haar geboortestreek was achtergebleven? Volgens mijn moeder had de huidige volksrepubliek Donetsk sommige mensen van hun huis beroofd, en anderen juist een route geboden om rijk te worden, aangezien de vluchtelingen genoeg rijkdommen hadden achtergelaten. Sommigen sloten zich vrijwillig bij de separatistische troepen aan, anderen werden met geweld geworven, en weglopers werden doodgeschoten. Sommigen sloten zich aan omdat hun huis en overige bezittingen anders werden geconfisqueerd en hun familieleden tot de bedelstaf werden gebracht. Kon het onverwachte verschijnen van Daria daar iets mee te maken hebben? Stel dat de separatisten een van Daria's broers gedwongen aan hun gelederen hadden toegevoegd en dat hij nu probeerde weg te vluchten van het front? Of misschien was een van haar familieleden ontvoerd? Daria hield het gezin in de gaten, dat zich naar de uitgang van het park begaf, en haar blik doofde uit als een kaars nadat het gezelschap uit het zicht was verdwenen. Ik hapte naar adem. Ik had respijt gekregen.

'Van mij krijg je geen cent als ze ons herkennen.'

'Hebben ze jou herkend?' Er verscheen een spottende uitdrukking om haar mondhoeken, en ze likte een druppeltje bloed weg dat tevoorschijn was gekomen. Haar lippen waren droog en gebarsten.

'Juist,' glimlachte ze. 'Ze herinneren zich jou net zomin als dat ze zich mij herinneren. Jij bent voor hen net zo uniek als ik voor jou was.'

Ik had Daria uniek genoemd. De uniekste. Ik had haar botstructuur en haar taalvaardigheid geroemd, haar IQ en haar verleden als turnster. Haar glimlach was wolkeloos als de lucht boven Texas geweest en haar kaaklijn als een kaviaarlepel van glanzend parelmoer.

'Ik wist al dat jij mij ook niet zou herkennen, zelfs al had ik meteen de eerste keer dat ik naast je ging zitten mijn naam gezegd,' ging Daria verder. 'Je had waarschijnlijk niet verwacht dat ik je zou vinden? Voordat iemand anders dat deed?'

Ik herinnerde me hoe ik als kind in een voetgangerstunnel heel even van mijn vader werd gescheiden. Hij had me in no time opgespoord, maar ik was al aan het fantaseren dat ik hem nooit meer zou terugzien en dat er onder de muur van donkere winterjassen vandaan iets op me af zou komen waar ik me geen voorstelling van kon maken. Hetzelfde gevoel had ik nu ook. Behalve dan dat niemand me zou komen redden. Niemand anders dan ikzelf. Ik moest erachter zien te komen wat er speelde.

'Kunnen we hier niet ergens anders over onderhandelen?' vroeg ik terwijl ik naar mijn handen keek. Het bloed was uit mijn vingertoppen weggetrokken.

# Dnipropetrovsk

## 2006

De manager van het bedrijf spreidde de foto's van mijn familieleden uit over de tafel. Hier was ik niet op voorbereid, laat staan dat ik er rekening mee had gehouden dat de kiekjes al tijdens het sollicitatiegesprek door mijn mogelijke superieur zouden worden beoordeeld. Ik had in geen jaren naar foto's van mijn vader gekeken.

'Alles in orde?' vroeg de vrouw, en toen pas besefte ik dat ik een hand voor mijn mond had geslagen.

'Ik mis hem alleen maar.'

Ik greep het zakdoekje dat me werd aangeboden. Ik was zelf ook verrast door mijn emotionele reactie. Ik geneerde me. Waarom had ik me niet beter hierop voorbereid? Ik had het bijeenzoeken van de foto's aan mijn moeder overgelaten, met de smoes dat ik tijdens mijn verblijf in het buitenland naar een album met foto's had verlangd. Waarschijnlijk dacht ze dat ik van plan was te verhuizen. Ze probeerde meer informatie los te peuteren, maar nadat ze me het stapeltje foto's had gegeven had ik het snel in mijn tas gestopt en was ik naar buiten geglipt. Ik had erop vertrouwd dat ze geen kiekjes had uitgekozen die haar dochter verdrietig zouden maken. Zoals begrafenisfoto's. Die zag ik nu in elk geval niet voor me liggen.

'Je vader is bij een of ander ongeluk om het leven gekomen... zo was het toch?'

De manager keek nog even naar de foto's alsof het een slechte hand kaarten betrof, haalde vervolgens een fles en twee glazen uit een kast en duwde me een doos bonbons toe. Ik concentreerde me op het gewicht van het kristal in mijn hand, op de cognac die het wurgende gevoel in mijn keel wegbrandde, en ik droeg mezelf op me te vermannen. Ik had geblunderd: ik had zelfs niet stilgestaan bij de indruk die mijn vader op een vreemde zou maken. Ik was veertien toen hij stierf, en het voelde alsof ik opnieuw veertien was en bij de mijn stond waar vader me mee naartoe had genomen. Op het kiekje boven op de stapel stond een groep mannen te roken die net uit de ploegendienst waren gekomen; in hun zwarte vingers waren gloeiende puntjes te zien. Op de achtergrond stond de badkuip waarmee ze uit de schacht waren getild. Een van hen was bezig zijn beenwindsels los te maken; hij grijnsde, zijn tanden glommen. Onder een laag kolengruis zagen ze er allemaal hetzelfde uit; alleen vaders gezicht straalde te midden van de andere hoofden, schoon als een vollemaan, en alleen bij hem ontbrak het derde oog, de voorhoofdslamp.

Er was nog een tweede foto, die in dezelfde periode was gemaakt. Daarop stond vader met een mij onbekende, in een leren jas geklede man. Allebei grijnsden ze als twee mannen die een deal te vieren hadden. Achter hen waren een paar bestelbusjes te zien, Boechanka's, en te midden van al het grijs, zwart en bruin stond een vinkeneiblauwe ZiL-vrachtwagen.

Op de meest recente foto had vader een stoppelbaardje en droeg hij alleen maar een mouwloos onderhemd. De vergeelde biezen lubberden. Tussen zijn vingers hing een sigaret die in een mondstuk was gestoken, zijn ellebogen leunden op de keukentafel. Op de vensterbank woekerden niet-uitgedunde tomatenplantjes, steunend op stokken die scheef stonden, krachteloos. Tussen een geopend potje augurken en een emaillen kom boordevol gekookte aardappelen stond een fles drank zonder etiket. Er heerste een neerslachtige stemming, de zware glazen asbak was nauwelijks te zien onder de berg as, het doosje lucifers was leeg. Er stonden drie glazen; gasten waren er niet te zien. Ik herkende het tafelkleed van wasdoek en de wand van ons huis, de groene kleur van erwten uit blik. Ik kon niet bedenken wie die foto had genomen, en waarom. Waar was de vader die ik me herinnerde, waar was de allure van een man die bezittingen had, de achteloosheid van iemand die geld verdiende? De man op de foto oogde vermoeid; zijn blik was omlaag gericht, door strontjes en door het leven. Van de schoonheid van zijn jeugd waren geen sporen meer te zien, in de verste verte niet.

De vrouw duwde de foto's van zich af.

'Aan je moeder is te zien dat fotogeniekheid erfelijk is, aan je vader ook, toen hij nog jong was. Wat is er daarna gebeurd? Want laten we wel zijn: Snizjne?!'

'Daar woonden we niet echt.'

'Op je cv staat dat je daar naar school ging.'

'Heel kort maar.'

'Maar je vader is afkomstig uit Snizjne, evenals zijn ouders. Waarom in vredesnaam zijn jullie daarheen verhuisd? Vanuit Tallinn ook nog, in de jaren negentig?'

De manager schudde haar hoofd. Het was duidelijk dat ze hierdoor twijfelde aan de verstandelijke vermogens van mijn familie, en dat deed ik zelf ook. Het was toentertijd al een dwaze beslissing geweest, en ik moest er nog steeds voor dokken. De kans dat ik het kamertje van mijn tante ooit nog zou verlaten werd steeds kleiner. Ik was er niet in geslaagd me voor te bereiden op de baan waarop ik solliciteerde, omdat ik niet wist wat die inhield. Maar naarmate het sollicitatiegesprek vorderde begon ik langzaamaan te begrijpen waarom het ging, en waarom Snizjne zo belangrijk was.

'Longfoto's,' zei de manager. 'Zegt je dat iets?'

Ik fronste verbaasd, hoewel ik al vermoedde wat ze bedoelde. Vader keek me aan vanaf de tafel. Hij had zijn jeugdfoto's, die aan de randen opkrulden als berkenbast, zelf ingelijst. Aan sommige kiekjes zaten nog steeds fotodriehoekjes vast; moeder had die uit haar eigen fotoalbums gehaald.

'We hadden ooit een klant, een milieuwetenschapper van Amerikaans-Oekraïense afkomst, die een donor wilde die afkomstig was uit Stachanov, in het Donetsbekken, waar zijn familie vandaan kwam, vlak bij Snizjne,' ging ze verder. 'De man veranderde van gedachten en koos een meisje uit de minst vervuilde oblast in de Sovjet-Unie, en die lag niet in Oekraïne. Hij wilde risicovol materiaal vermijden. Een deel van de westerse cliënten is bijzonder milieubewust. Als ze gaan googelen op Snizjne, zijn de resultaten niet goed. Wil je het zelf eens proberen?'

Het scherm van de desktopcomputer werd mijn kant op gedraaid.

'Kijk.'

De manager tikte een paar woorden in en het scherm werd overspoeld door een aanblik waar iedereen voor zou terugdeinzen. Net als voor de laatste foto's van mijn vader.

'Ons bureau is gespecialiseerd in diensten voor buitenlanders, en een aanblik als deze maakte geen goede eerste indruk. Het wekt in onze cliënten het vermoeden dat onze meisjes door geld worden gemotiveerd, niet door een roeping. Snizjne oogt als een arme en wanhopige stad.'

Ik was al bezig op te staan van mijn stoel toen de manager over de toekomstvisioenen van de onderneming begon. Ik begreep dat het gesprek toch nog niet voorbij was. Men had mij alleen even met beide benen op de grond gezet door te wijzen op factoren die mijn verkoopwaarde verminderden, en nu moesten de harde feiten plaatsmaken voor verluchting, voor een ontspannen babbeltje over hoe de manager haar zakelijke activiteiten was gestart in Dnipropetrovsk en Harkova, in de Sovjettijd twee grootse steden, waar zowel expertise als werklust te vinden was omdat door de ineenstorting van het imperium ook voor specialisten geen werk meer te vinden was. Haar plannen waren met open armen ontvangen, ook door de gewone man en vrouw: dankzij haar verdween niet het hele artsenbestand naar het Westen.

Ik luisterde en begon me ook om andere reden voor het werk te interesseren dan alleen de beloning. Ik raakte geïnteresseerd in de vrouw, in haar capaciteiten, waar je alleen maar bewondering voor kon hebben, en in haar talent de mogelijkheden die haar werden geboden aan te grijpen. Mijn geloof in haar ontstond op dat moment. Ik wilde zijn zoals zij.

'Wist je dat het allereerste reageerbuiskind in de GOS-landen in Harkova is geboren? Ons verzorgend personeel en onze wetenschappers behoren tot de wereldtop. Wat denk je, is dat voldoende voor westerse cliënten? Natuurlijk niet. En dus moeten we onze methoden wijzigen,' legde ze uit. 'Ze stellen vragen over grondwater, vervuiling, problemen die door de mijnen ontstaan, en de uitwerking van al die dingen op het genetisch materiaal. Anderzijds hoeven we voor hen geen bunkers te bouwen voor stikstofvaten, zoals voor de Russen. Op het bureau in Kiev bijvoorbeeld zijn die niet nodig; onze nieuwe klantenkring daar bestaat voornamelijk uit westerlingen en dat is bij uitstek onze belangrijkste doelgroep.'

Ik overwoog hoe ik mijn concurrentiepositie kon verbeteren.

'Van Dnipro bestaan waarschijnlijk al goede foto's op internet,' zei ik voorzichtig. 'Uiteindelijk is dit ondanks alles een prachtige stad, dat is het altijd al geweest.'

Ik was bang dat de jaren in Snizjne nog steeds zichtbaar zouden zijn in mijn bloedproeven, op longfoto's of tijdens testen waarvan ik nog niet op de hoogte was, en dat de baan een onbereikbare droom zou blijken. Die angst was irrationeel, maar het lukte me gewoon niet helder te denken. De coördinator met wie ik telefonisch had gesproken was helemaal lyrisch geweest van mijn foto's. Ik had gedacht dat ik meteen handje contantje geld zou krijgen en dat ik alleen nog zou terugkeren naar het dorp om moeder te vertellen dat we geen geld van Ivan hoefden te lenen. Ik had niet veel opties. Ik zou een gulle man kunnen zoeken, maar dat zou tijd kosten, en met westerse kerels had ik in mijn modellentijd al genoeg te stellen gehad. Toen herinnerde ik me vaag iets waardoor ik mogelijk in waarde zou stijgen. Iets waardoor de manager zou begrijpen dat ik geschikt was voor deze branche.

'Ik ben volgens het boekje gevaccineerd. In Tallinn al.'

'Hoe bedoel je?'

'Op het voorselectieformulier werd er niet naar gevraagd, en ik hoefde ook geen inentingsboekje mee te brengen. Dat had ik beter wel kunnen doen. Maar ik ben dus geschikt als draagmoeder, als ik geen donor kan zijn.'

De vrouw knipperde een paar keer extra. Daar had ze niet bij stilgestaan. Misschien waren er toch nog mogelijkheden voor me. Zo niet, dan zou ik een ander bureau zoeken, wetend wat voor soort kandidaten de grootste kans maakten. Ik zou alles wat met Snizjne te maken had weglaten, zou dat volledig van mijn curriculum schrappen. Of ik zou een minder exclusief bureau opduikelen. Die waren er vast wel.

'Als jullie daar tot op heden geen problemen mee hebben ervaren, hebben jullie geluk gehad,' ging ik verder terwijl ik naar mijn vaders foto knikte. 'Een vriend van hem zat in de vaccinatiebusiness. Meisjes uit het Donetsbekken zijn geen risicovol materiaal vanwege de vervuiling, maar vanwege het wantrouwen dat de lokale bevolking koestert ten aanzien van vaccinaties, waardoor de helft van de kinderen in het gebied ze niet krijgt. Sommige krijgen dan weer veel te vaak dezelfde prik doordat de scholen in de handel meegaan. Welke gevolgen kan het hebben als je ieder schooljaar de enting voor rodehond krijgt? En als een niet-gevaccineerde donor midden in het hele proces de ziekte krijgt? Jullie weten ongetwijfeld hoe slecht rodehond en zwangerschap samengaan?'

De manager tuitte haar mond en bekeek me met nieuwe ogen.

'Jij bent een slimme meid,' zei ze.

Op een van haar hoektanden zat een beetje lippenstift, als een schoonheidsvlekje. Ze glimlachte, tegen mij en om de dingen die mogelijk waren, en ik bad in gedachten tot de Heilige Moeder van God. Dit móest gewoon gaan lukken.

'Wat je vader betreft moeten we iets verzinnen. En Snizjne. Dat moet je vergeten. We moeten een andere woonplaats bedenken voor de ouders van je vader. Je bent vanuit Tallinn naar Parijs vertrokken, zo was het toch? Net als Carmen Kass?'

Ik begreep niet waar ze naartoe wilde. Wie Kass was, wist ik uiteraard. Een modellenagent uit Milaan had haar in warenhuis Kaubamaja in Tallinn ontdekt. Ze had meer geluk gehad in haar modellencarrière dan ik. Of misschien was ze slimmer.

We namen alle dingen door die goed waren om te vertellen. Als klanten naar Tsjernobyl zouden vragen, moest ik zeggen dat ik ten tijde van de kernramp in Tallinn had gewoond met mijn familie. Mijn ouders waren later naar Mykolajiv verhuisd, om dichter bij vaders zus te kunnen zijn toen die zogenaamd niet meer in staat was in haar eentje voor hun bejaarde ouders te zorgen. Aangezien de meest recente kiekjes van mijn vader niet getoond konden worden, werd zijn overlijden gedateerd in het jaar waarin hij nog een fatsoenlijk uiterlijk had. De neef die in de oorlog met Afghanistan was gesneuveld werd op de stamboom vermeld, maar niet het feit dat mijn tante gek was geworden nadat haar zoon in een zinken kist was thuisgekomen. Klanten waren in drie opeenvolgende generaties geïnteresseerd, en daarom was het beter niet nog meer onnatuurlijke overlijdens op te voeren, of aandoeningen die als erfelijk geïnterpreteerd zouden kunnen worden, fysiek noch geestelijk.

'Als er iemand in de gevangenis heeft gezeten, kun je dat beter nu zeggen.'

'Gevangenschap is toch niet erfelijk?'

'Agressiviteit wel. En je kunt klanten beter niet die ene mop vertellen.'

Ik wist wat ze bedoelde. Bij ons zitten de eerlijke mensen in de nor en de oneerlijke in het parlement.

Toen ik vroeg of niet alle Oekraïense stambomen dan uit een hoed getoverd moesten worden, kreeg ik een heldere lach als antwoord, begeleid door een als zomerregen klinkend getik van nagels op het tafelblad.

'Zo denken westerlingen niet. Maar de vader van de donor moet in ieder geval legale arbeid hebben. Ik ga je niet eens vragen wat voor ongeluk je vader heeft gehad, en waar. Onze *kopanka*'s vinden ze maar niets. Werkte hij daar, je vader, in een illegale achtertuinmijn?'

'Dat heb ik niet gezegd.'

'En de gevangenis, wat was daarmee?'

'Mijn vader overleed voordat hij achter de tralies belandde.'

'Je bent niet de eerste mijnwerkersdochter die naar me toe komt, en ook niet de eerste wier familie leeft van het werk in de kopanka's.'

Ik besefte heel goed dat het verhaal van mijn vader niet geschikt was voor mijn portfolio als ik goed betalende klanten wilde hebben. Alcoholisme, zelfmoord – geassisteerd of echt – pasten niet in het beeld, laat staan illegale mijngroeven of papaverteelt.

'Laten we dat alles vergeten en ons concentreren op het bedenken van een opleiding die bij je past. Een niet-afgemaakte basisschool alleen is onvoldoende; wat zeg je er dus van dat je gestopt bent met modellenwerk om te gaan studeren, en dat je bent afgestudeerd aan pak 'm beet de faculteit linguïstiek in Kiev?'

Ik was geslaagd voor de test. Ik was toegelaten. De cheffin noemde mij een showroomdonor en wilde dat ik naar Kiev zou verhuizen, waar men beter in staat was westerse cliënten van dienst te zijn, en er werd me zelfs een voorschot beloofd. Ik zou moeder geld kunnen geven en zou weer een eigen appartement en badkamer krijgen, met stromend water, en een nieuwe telefoon ter vervanging van mijn huidige exemplaar, dat op zijn laatste benen liep. Ik kon restaurantmaaltijden, espresso en een leven als volwassene tegemoetzien, in plaats van een leven als dochter die naar huis was teruggekeerd. De cheffin regelde de papieren, waarin stond dat ik lerares Engels en Frans was, wat gezien mijn elders verworven talenkennis volkomen geloofwaardig was, en uit mijn loonstrookjes viel af te leiden dat ik tegen betaling in de avonduren talenonderwijs gaf. Een bij de bank gekocht bankafschrift was nodig voor visumaanvragen. De som gelds die daarop was vermeld deed me echter ongelovig lachen. Ik begon zo perfect te lijken, en hetzelfde gold voor mijn vader. Hij werd opgenomen als bouwvakker die bij een ongeluk op een bouwterrein om het leven was gekomen, met als laatste werkplek een onderneming in Mykolajiv. Volgens mijn cheffin was dat een betrouwbare samenwerkingspartner in gevallen waarin de informatie over een meisje enige esthetische verfraaiing nodig had. Aldus werd Snizjne uit het verleden van mij en mijn familie gewist, alsof niemand van ons daar ooit was geweest.

Ik was overal toe bereid geweest, maar nu was ik blij dat ik mijn lever en nieren mocht houden en dat ik niet bij een huwelijksbureau hoefde aan te kloppen. Vergeleken daarmee was het afstaan van een paar eicellen belachelijk ongecompliceerd.

Ik vertelde niemand over mijn eiceldonaties. Er werd later ook door niemand gevraagd hoe ik in deze branche was terechtgekomen. Mijn cheffin zei soms dat ze mij meteen had binnengehaald toen ze besefte hoe scherpzinnig, internationaal en taalvaardig ik was, en iedereen veronderstelde daardoor dat ik van het begin af aan als coördinator bij het bureau had gewerkt. Mijn eiceldonaties kwamen totaal niet ter sprake, en toen ik het eenmaal ver had geschopt, had ik het gevoel dat ik me tot hetzelfde niveau als de meisjes zou verlagen als ik zou vertellen dat ook ik donor was geweest. Dat zou alleen maar mijn gezag hebben ondermijnd.

Ik heb niet bewust tegen je gelogen. Ik beschouwde dit soort verfraaiingen als onschuldige cosmetische correcties, zoals iedereen die aanbracht.

# Helsinki

## 2016

'Je hebt geen man,' zei Daria toen we aan de bar zaten. 'Dat is te zien. Iets anders dan? Een datsja, een huis, of in ieder geval een auto?'

Ik deed alsof ik haar vragen niet had gehoord en bestelde voor ons allebei koffie met een cognacje. Pas toen ik mijn portemonnee uit mijn tas haalde liet ik Daria's arm los. Mijn voorzorgsmaatregel was overbodig geweest: ze was zonder tegenstribbelen met me meegegaan, weg uit het park, en dat had me verrast. Ik besefte nog steeds niet echt dat ik geen macht meer over haar had. Daria hoefde niet aan mij te ontsnappen.

'Je hebt toch in ieder geval wel werk?'

Ik droeg de drankjes naar een vrij tafeltje. Het was een bar als iedere andere kroeg hier in de buurt, en wij twee waren als iedere andere dorstige klant, behalve dan dat we geen bier bestelden. Er waren maar weinig mensen, zoals te verwachten op een vroege maandagavond, slechts een extra paar ogen hier en daar. Twee uitgangen, zonder portier.

'Ik werk bij een vertaalbureau,' verzon ik.

'Je was altijd al goed in talen.'

Ik probeerde mijn opluchting te verbergen. Daria wist niet hoe ik mijn geld verdiende, en misschien ook niet waar ik woonde. Dat was alvast iets, hoewel het evenmin de hamvraag beantwoordde: hoe had ze me gevonden, en hoezo uitgerekend nu?

'Nou, vertel, heeft je man je verlaten?'

Ze greep een handje pinda's uit een schaaltje dat op tafel was blijven staan en ging gemakkelijker op het bankje zitten, alsof ze zich op een goede film voorbereidde. Ik zweeg. Ik was niet van plan haar verzinsels te corrigeren. Ik zou haar laten denken dat er iemand in mijn leven was geweest.

'Waren jullie getrouwd?'

Ze liet zich niet misleiden door mijn vingers, die zich om mijn glas vouwden. Ze greep mijn pols, en toen ze mijn vuist had opengewrongen las ze mijn hele leven in mijn hand. Bij het zien van mijn ontstoken nagelriemen klikte ze met haar tong. Het horloge dat onder mijn mouw vandaan piepte was van mijn moeder geweest, en daar grinnikte ze even om. Ik besefte zelf ook hoe mijn ringloze handen eruitzagen.

'Geen wonder dat hij ervandoor is gegaan. Kinderen?'

'Nee.'

'Je zou sowieso geen goede moeder zijn geworden.'

Daria kon niet weten hoe diep die steek me trof, en dat mocht ze ook niet merken. Ik beet op mijn tong en liet haar blik over mijn lubberende kraag, mijn schoonmaakstersnagels en mijn kleurloze, niet-verlengde wimpers glijden. Het licht in de bar was genadiger dan de lente die buiten welig tierde, maar dat hielp niet. Er was niets aan mij wat succes uitstraalde. Daria wierp een betekenisvolle blik op mijn rugzak, en haar gezichtsuitdrukking leek te zeggen: zo ben je dus geëindigd. Het was duidelijk dat ze genoot van mijn aftakeling.

'Je kunt het je niet veroorloven om mij te betalen,' zei ze terwijl ze genotvol de cognac naar binnen goot, alsof ze wist waarom ik zelf minder gretig het glas greep: omdat de drankjes duur waren en ik niet geloofde dat Daria zou aanbieden te betalen. Ik was altijd degene geweest die alles had betaald wanneer we samen uit waren.

'Ik verzin wel iets. Noem maar een bedrag.'

'En dan? Wat denk je dat je voor dat geld zult krijgen?'

'Dat weet je best.'

‘Op de vriendschap,’ zei ze terwijl ze haar glas hief en lachte.

Haar tanden waren nog steeds wit, alleen op een van de hoektanden was nauwelijks zichtbare rokersaanslag te zien. En toch had ze geen enkele reden op mij neer te kijken. Besefte ze niet hoe ze er zelf uitzag? Vroeger waren haar nagelriemen gezond geweest en waren de nagels echt en van haarzelf, zonder ribbels, en het oppervlak van iedere nagel was zo ongeschonden als van een pasgeborene. Je kon je moeiteloos voorstellen hoe die vingers de snaren van een viool beroerden. Maar nu hadden de nagels rouwrandjes, de knokkels vertoonden kloofjes en haar vroeger zo benijdenswaardige huid oogde zo dun als een hotelkaartje. Haar haar zag er beter uit, maar de blonde, tot aan haar middel reikende lokken waren verdwenen en hadden plaatsgemaakt voor een breed uitwaaierend, donker bobkapsel. Iets was er met haar gebeurd, maar wat? Het kon niet om de oorlog gaan, of om wat er in haar familie speelde. Die dingen wist ik. Het duurde jaren voordat je er zo aan toe was als zij.

‘Waarschijnlijk hoopte je dat iemand anders je eerder zou opsporen dan ik.’

Daria boog zich voorover om mijn gezicht te observeren; ze pakte mijn wang vast en kneep. Heel even dacht ik dat ze haar vingers in mijn mond zou steken om te checken hoe het met mijn tanden gesteld was. Ik deinsde terug, hoewel ik eigenlijk had moeten laten zien dat ik niet bang was, haar blik rechtstreeks had moeten beantwoorden. Ik wist hoe je lastige meisjes in het gareel moest houden; ik had dat alleen nog nooit in mijn eentje hoeven te doen.

‘Kun je slapen ’s nachts? Durf je je ogen überhaupt te sluiten? Geen wonder dat je er zo uitziet.’

Ze diepte een telefoon op uit haar tas, liet die heel even door haar vingers gaan, alsof ze zich afvroeg wie ze zou bellen, en hield hem toen omhoog voor haar gezicht. Een lichtflits. Instinctief bedekte ik mijn gezicht met mijn handen; te laat.

'Die wallen onder je ogen,' proestte Daria terwijl ze de foto op het oplichtende beeldscherm vergrootte. 'Wat denk je dat ze voor jou zouden betalen?'

Heel even dacht ik dat ze het over mijn waarde als eiceldonor had. Toen begreep ik wat ze bedoelde. Ze wapperde met het kersverse bewijs dat ze me had gevonden, dat ik hier was, in Helsinki. Daarmee zou ze mij, de agentuur, haar vroegere klanten, jullie, iedereen kunnen afpersen. Wilde ze me aan mijn voormalige cheffin verkopen? Zou dat haar definitieve wraak zijn? Of was ze uit geldnood gedegenereerd tot premiejager? Maar als ze achter míj aan had gezeten, waarom had ze onze identiteit dan aan het gezin in het hondenpark willen onthullen? Was dat alleen maar een geintje geweest? Was ze tot zo iemand verworden, mijn Daria?

'De wereld draait niet om jou,' zei ze. 'Ik ben hier niet voor jou.'

Ik richtte mijn blik omhoog en liet hem op Daria's kin rusten, die scherper was geworden.

'En ook niet voor geld,' ging ze verder.

'Wat doe je hier dan, in godsnaam?'

'Ik wilde het gezin zien, verder niets.'

'Het gezin zien? Ben je van plan ze af te persen?'

'Ik wilde het meisje zien nu ze groter is.'

Ze liet haar telefoon op tafel vallen. Ik kon geen reden bedenken waarom ze zou liegen, en herinnerde me hoe begerig ze naar de kinderen in het hondenpark had gekeken. Als ze voor hen was gekomen, ging het haar niet om wraak op mij. Dat was alvast iets.

'Dat is verboden. Je hebt de papieren ondertekend. Bij ons werken we niet zo.'

'Bij ons,' herhaalde Daria terwijl ze een wenkbrauw optrok.

Het was me gewoon ontglipt, meer niet. 'Wij' bestonden niet meer. Geen cheffin, geen kantoor, geen eigen bureau. Geen creditcards. Geen loopjongens. Niemand die je kon opdragen een vervelend karweitje te klaren. Nog nooit eerder had ik op deze manier met Daria gesproken: zonder enige troefkaart. Ik wist niet wat ik moest doen, wat ik moest zeggen. Heel even vroeg ik me af of ik haar eindelijk over mijn eigen eiceldonaties moest vertellen. Zou haar houding ten opzichte van mij daardoor veranderen? Ik zou dan niet langer alleen maar haar voormalige cheffin zijn maar een van de meisjes, een gelijke. Ik verwierp de gedachte. Nog niet, nu nog even niet.

'Nemen we er nog eentje?'

Daria duwde haar lege cognacglas van zich af. Ze verwachtte dat ik naar de bar zou lopen. Ze had geen haast, wierp geen blik op de klok, noch op de deur of het raam, ze ging niet zachter praten, en anders dan ikzelf liet ze haar handen ronddwalen en aan haar telefoon, haar glas en het schaaltje pinda's peuteren, en dat deed ze niet uit nervositeit. Het interesseerde haar gewoon niet wat ik van haar gedrag vond.

'Hetzelfde?'

Ik bleef niet staan om eventuele duurdere wensen af te wachten. De glazen met vier centiliter inhoud gingen er veel te snel doorheen. Ik besloot over te stappen op de goedkopere Jaloviina – versneden cognac van Finse makelij. Ik zou de mengeling van cognac en wijngeest als een Finse specialiteit brengen die Daria absoluut moest proeven. Aan de toog wierp ik een blik achterom.

Daria zat als een paddenstoel op haar plek, met haar rug naar de andere ingang van de bar. Zelfs als ik ongemerkt naar buiten zou glippen, zou ze in een mum van tijd mijn verdwijning opmerken, en ze hoefde maar één telefoontje te plegen, alleen maar mijn foto te versturen, en ik was de pineut. Mijn lijk zou van het dak van een flat worden gegooid of in plastic of een tapijt worden gerold en op een bouwterrein of in zee worden gedumpt. Niemand zou een vriendin zoiets aandoen. Wij waren vriendinnen geweest, maar die tijd was voorbij.

Daria snoof aan haar drankje. Ik verwachtte dat ze haar neus zou ophalen voor de versneden cognac en me zou bevelen iets anders te bestellen. Maar een goedkeurend knikken gaf aan dat mijn trucje was geslaagd.

'Op het gezin in het hondenpark,' zei ze terwijl ze haar glas hief. 'Vertel me alles.'

'Ik ken ze niet.'

'Doe geen moeite.'

Langzaam sprak ze de namen van de kinderen hardop uit. Aan haar uitspraak kon ik horen dat ze lang had geoefend; de Finse letters rolden haar echter niet als vanzelf van de tong. Meisjes die eicellen doneerden mochten niets weten over de nakomelingen van hun cliënten, en al helemaal niet weten hoe de kinderen heetten. Ik balde mijn vuist onder de tafel.

'Ben je vanwege de kinderen naar Helsinki gekomen?' vroeg Daria.

'Natuurlijk niet. Ik wist niet eens dat dat gezin hier woonde.'

'En toen ineens schoot het je weer te binnen?'

'Precies.'

Ik raakte het glas aan met mijn lippen. Het oude horloge piepte weer onder mijn mouw vandaan. Daria's ogen gingen over mijn pols, mijn nagels; er lag een glimlach om haar lippen. Ze vond het geweldig, deze situatie, haar overwicht. Had ik daar ook ooit zo van genoten? Had het me genoegen geschonken dat ik de kandidaten op de zitbank in mijn kantoor kon neerplanten en hen kon ondervragen over dingen die ze niet wilden vertellen? Maar ik had die vragen niet bedacht. Ik had alleen de woorden op de stapel printjes hardop voorgelezen en de antwoorden genoteerd. En de vragen hadden Daria ook niet van haar stuk gebracht, laat staan geschoffeerd. Ze wilde het werk hebben en besefte wat daarvoor nodig was.

Daria gaf me een por met een bierviltje.

'Ik kwam het gezin per toeval tegen toen ik onderweg was naar mijn werk,' verzon ik.

'En toen begon je ze te volgen. Ben je van plan ze af te persen?'

'Ik?'

'Jij. Je ziet eruit alsof je extra inkomsten kunt gebruiken. Waarom zou je ze anders in de gaten houden? Ik heb je minstens drie keer in het park gezien. Is dat niet een beetje te gevaarlijk voor jou?'

'Ik ga naar het hondenpark wanneer ik jou mis.'

'Doe normaal.'

'Nee, echt. Het dochtertje heeft jouw glimlach.'

Daria's kaak trilde; eindelijk had ik een plekje gevonden waar ik haar raakte. De deur van de kroeg ging open, de luchtstroom koelde de huid onder mijn shirt af, dat vastgeplakt zat aan mijn rug. Ik veegde mijn bovenlip af. Mijn opties waren beperkt. Ik zou een anoniem berichtje kunnen sturen aan een van de medewerkers van de agentuur, dat Daria was betrapt op het bespioneren van haar voormalige cliënten, maar dat idee verwierp ik meteen weer: Daria hoefde alleen maar de foto te laten zien die ze van mij had genomen en het spel zou uit zijn. Ik kon er maar beter zelf vandoor gaan. Nu meteen. Ik zou Daria's telefoon van tafel kunnen grissen, de deur uit kunnen rennen en de bus naar het vliegveld of de haven kunnen nemen. En dan? Vluchten was duur, ondergronds leven nog veel duurder.

Ik liet het water stromen tot het ijskoud was en spoelde mijn gezicht af voordat ik checkte of iemand geprobeerd had me te bellen. Ik raakte het scherm aan: geen berichten, geen gemiste oproepen. Geen enkele reden om aan te nemen dat thuis niet alles in orde was, en toch werd ik, terwijl ik het nummer van mijn moeder belde, in de spiegel van het damestoilet aangestaard door een paniekerige vrouw, en het geluid van de wektoon klonk als een misthoorn in mijn oren, veel te lang. Was er dan toch al iets gebeurd? Waarom had ik moeder niet meteen in het park al geprobeerd te bereiken? Ik had Daria niet willen tonen dat ik in Helsinki iemand had. Ik had haar interesse niet willen wekken, en dat was mogelijk een vergissing.

'Is er iets?' vroeg moeder.

Ze nam op. Ze was thuis. Ze was in orde. Ze was aan het koken, zoals ze iedere willekeurige dag deed. Op de achtergrond klonk het rammelende metaal van een pan en uit de radio dreunden nieuwsberichten over Oekraïne, op de zender Promin FM. Ik was zo opgelucht dat ik steun moest zoeken bij de solide tegelmuur.

'Waarom duurde het zo lang voor je opnam?'

Mijn stem had zich nog niet hersteld. Hij klonk als een alarmfluitje en dat maakte dat mijn moeder waakzaam werd. Ze zette de computer uit, de radio zweeg.

'Je klinkt vreemd.'

'Ik ben nog even bezig. Onverwacht overwerk.'

'Echt?'

Moeder merkte het altijd wanneer er iets mis was. Ik had al eerder dergelijke telefoontjes gepleegd, al was dat om andere redenen geweest. Soms wilde ik gewoon een moment met rust worden gelaten. Af en toe had ik gewoon behoefte aan stilte. Dat begreep moeder. Ze begreep dat ik mijn tranen liever in mijn eentje plengde. Maar soms leek ze zich af te vragen of ik mezelf iets zou aandoen, en op die momenten had ik veel zin de hand die zorgzaam op mijn schouder neerdaalde van me af te slaan. Ditmaal was ze op het juiste spoor.

'Moet ik me zorgen maken? Of m'n spullen pakken?'

'Nou niet zo dramatisch doen. We zien elkaar later.'

Een licht bezopen sloerie sloeg met de deur toen ze binnenkwam. Ik zette opnieuw de kraan open, wachtte tot het water koud werd en depte mijn hals met een nat papieren handdoekje. Ik dronk water rechtstreeks uit de kraan om weer helder te worden. Ik mocht niet dronken worden, niet nu. Ik wist niet hoe ik de avond zou afsluiten. Als Daria in een hotel verbleef, zou ik haar dan daarheen brengen? En als ze geen onderdak had en erop zou staan bij mij te overnachten? Ik wilde niet dat ze wist waar ik woonde. Aan de andere kant, hoe kon ik weten of ze me niet al eerder naar huis was gevolgd vanuit het hondenpark? Maar als dat zo was, waarom vertoonde ze zich dan nu pas aan mij?

Mijn vingers bladerden opnieuw door de telefoonnummers op mijn mobieltje. Het waren er niet veel. Het betrof alleen de contactgegevens van mensen bij wie ik thuis poetste, en het nummer van de supervisor van het schoonmaakbedrijf. Ik had geen vrienden meer, niemand die ik om hulp kon vragen, behalve mijn moeder, en ditmaal zou zij me niet kunnen helpen. Het gemis sloeg opnieuw op het verkeerde moment toe. Ik miste jou.

Ik haalde nog meer Jaloviina en hoopte dat de uienringen die ik had besteld snel zouden komen. Ik had gedacht dat Daria niet om alcohol gaf. Ik had me vergist. Ze hief haar glas.

'Drinken we op de vrouwen? Op alle moeders, wat zeg je ervan?'

Ik hield mijn glas omhoog en zag dat Daria's telefoon niet meer op tafel lag. Alleen al daardoor schrok ik op van de toegangsdeur die met een klap dichtviel, en ik kon mezelf er niet van weerhouden achterom te kijken. Hoelang volgde Daria mij al, hoelang nam ze al foto's? Dagen, weken, maanden of nog langer? Stel dat ze al foto's had gestuurd aan de hyena's die achter mij aan zaten? Ik wist niet wie ik als eerste op mijn dak zou krijgen: mijn voormalige cheffin, jou of je loopjongen, of zouden jullie me als één front te lijf gaan?

De uienringen lieten op zich wachten. Ik liep naar de serveerster die druk in de weer was achter de toog om te zeggen dat ze moest opschieten, en bestelde, op aandringen van Daria, meteen nog meer te drinken. Ze begon dronken te worden. Ik probeerde de situatie in goede banen te leiden door ook een glas water voor haar neer te zetten, zoals hier te doen gebruikelijk was. Ze pakte het glas met opgetrokken wenkbrauwen vast, stak een vinger in het water en spatte dat op mijn gezicht.

'Wat moet ik hiermee?'

'Opdrinken.'

'Sinds wanneer drink jij water bij je cognacje? Kraanwater ook nog?'

Ze schudde haar hoofd zoals serveersters in Oekraïne dat deden wanneer de gast op het punt stond een maaltijd te bestellen die niet echt kon worden aanbevolen. Het gebaar had altijd iets vertrouwelijks, met de blik strak op de gast gericht. Precies op die manier keek Daria mij nu aan, verrassend helder, hoewel haar ogen glommen van dronkenschap. Het was alsof ze meer over mij wist dan goed voor me was. Ik wendde mijn gezicht af naar het raam en concentreerde me op een paar bejaarden die op straat een praatje stonden te maken. Ze hadden allebei zo'n kaarsrecht postuur. Ik kon bijna horen hoe ze over hun vakanties spraken, hun talrijke hobby's, hoe ze zich verheugden op de nieuwe aardappelen die ze in de winkel zouden kopen.

Daria haalde haar schouders op en stelde een nieuwe heildronk voor.

'Op Helsinki, de stad van onverwachte ontmoetingen?'

Ze zette het lege glas met een klap op tafel. Het glas was klein, de Jaloviina gleed te snel naar binnen en ik vreesde voor de rekening.

'Waarom ben je in vredesnaam hiernaartoe gegaan?' vroeg Daria terwijl ze veelbetekenend om zich heen keek. 'Helsinki is niet Parijs, Londen of Wenen.'

'Helsinki is een prima stad.'

'Geef antwoord,' snauwde ze.

Ik slikte. Ik herkende deze vrouw niet meer. Waar was ze toe in staat, wat wilde ze? Het gezin in het hondenpark zou ongetwijfeld een flinke bak geld ophoesten om te voorkomen dat wij ons in hun perfecte leventje zouden mengen, en mijn voormalige cheffin zou me daarvoor nog veel meer betalen. Dat moest aanlokkelijk zijn, ongeacht wat Daria beweerde. Hoe groot de zak met geld was die jij zou bieden, daar durfde ik niet eens over na te denken. Daria zou miljonair worden, in dollars.

'Ik kreeg toevallig een Fins paspoort,' zei ik aftastend.

Ze knikte, mijn antwoord was goed genoeg. Een paspoort van dit land was voor iedereen een buitenkansje. Maar ik maakte de fout mijn rugzak instinctief dichter naar me toe te halen, en Daria zag dat.

'Laat zien.'

Ik beet op mijn lip. Ik kon niet beweren dat ik mijn paspoort thuis had laten liggen. Iemand in mijn situatie kon nooit weten wanneer hij de benen moest nemen, en dat wist Daria. Ze griste mijn pas uit mijn onwillige vingers, vouwde de rode kaften open als een professional en stelde vast dat hij echt was.

'Fins staatsburger, Ruslana Toivonen.' Ze liet de naam over haar tong rollen.

'Wie is Ruslana Toivonen?'

'Geen idee. Een Oekraïense die met een Fin getrouwd was. Is naar Zweden verhuisd en heeft uit geldnood haar papieren verkocht.'

'Hiermee kun je legaal werk vinden,' zei Daria. 'Totaal overtuigend. Ook al is deze vrouw jonger dan jij.'

Ik strekte mijn arm uit. Ik wilde mijn paspoort terug.

'Ik denk dat ik deze maar in bewaring neem,' zei Daria. 'Net zoals jij destijds mijn papieren in bewaring hield.'

Ik liet me tegen de rugleuning van de bank vallen en wilde bijna weer naar mijn rugzak grijpen, maar gelukkig kon ik me bedwingen. Het was beter als Daria daar geen enkele aandacht meer aan schonk. Ze wist niet dat ik ook het rijbewijs en het verzekeringspasje van Ruslana Toivonen bij me droeg. Ook die hadden in het dikke pak documenten gezeten dat ik had gekocht, dat zelfs een paspoort had bevat voor een vrouw die voor Ruslana Toivonens moeder moest doorgaan. Helaas zaten er geen andere reisdocumenten in de verzameling die geschikt waren voor een vrouw van mijn leeftijd. Ik zou niet met de papieren van iemand anders de vlucht kunnen nemen. Maar Daria wist bijna niets over mijn nieuwe identiteit. Hoe was ze er in vredesnaam in geslaagd mij op te sporen? Had ze mijn moeder gevolgd toen die op bezoek was in Finland? Dat betwijfelde ik. Moeder nam altijd grondige voorzorgsmaatregelen, en er was ook niemand anders die mij via haar had weten te vinden. Mijn voormalige cheffin niet. Jij niet. Was het allemaal heel simpel en was Daria op eigen houtje op zoek gegaan naar het gezin in het hondenpark, en was ze daarbij per toeval op mij gestuit? Kon het allemaal gewoon toeval zijn?

'Zijn de biometrische gegevens van jouzelf of van die Ruslana Toivonen?' vroeg Daria.

'Op het vliegveld van Helsinki kom je ook zonder door de douane.'

'Waarschijnlijk had je geen tijd om op een volledig paspoort te wachten. Je nam wat je kon krijgen en vertrouwde erop dat je mazzel zou hebben. Weet je dat ik me soms probeer voor te stellen hoe je ontsnapping eruit heeft gezien?'

Ze deed alsof ze doodsbang was en drukte mijn pas tegen haar borstkas alsof ze door een hartinfarct werd getroffen, waarna ze in lachen uitbarstte. Er was geen enkele kans dat ik ooit nog zo'n goed pakketje zou bemachtigen, en daarom moest ik toestaan dat ze met het kostbare document speelde, moest ik toestaan dat ze er foto's van nam, toestaan dat ze deed alsof ze het verscheurde, toestaan dat ze al die dingen deed terwijl ik pretendeerde dat me dat koud liet, opdat ze niet zou beseffen hoe waardevol dat paspoort voor me was.

'Weet je nog die keer dat we op het vliegveld in de klauwen van die douanier belandden? Hij bekeek eerst in alle rust onze paspoorten, scheurde er toen een paar bladzijden uit en zei dat je met zulke documenten nergens naartoe ging. De cheffin werd woedend. Ik had haar nog nooit zo kwaad gezien.'

Het mandje met uienringen arriveerde.

'Na dat geintje van jou ging ze nog erger uit haar dak dan toen die keer. Al jouw meisjes werden ondervraagd, vooral ik. Iedereen was ervan overtuigd dat ik iets wist.'

'En toch vertelde je niets.'

'Wat had ik kunnen vertellen?'

Ze gooide het paspoort naar me toe. Het trof mijn borstkas.

'Haal nog iets te drinken.'

Langzaam maar zeker verrees er een glazen muur tussen ons in, en Daria begon te lallen. Ik wist niet hoe ze zich gedroeg wanneer ze echt dronken was, of ze me nog verder belachelijk zou maken, ruzie zou zoeken of emotioneel zou worden en haar hart bij me zou uitstorten. Ik hoopte op het laatste, maar vergeefs. Plotselinge misselijkheid maakte dat ze naar het damestoilet spurtte. In de tussentijd goot ik een groot glas water naar binnen, stiekem bijna. Ik haalde een potje Vietnamese balsem uit mijn jaszak en ademde de geur van kamfer en menthol diep in. Er waren nog steeds dingen de moeite waard om voor te vechten.

De deur van het damestoilet zwaaide open, Daria wankelde de zaal in en zette koers naar de toegangsdeur. Ik pakte mijn spullen bijeen, haastte me naar haar toe en bood aan haar te begeleiden naar de plaats waar ze overnachtte. Het duurde even voordat duidelijk werd waar dat was. Uiteindelijk slaagde ik erin de naam van het hotel uit haar los te peuteren. Dat was een hele opluchting. Ze zou in ieder geval niet mijn huis binnendringen, en ze sloeg ook de taxirit die ik aanbood niet af, al verzette ze zich tegen de veiligheidsgordel toen ik probeerde die voor haar borstkas langs vast te maken. Ik gaf het op, klikte mijn eigen gordel vast en dacht aan Alekseis gezichtsuitdrukking toen ik met iets nieuws kwam: ik had geëist dat hij de veiligheidsgordels die in de bekleding van de achterbank zaten weggestopt tevoorschijn zou halen. Meen je dat nou, had zijn blik gezegd; zijn die westerlingen gek of zo? Ik had voet bij stuk gehouden, en Aleksei had de kapotte gordels door nieuwe vervangen. Met dat soort ideetjes had ik het vertrouwen van mijn cheffin gewonnen: ik wist wat westerlingen wilden.

Terwijl de taxi op gang kwam kneep Daria in mijn hand; ze mompelde iets wat ik niet kon verstaan, totdat het tot me doordrong wat ze zei: 'We zullen altijd vrienden zijn, ja toch?'

Haar ogen waren gesloten en ik kon niet eens zeggen of ze mij wel bedoelde. Het gemompel ging verder in losse woorden die nergens op sloegen. Iets over slechte ouders, iets over slecht gezelschap waarin het meisje opgroeide, iets over dat het meisje zo'n slechte broer had gekregen, en een slechte moeder, en het verkeerde leven. Ik wist niet over wie ze het had. Op nadere vragen van mijn kant kwam geen antwoord. Ik wendde mijn hoofd af naar het raampje.

We hadden al eerder op deze manier in een auto gezeten, elkaar in de handen knijpend, en hoewel Aleksei voorzichtig had gereden, had Daria bij iedere hobbel in de weg een sissend geluid gemaakt. De weg dwars door Dnipro naar de kliniek was niet lang. Toch voelde het alsof er geen eind kwam aan de rit, en ik was vastbesloten Daria niet alleen te laten. Ondanks onze bontjassen hadden we allebei koude handen. Daria's gezicht was gezwollen en haar ringen zaten klem om haar vingers. Toch klaagde ze niet; ze klaagde nooit. Als alles goed ging, zou ik manager worden. De cheffin zou verder opklimmen en de verantwoordelijkheid op nationaal niveau aan mij overdragen, terwijl ze zelf de leiding zou krijgen over de bedrijfsactiviteiten in de rest van Europa. Alles was mogelijk destijds. Ditmaal kon ik alleen maar hopen dat ik zou overleven.

De taxichauffeur wierp van tijd tot tijd een blik op de achterbank. Daria's gekreun maakte dat hij zorgelijk keek, terwijl ik dacht aan hoe de toch al dure rit nog prijziger zou worden als Daria zou overgeven. Ik probeerde haar vergeefs een plastic tasje dat ik in mijn jaszak had gevonden toe te steken. Mijn medeleven betrof de chauffeur. Vroeger zou dat niet zo zijn geweest. Vroeger zou ik me niet eens hebben afgevraagd wie het braaksel zou opruimen. Ik dacht nu als een schoonmaakster, en dat haatte ik. Mijn lijst met goede dingen was uit mijn zak gevallen toen ik het plastic tasje opdiepte; ik zag het witte blaadje pas in de voetruimte liggen nadat ik enige tijd in het rond had getrappeld. Ik pakte het papiertje op en veegde mijn schoenafdrukken eraf. Helemaal bovenaan stond mijn recentste toevoeging. Ik had die aantekening een paar uur daarvoor pas gemaakt, omdat ik me uitzonderlijk goed had gevoeld. Ik had zelfs geneuried terwijl ik onderweg was naar mijn laatste schoonmaakobject van vandaag, en toen ik dat merkte had ik moeten lachen. Ik leefde. Het voorjaar zou al snel opbloeien; misschien zonder de kastanjebomen in Kiev, zonder de acacia's, zonder de populieren, maar toch: opbloeien. Die golf van vrolijkheid maakte dat ik een besluit nam: de zesde zomer in mijn nieuwe leven zou een goede zomer worden. Het getob zou voorbij zijn. De herinneringen zouden vervagen, de blauwe plekken helen. Misschien behoorde zelfs geluk tot de mogelijkheden.

Mijn besluit had me ertoe gebracht de lijst tevoorschijn te halen waarop ik al een tijdje de positieve kanten van mijn nieuwe leven noteerde. De eerste letter wiebelde alsof hij door een kind was geschreven, en de pen in mijn trillende hand maakte een gat in het papier. Toch slaagde ik erin 'thuisstad' te schrijven. Ik had een plaats die ik 'thuis' kon noemen en waar ik neuriënd over straat ging. Het haperend geschreven woord vervloog niet van het blaadje, ook niet toen ik mijn ogen sloot en weer opende. Misschien was het waar.

Daria was in slaap gevallen en snurkte, haar hoofd leunde tegen het raampje van de taxi. Ik bekeek mijn lijst, die bij uitstek voor dit soort momenten van wanhoop bedoeld was. Hij moest me eraan herinneren dat veel dingen goed waren, beter dan voorheen. De mensen bij wie ik schoonmaakte waren stuk voor stuk plezieriger dan wie dan ook van de mensen voor wie ik me vroeger had uitgesloofd, en daarom pronkte 'mijn klantenkring' in de bovenste regionen van mijn lijstje. Helemaal bovenaan stond 'het hondenpark'.

Veel dingen die voorheen indrukwekkende prestaties hadden geleken, kwamen me nu ineens kinderachtig voor, ondanks het feit dat ik me goed kon herinneren hoe ik voor het eerst de hele nacht aan één stuk door had geslapen, zonder steeds wakker te worden. De volgende ochtend meende ik dat het onbekommerde gevoel door een ziekte kwam die ik onder de leden had, totdat ik besefte wat er aan de hand was, en ik had de kwestie meteen op mijn lijst gezet. Kort daarop had ik eraan toegevoegd hoe zorgeloos ik op de bus stond te wachten, pal naast de rijbaan. Ik was niet langer bang dat iemand me onder de bus zou duwen, en mijn hart sloeg ook niet meer op hol wanneer er een auto met getinte ruiten langsreed. De metro had een eigen regel verdiend. Ik had erop geoefend als een lokale bewoner ontspannen over het feloranje perron te lopen, om ook dat aan mijn lijstje toe te voegen; de lijst spoorde me aan de hele tijd nieuwe dingen te verzinnen om te kunnen noteren. Ik was dol op de ondergrondse in mijn nieuwe thuisstad. Hij reed zo dicht onder het aardoppervlak, was zo open, zo verlicht, zo perfect passend bij de manier van leven in dit land. Maar nu besefte ik dat dat nooit speciaal voor mij zo was geweest. Dat had ik alleen maar gedacht. Hoe had ik me ooit kunnen verbeelden dat deze stad zoiets blijvends als een thuis zou kunnen worden?

# Dnipropetrovsk

## 2007-2008

Ik keek uit het raam van mijn pas gerenoveerde kantoor. De straat werd geveegd door een omaatje met een gekromde rug; haar bezem liet het gescheurde asfalt knarsen als een krijtje op een schoolbord. Ik drukte mijn vrije oor dicht met een vinger; mijn tante was aan de andere kant van de lijn.

'Luister je wel? Je moeder wil alleen maar praten,' zei ze.

Ik had een vermoeden waar het om ging. Als moeder het onderwerp niet zelf ter sprake durfde te brengen, was er maar één uitleg mogelijk. Om de zoveel tijd stond er een kennis van een kennis van een kennis op de stoep die hoopte dat ik haar dochter op weg kon helpen op de modellenmarkt. De muurbloempjes in kwestie waren zelden ergens goed voor, al had ik er, toen ik promotie maakte, een stuk of wat aangenomen als eiceldonor; een paar had ik doorgestuurd naar de coördinator voor draagmoederschap, en nog een paar anderen had ik tegen betaling bij betrouwbare huwelijksbureaus aanbevolen. Maar ik had daar geen zin meer in, en dus belde ik mijn moeder zodra het gesprek met tante was beëindigd.

'Luister in ieder geval even. Die Daria, dat is een prima kind,' zei moeder. 'Uit heel ander hout gesneden dan de anderen.'

'Dat heb je al eens eerder gezegd.'

In gedachten zag ik de verschroeide geblondeerde haren, het T-shirt met tijgerprint – zo'n mokkel dat ik in geen geval aan mijn cheffin kon presenteren. Ik drukte de punt van de pen op mijn agenda. Als de volgende klant niet al had zitten wachten, had ik mijn ergernis wat getemperd met honderd gram cognac. Ik had een hekel aan bedelaars.

Het oudje dat op straat de bladeren bijeenveegde was bij de hoek van het gebouw aangekomen. Haar hoofd werd bedekt door een gebloemde sjaal, waarvan de kleurschakering me bekend voorkwam. Moeder had een jasschort gehad van dezelfde stof. Die was uiteindelijk in Snizjne in stukken gesneden en als dweil geëindigd.

'Misschien ken je haar niet meer? Daria was toen nog zo klein.'

'Wanneer?'

Ik wist wel om wie het ging maar vroeg het toch. Blonde haren, vlechten die tot pioenen waren opgerold, onder een korte rok de korstige knieën van een kind. Vanaf de overkant van de weg had het meisje naar me staan loeren, zoals jongere kinderen naar oudere keken, nieuwsgierig maar verlegen, en ik had kauwgom van drie dagen oud staan kauwen voor ons nieuwe huis in Snizjne, had mijn leven vervloekt en in mijn hoofd plannen gesmeed om 'm te smeren uit de puinhoop waar mijn ouders me mee naartoe hadden gesleept. Mijn vader zat in de auto en trommelde met zijn vingers op het stuur, wachtend op een man die met een of andere melkmuil stond te praten. Ik herkende de man, hij was de vader van het meisje. Toen ze waren uitgepraat werd de man zijn dochter gewaar, die zich achter een elektriciteitspaal had verstopt, en hij brulde tegen haar dat ze moest opsodemieteren, en wel meteen. Het meisje schrok en rende weg. De man sprong de auto in en de Zjigoeli sjeesde er stuiterend vandoor, een zwarte staart van rook achterlatend, op weg naar iets wat ook die nacht zou verhinderen dat papa naar huis kwam, en wat moeder ook die nacht uit haar slaap zou houden en haar rondjes deed lopen die steeds kleiner en kleiner werden, totdat ze stilstond.

Ik wilde Daria niet ontmoeten.

Ik beweerde dat ik het druk had en beëindigde het gesprek terwijl moeder nog aan het woord was. Ik tikte een tijdje met mijn pen op tafel en opende toen het raam voor een frisse neus. Een regenbui had de straten gevuld met vrouwen met bonte en mannen met zwarte paraplu's. De telefoon ging opnieuw. Moeder, uiteraard. Ik ergerde me. Ik was niet iedere kansarme ziel die moeder toevallig kende iets verschuldigd. Aan de andere kant: als ik gehoor gaf aan haar verzoek, zou ik duidelijk kunnen uitleggen waarom die tuttebel uit Donetsk nergens voor deugde, en misschien dat ik op die manier moeders neiging om me dat soort trienen op te dringen kon onderdrukken.

Ik mat Daria's lichaam met mijn blik, die op haar benen bleef rusten. De nieuwe bank waar ze op zat was naar Scandinavische smaak gevormd, en ze paste perfect bij de aristocratisch groen geschilderde achtergrond, zoals een handschoen die je in een Weense handschoenenzaak koopt perfect om je hand sluit. Toch bleef ik kritisch naar haar kijken. Van tijd tot tijd liet ik een 'hm' ontsnappen, ik snoof af en toe eens, drukte onnodige hoogmoed de kop in. Ik wilde niet dat ze zich verbeeldde een speciale positie in te nemen, alleen maar omdat mijn moeder haar ouders had gekend, maar diep vanbinnen was ik verrast. Niets aan haar deed aan Snizjne denken. Het was eerder zo dat ik mezelf in haar zag, in de tijd dat ik voor het eerst mijn Parijse agentuur had bezocht en op mijn beurt had gewacht, met stomheid geslagen om de elegante mensen die door de gang liepen. Ik wist zeker dat ik niet zou voldoen. Dat er een vergissing was begaan en dat ik me ieder moment in het vliegtuig terug naar huis zou bevinden.

Ik duwde mijn stoel achteruit en keek onderzoekend naar Daria's voeten, die achter de salontafel vandaan piepten. Haar benen waren als van een slungelig veulen, en ze droeg sandalen waarin haar voetzolen bij de hiel een centimeter over de rand staken en die totaal ongeschikt waren voor het herfstweer. Precies zoals ik die ook had gehad. Precies zoals ieder van ons die geen geld had om nieuwe schoenen te kopen, zoals ieder van ons die haar moeder er niet aan durfde te herinneren hoe snel onze voeten groeiden, en daarom bleven we op sandalen lopen, op sandalen van het jaar daarvoor, op sandalen van jaren oud, we bleven dat ook doen nadat we gestopt waren in de lengte te groeien of wanneer het te koud was geworden voor zomerschoenen. Dat vertelde mij dat haar karakter geschikt was voor dit werk. Daria trok zich niets van mijn blik aan en reageerde ook niet verbaasd toen het haar begon te dagen in welke branche ik actief was. In plaats daarvan leek ze blij te zijn over het feit dat ons bureau niet gespecialiseerd was in meisjes die een sponsor zochten. Dat had ze waarschijnlijk in eerste instantie vermoed, en desondanks was ze gekomen.

Ik was eraan gewend om te zien hoe de meisjes rode oren kregen van de klinisch klinkende vragen over hun seksuele relaties, en kon alle onuitgesproken gedachten die dat onderwerp opriep wel raden. De meisjes beschouwden alle vragen over geslachtsziekten als op henzelf gericht wantrouwen, en aarzelden wanneer ik hen uithoorde over het aantal seksuele partners dat ze hadden gehad. Daria was uit ander hout gesneden. Ze werd niet nerveus, ook niet als ik vroeg of ze getest was op deze, die of een andere aandoening, of als ik wilde weten of ze seks had gehad met iemand die zich in verband met een venerische ziekte had laten testen. Toen ik bij de vragen over verdovende middelen was aanbeland, vroeg ik met klem of ze in het voorgaande halfjaar intieme relaties had gehad in ruil voor drugs of geld, en nog steeds reageerde ze niet geschokt of verbaasd; ze bloosde zelfs niet. Haar voorhoofd bleef glad als een schotel en haar handen hadden steeds de houding van een zwaanvormig gevouwen servet. Het voorselectieformulier was opgesteld ten bate van Amerikaanse cliënten, die dol waren op strenge criteria. Voor mij was het iets anders: een slimme manier om het karakter van de kandidaat te testen. En Daria doorstond die test glansrijk.

'Op zich heb ik geen haast. Maar zouden jullie desondanks kunnen zeggen wanneer ik geld zou...' Ze richtte haar blik op haar schoot en begon niet-bestaande kruimels van haar zoom te plukken. Ik werd meteen alert. Daarnet was Daria nog zo elegant geweest als een gedekte tafel in een vijfsterrenrestaurant, maar door die vraag ontstonden er onmiddellijk barsten in haar harmonieuze verschijning.

'Het is onze gewoonte te betalen wanneer er een cliënt is gevonden die zich aan het project verbindt,' antwoordde ik. 'Voor die tijd dienen we alle testen uit te voeren, de resultaten af te wachten en te kijken of we je in de lijst kunnen opnemen.'

Ik had zelf ook op die plek gezeten en was er inmiddels aan gewend uiteenlopende dramatische vertoningen te zien, inclusief glycerinetranen, maar toch was ik van mijn stuk gebracht door de verandering die Daria had ondergaan. Ook ik had gedacht dat ik meteen geld zou krijgen, en ik zou heel ver zijn gegaan om een stapeltje bankbiljetten in mijn vingers te voelen. Daria zou overal toe bereid zijn, en wel meteen. Ze was wanhopiger dan ik destijds was geweest, en het kon daarbij niet gaan om een veelvoorkomend probleem bij studenten, namelijk dat de studiebeurs de kosten voor levensonderhoud niet dekte. Alleen welvarende ouders waren in staat hun kinderen financieel te ondersteunen. Ik probeerde een geschikte beleidsstrategie te bedenken. Als ik haar de deur zou wijzen, zou ze naar een van onze concurrenten rennen, om daar hetzelfde antwoord te krijgen als bij ons. Het was duidelijk dat ze niet wenste te wachten op de volgende buslading vrijgezellen die verlossing kwamen brengen, dus zou ze in het ergste geval vandaag al ergens geld vandaan halen. Maar daarna zou ik niets meer met haar kunnen beginnen. Ik kon niets beginnen met een meisje dat hepatitis of hiv had, of nog maar één nier. Ik zou niet toestaan dat ze zichzelf zou verpanden voor een lening, zou haar ervoor behoeden die weg in te slaan.

Ik bladerde door haar paspoort en gooide het op mijn bureau alsof het afval was.

'Je hebt niet eens een internationale reispas. Je bent in geen van de landen geweest waar wij zakendoen. Weet je hoelang het duurt om voor het eerst een visum aan te vragen?' vroeg ik. 'Dat is bepaald niet goedkoop. En je bent niet getrouwd. Heb je enig idee hoe moeilijk het is voor een ongehuwde Oekraïense vrouw om bijvoorbeeld de Verenigde Staten binnen te komen? Of heb je misschien familie daar, iets waarmee we een reis naar de overkant van de oceaan aannemelijk kunnen maken? Denk je nou echt dat onze meisjes overal gewoon zomaar welkom zijn, hup, door een knip met de vingers?'

Ik duwde mijn stoel nog wat verder achteruit, alsof ik er genoeg van had deze domme trien dingen uit te leggen die vanzelfsprekend zouden moeten zijn, en liep naar het raam, zogenaamd om te kalmeren. Ik masseerde mijn slapen en deed alsof ik nadacht. Ik hoorde hoe Daria slikte. Ik liet de tijd verstrijken en opende het raam om frisse lucht binnen te laten, om de stank van lelietjes-van-dalen die van Daria af kwam te verdrijven. In werkelijkheid was het verkrijgen van een visum een fluitje van een cent, als je wist wat je moest doen en met wie je contact moest opnemen, en als je geld genoeg had.

'En als ik nou alleen klanten dien die in Rusland wonen? Dan zou mijn binnenlandse paspoort volstaan en heb ik geen visum nodig.'

'Ben jij een beetje simpel of zo? Onze bedrijfsstrategie richt zich op de westerse landen.'

Ik liep weer naar mijn bureau.

'Je beseft waarschijnlijk niet wat je grootste probleem is. Dat is Snizjne.'

Ik hield in de gaten welk effect mijn woorden op Daria hadden en probeerde me te herinneren wat moeder had verteld. Ze had Daria's acute behoefte aan contanten niet genoemd, en daardoor wist ik niet waarom Daria zo wanhopig was. Voor zover moeder ooit had geroddeld over haar kennissen in Snizjne, had ik daar nooit naar geluisterd. Ik kon me ook zo wel voorstellen welke ellende er in die contreien heerste. Waarschijnlijk was Daria's broer bij een of ander vaag handeltje betrokken, net als hun vader dat altijd was geweest, of had hij geprobeerd iemand te bestelen. Desondanks sprak ik geen troostende woorden, en ik kwam ook niet terug op het thema 'vergoeding', dat ik aan de kant schoof alsof het een totaal onbelangrijke bijzaak betrof; in plaats daarvan legde ik uit hoe problematisch ze was. Een risico, moeilijk te verkopen. De foto's waren op zich prachtig, maar dat had niets te betekenen, en het zou enige tijd kunnen duren voordat we een klant voor haar vonden. Ik bladerde door de pagina's van het voorselectieformulier en liet die aan Daria zien. In de stapel papieren was een aparte kolom gereserveerd voor stoffen waarmee de eiceldonor beter niet in contact kon zijn geweest: asbest, rook, pesticiden, straling, lood en een hele batterij andere giftige stoffen.

'En dan wil ik het hier nog niet eens over hebben.'

Ik duwde het stapeltje naar haar toe.

'Waarom heb je niet meteen gezegd dat ik niet goed genoeg ben?'

Ze kon haar tranen niet langer bedwingen. De druppels bleven in haar lange wimpers plakken, wat maakte dat ze eruitzag als een blozende pop; de gezwollen oogleden gaven de ogen een exotisch Aziatisch tintje. Zelfs wanhoop stond haar goed.

'Alle problemen kunnen worden opgelost,' begon ik. 'Als alleen jij en ik ervan afweten. Alleen wij tweeën. Begrijp je me?'

Ze keek me steels aan en duwde over het bureaublad een servetje naar me toe. Ik pakte het op en draaide het in mijn vingers rond als was het een witte vlag. Het was een doorslaggevend moment. Ik liet de tijd verstrijken. Ik pakte de pen die ze me probeerde te geven niet aan, en noteerde evenmin het bedrag op het servetje waarvoor ik kon worden omgekocht, zoals Daria hoopte dat ik zou doen. Ik maakte weliswaar berekeningen, maar alleen in gedachten en alleen voor mezelf. Hoewel het regelen van papieren niet duur was, hield mijn cheffin de onkosten goed in de gaten. Waarschijnlijk was dat haar manier om te garanderen dat niemand te veel durfde te stelen, en die methode werkte ook goed voor mij. Ik waagde het niet geld in eigen zak te steken, stelde mijn geluk niet op de proef; deze baan was te goed. Maar voor Daria was ik bereid risico's te nemen. Hoe meer ik de getallen door mijn hoofd liet gaan, des te meer was ik ervan overtuigd dat ik de kosten in de hand kon houden. Niet alles uit Daria's verleden hoefde opnieuw te worden verzonnen. Op foto's uit hun jeugd oogden haar ouders representatief; de moeder had nog steeds een glad voorhoofd voor iemand van haar leeftijd, en de sportieve achtergrond van haar vader was authentiek, evenals de jaren waarin Daria turnlessen had gevolgd in Donetsk, waar ze was getraind door een befaamde vrouw, een olympische medaillewinnaar uit de Sovjettijd. Zo'n naam zou het goed doen op een cv. Jammer alleen dat Donetsk niet veel beter was dan Snizjne. Anderzijds kon ik in Dnipro op zoek gaan naar een minstens zo gerenommeerde trainer en met die persoon afspraken maken. Dan zouden we kunnen beweren dat het gezin nog voor de geboorte van de dochter naar Dnipro was verhuisd. De vader was overleden, maar als ik een ingenieursdiploma voor hem kocht en een baan bij een bouwbedrijf in Dnipro voor hem regelde, zou een kapotte kabel op de bouwplaats een geschikte doodsoorzaak voor hem kunnen zijn. Het verhaal begon een samenhangend geheel te vormen in mijn hoofd. Het enige punt was dat Daria haar werkelijke functie niet aan haar familieleden wilde prijsgeven, en om die reden kon ik geen van hen aan de cliënten voorstellen; die moesten daarom met beeldmateriaal genoegen nemen. Maar ooit zou ze misschien van gedachten veranderen, en dan zou ze ook cliënten kunnen aannemen die betaalden voor een ontmoeting met de verwanten van de donor. Ik zou haar moeder en broers in een knus ingerichte woning in het centrum van Dnipro onderbrengen, die ik speciaal voor dit soort ontmoetingen had gehuurd. Ik zou alleen de familiefoto's in de verschillende lijstjes verwisselen. Daria had twee knappe broers; de jongste zat nog op de middelbare school, de oudste was officieel werkloos. Beiden durfde ik wel op te voeren, al moest de arbeidssituatie van de oudste nog gewijzigd worden; ik nam aan dat hij in de illegale mijnen werkzaam was. De jongere broer waarschijnlijk ook. Ze verdienden beiden ongeveer zestig dollar per maand. Als ik hun allebei een fatsoenlijke baan zou bezorgen, en niet alleen papieren die dat beweerden, zou ik het gezin in mijn zak hebben. Ik kneep mijn ogen tot spleetjes. Daria's broers. Als die ook maar een klein beetje op hun vader leken, kon ik wel raden wie de oorzaak waren van haar agitatie. Ik had gelijk. Een vraag over haar grote broer bracht een onhoudbare stroom tranen bij Daria op gang, en hakkelend vertelde ze dat Pavel problemen had met lopen. Het gezin had geld nodig voor een nieuwe operatie; haar broer kon eigenlijk niet eens werken. Hij had een werkloos jong bruidje en een baby. Ik wist wat dat betekende. In de illegale mijnen moest iedereen zich om zijn eigen gezondheid bekommeren. Het gezin zou niets anders aan Daria's studie kunnen bijdragen dan een paar potjes jam, en ze was bang dat ze haar opleiding moest onderbreken.

Ik scheurde het servetje in tweeën. Ik had er niets op geschreven. Op dat moment had ik Daria ertoe kunnen overhalen de rest van haar leven gratis voor mij te werken. Maar dat verlangde ik niet – al was ze bereid geweest zichzelf voor iedere willekeurige som gelds te verkopen. Ik wilde iets zwaarwegenders van haar: haar loyaliteit, dankbaarheid en vertrouwen.

'Nee, zo doen we dit niet,' zei ik. 'Ik wil niet dat jij iemand iets verschuldigd bent, nooit. Zelfs mij niet. Maar dat parfum doe je dus niet op tijdens ontmoetingen met cliënten.'

Ik duwde de achterdeur van het kantoor open en diepte een sigaret op uit mijn zak. De ene lucifer na de andere brak voordat het kopje ontbrandde, en ik smeet het doosje op de grond. Het gesprek was voorbeeldig verlopen, totdat ik ineens zo duizelig werd dat ik bang was flauw te vallen. Het bloed was uit mijn vingertoppen verdwenen en ik verloor mijn greep op de pen. Ik had Daria op de zitbank achtergelaten en was de gang in gestruikeld, iets mompelend over een dringend telefoongesprek. Ik begreep niet waarom mijn gemoed zo sterk reageerde. Kwam dat door Daria en de stroom aan herinneringen die samen met haar de kamer was binnengekomen? Of doordat ik niet wist of zij de belichaming was van de kansen die ik had gemist, of van de kansen die ik nog zou kunnen krijgen? Of allebei? De wachthond van het aangrenzende gebouw begon te blaffen, en ik merkte dat ik de sigaret inmiddels stevig tussen mijn vingers had. Het bloed begon in mijn handen terug te keren, ondanks de kou. Ik had mijn keuze gemaakt toen ik het servetje verscheurde, en ik was niet van plan daarop terug te komen.

Aleksei, die de kofferbak van de auto had leeggehaald, kwam naar me toe en gaf me een zakdoekje. Ik pakte het aan en snoot mijn neus.

'Kon je niks met dat meisje beginnen?' vroeg hij. 'Ik zag haar in de wachtruimte. Iedereen wil toch wel een dochter die er zo uitziet?'

'Dat meisje heeft ongekend potentieel, maar waar komt ze om hulp vragen? Hier.'

'Hier kun je een goede start maken voor andere plannen.'

'Mijn moeder kende haar ouders.'

'Het komt gegarandeerd allemaal goed,' zei Aleksei. 'Dat is meestal zo.'

'Op Cyprus niet.'

'Het heeft geen zin daar nog bij stil te staan.'

Een paar maanden daarvoor was een van de meisjes van de kliniek op Cyprus ervandoor gegaan, om hulp te vragen voor complicaties die door onze artsen waren genegeerd. Het meisje was in het ziekenhuis opgenomen maar overleden, en Aleksei was op pad gestuurd om de sporen uit te wissen. Mijn taak was het om een nieuwe eiceldonor te zoeken, ter vervanging van de overledene. Het was een lastige situatie. Het meisje was een klasse apart geweest, een Tataarse die was afgestudeerd aan het conservatorium in Kiev, en de klant was een Tataar uit Amerika. Ik faalde in mijn opdracht, het lukte me niet op tijd een in etnisch opzicht geschikte vervangster te vinden, en ik was bang dat ik gedwongen zou worden in mijn vorige functie terug te keren. Maar de cheffin liet genade voor recht gelden, en ik zwoer dat ik de meisjes voortaan altijd naar een arts zou brengen als er een vermoeden van hyperstimulatie of interne bloedingen bestond. Ze geloofde dat de leidinggevende van de kliniek zijn artsenpapieren had gekocht en gaf mij opdracht de achtergrond van onze specialisten opnieuw te laten controleren. Een aantal van hen moesten we ontslaan. Aleksei slaakte een diepe zucht.

'Luister je? Jij regelt alles beter dan die stommeling op Cyprus.'

Hij had gelijk. Daria zou niet hetzelfde lot beschoren zijn als dat Tataarse meisje. Hoewel eiceldonatie, al deed je het maar één keer, altijd een risico inhield, waren er over de hele wereld meisjes die eicellen doneerden, en vele zelfs meermaals. Complicaties waren zeldzaam en er overleed zelden iemand. Het was een hele gok om dit wanhopige meisje, dat om geld verlegen zat, door mijn vingers te laten glippen. Als ik dat toeliet, zou ik geen enkele kans meer hebben haar terug te halen. Iemand anders zou haar krijgen, definitief.

Ik gaf een trap tegen de vuilnisbak en zoog zo hard aan de filter van mijn sigaret dat het gloeiende puntje knetterend tot halverwege kwam. De betonnen afvalbak bewoog niet eens. Het was een robuust exemplaar van Sovjetmakelij, uit een tijd waarin futuristische vormen het succesverhaal van de verovering van het universum moesten weerspiegelen. Aleksei zette een stap achteruit. Ik wuifde om aan te geven dat alles in orde was. Ik gaf nog een trap tegen de vuilnisbak en haalde een nieuwe sigaret uit het pakje. Ik had ons allang van dat honingraatvormige monstrum moeten verlossen. Maar het was er nooit van gekomen, en dus stond het onding er nog, net als veel andere objecten op de binnenplaats; die moest opnieuw geasfalteerd worden, of betegeld, en de muren konden nieuw pleisterwerk gebruiken. De elektriciteitsdraden rustten in trossen op het deurkozijn, als een kat op de mantel van een warme broodoven. Al het andere verbrokkelde, verloederde, schilferde en scheurde, maar de vuilnisbak niet. Hij riep het beeld op van een kever die in een betonnen put worstelt en niet over de rand heen kan kijken naar de wereld die zich daarachter ontvouwt. Maar ik zag die wel. Ik zag wat voor toekomst Daria zou kunnen hebben.

Ik haalde diep adem en ging weer naar binnen. Ik trof Daria in mijn kamer aan, starend naar de flarden van het servetje. Ze durfde nauwelijks te ademen. Zonder een blik op haar te werpen rangschikte ik wat spulletjes, waarna ik een intentieverklaring en een envelop met geld tevoorschijn haalde, hoewel ik nog niet met mijn cheffin had gesproken over dit nieuwe meisje. Zodra ze het contract en een ontvangstbewijs voor het bedrag had ondertekend, gaf ik Daria het geld. Daarmee kon ze schone lakens voor haar broer in het ziekenhuis kopen, en nog veel meer. Morgen zou broer Pavel alle medicijnen krijgen die hij nodig had, en de arts zou hem tijdens zijn ronde niet overslaan maar als eerste naar hem toe komen.

Ik had Daria in mijn zak, definitief en voorgoed. Ik zou bij haar nooit naar de maatregelen hoeven te grijpen die werden genomen als een donor dacht dat ze haar klanten kon afpersen of belazeren, of dat ze als zelfstandig ondernemer kon optreden. Daria zou van mij zijn omdat ik haar de dienst bewees die ze op dit moment nodig had.

Na afloop sprak ik met Aleksei over de verdere stappen. Als Pavel na zijn revalidatie weer arbeidsgeschikt was en een legale baan kreeg, met een beter loon, zou het jongere broertje de illegale mijn kunnen verlaten en zich op de middelbare school kunnen concentreren. Daria zou voor haar nieuwe werk veel moeten reizen en weinig thuis zijn, en dus wilde ik dat Pavel een baan zou krijgen bij zijn moeder in de buurt. Toch zou enige afstand tot de oude leefsituatie ook niet slecht zijn. Ik noemde de Karl Marxmijn in Jenakijeve als mogelijkheid, maar Aleksei schudde zijn hoofd.

'Daar ga je later wellicht spijt van krijgen.'

'Hoezo?'

'De veiligheidsmaatregelen daar zijn zoals ze zijn. Dat is een van de tientallen mijnen die vanwege problemen met de arbeidsveiligheid zijn gesloten.'

'Maar daar wordt toch gewoon gedolven?'

'Uiteraard.'

'Waar zijn de arbeidsomstandigheden dan wel in orde?'

'Nergens,' zei Aleksei lachend. 'Je volgt het nieuws blijkbaar niet?'

Hij had gelijk. Zodra iemand over steenkool begon, zapte ik naar een ander kanaal. Er waren te veel ongelukken, te veel mijnwerkersopstanden, en de steenkool stonk te erg in treinen, in de buurt van spoorlijnen en op treinstations. Maar Daria's familie hield dat soort dingen natuurlijk wel in de gaten.

'Nou, stel dan in elk geval íets voor.'

'Wat denk je van een steengroeve in Kryvyi Rih? Dat is wel ver weg.'

'Zijn de arbeidsomstandigheden daar beter? Wat gaat dat kosten?'

'Duizend dollar moet wel genoeg zijn.'

Kort na ons gesprek vond er in Zasjadko in Donetsk een methaanontploffing plaats die aan meer dan honderd mijnwerkers het leven kostte. Ze werden vlak bij de mijn begraven. Het betrof een dermate belangrijke gebeurtenis dat ik mijn ogen er niet voor kon sluiten. De kranten werden gevuld met rouwende familieleden, rode anjers als bloeddruppels en vrouwen die bonte zakdoeken samenknepen in hun handen, en wanneer ik zulke foto's in de krant zag, merkte ik dat ik zelf ook mijn vuisten balde. Ik volgde het nieuws niet langer. Maar aan het nieuws over de Karl Marx-mijnramp kon ik niet ontsnappen. Het leidde ertoe dat ik een aanzienlijke loonsverhoging voor Aleksei voorstelde, en de cheffin had daar niets op tegen, want de gemoedsgesteldheid van de donoren moest beschermd worden, zo redeneerde ze. Als een familielid wekenlang onder de grond zat opgesloten, al dan niet levend, was dat dermate zorgwekkend dat het hele donatieproces daardoor in de soep kon lopen.

Nadat ik alles met Daria had besproken belde ik haar moeder, om te vertellen dat Pavel een nieuwe werkplek had. Op de achtergrond klonk het gerinkel van flessen en het getingel van een telraam. Valentina Sokolova werkte nog steeds in de winkel, dezelfde waar ze eigenlijk al had moeten stoppen toen ik daar nog regelmatig kwam. Of misschien was het een andere winkel en was alleen het werk hetzelfde, evenals het telraam. Ik dacht aan het houten frame, door de jaren heen versleten, en keek naar mijn stijlvolle kantoor, de keurige stopcontacten – het eerste wat ik had laten renoveren toen ik was begonnen – en naar de muren, waarvan ik de schilferende verf uit de Sovjettijd had laten verwijderen. Ik had het toch maar ver geschopt, verder dan welke Sokolov ook, en ik zou nog veel verder komen.

Valentina Sokolova's stem klonk nog steeds hetzelfde en vertrouwd, alleen iets meer versleten, als een kalender van het voorgaande jaar. Tot mijn grote opluchting behandelde ze me niet als het kind van een vroegere vriendin, een kind aan wie ze kleverige snoepkussentjes had verkocht, maar als de werkgever van haar dochter: met respect. Haar lach klonk opgelucht toen ik haar het goede nieuws had verteld, al maakte ze zich zorgen over Pavels pensioen.

'Voor jullie jongeren lijkt dat misschien nog ver weg,' zei ze. 'Maar ik heb al zo vaak gezien hoe mannen ongemerkt in de illegale mijnen blijven hangen. Hoewel je je loon wekelijks in de hand krijgt, wat bij de staatsmijnen niet zo is, wreekt zich dat later omdat je niet op een pensioen kunt rekenen.'

Ik begon al bang te worden dat ze het verleden zou oprakelen en ging instinctief staan, alsof dat iets uitmaakte, maar ze was een wijze vrouw. Ze wist over welke dingen ze beter kon zwijgen en ging verder met haar gejammer over het pensioen. Misschien waren haar zorgen oprecht. Ik ging weer zitten en ging verder met het tekenen van de spiraal in mijn agenda. Hij vulde de tweede pagina al. Ik beloofde mezelf dat ik het gesprek zou beëindigen voordat ik bij het volgende weekoverzicht was aanbeland, en begon over de eerste stappen in Daria's carrière te babbelen. Ik wilde erachter komen hoeveel ze wist over het werk van haar dochter. Daria en ik hadden besloten dat ze buitenstaanders niet van haar werkelijke taak op de hoogte hoefde te brengen, en dat de mensen thuis mochten denken dat ze als model werkte, zoals Valentina Sokolova hoopte, en op grond van wat ze zei leek Valentina dat inderdaad te geloven. Toen begon ze weer over haar zoons.

'We hadden afgesproken dat ze aan het eind van hun shift altijd naar huis zouden bellen.'

Ik begreep niet waar ze op doelde, en of ze ergens op doelde. Ik wachtte of ze ter zake zou komen. Het telraam zweeg, er klonken geen stemmen van klanten. Ze was alleen en zou vrijuit kunnen spreken. Ik had niet gevraagd hoe het met de zoon ging die in het ziekenhuis was beland, en vermoedde dat het gesprek daarop zou overgaan. Ik had Aleksei opdracht gegeven in grote lijnen uit te zoeken wat er met Pavel was gebeurd, en volgens de militie was een mijngat op het erf van Pavels grootouders ingestort terwijl de broers naar steenkool aan het spitten waren. Bij dat nieuws had ik mijn wenkbrauwen opgetrokken – werk in de ploegendienst van een grotere illegale mijn was voor de Sokolovs dus niet toereikend. Het militielid had met een lachje gezegd dat dat soort ongevallen de hele tijd plaatsvonden, als mensen in hun hebzucht te veel wilden delven. Hij vond dat het gezin maar beter content kon zijn: beide zoons waren er levend van afgekomen en het huis stond nog overeind. Ik diepte een Analgin op uit mijn bureaula, slikte de pijnstiller door en ging verder met de spiraal op de bladzijde van mijn agenda. Ik zou het gesprek kunnen afbreken en er een berichtje achteraan kunnen sturen dat de accu van mijn telefoon helaas leeg was. Valentina Sokolova slaakte een zucht en ademde diep in.

'Op een keer draaide mijn zoon een dubbele dienst, wat hij niet aan zijn vrouw doorgaf. Mijn schoondochter kwam huilend naar me toe omdat Pavel aan het eind van de werkdag niets van zich had laten horen, en ik was ervan overtuigd dat ik mijn kind had verloren, maar die fout begaat hij niet nog een keer, zo hard kreeg-ie op zijn donder. Geen enkele moeder zou zoiets moeten meemaken. Geen enkele echtgenote.'

De secretaresse wierp een blik om de deur. Onze visumagent zat al een tijdje te wachten.

'Wat ik dus wil zeggen is dat ik hoop dat Daria niet met een kolendelver zal trouwen,' zei Valentina Sokolova nog. 'En ik wil ook niet dat ze weer hierheen komt. Daria heeft andere mogelijkheden. Ze studeert tenslotte aan de universiteit.'

Ik legde de pen neer. Nu begreep ik het. De moeder wilde niet dat haar dochter hetzelfde leven zou krijgen als zijzelf.

Ik durfde mijn cheffin niet over Daria te vertellen voordat ze een bezoek bracht aan ons kantoor in Dnipro. Onze investering in Daria zou zijn weggegooid als ze allergisch reageerde op de prikken of niet in staat was voldoende eicellen te laten rijpen, en mijn cheffin haatte weggegooid geld. Ik hoopte dat ik er beter in zou slagen uit te leggen waarom ik het risico had genomen als ik face to face met haar kon praten.

'We geven geen voorschotten,' zei ze met een strenge rimpel op haar voorhoofd. 'Daar hebben we onze redenen voor. En wat heeft die baan voor die broer gekost?'

Ik wees op de cijfers in de map die ik had samengesteld, speciaal voor dit bezoek. De cheffin zat op mijn stoel, achter mijn bureau, en wreef met haar vingers de lippenstift van haar tanden, om die in de vorm van rode vingerafdrukken naar het witte bureaublad te verplaatsen. Vroeg ze zich nu af of het wel een goed idee was geweest mij de verantwoordelijkheid te geven voor het kantoor in Dnipro? Had ik een grens overschreden? In de zaak-Daria had ik meer dan eigenmachtig gehandeld, en mijn cheffin was het Cyprus-schandaal nog niet vergeten. Daardoor waren er twijfels gerezen over mijn competentie, zodat het leek alsof mijn initiatieven keer op keer faalden. Ik kon me geen fouten meer veroorloven.

'Ik heb zelf ook wel eens op het verkeerde paard gewed,' merkte ze op; ze begon in de papieren te bladeren en mompelde iets over leren van je fouten. Ik had niet met de resultaten van Daria's gezondheidstests geknutseld. Het was niet nodig die te vervalsen. Erfelijke ziekten waren er niet gevonden. Er was een chromosoombepaling gedaan, de bloedtests waren in orde, evenals de echo. Haar IQ was uitstekend en de studie mijnbouwkundig ingenieur aan de Nationale Mijnbouwuniversiteit was niet gelogen, ook daarover had Daria de waarheid gesproken. Ik had ook haar taalvaardigheid laten testen. Haar Duits was precies zo goed als ze had beweerd, en ze had zich braaf aangemeld voor een talencursus om haar Engels te verbeteren. Cliënten die zelf maar één taal spraken zouden haar een genie vinden.

'Een spiermonster?' vroeg mijn cheffin verbaasd.

'Atletisch vermogen is voor veel klanten belangrijk. Daria heeft perfecte spiercellen, haar ACE-gen wijst op een groot talent voor hardlopen.'

'Heb jij dit verzonnen?'

'Ik las toevallig een artikel over de genotypen van het ACE-gen.'

Natuurlijk zou ik de resultaten niet hebben vermeld als ze ondermaats waren geweest, maar aangezien ik een behoorlijke som gelds in Daria had geïnvesteerd voordat we wisten of ze geschikt was als eiceldonor, had ik erop gegokt dat ik door deze nieuwe parameter op de clementie van mijn cheffin kon rekenen. Ik had gelijk. Ze keek zelfs niet naar de lijst met onkosten die ik had opgesteld. Die waren niet langer belangrijk.

'Jij bent een echte goochelaar,' zei ze terwijl ze de mappen dichtsloeg; er fonkelde een ware sterrenhemel in de diamanten van het zware horloge dat ze om haar pols droeg. 'Wat denk je, zou ze geschikt zijn voor dat echtpaar uit Helsinki? Ik neem aan dat je je die mensen nog kunt herinneren?'

Ik knikte. Ik had al eerder met het Finse paar kennisgemaakt, dat kortgeleden contact had opgenomen in de hoop de kinderschare uit te breiden. De vrouw had in haar jonge jaren op wedstrijdniveau geturnd en de man had zijn hardloopcarrière moeten afbreken vanwege een knieblessure. Sportief talent was voor hen een prioriteit waarvoor ze bereid waren te betalen.

De nagels die deze cliënte in mijn tandvlees had geboord stonden onuitwisbaar in mijn geheugen gegrift, evenals de industriële smaak van haar handcrème. Toch wilde ik niet dat Daria een zachtere landing in deze branche zou maken dan ikzelf had gehad. De kennismaking was een test.

'Heb je make-upremover?' vroeg de vrouw terwijl ze de inspectie van Daria's gebit afrondde.

'Uiteraard.'

Ik had een fles klaarstaan op een bijzettafeltje in de vergaderruimte. De vrouw ging hardhandig te werk, ze schrobde Daria's huid alsof ze een koekenpan schoonmaakte met een schuursponsje en gedroeg zich op dezelfde manier als eerder: vragen over de eiceldonor werden over het hoofd van de donor heen naar de coördinator geslingerd, maar tegen het meisje zelf sprak ze geen woord; ze had haar bij binnenkomst zelfs niet begroet, en desondanks wilde ze hen altijd persoonlijk ontmoeten en met eigen handen onderzoeken. Nadat ze Daria's gezicht had geschrobd en haar huid had gerekt en gestrekt ging de vrouw haar hele hoofdhuid af en testte ze de kwaliteit van het haar, hoewel ik die zelf ook al had gecontroleerd – geen extensions, geen weaves, de krullen waren echt. Uiteindelijk liet ze Daria's haar los, waaraan ze had zitten draaien zoals ze dat kort daarvoor met de ceintuur van haar kameelharen jas had gedaan, en ze slaakte een tevreden zucht.

'Zeg tegen d'r dat ze zich moet uitkleden.'

Ik vermoedde dat dit onderdeel de reden was dat haar echtgenoot de stad in was gestuurd met een gids. Toen ik hun eiceldonor was geweest had de man zich verdiept in de tsaristische geschiedenis van de stad; ditmaal was het de beurt aan het Sovjetmodernisme, waarvan in Dnipro nog genoeg gebouwen te vinden waren, uit de glorieuze tijd dat er raketten werden gebouwd. Ik had beloofd de vrouw na afloop mee te nemen naar restaurant Poplavok, dat de vorm had van een ruimteschip; de toer van de man zou daar eindigen, en ik zou een foto nemen van het echtpaar die ze naar hun vrienden zouden kunnen sturen om de aard van hun reis te onthullen: architectuurtoerisme.

Daria gehoorzaamde, legde haar kleren opgevouwen op de bank en maakte, na een korte warming-up, een spagaat. Ik was daartoe nog nooit in staat geweest. Mijn enkels bogen niet zoals die van een ballerina van het Bolsjoj, en mijn postuur was ook niet zo majestueus als het hare. De vrouw nam Daria op met haar blik en begon in haar spieren te knijpen. Alleen het feit dat Daria iets sneller slikte verraadde iets over haar gevoelens, en over haar ogen kwam een emaillen film. Ik was trots op haar. Ondanks haar gebrek aan ervaring gedroeg ze zich als een goed getraind paard.

'Ik was dol op Nadia Comăneci. Die turnster,' zei de vrouw. 'Ik wilde net zo zijn als zij. Jullie hebben zo veel talentvolle sporters hier.'

Ik beet op mijn lip, zei niet dat Comăneci niet uit Oekraïne kwam maar uit het Roemenië van Ceauşescu, waar ze absoluut niet had willen wonen. Het enige wat ze had willen zijn was de onoverwinnelijke Nadia, het meisje van de perfecte tienen dat een reisverbod opgelegd had gekregen om te voorkomen dat ze zou overlopen. Na afloop zouden Daria en ik hierom lachen samen. Wanneer ik genoeg foto's had genomen van het echtpaar op de oever van de Dnjepr zou ik Daria meenemen voor koffie met gebak en haar eraan herinneren hoeveel ze zou verdienen. Deze vrouw was echter een uitzondering. Normaal gesproken werden de eiceldonoren aanbeden. Bovendien zei de manier waarop de cliënt zich gedroeg tijdens het hele project nooit iets over het soort ouder dat hij of zij zou worden.

'Daria zou een atleet van olympisch niveau zijn geworden als ze haar enkel niet zo akelig had verstuikt,' bracht ik in herinnering.

'Ze is langer dan de meeste turnsters. Dan de meeste Oekraïners überhaupt.'

'Deze sport trekt alleen maar kleine mensen aan omdat de mogelijkheden om sport te bedrijven voor hen verder beperkt zijn. Daria had daarentegen een echte passie voor het turnen, en ook met het oog op de lengte van uw man is zij een uitstekende keuze.'

Ik hoefde helemaal niet verder te babbelen, de vrouw had al een besluit genomen. Ik voelde dat aan, door de warmte van haar lichaam en de dromerige blik die de vorm van Daria's schouders en haar lichaamsbouw goedkeurde, haar schoenmaat en de vorm van haar armen. De huid werd goed bevonden. De haren werden goed bevonden. De tanden en wenkbrauwen. Geen bril, geen bloedtransfusies, geen orgaantransplantaties, geen röntgen hier röntgen daar, geen gereis naar risicolanden, wat apart op het formulier moest worden aangegeven. Geen lichamelijke aandoeningen, geen psychische stoornissen, geen medicijnen. Zijzelf niet, haar moeder niet, haar vader niet, de grootouders van beide kanten niet, de broers en zussen niet, ooms en tantes niet, neven en nichten niet. Daria had zelfs geen gaatjes in haar gebit, en haar tandbeen was zo wit dat je zou denken dat het gebleekt was. Ze was perfect, en de vrouw wilde een perfecte dochter.

Ik kon de betovering van de vrouw wel begrijpen. Ik had zelf ook zoiets gevoeld toen ik Daria voor het eerst op de bank in mijn kantoor zag zitten. De stem van mijn vroegere agent weerklonk in mijn oren, een stem die de donor een carrière als een vuurpijl beloofde, en er schoten me dingen te binnen waarvan ik niet eens wist dat ik ernaar verlangde. Ik proefde de smaak van succes op mijn tong, en voelde in mijn hart hoe verliefd de camera's op me waren geweest, en ik wist dat ik ervoor kon zorgen dat ze Daria zouden aanbidden; Daria, die nu nog maar een onrijpe vrucht aan een pruimenboom was. Maar dat zou niet lang duren.

Het plan was binnen seconden gerijpt in mijn hoofd. Eerst hadden we een gezond kind nodig, dat zou bewijzen dat Daria geschikt was als eiceldonor. Na de geboorte van het kind zou ze belangrijker cliënten krijgen, meer loon, genoeg spaargeld in een sok om op tijd te kunnen stoppen. Ze zou een paar keer doneren, niet meer, in geen geval nog meer. In de tussentijd zou ik kapitaal bijeenbrengen, en langzaam maar zeker zouden we samen gaan nadenken over Daria's intrede in de modellenwereld. De catwalk was ons doel, met minder namen we geen genoegen.

In diezelfde periode volgde ik de duizelingwekkende opmars van Natalia Vodjanova, van de ene *Vogue*-cover naar de volgende. Ik herinnerde me goed hoe snel Sovjetgezichten uit de mode waren geraakt, hoewel nog maar kort daarvoor alle grote filmrollen naar gezichten waren gegaan die uitgerekend zulke gelaatstrekken hadden. De verandering kon sneller komen dan je dacht. Toch hadden de Slavische modellen hun glans nog niet verloren, en Daria had iets wat aan Vodjanova – die de bijnaam Supernova had gekregen – deed denken. Daria zou de volgende grote naam kunnen worden. Maar om succes te hebben had ze mij wel degelijk nodig, en niet alleen omdat wat aanmoediging af en toe wonderen zou doen voor haar gevoel van eigenwaarde, zoals het ook voor mij had gedaan. Zonder mij zou ze gegarandeerd dezelfde fouten maken als ik, en gedwongen zijn zich af te vragen waar ze voedsel vandaan kon halen en hoe ze haar huur moest betalen als ze niet meteen opdrachten kreeg.

Ik besloot een eigen appartement voor haar te regelen in Parijs, of anders zouden we een woning delen. Ze zou niet het leven hoeven te ervaren dat ik zelf had geleid in de groepswoningen van de agenturen, met hun stapelbedden. Natuurlijk waren de Russische meisjes in de meerderheid geweest, en een van hen had raar opgekeken toen ik Oekraïens had gesproken met een landgenote. Overbodige taal, blijkbaar. De gang van zaken had af en toe aan een Sovjetleger doen denken. Een van de meisjes maakte haar concurrentes ziek met behulp van wonderolie, zodat zij naar een casting kon terwijl de rest jammerend in bed moest blijven liggen. Iedereen beschouwde de anderen als de vijand. De veteranen weigerden de dingen die ze geleerd hadden met de onervaren meisjes te delen. Sommige meisjes konden de competitie en de honger niet verdragen en keerden terug naar huis nog voordat ze goed en wel waren begonnen. Sommigen deden naast hun modellencarrière escortwerk, anderen gingen helemaal over op die branche, of werden daartoe gedwongen. Dat zou Daria niet overkomen. Ik zou haar overal tegen beschermen.

Daria's fotogeniekheid was een klasse apart, zelfs op kiekjes die ze zelf gemaakt had, en zowel bij het doornemen van het voorselectieformulier als tijdens de ontmoeting met de eerste cliënt was gebleken dat ze geschikt was voor modellenwerk. Dankzij haar jaren als turnster was ze eraan gewend haar lichaam als een instrument te gebruiken, als een werktuig dat de blikken, woorden en onophoudelijke kritiek van anderen moest verdragen. Ze had een professionele instelling ten aanzien van haar lichaam. Bovendien zou het niet haar eerste bezoek aan het Westen zijn, wat het voor mij wel was geweest. De schappen met levensmiddelen in een gewone supermarkt zouden in haar ogen niet overdadig lijken. Ze zou niet vol verbazing blijven staan kijken bij iedere doorbuigende toonbank in iedere slagerij, vishandel en patisserie. Ze zou niet kwijlend door de straten van Parijs zwerven en niet geschokt zijn bij het zien van bloederig vlees, maar in plaats daarvan op de juiste manier antwoorden wanneer de obers vroegen hoe ze haar biefstuk wilde hebben. Dat soort blunders had ik begaan. Ze zou niet zijn zoals ik. Haar start zou stukken beter zijn. En ik zou haar niet bedriegen. Ik zou haar honoraria niet zwaarder belasten dan de fatsoensregels toelaten, en ik was van plan een pakkende bijnaam voor haar te lanceren. De Raket of zo. Dat klonk zelfs nog beter dan Supernova.

Wanneer ik Daria's agente was en we van de ene show naar de andere gingen, zou ik niet laten merken dat ik de mensen die we tegenkwamen kende. Ze zouden me groeten, naar me toe snellen om een praatje te maken, laten doorschemeren dat we vroegere vrienden waren, en ik zou mijn wenkbrauwen lichtjes optrekken terwijl ik me probeerde te herinneren of we elkaar inderdaad al eens hadden ontmoet. Ik zou verontschuldigend glimlachen. Ik zou me die mensen zogenaamd niet herinneren. Niet die fotograaf die me opdroeg mijn shirt uit te trekken, ongeacht het type fotosessie. Niet die man die ons voor varkens had uitgemaakt toen hij ons had betrapt op het eten van croissants, omdat we zo'n honger hadden. Niet een van die talrijke handen die je tijdens het passen nooit waarschuwden voor kopspelden of een schaar. Niet die hairstylist die zonder mijn toestemming mijn paardenstaart afknipte en me daardoor maandenlang de mogelijkheid ontnam aan fotosessies mee te doen waarvoor lang haar was vereist. Niet die vrouw die met een markeerstift lijnen over mijn heupen had getrokken om te markeren waar ik te veel vet had, alsof ik een slagersdiagram was. Ik zou me niemand van hen herinneren, en dubbel afrekenen met iedereen die te verstaan had gegeven dat ik maar beter mijn benen kon spreiden of ik zou geen werk krijgen.

Hoe meer ik erover nadacht, des te meer was ik bereid op sommige punten toe te geven. Daria wist niet dat mijn cheffin gestopt was met het opschonen van de achtergrond van de donoren, maar een geboorteplaats veranderen stelde op zich niets voor. Er waren altijd risico's verbonden aan het hele project, en sommige eiceldonoren kwamen later bij ons terug als cliënt. Er kon van alles gebeuren. Als ik een dochter had die overwoog donor te worden, zou ik haar aanraden daar pas aan te beginnen nadat ze zelf kinderen had gekregen, en dan nog. Zelf was ik ermee gestopt zodra ik het tot coördinator had geschopt. Ik kon me niet voorstellen dat Daria langer zou doorgaan als ze uit andere toekomstperspectieven kon kiezen, en dat kon ze.

Daria was een natuurtalent dat schitterend als een kerstboom oplichtte. Toch wilde ik met eigen ogen zien hoe het haar verging als seks, alcohol en veel andere dingen een tijd lang verboden waren, en daarom ging ik iedere dag met haar wandelen, uit eten en boodschappen doen. Niets leek haar te storen. Aangezien gezwollen benen een probleem zouden kunnen worden, zette ik tijdens een rondje shoppen koers naar een schoenenwinkel, waar ik haar aanspoorde om op kosten van de zaak laarzen en twee paar schoenen te kopen, één maat groter dan normaal. Toen we met de schoenendozen de winkel uit liepen lachte ze tot ze tranen in haar ogen had.

'Ik kan vrouwen die om een film moeten huilen nu veel beter begrijpen. Ik ben nooit zo iemand geweest,' snikte ze terwijl ze haar arm onder die van mij door stak. 'Het is alsof ik iemand anders ben. Alsof ik de ziel van iemand anders bezit, het gevoelsleven van iemand anders. Jij zou dit ook eens moeten proberen. Dit is geweldig.'

Ik herinnerde me hoe ik me voelde na een eiceldonatie: het onophoudelijke overgeven, de gevoelige buik en de warmwaterkruiken. Hoewel Daria de wisselende stemmingen die door de hormonen werden veroorzaakt als een spannend avontuur zag dat een wijzer mens van haar zou maken, wilde ik het gesprek toch op iets anders brengen. Naast de schoenenwinkel bevond zich een bontzaak. Ik maakte Daria daarop attent en kwam op het idee haar een bonus te beloven als de punctie een gunstig resultaat gaf. Een bontvestje, van vossen- of wolvenbont. Bij die belofte vormden haar wenkbrauwen een boogje, en toen moest ze weer niezen.

De honingtaart even later in het lunchcafé had een opwekkend effect op haar, en ze knipte met haar vingers in het ritme van het klingelende telraam bij de kassa.

'Hoe gaat het met je studie, te midden van dit alles?' vroeg ik. 'Mocht het zo zijn dat de punctie op een dag met tentamens valt, laat dat dan alleen aan mij weten. We betalen de arts ervoor dat hij een briefje schrijft voor afwezigheid wegens ziekte.'

Daria leek zich daar niet druk om te maken.

'Ik ben efficiënter dan ooit!' riep ze uit. 'En je hebt geen idee hoezeer moeder zich zal verheugen wanneer ik begin op te zwellen. Ze is bang dat ik als model zal omkomen van de honger.'

Bij de eerste punctie werden er een stuk of veertig gezonde en levendige eicellen geoogst. Daria weigerde langer dan één avond te rusten; ze wilde de stad in om haar welslagen te vieren. Met een ongelofelijk gemak paste ze bovendien het vestje van vossenbont dat ik haar had beloofd. Na het shoppen gingen we uit eten, en hoewel Daria tijdens het lopen haar jas open moest houden vanwege haar pijnlijke buik, oogde ze, toen ze voor de stoplichten stond te wachten, als een ree hoog boven op een bergkam, niet op een meisje uit het Donetsbekken dat op het scharnierpunt in een harmonicabus haar evenwicht probeert te bewaren.

Terwijl we aan tafel plaatsnamen vroeg ik min of meer achteloos hoe het met haar hartsaangelegenheden zat. Daria sloeg haar ogen neer. Ik bedekte mijn mond met een champagneglas om mijn irritatie te verbergen. We moesten een punt zetten achter haar relatie.

'Het is goed om plezier in het leven te hebben, maar mannen kunnen slecht tegen vrouwen met een eigen carrière,' zei ik. 'En dat is wat jij nu bent.'

Daria had daar duidelijk nog niet bij stilgestaan. Ze beschouwde zichzelf nog steeds als een studente voor wie een lunch in de mensa al een luxe was. Toen ik haar aanspoorde de zalm in het restaurant te proberen, gingen haar ogen snel even over de prijs op de menukaart. Ik concentreerde me op het bekijken van de kaart, alsof ik die belangrijker vond dan ons gespreksonderwerp. Ze moest het idee hebben dat ze zelf het besluit nam.

'Ik hou van mijn vrijheid,' zei ze even later energiek.

'Lieve schat, je kunt natuurlijk daten wie je wilt. Weet je al wat je gaat bestellen?'

Ik deed of ik over de tafeltjes heen naar een ober speurde.

'Reizen gaat vast stukken makkelijker zonder man.'

'Als je dat maar weet,' lachte ik. 'Nadat de betovering van het begin is weggeëbd, verandert iedere romantische aanbidder in een lastpak die eist dat je z'n shirts wast, en die z'n vrouw niet bij het fornuis vandaan laat. Of droom je er al van zelf kinderen te hebben?'

Daria keek geschokt.

'Als je behoefte hebt aan een medereiziger, kun je je moeder meenemen. Of je broer en zijn gezin.'

'Ik neem aan dat zij de reden van de reis niet mogen weten?'

'We zeggen dat het om fotosessies gaat. We nemen ze mee op uitstapjes waarbij je alleen maar kennismaakt met je cliënten, meer niet. Uiteraard regelen wij de reispassen, visa en al het andere,' zei ik. 'Ik neem aan dat je je moeder wel een vakantie in Spanje of Amerika gunt?'

Daria glimlachte.

'Weet je, ridders te paard kom je ook in de toekomst nog genoeg tegen.'

Ik wist zeker dat de gozer die haar het hof maakte nu verleden tijd was. Daria was een slimme meid, en ik was van plan haar de wereld te laten zien zonder die minnaar – die ontwikkelden zich meestal tot een blok aan je been. Slechts weinig mannen beseften dat de toestand van een eiceldonor zich allesbehalve leende voor een intiem samenzijn als het moment van de punctie dichterbij kwam. Soms moest de consensus van de wederhelft gekocht worden met een nieuwe telefoon of een ander geschenk. Soms, als de aanstaande op de hoogte was van het soort werk dat zijn vriendin deed, wilde hij de donor begeleiden op haar reizen – waarbij hij ervan uitging dat wij ook voor hem zouden betalen, en dat het één grote zonvakantie betrof. Als de donor haar bron van inkomsten echter geheim had gehouden, leidde de onthulling er meestal toe dat de verloofde eiste dat ze zou stoppen met het werk. In het geval van Daria wilde ik een dergelijk risico niet nemen.

Wanneer zich een geschikte reis zou voordoen en we in een stad terechtkwamen waar ik een goede fotograaf kende, zouden we beginnen met het opstellen van een portfolio, en dan zou Daria haar ouders kunnen vertellen over echte fotosessies, echte honoraria, echte tijdschriftcovers. Er kon niets misgaan.

# Helsinki

## 2016

Nadat ik de taxichauffeur had betaald bracht ik Daria naar de lobby van haar hotel; ik knikte in het voorbijgaan naar de receptiemedewerker en trok Daria achter me aan de lift in. Eenmaal in de kamer aangekomen plofte ze neer op de beddensprei, die zo strak als een envelop om de matras heen was gevouwen; het zou haar zonder hulp niet lukken eronder te kruipen. Aangezien ik vermoedde dat ze binnen een paar tellen in slaap zou vallen, moest ik snel handelen. Ik duwde de laptop die ik op de tafel zag staan onder haar neus en vroeg haar een vlot muziekje op te zetten, Svetlana Loboda of zo, en schonk haar tegelijkertijd een cognacje uit de minibar in. Verbazingwekkend genoeg slaagde Daria erin haar wachtwoord in te typen voordat ze het bewustzijn verloor, en zo kreeg ik een ontgrendelde laptop in handen. Toen ze eenmaal gelijkmatig ademde zette ik de muziek uit. Ik ging op de rand van het bed zitten om op adem te komen en keek om me heen. In de topjaren van mijn modellencarrière zou het Radisson Royal geen indruk op mij hebben gemaakt, maar nu was ik in tijden niet in een hotelkamer geweest die door anderen werd schoongemaakt in plaats van door mij, en ik moest terugdenken aan het Radisson in Kiev. Nadat ik was gestart met mijn baan bij de agentuur had mijn cheffin over dat hotel gesproken als was het een vuurtoren waar we koers naar zetten. Voordat het Radisson in de hoofdstad aanlegde was ze wanhopig geweest over de accommodatiemogelijkheden in Oekraïne. In de stilstaande hitte van onze zomers gaf het behangpapier in hotelkamers een geur af die op buitenlanders een minder vertederend effect had dan op mij. Zij vonden dat het muf rook, terwijl de geur mij aan mijn kindertijd deed denken. Ze verwonderden zich over de hotelkaartjes, lieten de kamersleutels in hun handen klingelen alsof ze de tijd waarin sleutelkaarten nog niet bestonden waren vergeten, wogen de zware sleutelhangers alsof het om ongedefinieerd antiek ging, en ze waren verbijsterd als ze zagen hoe we ook in gebouwen van tien verdiepingen de kamers luchtten door de ramen te openen, waar ze dan slikkend een blik uit wierpen. Dat soort dingen wekte bij hen twijfel over het niveau van onze service, en over de veiligheid ervan. Veiligheid was een woord dat ze steeds weer herhaalden. Mijn cheffin had haar buik er vol van.

Het Radisson Kiev maakte een eind aan de meeste accommodatieproblemen van ons kantoor, en mijn cheffin had alle reden blij te zijn. Andere hotelketens zouden volgen en al snel het hele land voorzien. Het vertrouwen in Oekraïne was groot na de Oranjerevolutie; onze activiteiten in zowel Dnipro, Harkova als Odessa zouden een hoge vlucht nemen, en de aantrekkingskracht van het land werd nog vergroot door de visumvrijstelling voor EU-burgers. In de loop der jaren nam het vertrouwen in het tempo van de ontwikkelingen af, zoals altijd, maar voordat ik werd overgeplaatst naar het kantoor in Dnipro sprak ik altijd in het Radisson af met cliënten. Nooit had iemand geklaagd over het apathische personeel of de bobbelige kussens, die altijd zo vochtig waren dat je aan een kelder moest denken. Zodra ze de lobby van het hotel binnenstapten kregen de cliënten het gevoel dat ze min of meer in Europa waren, en dat gevoel had ik ook gehad. Of nog beter. Het was als een oneindige verjaardag geweest. Ik had net mijn leven teruggekregen, had de huiskamer van mijn moeder achter me gelaten, was verliefd geworden op het voorjaar in Kiev en had met Vopli Vidopliassova meegezongen terwijl ik autoreed, in mijn eigen auto van eerste kwaliteit.

Daria werd niet wakker, ook niet toen ik met mijn pink in

haar wang prikte, die zijn elasticiteit had verloren. De groeven die bij haar neusvleugels begonnen waren sneden in papier, haar kin was ruw als een broodkorst en haar huid vertoonde de bleke kleuren van de late herfst, alsof ze al bezig was te vergaan. Die associatie maakte dat ik een stap achteruitzette en mijn vinger afveegde aan de sprei. Ik wilde haar niet aanraken, en toch zou ik dat moeten als ik de telefoon, waar ze bovenop lag, te pakken wilde krijgen. Die was ik vergeten. Ik vroeg me heel even af of ik haar op haar zij zou draaien. Dat deed ik niet, ik wurmde alleen mijn hand onder haar rug. Ze werd niet wakker. Haar oogleden trilden niet eens toen ik haar duim op het beeldscherm drukte om de telefoon te ontgrendelen. Het ging moeiteloos. En toch was ik nerveus.

Het eerste wat ik deed was de foto's van mijn paspoort verwijderen, gevolgd door die van mijn gezicht. De belgegevens verrasten me: die ontbraken. De oogst op Daria's laptop was al net zo mager, haar browsegeschiedenis was leeg. Maar foto's waren er meer dan genoeg, zowel van het gezin in het hondenpark als van mij. Met stijve vingers koppelde ik Daria's telefoon aan de computer, en ik stak de USB-stick die ik op de bodem van mijn jaszak had gevonden – met het logo van ons bedrijf erop – in een poort om de foto's te kopiëren. Ik zag mijn rug voorbijkomen, een uitgestrekt been, een laars waarvan ik de rits had geopend om de pijn aan het eind van een lange werkdag te verminderen. De neus van de laars was afgesleten, en was wit als de snuit van een oude hond. Ik wierp een blik op Daria. Ze sliep nog steeds, snoof in alle rust, zonder berouw om het feit dat ze mij op privémomenten had bespied en die had opgeslagen, evenals mijzelf, mijn slechte postuur, de ingezakte schacht van mijn open laars, de dochter van het gezin, de wilgenkatjes die ze vasthield, en haar broer. Zelf had ik het nooit gewaagd foto's van hen te nemen. De manier waarop Daria naar de kinderen in het park had gekeken joeg me net zoveel angst aan als het feit dat ze mij had gevonden. De schaamteloosheid waarmee ze hen had gefotografeerd bezorgde me een kriebelende huid. Kon ze zich herinneren hoe mijn vader eruit had gezien? Had ze in de jongen in het hondenpark mijn gelaatstrekken of die van mijn vader herkend?

Ik zoomde in op de foto op de telefoon. De jongen kneep zijn ogen tot spleetjes in het zonlicht. Hij zou een charmeur worden, dat was nu al duidelijk te zien, net zo duidelijk als mijn eigen ondergang; het gevoel van schaamte dat me overspoelde was verpletterend. Mijn haren stonden alle kanten op. De uitgroei was duidelijk te zien. Mijn kleren waren haveloos. Dit was de toestand waarin de kinderen mij zagen. De jongen zag het.

Het moment met de wilgenkatjes was vereeuwigd op een avond voorafgaand aan de Heilige Week, toen ik de moeder met een andere hondenuitlater hoorde babbelen over paastakken. Geïnspireerd door het gesprek besloot ik chocolade-eitjes te kopen en een geschikt moment af te wachten. Ik zou ze aan het meisje geven in ruil voor een door haarzelf versierde wilgentak – een traditie in Finland – en tegelijkertijd ook de jongen een paar eitjes aanbieden; die zou de lekkernij niet kunnen weerstaan, ook al was hij al te groot voor geknutsel met paastakken. We zouden met elkaar praten. Wij zouden met elkaar praten.

Maar dat gebeurde niet. De eitjes smolten en kleefden vast aan de voering van mijn jas, of anders kwam dat door mijn klamme hand, die steeds weer afdwaalde naar mijn jaszak, en steeds vergeefs. Ik besefte dat het een geschift plan was. Iedere ouder zou een volwassene die op hun kinderen afkwam en hun lekkers aanbood verdacht vinden. Toch kon ik een gevoel van teleurstelling niet onderdrukken, en daardoor was ik waarschijnlijk minder waakzaam dan anders. Dat was de enige verklaring voor het feit dat ik niet had gezien dat Daria op hetzelfde moment in het park was als ik. Maar hoe kon het dat ik haar niet eerder had opgemerkt? Was ik zodanig in de ban van het gezin dat ik blind was geworden voor mijn omgeving? Daria had mij geobserveerd, haar camera als een vizier op mij gericht, was misschien zelfs op hetzelfde bankje gaan zitten als ik – en desondanks was ik in leven. Ze had genoeg tijd gehad om mijn verblijfplaats door te geven aan mijn vroegere cheffin of aan jou. Of om te regelen dat ik een ongeluk kreeg. Dat had ze niet gedaan. Ze zat niet achter mij aan. Ze wilde geen wraak op mij nemen. Onze ontmoeting was niet meer dan een toeval, mogelijk gemaakt door mijn zwakte, en dat had ik alleen aan mezelf te wijten. Ze had de afgelopen maanden meer foto's gemaakt van het gezin in het hondenpark dan van mij. Er waren geen foto's van mijn voordeur, geen foto's van de routes naar mijn werk, geen foto's van mijn moeder. Maar van het gezin in het hondenpark waren er meer dan genoeg, net als van hun voordeur, hun ramen. Daria had de namen van de kinderen gehoord toen de ouders hen hadden geroepen. Ze was hier voor het gezin, niet voor mij. Ze had de waarheid gesproken. Was het gezin zo belangrijk voor haar, net zo belangrijk als voor mij?

Ik herinner me hoe moeilijk ik het vond in Helsinki te aarden. De opluchting die ik voelde om mijn geslaagde ontsnapping was in een zucht verdwenen, en de winter was één donkere, slapeloze nacht. Op het laatst wist ik niet meer waarom ik de moeite had genomen om te vluchten, en waarom ik me naar mijn werk sleepte, alleen maar om terug te keren in mijn monotone woning, waar de koffiekopjes nog op de plek stonden waar ik ze die ochtend zelf had achtergelaten, en waar alleen geuren van mij hingen, alleen rotzooi van mij lag, nooit van iemand anders. Ik had nooit geweten dat ik naar zulke dingen kon verlangen.

Mijn vroegere enthousiasme om talen te leren was verdwenen, en voor lezen ontbrak me de concentratie, maar toch was er nog iets van mijn oude zelf over. Mijn oren functioneerden nog steeds en pikten automatisch nieuwe woorden op uit gesprekken van voorbijgangers. Daardoor moest ik weer aan het gezin in het hondenpark denken. Ik zat in de tram en achter mij bevond zich een tweetal dat het over luxeappartementen in de stad had. Eén woord klingelde in mijn oren als een lepeltje in een theeglas. Siltasaari. Ik kende die wijk. Mijn vroegere cliënten kwamen uit Siltasaari. Ik klemde mijn vingers om de rand van mijn zitplaats. Toen het echtpaar zich opnieuw tot ons kantoor wendde omdat het een tweede kind wilde, werkte ik al als coördinator, en terwijl ik het papierwerk voor het gezin regelde kwam ik eindelijk hun naam en adres te weten. Het internet vertelde me de rest. De man was een ingenieur met een goed salaris, de vrouw marketingmanager in een grote onderneming. Hun leven had toen al perfect geleken. Ik had Siltasaari op de kaart bekeken, had foto's van het water van de Töölönlahti bewonderd zonder te vermoeden dat ook ik daar op een dag zou rondlopen, en dat mijn flatje op een steenworp afstand van hun huis zou liggen. Nadat het echtpaar met onze hulp het gewenste aantal kinderen had gekregen had ik besloten hen te vergeten, en aan dat besluit had ik vastgehouden.

Ik kon hen ieder moment tegen het lijf lopen.

Bij die gedachte kreeg ik een droge mond.

Bij de volgende halte stapte ik uit. Ik trilde ongecontroleerd, alsof ik net uit een wak was geklommen. Ik had een Fins paspoort en een nieuw leven in een stad die naar de zee rook, maar mijn zorgvuldig gebouwde ijspaleis dreigde te smelten, en ik voelde het al kraken. Ik belde met de nummerinformatiedienst, ondanks de belkosten, en hoopte dat het gezin was verhuisd. Maar mijn hoop was ijdel en mijn broze rust was verstoord. Steeds als ik naar buiten ging vroeg ik me af of ik het gezin tegen het lijf zou lopen, of ik in dezelfde rij voor de kassa zou belanden, op hetzelfde moment op het postkantoor, bij de tramhalte of de kiosk zou zijn. Zou ik hen überhaupt herkennen? En zouden de ouders nog weten wie ik was, en zo ja, wat zou er dan gebeuren? Was de vrouw het type moeder dat ze had voorgegeven te zijn, of was ze heel anders? Was ze nog steeds blond, droeg ze nog steeds dezelfde kameelharen jassen als voorheen, was ze thuis met de kinderen of had ze een baan? Deden broer en zus aan hardlopen en turnen, zoals de vrouw had gemijmerd? Ik móest zien hoe ze eruitzagen.

Toen die gedachte zich eenmaal in mijn hoofd had genesteld, brandde ze als een mosterdpleister die te lang op mijn huid had gezeten. Ik wist dat het brandende gevoel alleen zou weggaan als ik het gezin zou opsporen. Terwijl ik hun sociale media bestudeerde hield ik mezelf voor dat ik dat alleen deed om mijn eigen veiligheid te waarborgen. Ik moest de kinderen herkennen om valkuilen te kunnen ontwijken. Ik stelde me onophoudelijk voor hoe een ontmoeting zou verlopen, en mijn fantasie kende geen grenzen. Ik besefte dat ik beter zou kunnen verhuizen, ver weg van hier. Maar voor iemand als ik was de woningmarkt een uitdaging; de huur van mijn tweekamerflat was laag omdat de woning in een slechte toestand verkeerde, en de wijk waar ik woonde beantwoordde aan mijn behoeften: anoniem, en bevolkt door immigranten. Het zou niet makkelijk zijn een gelijkwaardige woning te vinden.

Ik bespiedde het gezin op internet, maar kwam niet meer over hun leven te weten dan fragmenten van de dingen die ze anderen wilden laten zien: updates over de ijshockeyavonturen van de zoon, de paardrij- en turnlessen van het meisje, foto's van de hond in het park, foto's van de hond op het trainingsveld, foto's van de hond op tentoonstellingen en van de rozetten die hij won, van raaigras met Pasen en een licht, Scandinavisch getint interieur. Veel berkenhout, lappenkleedjes als zomerse wolken, vensters zonder gordijnen – het gezin hield van natuurlijk licht. Ik maakte een wandeling in Siltasaari, keek naar de hogere etages van het gebouw, maar ook aan de ontbrekende gordijnen en de openheid had ik niets: het gezin woonde op de bovenste verdieping, en ik zag alleen het licht dat uit hun ramen stroomde. Mijn honger werd er erger door.

Toch durfde ik niet verder te gaan. Ik nam er genoegen mee hun doen en laten via internet te observeren en creëerde zelfs een nepprofiel op de sociale media om mijn geluk te beproeven. Het gezin leek een actief sociaal leven te leiden. Ik ging ervan uit dat ze niet zouden opkijken van het vriendschapsverzoek van een onbekende vrouw, dat ze dat zonder erbij na te denken zouden accepteren, en ik had gelijk. Ik ging ongemerkt op in de massa en kreeg portretfoto's van de kinderen te zien die niet openbaar waren. Ik kwam ook hun namen te weten: de jongen heette Väinö, het meisje Aino. Ik zei tegen mezelf dat het genoeg was nu. Ik had datgene gekregen waarvoor ik was gekomen. Ik zou de gezinsleden herkennen en hun uit de weg kunnen gaan als ik een van hen tegenkwam. Ik wist nu dat het goed ging met de jongen, en ik wist hoe hij eruitzag. Tot mijn verbazing leek hij meer op mijn vader dan op mij: hun wenkbrauwen hadden dezelfde vorm, hun neus kromde op dezelfde manier, hun haren waren donker.

Achteraf is het moeilijk te begrijpen waarom ik uitgerekend door een vliegtuig dat in de lucht ontplofte in actie kwam, waarom dat me ertoe bracht het gezin te benaderen. In juli 2014 schoten de Russen een Maleisisch passagiersvliegtuig neer, en die gebeurtenis leidde ertoe dat ik roekeloos bezoekjes begon te brengen aan het hondenpark. Er bestond geen enkel verband tussen die twee dingen. Ik was in Helsinki, het vliegtuig stortte neer in Oost-Oekraïne, in een door Rusland bezette streek, en er was niemand bij betrokken die ik persoonlijk kende. Maar de wrakstukken kwamen neer in een gebied dat ik me maar al te goed herinnerde.

Toen ik het nieuws hoorde was ik bezig het aanrecht bij een bejaarde man thuis schoon te maken. Ik merkte dat het geluid van de tv aanzwol, en tegelijkertijd begon de telefoon in mijn zak te trillen. Ik wierp er een blik op. Moeder. Ik nam niet op. Ik pikte losse woorden op uit de droge zinnen die de nieuwslezer sprak en die trokken me met geweld in de richting van de woonkamer. Het opaatje kwam overeind van de bank, keek om beurten naar mij en naar het beeldscherm en zei: jij komt uit Oekraïne, toch?

Ik liep terug naar de keuken, dronk een glas water en keek toe terwijl het water uit de kraan stroomde en draaide de kraan naar rechts en naar links, van koud naar warm, en concentreerde me op de gedachte dat men hier zonder een ingewikkeld zuiveringssysteem water uit de leidingen kon drinken. Hier vond je in de badkamers geen boilers die op gas werkten. De kinderen die hier opgroeiden wisten niet eens wat dat was. Als ze een bezoek brachten aan Oekraïne, zouden ze de waterkiosken niet herkennen. Ze zouden denken dat de waterzuiveringsautomaten die uit de muren van de huizen staken frisdrank verkochten, ze zouden onbezorgd en uit gewoonte water uit de kraan drinken en zich verbazen over de verblufte gezichten van de lokale bewoners als die dat zouden zien. Ik concentreerde me op de waterdruppel aan de zijkant van mijn glas alsof al het andere er niet toe deed, ook al probeerde de monotone stem van de nieuwslezer met de koppigheid van een boor in mijn hoofd door te dringen, en de telefoon trilde in mijn zak. Ik wilde niets weten over de mensen die op dat moment in Oost-Oekraïne woonden. Niets over degenen in wier tuin het lichamen, lichaamsdelen, hoofden en handen had geregend, niets over degenen die een verbrande Nederlander dwars door hun dak hadden zien vallen. Ik wilde niet horen over mensen die in hun kelder zouden gaan wonen en wier kinderen op weg naar school langs brokstukken van stoelen uit de cabine zouden lopen, en ik wilde niet weten welke gevolgen dat alles voor het verloop van de oorlog zou hebben. De Russen beschuldigden de Oekraïners en de Oekraïners de Russen. Niemand leek te weten wat er nou echt was gebeurd.

De wereld had nog nooit van het dorpje Hrabove gehoord voordat het Maleisische vliegtuig erboven ontplofte. Ineens waren alle landen die burgers in het vliegtuig hadden gehad – tweehonderddrieëntachtig passagiers en vijftien bemanningsleden – betrokkenen in het geheel, en ik begon al te denken dat er daardoor een eind zou komen aan de oorlog. Dat de buitenstaanders er meteen een eind aan zouden maken. Maar het moment vervloog snel; ik spoelde mijn kinderlijke fantasie weg met nog een glas water en besefte dat de gebeurtenis geen enkel effect zou hebben. De oorlog zou doorgaan, er zouden meer lijken volgen, onthoofd of verbrand of in spoorloze stukjes uiteengespat, er zouden misschien ook meer vliegtuigen uit de lucht vallen, en niemand zou ooit ter verantwoording worden geroepen.

Het opaatje glipte de keuken in, de ogen nog steeds op het tv-scherm gericht. Ik verplaatste mijn gewicht naar mijn andere been. Ik haalde diep adem. Kneep in het glas. Ik staarde naar de worsteling van een waterdruppel onder de oppervlaktespanning. Nog even en de oude man zou vragen wat er aan de hand was en of Poetin soms gek was geworden, en hij zou pas ophouden met vragen stellen als hij een antwoord had gekregen dat het journaal hem niet zou geven, iets authentiekers, iets wat hij zou kunnen verspreiden, aan zijn kinderen kon vertellen.

De sfeer op het werk was alleen al door de krantenkoppen over de revolutionairen die zich op het Maidanplein hadden verzameld veranderd, of liever gezegd kwam dat door de stijgende spanningen. Toen president Janoekovitsj zijn troepen op de Maidan-activisten had losgelaten waren de mensen ontwaakt, de kranten waren wakker geworden en de journalisten alert, en iedere Fin die ik tegenkwam keek nu met andere ogen naar mij, alsof het ineens tot hen was doorgedrongen dat hun schoonmaakster afkomstig was uit een land waar iets gaande was. Waar een volksopstand aan de gang was. Waar allerlei dingen aan het licht kwamen over de president. Een president die een marionet van Rusland bleek te zijn, een echte hufter. Voor die tijd hadden ze mij waarschijnlijk als Russische beschouwd, en daarom wilde iedereen die zijn beklag deed over het nieuws eerst zeker weten waar ik vandaan kwam. Ik zei dat ik uit Kiev kwam, niet uit Oost-Oekraïne, en als ze dat hoorden zuchtten de Finnen van opluchting, tegelijkertijd hun leedwezen betuigend. Daar waar ik voorheen onzichtbaar was geweest, had de revolutie mij nu te zichtbaar gemaakt, en al snel werd ik door de oorlog tot een uitroepteken voor de mensen.

In het begin schrok ik daarvan, totdat ik besefte dat het om medeleven ging. Ik herinner me hoe ik op een keer ruziede met een Russische schoonmaakster bij wie ik geregeld Analgin en Korvalol kocht, dat ze meebracht uit Rusland, omdat zij vaker daarheen reisde dan dat mijn moeder naar Finland kwam. In de loop der jaren waren we een goed functionerend team geworden, en ik was zelfs op haar verjaardag geweest. Door de oorlog veranderde dat. Een bejaarde bij wie we de ramen aan het lappen waren kwam ons gezelschap houden bij het werk en begon uiteindelijk vragen te stellen over de situatie in Oekraïne. Mijn collega ontplofte en noemde de Oekraïners bloeddorstige fascisten, waarop ik een fles glasreiniger naar haar hoofd gooide. Dat incident kwam ook onze superieuren ter ore, en ik was bang dat ik ontslagen zou worden. Maar de Finnen protesteerden op hun eigen manier, en veel klanten lieten het bedrijf weten dat ze bij hen thuis geen behoefte hadden aan Russen. Ik mocht de diensten van de Russen overnemen, en kreeg de waarschuwing niet over Poetin te praten tijdens het werk. Niemand wilde een politiek slagveld thuis, of op de aardbeienvelden of andere werkplekken waar het personeelsbestand een mengeling was van Oekraïners, Russen en vertegenwoordigers van andere nationaliteiten die meer of minder bij de kwestie betrokken waren. Naar het scheen was elders hetzelfde overeengekomen. Door de pers werd dit de aardbeienvrede genoemd.

De Finnen vroegen aan mij wat de veiligste manier was om hulpgoederen naar de aanhangers van de revolutie te sturen. Sommigen haalden herinneringen op aan de Winteroorlog, en een jaar na het begin van de gevechten begonnen de oudere mensen zich af te vragen of de oorlog zich misschien ook tot hier zou uitbreiden. Als gevolg van de economische sancties die aan Rusland waren opgelegd werd kaas die voor de Russische markt was bestemd voor een spotprijs in Finland verkocht, en in de volksmond werd dan ook van Poetin-kaas gesproken. Er werden grapjes over gemaakt, de kazen werden met karrenvrachten tegelijk ingekocht en ze werden een echte hit. Ik kreeg ze cadeau van de mensen bij wie ik schoonmaakte, en samen moesten we erom lachen.

Nadat het vliegtuig was neergestort weigerde ik naar de radio te luisteren, tv te kijken of nieuwsberichten op internet te lezen. Mijn moeder, die toen net bij mij op bezoek was, wilde dat wel, en ze wilde terug naar huis. Ik liet haar niet gaan. De oorlog kon zich uitbreiden, de grenzen konden dichtgaan, er kon om het even wat gebeuren. Aan het eind van de werkdag werd ik opgewacht door een woning die in een Babel van nieuwszenders was veranderd. Mijn moeder volgde de gebeurtenissen in het Oekraiens, Russisch, Engels en Fins, hoewel ze van die talen er maar twee begreep. Ik zette de tv uit, een keer zelfs tijdens het Oekraiense volkslied. Moeder zette hem stiekem weer aan. Hier gingen we wekenlang mee door. Ik zweeg toen ze zei dat de pijn van degene die er niet bij kan zijn altijd groter is. In tegenstelling tot mijn moeder dacht ik niet meer aan het vliegtuig, aan lichaamsdelen die uit de lucht vielen, aan de vluchtelingen uit Donetsk die de straten van Dnipropetrovsk vulden, aan zakenmensen die hun vermogen van Donetsk naar Dnipro hadden overgeheveld, aan hoeveel haast jij wel niet moest hebben. Ik dacht aan het gezin in Siltasaari en vroeg me af hoe dicht ik bij hen in de buurt zou durven komen. Mijn moeders woorden, en de stemmen van de nieuwslezers, waren als regen die op het raam viel, die ik zag maar die mij niet raakte. Het was alsof ik niet eens begreep wat dat was, dat water dat tegen het glas spatte, waar het vandaan kwam en waarom.

Misschien werd die verandering in mij veroorzaakt door het feit dat het vliegtuig uitgerekend in de lucht boven Snizjne explodeerde, op slechts een paar kilometer afstand van het huis waar mijn grootouders van vaderskant hadden gewoond. Maar noch de manier waarop Snizjne door Russische troepen was ingenomen, noch het feit dat er in de regio nu vlaggen wapperden van de volksrepubliek Donetsk, noch de stroom vluchtelingen uit het Donetsbekken, noch enig ander nieuws over de oorlog had een soortgelijk gevoel bij me losgemaakt. Geen enkel lijk had dat. Niet één vermiste persoon of gevangene, niet de rijen gewonden. Niet de beelden van colonnes met wapens beladen vrachtwagens op weg van Rusland naar het Donetsbekken, die volgens de Russen humanitaire hulp brachten. Niet de beelden van het bombardement op Snizjne en de nasleep daarvan, van mensen die zich naar kelders hadden begeven, van in vloerkleden gewikkelde lijken, van zakken langs de kant van de weg, van typische *tabletka*-ambulances met hun koplampen als ronde ogen. Niet de video's waarin een woedende bewoonster Poetin te hulp riep en het Oekraïense leger uitschold voor fascisten die hun eigen volk vermoordden, niet het feit dat dezelfde vrouw ook op andere plaatsen werd gezien, waar ze zich eveneens als lokale bewoonster voordeed – nu eens als een moeder uit Odessa, dan weer als de moeder van een soldaat uit Kiev, of als een antimaidanist uit Harkova. De Russische televisie liet haar lokale vrouw uitgebreid aan het woord voor de camera. Op een keer had ze voor een ingestort gebouw in Snizjne met een scherf in haar hand staan praten als een *politruk*, een commissaris van de communistische partij belast met de politieke scholing van de soldaten. Achter haar vloeiden de ingewanden van het gebouw naar buiten. Het Oekraïense leger beweerde dat zijn vliegtuigen niet in de lucht waren geweest tijdens het bombardement in kwestie, en Rusland werd ervan beticht de aanslag te gebruiken om Oekraïne als schuldige aan te wijzen; er waren genoeg ooggetuigen die Russische tanks hadden gezien. Geen van deze nieuwsberichten verraste me, en ik was ook niet verbaasd toen later bleek dat de groep Russen die de raket had vervoerd waarmee het Maleisische vliegtuig was neergehaald, op klaarlichte dag met zijn tanks dwars door Snizjne was gereden, en zelfs bij supermarkt Foersjet was blijven staan om even te rusten. Misschien hadden de mannen honger gekregen. Misschien hadden ze een zakje zonnebloempitten gehaald, of iets stevigers, kip gewikkeld in lavash. Ik dacht aan Prospekt Lenina, waar de met narcissengeel golfplaat beklede winkel zich bevond; aan de mannen met een shoarmabroodje in hun handen die bier uit tweeliterflessen slurpten, aan het zweet op hun voorhoofd. Of misschien wilden ze ijs en water. In juli was het zo heet in Snizjne. Misschien dat de mannen zichzelf afkoelden met dezelfde soort *plombiir*-ijs als ik dat had gedaan; ik had het zachter wordende ijswafelbakje in mijn hand gehouden en me afgevraagd hoe ik kon vluchten uit deze negorij. De supermarkt met de gele golfplaten was er toen nog niet, maar misschien hadden de soldaten hetzelfde gedacht, hadden ze hun taak vervloekt omdat die hen naar zo'n afgelegen streek had gevoerd, hadden ze over vakantie en vriendinnen gedroomd en toen hun mond afgeveegd, het afval op de grond gegooid en het v-teken gemaakt naar voorbijgangers, om dan op weg te gaan om een vliegtuig op te blazen.

Het huis van mijn vaders ouders was fraai en goed onderhouden geweest. Misschien werd het nu bewoond door het gezin van een separatist, en misschien wroette dat gezin nu in onze kolen. De nieuwe machthebbers hadden de leiding over de kopanka's overgenomen en verdienden er geld mee. Mijn moeder dankte de Heilige Maagd Maria voor het feit dat mijn grootouders geen getuige hoefden te zijn van de vernielingen, de hebzucht en de plunderingen. Het was mijn moeder die zich daaraan ergerde, niet ik. Het enige wat ik dacht was dat die uithoek kreeg wat hij verdiende. Wat mij betreft mocht elke hellingtunnel en elke mijnschacht exploderen, elke hoogoven uitdoven en elk gebouw instorten, en nu schaamde ik me voor die gedachten. Op slechts een steenworp afstand van ons vroegere onderkomen bevonden zich mogelijk honderdduizenden Russische soldaten. Vijfenzeventig procent van de Russische burgers steunde de oorlog tegen Oekraïne. De hoogte van dat getal, die hoeveelheid soldatenlaarzen, hakte er zo hard in bij me dat mijn oren ervan suisden. Dat kon je niet met een schouderophalen afdoen, niet negeren door de tegenstanders uit te schelden voor *vatniks*, idioten die slaafs achter Poetin aan liepen. Ze waren wel degelijk van zins ons te doden.

Ik had Snizjne altijd gehaat, de hele regio, maar ineens voelde dat verkeerd. En het voelde ook verkeerd dat ik de stad die mijn thuis had kunnen worden in de steek had gelaten. Ik merkte dat ik me afvroeg hoe alles zou zijn gegaan als we in het huis hadden kunnen blijven wonen dat papa voor ons had gekocht, en als ik nooit naar Parijs was gevlucht. Zou ik dan net zo gelukkig zijn geworden als ik in Kiev was geweest, nadat ik eindelijk de teugels van mijn eigen leven in handen had gekregen? Of zou ik vol enthousiasme een familiebedrijf hebben opgebouwd? Zou ik me met mijn vaders zaken hebben ingelaten, zou ik ook in Snizjne met Vopli Vidopliassova hebben meegebruld in de auto, of zou ik iets anders hebben gezongen? Zou ik verliefd zijn geworden op een jongen uit de omgeving, getrouwd zijn, samen met mijn kinderen de familiegraven hebben bezocht met paasbroodjes in mijn mand? En zou dat alles uiteen zijn gevallen door de oorlog, zouden er verbrande lichaamsdelen op mijn eettafel zijn beland, zou mijn zoontje patroonhulzen en scherven hebben verzameld om mee te spelen, zou mijn man of mijn vader met de separatisten hebben onderhandeld over de mijnen, de kopanka's en de steenkooltransporten, zou mijn moeder zich verzet hebben en zou mijn vindingrijke vader akkoord zijn gegaan? Misschien zou hij het naar zijn zin hebben gehad te midden van de nieuwe machthebbers. Misschien zou hij rijk zijn geworden.

Of misschien zou hij een kogel in zijn nek hebben gekregen en zouden we hoe dan ook zijn gevlucht, ofwel naar mijn tante in Mykolajiv, ofwel samen met andere vluchtelingen naar Dnipro of Zaporizja; misschien zouden we daar intrek hebben genomen in een container en zou ik elke avond hebben gebeden dat de nieuwe bewoners van oma's huis de kogel kregen of op een landmijn trapten of door een troep wilde honden werden aangevallen, en ik genoot als ik eraan dacht hoe hongerig de honden zouden zijn die door de vluchtelingen waren achtergelaten, want dat zouden ze zijn, totaal verwilderd, nog wilder dan de wilde honden van Tsjernobyl.

Maar we waren lang geleden al uit Snizjne vertrokken, en ik had niet deelgenomen aan de revolutie, aan geen enkele, had geen enkele zijde gekozen, had me niet bij de separatisten gevoegd en ook niet bij het Oekraïense leger, dat nu ook vrouwen rekruteerde; ik had geen van de dingen gedaan die ik gedaan zou hebben als ik nog in Oekraïne zou zijn, maar volgde in plaats daarvan het verloop van de oorlog vanuit een stad waar dat soort dingen slechts krantenkoppen waren, en om een of andere reden moest ik aan strofen van Jevgeni Jevtoesjenko denken. Die tolden door mijn hoofd alsof ik nu pas begreep wat ze betekenden.

*Ik ben iedere grijsaard die hier is doodgeschoten.*
*Ik ben ieder kind dat hier is doodgeschoten.*
*En niets in mij zal dit vergeten.*

De woorden dreunden onophoudelijk in mijn hoofd, als een ongenode gast die weigert bij de deur weg te lopen. Ik werd er 's nachts wakker van. Ik merkte dat ik ze op papier noteerde, hoewel ik bezig was een boodschappenlijstje te maken, en ik schrok op toen ik merkte dat ik ze hardop had gemompeld terwijl ik de vloer dweilde. Ze lieten me met rust toen ik het aandurfde het hondenpark te bezoeken.

Het bankje in het park veranderde in de zachte stoel van een bioscoop, waarin ik me liet wegzakken opdat ik aan niets anders zou denken. Ik keek naar het leven van het gezin als naar een verhaal dat het mijne had kunnen zijn als alles anders was gelopen.

De eerste keer dat ik het waagde het park binnen te stappen bood de schemering me genadig beschutting. Ik sloop naar het bankje waar iemand van het gezin vaak zat. Ik ging voorzichtig zitten, alsof de latten van glas waren, en keek naar de omgeving, hun omgeving, en ik stelde me voor hoe hun leven eruitzag, in een land waar honden hun eigen park hadden, dat beter onderhouden werd dan de recreatiegebieden die in Oekraïne voor mensen waren bedoeld. Ik ging het park rond, boom voor boom en het hek om de hondenlosloopweide volgend, en ik rekende uit hoeveel seconden ik nodig zou hebben om naar de straat te komen als ik betrapt werd. Ik oefende. Ik hijgde. Er was niemand te zien, behalve een hoofd dat een eind verderop voorbijflitste, waarschijnlijk van een dakloze. Er kwam niemand vragen wat ik aan het doen was. Bij daglicht zou het een andere situatie zijn. Desondanks besloot ik het te wagen. De volgende keer zou ik overdag komen, en vervolgens op het tijdstip waarop het gezin de hond uitliet. Ik zou 'm smeren als ik ook maar het vermoeden had dat ik werd herkend, al ging het maar om een blik die iets te lang bleef hangen. Dan zou ik niet terugkeren. Ik zou mijn haren verven, een woning elders zoeken, misschien in een andere stad, ik zou nieuw werk zoeken. De gezinsleden zouden denken dat ze zich vergist hadden. Ze zouden een tijdje hun omgeving in de gaten houden maar de hele kwestie al snel weer vergeten, en tot de conclusie komen dat hun fantasie een loopje met hen had genomen. En als dat niet zo was, zou de agentuur hen wel weten te kalmeren. Daar waren ze gewend aan paranoïde cliënten die belden wanneer ze meenden in onbekende mensen de gelaatstrekken van hun kinderen te zien. Niemand op kantoor zou hen serieus nemen.

Nadat ik een week lang moed had verzameld ging ik bij stralende zonneschijn naar het park. Onderweg controleerde ik met een handspiegeltje hoe ik eruitzag. Mijn jas had een capuchon met koordjes, die ik keer op keer aantrok en losser maakte. De zonnebril gleed van mijn neus door het zweet, en de boeken van de bibliotheek wogen zwaar. Ik had de tegenwoordigheid van geest gehad om die mee te graaien, toen ik besefte dat ik er niet mocht uitzien alsof ik zat te niksen. In en rond het park waren hondensnacks met vergif erin aangetroffen, en de mensen waren op hun hoede. Ik had me goed voorbereid, en desondanks werd ik geplaagd door het gevoel dat ik niet goed genoeg was voor de kringen waarin het gezin verkeerde, zelfs niet goed genoeg voor het park waar ze vaak kwamen. Door het verdwijnen van mijn levensstandaard was ik de incarnatie van mijn nieuwe beroep geworden. Niets aan mij herinnerde nog aan de persoon die ik was geweest. Mijn huid verwelkte, de poriën werden zo wijd als wakken in het ijs. Lippenstift had ik verruild voor vaseline, panty's van honderd euro voor lompen van liefdadigheidsinstellingen. Ik droeg net als de lokale bevolking een rugzak, en het was lang geleden dat ik me daarmee belachelijk had gevoeld. Van mijn vroegere ik was niets meer over, en dat was ook precies de bedoeling. Ze zouden mij niet herkennen. Desondanks vond ik het gênant om er zo bij te lopen. Ik was bang voor de minachting in de ogen van de jongen bij het zien van een vrouw die tot het uitschot behoorde, mocht hij toevallig mijn kant op kijken. Hielden mijn angsten mij tegen? Natuurlijk niet. Ik was niet in staat te stoppen, niet meer.

Toen ik het gezin eindelijk in levenden lijve voor me zag, klampte ik me aan de armleuning van het bankje vast, ervan overtuigd dat hun hond kon ruiken wat mijn intenties waren. Hij was zo scherpzinnig, zo alert als het om zijn omgeving ging, dat het niet anders kon of hij besefte welk gevaar er van mij uitging. Terwijl de schnauzer op mij afstormde zou de moeder naar me toe rennen. Ze zou schreeuwen en haar viervoeter verdedigen, zeggen dat hij zoiets nooit deed, en dan zou ze mij herkennen.

De hond bleef niet staan om aan me te snuffelen, laat staan dat hij kwispelde.

De vrouw hield het meisje in de gaten, dat met de hond stoeide.

De man concentreerde zich op zijn telefoongesprek.

De jongen was bij de poort blijven staan en leek niet te merken wat er om hem heen gebeurde.

De telefoon had zijn aandacht opgeëist.

Ik kwam langzaam overeind en liep in de richting van de jongen, en ik wist zeker dat de vrouw zou gaan gillen en op mij af zou stormen, me in mijn gezicht zou krabben met haar door de manicure geharde nagels, aan mijn haren zou trekken en me weg zou sleuren, en de man zou niet proberen haar te stoppen. Een buitenstaander zou de politie bellen. De man zou er haastig met zijn kinderen vandoor gaan en mijn voormalige cheffin bellen.

Ik bleef even staan, op een paar meter afstand van de jongen. Hij wendde zijn blik niet van het scherm van zijn telefoon, de vingers gingen door met tikken. Hij zag me niet. De hond, die op de losloopweide rondrende, onderbrak zijn spelletjes niet om verstijfd naar ons toe te komen en naar mij te grommen. De neus van de jongen was nog steeds die van mijn vader, maar zijn doorschijnende huid had hij van mij.

Ik besefte dat de angst om herkend te worden uit mijn eigen verwaandheid voortkwam, dat die een zweem van mijn vroegere ik was, die geheel overtuigd was geweest van haar eigen onvervangbaarheid. Ik had beter moeten weten. Zelfs als ik nog steeds regelmatig naar de kapper zou gaan, zelfs als het leer van mijn handtassen nog steeds van dezelfde hoge kwaliteit was als voorheen, dan nog zou het gezin mij niet herkennen. Mensen als ik waren onzichtbaar. De herinnering aan ons gezicht smolt weg als sneeuw, omdat geen van onze cliënten zich wilde herinneren dat wij bestonden.

Op een dag, toen het vroor, gebeurde er iets onverwachts:

de vrouw benaderde mij. Op een bankje zitten lezen was in de winter niet geloofwaardig, en dus had ik er een gewoonte van gemaakt om te doen alsof ik een wandelingetje maakte door het park. Ik zag hoe de vrouw het hek van de losloopweide opende. Ik verhoogde mijn tempo en was van plan de straat over te steken voordat de vrouw mijn kant op zou komen. Maar ze bleef bij de omheining staan, en toen ze zag dat ik tussen de auto's door naar de overkant glipte kwam ze op me af, en het leek alsof ze me probeerde in te halen. Ik wist zeker dat ik in de val zat. Ze had me herkend. Ik bleef staan. Wat als ik het gewoon allemaal maar liet gebeuren? Ik sloot mijn ogen. Wachtte op de klappen. Maar nee. Ze begroette me, verontschuldigde zich voor de overlast en verzekerde me dat ze me niet lang zou ophouden. In eerste instantie begreep ik niet wat ze zei over het verdwijnen van het daglicht en de onaangeroerde sneeuwlaag. Toen besefte ik het. Ze wilde graag dat ik een foto zou nemen, om die als kerstkaartje naar familieleden te kunnen sturen, en er was verder niemand in het park die ze om hulp kon vragen. Het was zo'n uitzonderlijk mooie dag, en ze wilde het vluchtige licht en het maagdelijke sneeuwdek niet verliezen.

Ik legde het winterse landschap en het in de buitenlucht stralende gezinsgeluk vast zoals alleen iemand die zo'n idylle ontbeert dat kan.

Toen ik klaar was knikte de vrouw me vluchtig toe. De rest van het gezin volgde haar voorbeeld. Een lichte glimlach, een knikje, een groet. De hond kwispelde en liet zich klopjes geven. Het meisje zocht nog het meest contact. De jongen minder, of helemaal niet. Hij keek zelfs niet mijn kant op, laat staan dat hij glimlachte, zoals het meisje, dat haar moeders voorbeeld uitbundig volgde. Toch was ik hoopvol, en ik begon lekkernijen mee te nemen naar het park. Ik zou die stiekem aan de hond voeren, zodat we vrienden zouden worden. Ik vertrouwde op het langetermijngeheugen van het dier, en maakte mezelf wijs dat zo'n situatie zich vast nog eens zou voordoen. De vrouw zou wederom de hulp van een voorbijganger nodig hebben, wanneer de weersomstandigheden perfect waren of de vorm van de wolken of de avondgloed bijzonder fotogeniek was. Gaandeweg zou het lichte hoofdknikje zich tot een babbeltje ontwikkelen, woord voor woord, tot het steeds meer op een gesprek leek; de hond zou, denkend aan de snoepjes, onophoudelijk met mij willen spelen, en dan zou ook de jongen blijven staan en me begroeten.

Zover kwam het nooit.

Er kwam een eind aan de lichte hoofdknikjes.

De hond kwispelde tegen anderen, niet tegen mij.

Het verbaasde me hoezeer het me raakte, hoeveel dat kleine knikje voor me had betekend, hoezeer ik verwachtte dat de situatie zich in een andere richting zou ontwikkelen. Die avond leegde ik de fles horilka die Boris had gestookt en die mijn moeder had meegebracht, en ik hield mezelf voor dat ik had gekregen wat ik had gezocht: zekerheid over het feit dat het gezin mij niet herkende, en bewijs dat de ouders goede eigenschappen hadden. De vrouw was de moeder die ze had beweerd te zijn. De man was een vader zoals ik me hem had voorgesteld. Van mijn familie was alleen een zweem in de gelaatstrekken van de jongen terug te zien. Ik was erin geslaagd een plakje van hun leven te stelen op een moment waarop ze als gezin nog qualitytime met elkaar doorbrachten, en dat moest voldoende zijn. Over een paar jaar zou de jongen niet meer meekomen naar het park, en de vrouw zou terugverlangen naar de dagen waarop hij het ijs nog van zijn wanten had gezogen. Heel even nog, en dan zou de jongen naar de middelbare school gaan, en later misschien naar de universiteit, en als dat zo was, zou hij een fatsoenlijke studietoelage krijgen en niet hoeven te leven van zakken aardappels die zijn ouders hem toestuurden. Als hij in het leger ging, was de kans klein dat hij moest vechten. Hij zou na schooltijd niet in een kopanka hoeven rond te kruipen om met as en zwavel bezoedelde steenkool te delven, en hij zou zijn rackets en sticks niet tot wapens omvormen door er spijkers in te slaan. Hij zou niet leren hoe je van gloeilampen molotovcocktails maakt. De oorlog zou zijn familie niet uit elkaar drijven, net zomin als een revolutie dat zou doen. Zijn auto zou niet in de fik worden gestoken. Zijn telefoongesprekken zouden niet worden afgeluisterd. Hij zou geen dashcam kopen voor het geval de agent die hem tot stoppen maande hem zou proberen af te persen, of voor het geval hij van een fictief ongeval werd beschuldigd. Niemand zou hem in plastic wikkelen en naar de vuilnisbelt karren, hij zou onbezorgd zijn deur kunnen opendoen voor onbekende mensen. Na zijn afstuderen zou hij een woning kopen die geen inbraakalarm hoefde te hebben, en hij zou geen elektrische kachels hamsteren voor het geval Rusland de gaskranen dichtdraaide. Hij zou niet weten dat er sociale weeskinderen als Boris bestaan, die nooit naar school hadden gemogen en die voorgoed in een instelling zouden achterblijven als er niet een familielid als Ivan was om ze te redden. Als de jongen op een dag Oekraïne zou bezoeken, zou dat voor een vakantie zijn en zou hij zich net als alle andere westerse toeristen gedragen. Hij zou foto's nemen van de airconditioners die aan de buitenmuren van de flats hingen en daarom moeten lachen, maar ook verrukt zijn over omaatjes die bloemen verkochten langs de kant van de weg, die in de loop van het oogstseizoen wortels aan hun aanbod toevoegden en aan het eind van de zomer bessen. De jongen zou vinden dat de kromgebogen oudjes iets authentieks hadden, iets oorspronkelijks. Daar bestond ook een woord voor, armoede, maar dat zou hij niet kunnen benoemen. Hij zou niet met dezelfde liedjes meehuilen als mijn moeder en ik, niet om dezelfde grappen lachen, niet dezelfde taal spreken, niet dezelfde manieren leren. Hij zou niet zijn hand uitsteken naar zijn vriendin wanneer die uit de auto stapte, haar niet voorzichtig bij de elleboog pakken op de trap.

Hij zou niet naar watermeloenen, abrikozen, kastanjebloesems of muurschilderingen op de huizen verlangen. Hij zou geen ondefinieerbare heimwee voelen, want hij zou een thuis hebben om naar terug te keren, en ik stelde me alle nare dingen voor waaraan hij zou ontkomen doordat zijn thuis hier was, en ik herhaalde die in gedachten, opdat ik niet aan alle goede dingen zou denken die hem niet ten deel zouden vallen, die mij niet ten deel waren gevallen.

Ik dronk de hele nacht, omdat alle beslissingen die ik had genomen de juiste waren geweest, ondanks het feit dat jij en ik en onze zoon net zo hadden kunnen zijn als het gezin in het hondenpark, het gezin dat alle vrije tijd samen doorbracht. Ik zou ieder voorjaar een nieuwe trenchcoat hebben gehad, en haar dat door een kapper in model was geföhnd, en op luie ochtenden zou jij wakker zijn geworden met een ontbijtje dat door onze zoon met kleverige handjes op het dienblad was gezet, en in je zakken zou je blokken en stenen hebben aangetroffen, en in het najaar esdoornbladeren waarmee hij kwam aanzetten.

Dat alles zou tot de mogelijkheden hebben behoord als ik je meteen bij onze eerste ontmoeting over Snizjne en Daria had verteld. Misschien dat er dan helemaal niets verkeerd was gegaan. Jij zou me hebben vergeven voor die kleine verfraaiing, iemand anders zou in mijn plaats promotie hebben gekregen en carrière hebben gemaakt, maar ik zou niet gedwongen zijn geweest jou te verlaten, te vluchten.

Ik had ook het nieuws over onze zoon Olezjko met je moeten delen, en dat had ik meteen moeten doen, zodra ik wist dat ik in verwachting was van ons kind. Ik was het van plan. Ik ging ervan uit dat je de moeder van je kind eerder zou geloven dan alle anderen, mocht alles in de soep lopen. En zelfs als je me niet geloofde, dan nog zou je me helpen, gewoon omwille van je zoon.

Daria draaide en mompelde in haar slaap. Ik kon haar niet verstaan. Ik legde het kussen dat ik had vastgeklemd neer en stretchte mijn vingers, die stijf waren geworden van het knijpen. Ik móest doorgaan. Daria's telefoon bevatte duizenden foto's, de oudste waren van drie jaar geleden. Over mijzelf vond ik niets nieuws. Maar dat bracht geen verlichting. Ze had andere vrouwen gedocumenteerd. Ze had moeders en kinderen geobserveerd. Ze had stiekem foto's gemaakt van mensen die ik voor geen goud had willen terugzien in haar bestanden, en het was zelfs nog erger dan ik me had kunnen voorstellen, want tussen de voormalige cliënten vond ik ook de belangrijkste van allemaal.

De foto's van Lada Kravets en haar kinderen waren van recente datum en van griezelig dichtbij genomen, en het waren er een heleboel. Dat vormde een gevaar waar ik mijn aandacht op had moeten richten. Maar mijn hart beval me anders te handelen: het dwong me de thumbnails af te speuren naar jou, zodra ik de Kravetsen daarop had herkend. Jij was daar ergens. Ik móest je gezicht zien. Je handen. Je nek. Je auto. Je schaduw. Het vertrouwde terras van Mimino, waar je het zo naar je zin had, of het vertrouwde lunchcafé in Wenen. Een van veraf gefotografeerde eettafel waaraan Lada Kravets haar kanten sjaal schikt, en jij zit naast een of andere vrouw, een vrouw die duidelijk de jouwe is. Ik hoefde maar een glimp te zien van de plaatsen die jouw plaatsen waren, de plaatsen van de familie Kravets, en dan wist ik dat jouw ademhaling op de foto was opgeslagen, zo niet meer. Als er geen spoortje van jou te zien was, zou het je zijn vergaan zoals ik altijd had gevreesd. Dan zou jij niet achter mij aan komen. Iemand anders zou dat doen. Misschien dat het makkelijker was zo.

Ik herkende je meteen, hoewel je rug maar voor de helft op de foto stond: je rechterschouder was nog steeds iets hoger dan je linker, de houding van je hoofd oogde vertrouwd. Ik vergrootte een foto die onlangs was genomen. Lada keek toevallig recht in de camera en maakte een gezonde en gelukkige indruk, iets wat ze voorheen nooit had gedaan – en zo te zien was ze volkomen onwetend van de stiekeme fotografe die haar kinderen bespioneerde. Lada's zoontje hield zijn moeder bij de hand vast en een onbekende vrouw duwde een kinderwagen met een meisje erin. De haren van de vrouw – vermoedelijk de kinderjuffrouw – waren niet gestyled, en een zelfgemaakte rok bedekte haar hobbelige heupen. Naast hen dribbelde een toypoedel die gehuld was in een Burberry-jas. Naar de huizen die achter de bomen opdoemden te oordelen bevond het gezelschap zich op dat moment in de Londense wijk Belgravia. Hoe bestond het dat jij het gevaar dat jullie beloerde niet opmerkte? Was Daria zo vaardig dat ze zelfs aan jouw blik wist te ontsnappen? Ik had gedacht dat jij alerter zou zijn dan ooit, na alles wat ik had gedaan.

Ik wist niet wat ik moest denken. Natuurlijk had ik erbij stilgestaan dat jij misschien de schuld zou krijgen van alles. Maar eigenlijk geloofde ik daar niet in. Jij was iemand die altijd overleefde, of je had je plek opnieuw opgeëist, dat stond nu vast. Anders zou je niet op dezelfde foto staan, niet zo dicht bij de schoondochter van je baas en zijn kleinkinderen. Dat vertelde me het enige wat relevant was: dat jij nog steeds deel uitmaakte van de familie Kravets. Jij, van alle mensen uitgerekend jij. Je was ouder geworden, je was dezelfde, je was in leven. Maar hoelang nog, als de Kravetsen te weten kwamen dat Daria hen had bespioneerd, onder jouw ogen?

Ik had het op een lopen moeten zetten, weg uit de hotelkamer, ik had al op de vlucht moeten zijn. In plaats daarvan zocht ik naar verdere foto's van jou, en gretig scrolde ik door de thumbnails op de camera, totdat een aantal kiekjes van oude krantenartikelen mijn aandacht trok. Op een ervan hield Lada Kravets haar baby vast. Op de achtergrond was het blauw van de Partij van de Regio's te zien. Ik kon me die gelegenheid van zes jaar geleden nog goed herinneren, en bij het zien van de foto's werd ik teruggeworpen in de zaal waar we zij aan zij de speeches van de eregasten hadden gevolgd. We hadden bij de muur gestaan en de cameralens ontweken. Ik sloot mijn ogen en voelde jouw ademhaling in mijn nek, de warmte van jouw lichaam tegen mijn flank, en in mijn zweet kon ik jouw geur onderscheiden. De hitte trok groeven in mijn rug en mijn nieuwe laarzen knelden, hoewel ik ze een week lang met sterkedrank had opgerekt. De dag was gevuld geweest met heildronken, toespraken en internationale sprekers. Ons streven was om de catastrofe van het jaar daarvoor goed te maken, toen we gedwongen waren geweest de varkensgriepvaccinaties die we uit de Verenigde Staten hadden gekregen te retourneren. Het gewone volk meende dat de werkelijke bedoeling van de vaccinatie was om de armlastige bevolking te steriliseren; pure eugenetica. Het gerucht dat de Amerikanen een complot hadden gesmeed had zich als een lopend vuur verspreid, evenals een mazelenepidemie, voor de zoveelste keer, en dezelfde politici en zakenlui die de geruchtenmolen op gang hadden gebracht, spraken nu ten overstaan van de gasten in gladde bewoordingen over het doen herleven van de eigen vaccinatieproductie. Het maakte een goede indruk als Lada Kravets en haar baby bij een dergelijke gelegenheid aanwezig waren, en aangezien ik talrijke stichtingen voor de bevordering van het welzijn van het kind vertegenwoordigde, had ik dezelfde taak als zij: de geschonden reputatie van het land herstellen. Om de productie te kunnen starten moest er meer steun van de Duitse delegatie worden losgepeuterd, en jij fluisterde in mijn oor dat de gasten de pest in hadden over apparatuur die ze lang geleden hadden opgestuurd, als schenking. Die was bedoeld om een begin te maken met de productie waar we nu financiering voor nodig hadden. Tien jaren waren er verstreken; de apparatuur was niet in gebruik genomen, en waar die zich fysiek bevond, was evenmin bekend. De Duitsers voelden zich bedrogen en waren kwaad, hun wil om te helpen was verdwenen, ze hadden geen vertrouwen in het vaccinatieprogramma van de kersverse regering. Je zou iets kunnen doen, fluisterde jij. Zoals? vroeg ik. Glimlachen, opperde jij, in ieder geval glimlachen. Ik moest de delegatie ervan overtuigen dat de nieuwe winden alles zouden veranderen en dat president Janoekovitsj de juiste man op de juiste plek was.

Bij het diner werd ik naast een Duitser neergezet. Ik vertelde hem dat we voor de zekerheid alle meisjes lieten vaccineren voordat ze bij ons bureau op de lijst kwamen, en alleen met vaccins waarvan de kwaliteit door onze eigen artsen was bevestigd. Ik kon geen hap door mijn keel krijgen, schoof het eten rond op mijn bord tot het leek alsof ik gegeten had, en ik dronk de wijn die ook de Duitsers werd geserveerd. Ik zei tegen mijn buurman dat ze maar beter konden capituleren. De kwestie beter konden laten rusten. Dat onze ministers met de financiële steun van de Duitsers liever hun datsja's verguldden, en dat ze beter ter plaatse een kijkje konden gaan nemen in de sanatoria voor tbc-patiënten, waar het geld van hun landgenoten eveneens aan was uitgegeven. Ik durfde te wedden dat er in de verste verte geen patiënt te zien was.

Ik beëindigde mijn ononderbroken litanie pas toen ik een veelbetekenende blik van jou kreeg vanaf de overkant van de tafel. De Duitsers zaten me roerloos aan te staren. Ik had me in de nesten gewerkt, dat wist ik al, dus wat maakte het allemaal nog uit. Ik zou jou hoe dan ook verliezen. Wat deed het er nog toe wat ik uitkraamde.

De volgende ochtend vertelde je dat de delegatie volkomen onverwacht op weg was naar de Krim. Ze wilden een bezoek brengen aan de zorginstellingen die ze financieel hadden ondersteund, en jij wilde weten of ik daar iets mee te maken had. Ik maakte me klein in mijn vestje van vossenbont en hield vol dat ik mijn best had gedaan. Op de Krim zouden de reizigers worden opgewacht door een stapel stenen, en ze zouden begroet worden door het met gras overwoekerde standbeeld van Lenin, in de tuin waar de mijnwerkers die vroeger in het glorieuze sanatorium behandeld werden hun tijd hadden doorgebracht.

Maar mijn gedrag ten opzichte van de Duitsers was een uitzondering. Het tijdstip van hun bezoek viel toevallig samen met zo'n dag waarop mijn zenuwen het dreigden te begeven. Ik slaagde er desondanks in boven water te blijven en me normaal te gedragen, behalve dan tijdens zo'n zeldzame uitbarsting waarvan jij er eentje te zien kreeg toen. Jij verbeeldde je nog steeds dat datgene wat wij hadden kon standhouden, en ik deed wat ik kon om ervoor te zorgen dat dat zou gebeuren. Jij hield mijn hand vast omdat we minnaars waren, en ik hield de jouwe vast omdat ik bezig was te verdrinken.

Afgelopen jaar had moeder het gerucht gehoord dat Lada Kravets met haar gezin naar Wenen was verhuisd. Ze vertelde dat tussen neus en lippen door, en ik deed alsof me dat volkomen koud liet, hoewel ik al snel achter mijn computer zat om foto's van Wenen te bekijken, en me afvroeg wat jij op dat moment aan het doen was en of je nog steeds in het huis woonde dat ik me nog zo goed kon herinneren. De kroonluchters die ik had uitgekozen kwamen van een antiekwinkel die door Maria Kirillovna, de vrouw van jouw baas, was aanbevolen toen zij nog dacht dat wij bezig waren een gezamenlijk thuis te creëren. Als het gezin in Wenen was, was jij dat ook. Misschien zat je precies op dat moment in een restaurant langs de Donau *tafelspitz* te eten; ik kon de smaak van appelmoes en mierikswortel zo sterk proeven dat ik het in mijn neus voelde branden. Of nee, het was januari, de tijd van de bals. Je was je aan het voorbereiden op een avond in vrouwelijk gezelschap, en de vrouw naast jou op die foto zou jou haar rug toedraaien, de haren die uit haar chignon waren ontsnapt omhooghouden en jou vragen de rits van haar avondjurk, die strak in de stof was weggezonken, dicht te doen. Ik kon het geritsel van de jurk horen, jouw vingers zien. Ik had die vrouw kunnen zijn. Ik had samen met jou kunnen walsen, die avond in januari, als ik niet gedwongen was geweest te vluchten, want jullie wereld was nauwelijks veranderd, ondanks de oorlog en de nieuwe regering. Jullie bals waren dezelfde, jullie villa's in Nice waren dezelfde, jullie kinderen bezochten dezelfde internaten en jullie auto's waren nog net zo duur als voorheen. Misschien hier en daar een nieuwe samenwerkingspartner, misschien hier en daar een oude verloren, misschien nieuwe handelsrelaties om de oude te vervangen, waarschijnlijk was niets er slechter op geworden. Integendeel wellicht. Misschien gaat het jullie wel beter nu. Misschien is de oorlog voor jullie een winstgevende business geworden en hebben jullie meer geld en macht dan ooit. Misschien dat de noodwetten in verband met de oorlog totaal nieuwe mogelijkheden hebben geschapen, en waarom ook niet? In de kranten stond dat jouw baas het bataljon van Dnipro, dat tegen de separatisten vocht, financieel ondersteunde, en dat zijn privéleger een essentieel onderdeel van de vrijwillige troepen vormde. Ik geloofde niet dat het alleen maar om vaderlandsliefde en het veiligstellen van investeringen ging, al was daar ongetwijfeld ook sprake van. De strafrechtelijke onderzoeken naar de volksopstand op de Maidan hadden hele kluwens van corruptie aan het licht gebracht en een zelfmoordgolf onder hoogwaardigheidsbekleders veroorzaakt, maar ik had me geen moment verbeeld dat jullie daardoor op een of andere manier geraakt werden.

Ik had de ontwikkeling van de revolutie van veraf gevolgd, en soms was ik ervan overtuigd geweest dat Russische tanks Dnipro zouden binnenrollen. De ochtend na de bezetting van de Krim keek ik op mijn computer naar de meest recente Russische journaals om te zien hoe hun weerkaart eruitzag, en ik was niet de enige die dat deed. Misschien was heel Oekraïne gedurende de nacht aan de kaart van Rusland toegevoegd, niet alleen de Krim.

Toen ik beelden zag van de Oekraïense drietand die op een zijmuur was verschenen van een hotel in Parijs dat ik goed kende, had ik de geel-blauwe kleuren van het land wel op straat willen schilderen, met een bloemenkrans op mijn hoofd; onze zoon zou enthousiast zijn geweest. We zouden de Oekraïense vlag voor het raam van het kantoor hebben gehangen, tijdens concerten het Oekraïense volkslied hebben gezongen. We zouden samen hebben gezien hoe Dnipro kleur begon te bekennen, hoe het standbeeld van Grigori Petrovski, die aan het begin van de Sovjettijd zijn naam aan de stad had gegeven, zou omvallen, en we zouden hebben gehoord hoe Dnipropetrovsks geheel eigen, door Brezjnev geschreven hymne tot zwijgen zou komen in treinen en in de gemeenteraad, niet langer zou klinken ter begroeting van kameraden en arbeiders; men zou niet meer overeind gaan staan op de maat van die muziek. Ik had heel even, hoe kort ook, in verandering willen geloven, in een nieuwe wereld, een nieuwe toekomst, en ik zou teleurgesteld worden, net als vele anderen. Er keren onophoudelijk jonge mannen terug van het front, mannen die kunnen vechten. Wat denk je dat de veteranen vinden van het trage tempo van de veranderingen, van het feit dat zij hun vrienden hebben zien sterven terwijl er in jullie leven niets is veranderd?

Ten tijde van de revolutie dacht ik vaak aan mijn cheffin, en ik stelde me voor hoe zij twijfelde tussen de Oekraïense vlag en een foto van Poetin, hoe ze rondjes liep in haar werkkamer, eerst de ene aan de muur hing, dan weer de andere, om uiteindelijk beide in de kast te stoppen. Op de website van het bedrijf staat nu dat er geen Russische donoren meer worden aangenomen, maar ik weet zeker dat Poetins keurig ingelijste portret nog steeds ergens ligt, voor het geval dat.

Ik legde Daria's telefoon op mijn schoot en wreef over mijn gezicht. Ik was in een hotelkamer waar ik niet hoorde te zijn, en keek naar een slapende vrouw in wier gezelschap ik me niet hoorde te bevinden. Ik dacht terug aan dingen die ik beter kon vergeten, en dat vertraagde me, zoals emoties wel vaker doen. Ik strekte mijn slapende benen en kwam overeind om naar Daria's ademhaling te luisteren. Ik vroeg me af of ze nog net zo vast sliep als vroeger; of zou ze iets verzinnen om mij te gronde te richten als ze me niet zag wanneer ze ontwaakte, zou ze denken dat ik ervandoor was gegaan, zou ze woedend worden? Ik besloot nog meer slaapzand in haar ogen te strooien. Ik zette koers naar de badkamer, waar ik eerder een vertrouwde geur meende te hebben geroken, en ik vond inderdaad een fles Korvalol. Ik mengde een flinke scheut in een glas water, richtte Daria's hoofd op en lepelde de vloeistof in haar mond. Ze mompelde, proestte en slikte. Ik schreef een briefje waarin ik beloofde terug te keren voor het ontbijt, legde dat op het nachtkastje, trok mijn USB-stick uit haar laptop en stopte de telefoon weer onder haar rug. Ik glipte langs de receptie in de lobby terwijl ik een sjaaltje omdeed om mijn hoofd te bedekken. Iedere stap die ik zette werd tot wankelen gebracht door het bonken in mijn borstkas en de angst die me doorboorde, en tegelijkertijd verlangde ik bij iedere stap naar een arm van jou om vast te pakken. Iedere stap beval me koers te zetten naar de haven of het vliegveld. Toch deed ik dat niet. Te veel vragen omtrent Daria waren nog onbeantwoord, en te veel levens waren in gevaar. Ook kon ik niet verdwijnen zonder iets tegen mijn moeder te zeggen, anders zou ze ervan overtuigd zijn dat ik was vermoord.

Eenmaal thuis haalde ik de koffer die ik uit Dnipropetrovsk had meegebracht van zolder. Ik liet me niet van mijn stuk brengen door mijn moeders veelbetekenende blik maar beweerde dat ik plaats maakte op de vliering voor de winterkleren. Ze zei niets, zelfs niet over het nachtelijke tijdstip – vreemd, voor een schoonmaak – en ik wachtte tot ze naar bed ging voordat ik de koffer opende.

De geur van Tobacco Vanille die nog steeds in de kleren hing verspreidde zich door de gang als een kist winterappelen die uit de kelder was gehaald, en heel even hield ik mijn adem in. Ik wist niet of Karl Marx nog steeds een prospekt had in Dnipro, en of het portret en de gedenkplaat van Leonid Brezjnev al waren verdwenen van de muur van zijn geboortehuis. Na de revolutie waren er in Oekraïne honderden steden en tienduizenden straten die een nieuwe naam moesten krijgen, evenals standbeelden van Lenin en anderen die omver moesten worden getrokken. Alle *prospekt lenina*'s en *gagarina*'s was hetzelfde lot beschoren of zouden dat ondergaan, maar de inhoud van mijn koffer was niet gewijzigd sinds mijn vlucht.

Ik haalde een verkreukelde jurk tevoorschijn die eigenlijk tussen zijdepapier opgevouwen had moeten worden, en ik vroeg me af wat ik had gedacht toen ik die inpakte. Het kledingstuk, dat perfect bij mijn pumps van slangenleer paste, was in Helsinki nutteloos. Had ik me verbeeld dat ik mijn leven op dezelfde manier kon voortzetten als voorheen, had ik de jurk daarom meegenomen? Of kwam het door jou? Ik had de jurk van mijn cheffin gekregen voor een filantropisch gala, een van de vele en schier oneindige evenementen waaraan we hadden deelgenomen om contacten te leggen. Liefdadigheid was modieus geworden toen de Oekraïense plutocraten beseften dat je langs die weg eredoctoraten in Cambridge kon kopen, en de helderste sterren van Hollywood, als publiekstrekker op een gala. Liefdadigheid werd gebruikt om geld wit te wassen, verleende legitimiteit, maakte alle gezichten respectabel. In die jurk was ik aanwezig op het feest in Zaporizja waar we tijdens de pauze de benen namen, jij en ik. Ik was bang voor de reactie van mijn baas als ze mijn verdwijning zou bemerken, en toch volgde ik jou naar de schaduw van de zuilen van de schouwburg. Binnen een uur nadat ik in de stad was gearriveerd begon mijn ademhaling te piepen, en nadat je daar even naar had geluisterd vertelde je over leraren die meisjes in het hele land waarschuwden voor de jongens van Zaporizja. Als je met zo eentje trouwde, kreeg je Zaporizja als woonplaats op de koop toe. Je knipoogde en merkte op dat je al tijden terug was vertrokken uit die stad. Mijn hart bonsde en jij stelde voor een wandelingetje te maken; de statige façade van het theater was beter te zien vanuit het parkje aan de overkant van de Prospekt Lenina, die zich voor ons uitstrekte. Ik zou het fronton in zijn geheel zien, inclusief het standbeeld met de harp en de hamer en sikkel. De houding van de vrouwenfiguur had iets wat me deed denken aan mijn cheffin, en de twee *komsomol* hielden een vlag vast, en heel even vroeg ik me af of je de spot met me dreef, of jij vond dat ik me ten overstaan van mijn cheffin gedroeg als een jongere van de communistische jeugdbond, vol bewondering. Ik hoorde hoe de bel klonk die het einde van de pauze aangaf en wilde teruglopen naar het theater, maar jij greep mijn arm en je blik was verleidelijk en ineens voelde ik een onweerstaanbare drang om dronken te worden en alles te vergeten.

De pumps had ik later van je gekregen, evenals de laarsjes die ik in een schoenendoos had gestopt en had meegenomen en waar ik schoenspanners in had geduwd, alsof ik eindeloos plek had in mijn koffer.

Op de zolen van de pumps zaten acaciabloemen geplakt, afkomstig van ons laatste gezamenlijke voorjaar. Ik pulkte ze eraf en hield ze in mijn hand. Het park was in mei zo wit geweest als in de winter, we waren door de bergen acacia gewaad, en door het pluis van een populier dat als sneeuw op ons was neergedaald, en jij vertelde dat je ooit een pak slaag had gekregen toen je bij je baboesjka thuis zulk pluis in de fik had gestoken. Het had goed gebrand.

Ik kwakte de schoenen terug in de koffer. Geen van beide paren had ik hier in Helsinki ooit gedragen. De hakken waren niet geschikt voor de vloerroosters, rubbermatten met hun verraderlijke gaten en de sneeuwbrij hier in het noorden, voor het leven van iemand zonder auto. Of anders had ik er zuinig op willen zijn, omdat ik geen man meer had van wie ik dure geschenken zou krijgen. Ik kneep mijn nagels in mijn handpalmen en probeerde mijn gedachten een andere wending te geven. Dat lukte niet. Ik herleefde het moment waarop jij me op mijn winkeltripje in de Passage had verrast te levendig in mijn hoofd. Daria en ik waren al voor de duur van de donatieprocedure naar de villa in Zilverwoud verkast en ik bracht een bezoek aan het centrum van Dnipro om laarsjes te kopen. Toen ik mijn naam hoorde roepen bleef ik staan, en ik was verbaasd toen ik zag dat je bij de carrousel naast het winkelcentrum op mij had staan wachten. Je had rozen bij je, en die waren voor mij. Je stelde voor een wandeling te maken, en hoewel ik met je mee wilde, weifelde ik. Het was mijn taak persoonlijk te waken over de injecties die Daria kreeg, en ik wilde het vertrouwen van mijn cheffin niet beschamen. Het was voor haar niet toereikend dat de verpleegkundige die de injecties toediende in de villa verbleef. Daarom besloot ik terug te keren nadat ik klaar was met mijn boodschappen. Je volgde mij de Passage in, en daarna bleven we bij de carrousel staan; ik wendde mijn blik van je af, naar het Cultuurpaleis en het standbeeld van Lenin.

De marsjroetka's suisden voorbij, geel als verkeerslichten. Jij bleef me maar meelokken. Een heel korte wandeling dan, of in ieder geval een drankje, in plaats van een diner, een kort moment dan in plaats van de hele avond. Ik wierp een blik op de klok van mijn telefoon. Desondanks kwamen mijn benen als vanzelf in beweging, en ik liet toe dat je mij langs het circus meevoerde naar de oever van de Dnjepr. Er waren geen vuurvreters te zien, geen jongleurs, en het weer was zelfs voor vissers te veel van het goede. Ik draaide mijn gezicht naar de ijskoude wind, die de zoete geur van halva meevoerde vanaf de zonnebloemoliefabrieken, en die een bos rozen die was achtergelaten op de ijzeren reling van de promenade losrukte en liet dansen, ze alle kanten op liet vliegen, en ik dacht niet aan mijn verplichtingen maar aan het meisje voor wie de bloemen waren bestemd en dat niet was komen opdagen voor het afspraakje, en aan het feit dat ik boeketten die ergens waren vergeten altijd zo treurig vond.

Ik stopte de laarsjes die ik in de Passage had gekocht terug in de doos, waar een potje haarverf, valse wimpers en een peperdure zonnebril onder vandaan piepten. De zijkant van de schoenendoos werd gekieteld door een vestje van vossenbont dat geschikt was voor het Noord-Europese weer. In Finland waren het echter voornamelijk Russen die bont droegen. Toch had ik het niet over mijn hart kunnen krijgen om het vestje weg te gooien, in tegenstelling tot de jas van wolvenbont. Ik raakte het zachte vel aan. Ik zou er niet meer dan een paar cent voor krijgen, niet voldoende voor een nieuwe vlucht. Ik begon hoofdpijn te krijgen en vermoedde dat dat door het parfum kwam; ik had in geen tijden geurtjes gebruikt. Nadat ik naar Helsinki was verhuisd had ik een aantal imitatiegeuren gekocht. Ook die had ik laten staan vanwege klachten, en ik had mijn lesje geleerd over hoe wij in Finland de dingen deden. De personeelsmanager van het schoonmaakbedrijf had me van top tot teen bekeken terwijl ze me berispte, en terwijl ik naar haar keek had ik het gevoel gehad dat ik naar mijn voormalige zelf zat te kijken. Ook ik had het parfumgebruik van onze meisjes gecheckt als we bezoek kregen van een cliënt uit het Hoge Noorden. Scandinaviërs hadden gevoelige neuzen, ze klaagden altijd over de schoonmaakmiddelen in de hotels en de geur van chloor in het water.

Op een dag zag ik in een huis waar ik aan het dweilen was een flesje Tobacco Vanilla. Op het dopje zat een laagje stof, en daardoor verbaasde de frisheid van de geur me. Ik was alleen, en toen ik klaar was met schoonmaken sproeide ik wat parfum op mijn polsen. Die nacht werd ik wakker van jouw ademhaling in mijn nek, maar toen ik mijn arm uitstrekte, was mijn bed leeg.

Ik propte de avondjurk terug in de koffer. Ik wilde niet weten hoe belachelijk ik eruit zou zien in dat ding, en of de rits überhaupt nog dicht kon. Ik haalde een zijden blouse tevoorschijn. Tussen de spullen in de koffer zaten ook een paar jasjes en een aantal optimistisch stemmende kokerrokken. Als die nog pasten, zou ik mijn laatste dagen kunnen rondlopen in kleren waarin ik me mezelf voelde en waarin ik in ieder geval een klein beetje waardigheid ervoer. Ik zou kunnen proberen de vrouw te zijn met wie jij je leven had willen delen. Op de bodem van de koffer vond ik nog een ongeopende pantyverpakking, schoensmeer en een kleerborstel.

Ik keek om me heen maar kon niets anders verzinnen om mee te nemen. Bij het zien van het nu lege buisje kardemom dat ik in verband met onze zoon had gekocht, twijfelde ik. Ik had gezien dat Finnen de melktanden van hun kinderen soms in zo'n kokertje bewaarden, en had gedacht dat dat Olezjko's eerste stap naar het Fins-zijn zou kunnen worden. Nu zou ik alles achterlaten wat me aan hem herinnerde. Ik had gepoogd en gefaald, had overal in gefaald.

Ik werd wakker van een beukend kloppen in mijn borstkas en hief mijn hoofd op. Ik begreep niet hoe ik in deze toestand had kunnen indutten aan de keukentafel. Ik drukte mijn vuist tegen mijn hart om het tot bedaren te brengen. Het scherm van mijn laptop was donker. Daar had ik Daria's foto's op bekeken, die ik van mijn USB-stick naar mijn computer had verplaatst. Het dreunen dreigde zich naar mijn slapen uit te breiden, en kruipend ging ik op zoek naar Analgin. Terwijl ik water in een glas liet stromen merkte ik de kraaien op die zich in de boom voor het raam hadden verzameld. Het was alsof mijn paniek ze hierheen had geroepen, om het moment af te wachten waarop de buit het leven liet. Ik trok de gordijnen dicht. De stem die binnen in mij dreunde klonk zo hard dat jij hem wel móest horen. Het kon niet anders of hij riep jou, hij zweeg niet, hij zou mij verraden, jou naar mij toe leiden, en ik voelde er veel voor de benen te nemen. Ik rende de gang in en greep het handvat van de koffer die daar stond te wachten; hij was klaar, net zo klaar als die keer dat ik uit Dnipropetrovsk was gevlucht, en ik begon hem naar de deur te slepen. Ik bleef staan om mijn jas aan te trekken en trok de door moeder gebreide handschoenen aan. Mijn blik bleef op mijn hand rusten. Ik staarde naar mijn nagelstompjes, nagels die zes jaar geleden nog hard en zeker waren geweest. Destijds was mijn ontsnapping geslaagd. Ik had mijn bontjas gehad, mijn door de kapper gestylede haren en mijn wimperextensions, ik had eruitgezien alsof ik onafgebroken met het vliegtuig reisde, alsof ik me dat kon veroorloven, en desondanks had ik op het vliegveld van Kiev in de zenuwen gezeten. Hoe in vredesnaam dacht ik dat het me ditmaal zou lukken op de vlucht te slaan?

Ik ging naast moeders schoenen op de vloer zitten. Het verbaasde me nog steeds dat ik zo slagvaardig was geweest destijds, dat ik me aan de grens had kunnen voordoen als een vastberaden zakenvrouw. De medewerkers van de veiligheidscontrole waren haastig te werk gegaan bij het checken van glazen potjes die op de loopband van de bagagescanner stonden te rinkelen, en in gedachten bedankte ik de omaatjes die steeds weer opnieuw voor problemen zorgden. De baboesja's snapten niet waarom je geen breekbare potjes augurken in je handbagage mocht meenemen, en meestal werden ze gewoon doorgelaten, inclusief hun presentjes. Niemand had tijd om aandacht te schenken aan mijn trillende verschijning, aan de plassen zweet onder mijn oksels en de sokken die in mijn laarzen gleden, en mijn Finse paspoort kon op niet meer dan een vluchtige blik rekenen. Desondanks verwachtte ik ieder moment jouw greep om mijn arm te voelen, jouw fluistering in mijn oor, de vraag waarheen ik dacht dat ik op weg was. Soms vroeg ik me af of je me misschien had laten gaan, tijd had gegeven om te vluchten. Zou je dat ditmaal ook doen? Hoe kon ik jou ervan overtuigen dat ik al genoeg had geleden? Het personeel van de luchthaven stond niet langer toe dat potjes augurken in de handbagage werden meegenomen. Moeder kon die niet langer meenemen naar Finland, geen enkel potje uit de goedgevulde kelder thuis, en er was niets wat haar verdrietiger maakte dan dat. Misschien zou je me alsnog niet laten gaan. Voor zover je dat destijds had gedaan. Misschien wilde ik mezelf dat alleen maar wijsmaken.

Ik vroeg me vaak af wat de mensen die in mijn verleden waren achtergebleven dachten dat er met mij was gebeurd. Sommigen gingen er vast van uit dat ik dood was, dat mijn lijk in een tapijt was gerold en op de vuilnisbelt was gegooid. Anderen geloofden misschien dat ik op een paradijselijk eiland leefde en aan champagne nipte. Waarschijnlijk verwachtte niemand dat ik nu iemand was wier diensten iedere middle class mevrouw in Helsinki zich kon veroorloven. Was dat als straf niet zwaar genoeg voor mij? Het feit dat mijn leven zo was geworden, een soort deportatie, gekenmerkt door het sorteren van de vuile was van onbekende mensen en de rommel van andermans koters? Zou jij het toelaten dat ik dit onbeduidende leven leidde als ik uitlegde waarom ik had gedaan wat ik had gedaan?

De zon kwam op en de straatveegmachines begonnen aan hun werk, maar ik had gedurende de nacht geen oplossing weten te bedenken voor de hele toestand, hoezeer ik dat ook had gehoopt. Ik draaide de sleutelkaart van Daria's hotelkamer rond tussen mijn vingers als was het een kristallen bol, die helaas geen venster bood op wat zich in Daria's hoofd afspeelde, en scrolde tegelijkertijd afwezig door de foto's op mijn laptop. Urenlang onderzoek had geen enkel antwoord opgeleverd, en ik verbaasde me nog steeds over het grote aantal gezinnen dat op de foto's te zien was, de vele kinderen die Daria's kuiltjes in hun wangen hadden. De meeste van hen kende ik niet. Als coördinator was ik zuinig geweest op Daria, maar mijn opvolgers niet. Ik begreep niet waarom Daria daarmee had ingestemd, en waarom het bedrijf niet beter voor zijn investering had gezorgd. Was men overweldigd door de toestroom van cliënten waar het land mee te maken kreeg? Was de oorzaak Thailand, dat eindelijk genoeg had gekregen van zijn reputatie als babyfabriek en dat draagmoederschap voor buitenlanders had verboden? Daardoor werd het land door cliënten ongetwijfeld als onbetrouwbaar beschouwd. Als India het voorbeeld volgde, zou Oekraïne de nieuwe koning worden in de branche. Door de internationale ontwikkelingen werden echtparen onophoudelijk in de richting van Oekraïne gestuurd. Ik rekende uit welke bedragen Daria had verdiend. Als ze de smaak van het goede leven te pakken had gekregen, was ze misschien hebberig geworden. Misschien was een auto of een bontjas niet meer toereikend. Ze had besloten alles te willen en door te gaan met doneren zolang ze er goed voor werd betaald.

De afgelopen tijd had ze echter niets verdiend, dat wist ik zeker. Voor het meisje dat op het bed in de hotelkamer lag te slapen zou ik niet meer dan tien dollar hebben durven vragen, en misschien niet eens dat. Ik zou haar aan niemand hebben durven voorstellen.

Om me te helpen denken pakte ik de *salo* die moeder had meegebracht uit de koelkast, en ik schonk een glas horilka in, die Boris uit berkensap had gemaakt. Ik moest me concentreren, vroegere gevallen doornemen van meisjes die voor problemen hadden gezorgd. Daria was daar eentje van, meer niet. De moeilijkheden ontstonden meestal wanneer een eiceldonor geen nut meer had voor ons, wanneer de procedure achter de rug was. Dat betekende vaak een zware klap voor hen, evenals het verlies van extraatjes als een woning. Door de daling van het levenspeil werden sommigen gedwongen een nieuwe bron van inkomsten te zoeken, en soms was afpersing zo'n bron. Maar Daria zou van jullie meer geld kunnen krijgen dan van haar vroegere cliënten, en in één keer ook nog. Desondanks had ze mij niet bij jullie verlinkt, nog niet. Ik kwam steeds weer tot dezelfde conclusie: het kon niet om geld gaan. Er speelde iets anders op de achtergrond. Misschien had Daria het niet kunnen verdragen dat niemand in haar vroegere leefomgeving begreep dat ze een belangrijke taak had: leven schenken. De inkomsten, cadeaus en reisjes waren niet de enige verlokkingen van het werk geweest. Ook het gevoel dat je zelf heel belangrijk bent werkte verslavend, en er waren maar weinig meisjes die het bij één keer doneren lieten. In dat opzicht was Daria geen uitzondering. Was zij misschien zo'n meisje dat niet zonder aanbidding, zonder die status van heilige kon leven? Of zo'n meisje dat door de steeds schommelende hormoonbalans in zo diepe wateren werd geworpen dat het leven totaal zinloos begon te lijken? Of zo'n meisje wier pijn zelfs niet door God werd verlicht? Soms stortten meisjes gewoon in. Elk van deze verklaringen zou van toepassing kunnen zijn op Daria. Of was ze een van die meisjes die door hun eigen nakomelingen beseften wat ze hadden gedaan, beseften dat iemand anders echte kinderen had gekregen met haar eicellen? Maar Daria wekte niet de indruk moeder te zijn. Toch kon bij meisjes in deze groep de dwangmatige behoefte groeien om contact op te nemen met de voormalige cliënten. Meestal beweerden ze dan dat ze cruciale informatie met betrekking tot de gezondheid van het kind hadden, en dat ze daar meer over zouden vertellen als het gezin haar belde.

Berichten stuurden we nooit door. Daar kwamen alleen maar problemen van, problemen zoals Daria, die in haar hotelkamer haar roes lag uit te slapen.

Ik merkte dat ik het aantal meisjes en jongens die ik op de foto's aantrof telde alsof het een boeket bloemen betrof. Als het een oneven aantal kinderen was, zouden ze als een rouwboeket zijn, voor mij wellicht. Was het een even aantal, dan was er nog hoop voor me, dan zou ik het er levend afbrengen. Maar als het aantal meisjes nou oneven was, en het aantal jongens even? Ik wreef over mijn voorhoofd. De horilka had mijn gedachten niet helderder gemaakt. Geen enkel probleemgeval van vroeger was vergelijkbaar met deze toestand. Deze noot kon ik niet kraken. En ik wilde niet dezelfde fout begaan die ik al een keer eerder had gemaakt: Daria als een doodnormaal meisje in de drukbezette groep van eiceldonoren beschouwen.

'Wat zit je hier in het donker?'

Mijn moeder was in de deuropening van de slaapkamer verschenen; ze kwam binnen om de gordijnen open te trekken en begon de lakens af te halen. Het licht deed pijn aan mijn ogen, en ik draaide mijn rug naar het raam. Moeder was nog maar een week bij mij thuis en had al kans gezien al het beddengoed te strijken, hoewel Finnen hun lakens alleen maar oprekten en staand opvouwden. Op het werk verlangde ook niemand iets anders van mij. Maar de Finse gewoonten konden mijn moeders opvatting hierover niet veranderen.

Mijn blik ging de kamer rond, nam afscheid, bleef op ieder voorwerp rusten dat moeder met veel moeite hiernaartoe had gebracht. Alles zou ik moeten achterlaten: de tafellakens met geborduurde klaprozen en de *vyshyvanka*-shirts. Ik zou eindelijk van de kussensloop af zijn waarmee moeder stond te zwaaien. Die was van dezelfde lakenstof gemaakt die we tijdens de laatste roebeldagen in Tallinn hadden gehamsterd en die samen met de verhuisboedel was meegekomen naar Snizjne. De lakens die daarvan waren gemaakt had moeder naar Finland gesleept toen ze had gezien hoe ontoereikend mijn voorraad beddengoed was.

Gezien mijn financiële situatie kon ik daar niets tegen inbrengen. Moeder gooide de vuile was in de mand en bleef naast mij staan; ze geurde naar goudsbloemzalf.

'Ben je van plan te vertellen wat er aan de hand is? Er zit je iets dwars.'

Zwijgend keek ik naar onze benen. Naar moeders pantoffels. Die eeuwige pantoffels. Naar de spataderen. Naar mijn blote tenen, met de schilferige nagels. Ik dacht aan de gastenpantoffels die moeder uit Oekraïne had meegebracht en die niemand ooit gebruikte. Ze zette die nog steeds naast mijn bed neer, ondanks het feit dat pantoffels net zomin deel uitmaakten van de Finse cultuur als energiecrises of klikkende elektrische kacheltjes dat deden, en ik had haar verteld dat ik wilde leven zoals de lokale bewoners. Ik hoefde me niet druk te maken over de vraag of de oorlog in Oekraïne gevolgen had voor de prijs van het gas, dat essentieel was voor de verwarming hier. Al die dingen stonden op mijn lijstje van goede dingen, mijn totaal nutteloze lijstje. Deze lente zou niet de lente van mijn leven worden. Deze lente zou helemaal niets worden. Ik kon net zo goed mezelf in een deken rollen en in bed gaan liggen wachten tot jullie zouden komen om een kogel door mijn hoofd te schieten.

'Vertel me nou wat er aan de hand is,' zei moeder.

Ik duwde haar hand weg, leunde met mijn handen op het uiteinde van het bed en kneep daarin, om te voorkomen dat ik de gordijnen weer dicht zou doen. Het was een doodgewone dinsdagochtend, het was normaal dat het licht binnenstroomde, en dat gaf me het gevoel dat ik een schietschijf was, hoewel niemand door het raam op de vijfde verdieping naar binnen zou kunnen kijken. Ik begreep niet waarom ik nog steeds thuis was. Een van de gezinnen waar ik schoonmaakte was op reis. Ik kon de sleutels ongemerkt bij het schoonmaakbedrijf ophalen. Waarom had ik moeder niet daarheen gestuurd, of terug naar het huis van mijn tante? Hoe kon ik ervoor zorgen dat ze zou vertrekken? Wat zou ik verzinnen om te voorkomen dat ze voor mijn welzijn zou vrezen? Snauwend vroeg ik of tante haar niet nodig had.

'Op het platteland?' vroeg ze verbaasd.

Ik zag hoe haar blik over mijn armetierige klerenkast gleed, en in gedachten verwierp ze de theorie van een minnaar die wel een Oekraïense vrouw wilde maar niet haar familie. Ze wist heus nog wel hoe ik eruit had gezien toen ik iemand had gehad, en jij had mij zover gekregen dat ik onophoudelijk de lakens verschoonde. Maar ik kreeg geen logés meer, ik sliep wekenlang onder hetzelfde beddengoed en zag eruit als een vrouw die nooit meer een man zou krijgen, voor wier gezelschap geen enkele man zou betalen en die door haar lege bed werd uitgelachen. Ik zou nooit een echt thuis hebben. Ik zou altijd gedwongen zijn te vluchten.

'Tante wordt al oud,' bedacht ik. 'Kan ze zich wel redden in haar eentje, op het platteland?'

'Boris helpt haar.'

'Boris? Een volwassen man die niet kan lezen?'

'Boris kan al best goed lezen,' zei moeder. 'En het gaat ook steeds beter. Wat is er toch met je aan de hand?'

Moeder keek beledigd. Werd ze maar kwaad, besloot ze maar om er met slaande deuren vandoor te gaan. Ik wierp een blik op de klok. Nog even en Daria zou wakker worden en zich afvragen wat ze met haar informatie over mijn verblijfplaats zou doen. Of misschien wist ze al wat ze zou gaan doen en genoot ze van die gedachte als van een ontbijtje op bed. Ik moest moeder en Olezjko in veiligheid brengen. Ik zou hen desnoods met geweld buiten de deur zetten.

'Hoe denk jij dat tante alles gaat regelen? Zaaien in het voorjaar, de asterperken, de tomatenplantjes? Lekt het dak van de buiten-wc nog steeds? En van de groentekas?'

'Boris helpt, en Ivan ook, als dat nodig is.'

'Ivan heeft zijn broertje bij zijn eigen zaakjes nodig. Hoe verzin je het in vredesnaam om rond deze tijd van het jaar hierheen te komen? Tante wordt er ook niet jonger op.'

Ik merkte dat ik die laatste woorden schreeuwde. Moeder maakte een kruisteken voor haar ogen. Ze wachtte af of ik verderging. Dat deed ik niet.

'Olenka, ik heb de goedkoopste tickets gekozen,' zei ze op verzoenende toon, en ze bracht in herinnering hoe duur het zou zijn om ze om te boeken.

'Ik regel dat wel.'

'Duurt het niet nog meer dan een week voordat je loon wordt uitbetaald? Zit je in de problemen?' vroeg ze. 'Als je geld nodig hebt, kan ik Ivan wel om een voorschot vragen. Hij betaalt ons goed voor de papaverbollen.'

'Dit hebben we toch al eens besproken? Was jij niet degene die het jammer vond dat alleen compote niet meer genoeg was voor Ivan? Was jij niet degene die jammerde dat Boris had geoefend op het melken van papaverbollen? Dat de kok van compote op heroïne was overgestapt? Waarom denk je dat Ivan zo graag wilde dat Boris een eigen bankrekening kreeg? Heb je ook maar enig idee?'

Moeder staarde naar haar schoot. Ik had al vermoed dat Ivan vooruitgang had geboekt in zijn branche; moeder had me alleen niet ongerust willen maken, had alleen vaag gemompeld dat Ivan nadacht over mogelijkheden om zijn zakelijke activiteiten uit te breiden. Compote was het goedkoopste opiaat, waar de armste en wanhopigste gebruikers genoegen mee namen. Compote stond tot heroïne als thuis gestookte bocht tot echte cognac, en Ivans nieuwe activiteiten brachten geheel nieuwe gevaren met zich mee.

'Waarom ben je in vredesnaam nog hier?!' brulde ik. 'Heb je niet zelf gezegd dat het aantal drugsrazzia's sinds de revolutie is toegenomen? Jij kende toch die tachtigjarige baboesja die kortgeleden is gearresteerd? Wat moet Boris zonder jullie beginnen?

Hij heeft jullie harder nodig dan ik. Ik ga dat ticketgeld regelen!'

Ik schrok van mijn eigen stem. Ik had iets beloofd waarvan ik niet wist of ik het kon waarmaken. Er flitsten talloze mogelijkheden om geld te verdienen door mijn hoofd, maar dat waren allemaal mogelijkheden die aan mij voorbij waren gegaan. Waarom had ik die niet gegrepen, waarom had ik niet meer gespaard? Waarom had ik ruziegemaakt met die schoonmaakster van wie ik medicijnen uit Rusland bijna gratis had gekregen? Voordat we ruzie kregen had de vrouw me voorgesteld om, net als zijzelf, pakjes uit het buitenland die voor Russen waren bestemd in ontvangst te nemen, om die naar Sint-Petersburg te brengen. De onbetrouwbaarheid van het Russische postwezen had me een mogelijkheid geboden bij te verdienen, maar ik had die verworpen: het was ondenkbaar dat ik een visum zou aanvragen bij de Russische ambassade. De vrouw had vast ook nog andere ideeën gehad. Ik was zwak, dom, bang en daarom platzak.

'In godsnaam, vertel nou waar het om gaat,' zei moeder.

Het was duidelijk niet voldoende om me op Boris te beroepen. Of op het vele werk dat tante in het voorjaar in haar eentje moest doen. Ik moest de inzet verhogen. Mijn hart bonkte. Ik kon niets anders meer verzinnen. Of toch. Maar dat wilde ik niet hardop zeggen. Maar het moest. Ik drukte mijn nagels in mijn handpalmen.

'Je zou meteen ook Olezjko mee naar huis kunnen nemen.'

De zucht die moeder slaakte klonk als een leeglopende ballon. Het koosnaampje ontglipte me; moeder hield er niet van dat ik Oleh Olezjko noemde, het maakte dat ze aan mijn verstand twijfelde, dat voelde ik meteen, hoewel ze zelf tijden terug al met dat plan was gekomen. Ik had er niet mee ingestemd.

'Heeft je vreemde gedrag dus met Oleh te maken, niet met iets anders?'

'Zat je niet te wachten op het moment dat ik er klaar voor zou zijn en jij Oleh zou kunnen meenemen?'

'Ik kan je in deze toestand niet alleen laten.'

'Jullie vertrekken voordat ik van gedachten verander.'

Moeder stond op van het bed en kwam op me af. Ik week achteruit. Haar medeleven stoorde mijn concentratie. Ik liep naar de klerenkast en trok moeders rolkoffer van de bovenste plank. Ik moest haar en Oleh in het vliegtuig zien te krijgen. Ik stond op het punt tegen moeder te zeggen dat het me speet, maar ik wilde niet dat ze over mijn wang aaide, en ik zweeg. Ik moest ervoor zorgen dat ik in staat bleef om te handelen. Mijn moeder bij mij thuis was een vergissing, Olezjko was een vergissing. Vergissingen waren wonden. Wonden lekten, lieten sporen na, en sporen konden worden getraceerd. De getraceerde wordt gevonden, altijd.

'Oleh is dood,' zei moeder. 'Niets kan hem terugbrengen.'

De urn stond op het nachtkastje. Moeder pakte hem en bracht hem naar me toe. Ze beval me ernaar te kijken. Ik kon het niet, niet vandaag, niet nu.

'Ik vertrek niet voordat ik zeker weet dat je niet opnieuw achteruitgaat. Dan pas ga ik. Dan neem ik Oleh mee naar huis en regel ik een fatsoenlijke begrafenis. Hoor je hem nog steeds huilen?'

Toen ik tijdens mijn eerste winter in Helsinki besefte dat de jasjes die ik voor Oleh had gekocht onaangeraakt in de kast zouden blijven liggen, overwoog ik slaappillen te kopen bij een straatdealer. Maar ik durfde niet. Ik wist dat ik alle pillen in één keer zou innemen, gulzig als de chocoladewafeltjes die ik als kind had gegeten. 's Nachts lag ik wakker met de telefoon naast me, en ik hoopte dat die zou rinkelen. Jij of mijn moeder had mijn verdriet moeten aanvoelen. Jij of mijn moeder had mij moeten bellen op het moment dat ik daar het meest behoefte aan had, en ik was teleurgesteld toen dat niet gebeurde. De telefoon zweeg als een steen die in zee was weggezonken. Ik haatte het ding. Ik kon met niemand over de situatie praten, niemand erover vertellen, en dat leidde tot een merkwaardige tussentoestand waarin het de ene dag leek alsof het gebeurde waar was, en de volgende dag niet.

Ik weet niet hoe ik het zou hebben overleefd als een buurvrouw die midden in de nacht aanbelde niet onbewust had ingegrepen. Ik schrok van het geluid en wankelde de gang in, bang om de deur te openen. Uitgerekend op dat moment was ik niet bang dat de roofdieren die achter me aan zaten me eindelijk hadden opgespoord. Ik was voor iets heel anders bang: voor de schaduwen die onder mijn bed op de loer lagen, de flikkeringen in mijn ooghoek, de aantrekkingskracht van het trappenhuis. Ik wist zeker dat aan de andere kant van de deur alleen maar een balustrade op me wachtte die mijn naam fluisterde.

De brievenbus klepperde. Ik herkende de stem van de buurvrouw.

'Alles in orde daar?'

Niets was in orde, maar waarom zou de buurvrouw daarnaar vragen? Toen besefte ik dat ze waarschijnlijk wakker was geworden van het gehuil van de baby, en ik deed open. De buurvrouw schrok, en gekleed in haar ochtendjas bekeek ze mij van top tot teen. Ik dacht aan meldingen bij de kinderbescherming, politie, maatschappelijk werk, al die instanties die Olezjko van mij zouden kunnen afpakken. Ik forceerde een glimlach.

'Hij is wat huilerig, da's alles,' zei ik. 'Sorry voor de overlast.'

'Mocht je hulp nodig hebben...'

De vrouw zoog de rest van de zin op terwijl ze inademde, zoals Finnen dat veel doen, vooral vrouwen. Het acute gevaar was dus geweken. Finnen praatten niet op die manier als ze van zins waren actie te ondernemen. Ik glimlachte zo breed als ik kon en wenste haar een goede nacht. Nadat ze was vertrokken ijsbeerde ik een tijdje heen en weer in de gang, en ik vroeg me af wat ik moest doen. De vrouw zou terugkeren als ze opnieuw gehuil of gebrul zou horen. En anders haar man. Ze zouden over mij praten, hadden dat misschien al gedaan, en de autoriteiten bellen. Mijn valse identiteit zou ontdekt worden. Nog veel angstaanjagender was de gedachte dat ik Olezjko zou verliezen. Ik kon niet langer dralen. Met trillende vingers schreef ik moeder een berichtje. Dat suisde naar een geheime telefoon die ik voor haar had achtergelaten en die Ivan in moeders ladekastje had verstopt, onder de foto's van vaders begrafenis. Ik had sinds mijn vlucht geen woord meer gewisseld met moeder. We waren op slechte voet uit elkaar gegaan. Daarom betwijfelde ik of ze zou antwoorden, en ik schrok van de beltoon. Ik verwachtte dat ik op mijn donder zou krijgen, maar haar stem was zacht als warme melk. Dat gaf me de moed om over Olezjko te vertellen, en zodra ik dat gedaan had, waren onze vroegere vetes vergeten. Moeder beloofde de volgende ochtend met de reisvoorbereidingen te beginnen. Dat bracht haar meteen een stukje dichter bij me; nog even en ze zou hier zijn en alles zou goed komen, of in ieder geval voor een deel, al was het maar een klein deel. Ik wilde het gesprek niet beëindigen, was bang dat de rustgevende werking ervan dan voorbij zou zijn. Ik informeerde naar nog meer nieuwtjes, en verbaasde me over mijn kalmte toen moeder vertelde dat jij na mijn vlucht bij hen op bezoek was geweest. Ik had in geen tijden met iemand over jou gesproken en dacht dat ik door tranen overmand zou worden. Maar moeder wist het allemaal heel alledaags te laten klinken. Het was alsof we mijmerden dat de komkommersalade wel wat meer dille had kunnen gebruiken. Alsof moeder en ik dagelijks over Olezjko en jou babbelden. Alsof het normaal was dat ik onder een valse naam in Helsinki leefde. Alsof jouw bezoekje aan mijn moeder een doodgewone visite van een potentiële schoonzoon aan zijn schoonmoeder was. Dat was het niet. Moeder en ik speelden dat alleen maar, en ze beweerde dat je ondanks de situatie beleefd was geweest, dat je alleen maar oppervlakkig onderzoek had verricht, en ik had het gevoel dat ook jij alleen maar pretendeerde bij dit vreemde spel betrokken te zijn. Naar het scheen was je in je eentje naar het platteland afgereisd, had je je verontschuldigd voor de overlast en gevraagd of moeder wist wat ik had gedaan. Ze had haar hoofd geschud, net als mijn tante. Na een korte pauze vertelde je wat er was gebeurd; je was door het huis gelopen en had hun telefoons gecontroleerd. Ten slotte liet je je telefoonnummer achter en beval je hun contact op te nemen als ik een teken van leven gaf, en ik wist niet of moeder mij een gepolijste of een waarheidsgetrouwe versie van de gebeurtenissen gaf. Ik wilde het laatste geloven.

'Denk je dat hij alles weet?'

'Echt alles? Ik weet het niet.'

Ik had nog meer willen vragen, haar willen uithoren: had je meer een kwade of een teleurgestelde indruk gemaakt, was je gekwetst of wraakzuchtig, of leek het erop dat ik alleen een papiersnee in je hart had gemaakt die door niemand werd opgemerkt en die probleemloos zou helen, ondanks de pijn? Mijn keel werd dichtgesnoerd, ik besloot van onderwerp te veranderen en begon weer over de reisvoorbereidingen.

'Is tante op de hoogte van de situatie?'

'Ze weet voldoende. Ze mag helpen een smoes te verzinnen voor mijn reis. Anders kijken de dorpsbewoners vreemd op.'

'Als tante nou eens zou zeggen dat je naar Tallinn gaat om op de kleinkinderen van je broer te passen?'

'Dat is een goede verklaring. Niemand zou zich dan over mijn afwezigheid verwonderen,' zei moeder. 'Niet dat we nog geobserveerd worden, daar niet van.'

'Wie observeerde jullie?' vroeg ik paniekerig.

'Dat heeft een maand of wat geduurd. Zo'n dure, zwarte terreinwagen hield ons huis dag en nacht in de gaten.'

Moeder beëindigde het gesprek hierover met de vraag of ik eraan dacht vitamines te slikken en voldoende te rusten, en ik merkte dat ik overal ja op antwoordde.

Pas toen moeder was gearriveerd begon het me te dagen dat ik iets wezenlijks onvermeld had gelaten, want ze bracht kinderkleertjes mee als geschenk, en ik kon me niet meteen herinneren wat ik dan was vergeten te vertellen. Maar moeder had meteen in de gaten waar het om ging, en die avond viel ik in haar armen in slaap, en ik was ondanks alles blij dat ze er was, ook al had ik haar alleen maar gevraagd te komen omdat ik mezelf niet vertrouwde. Ik had de reden om een leven in Finland op te bouwen een paar maanden daarvoor verloren, en dat was in één avond gebeurd. De voorgaande dag nog had ik naar lokale moeders zitten kijken, had ik bij het schoonmaken hun planken met levensmiddelen bekeken, hun babycommodes, hun manier om baby's buiten in de vrieskou in slaap te wiegen, en alles was in orde geweest. 's Ochtends niet meer. In de tussenliggende tijd had ik bloed op het laken gevonden. De pijn kwam later pas.

Maar dit was niet het juiste moment om herinneringen aan Oleh op te halen. Ik had nog steeds redenen om de situatie het hoofd te bieden en mijn leven in Helsinki te behouden. De enige reden dat ik niet onderweg was naar het vliegveld of de haven, was omdat ik de jongen in het hondenpark wilde zien opgroeien. Meer dan dat had ik niet meer. Ik zou niet toestaan dat Daria me dat afnam.

Daria sliep nog steeds toen ik haar hotelkamer weer binnenglipte. Haar ademhaling was niet meer zo zwaar van dronkenschap als eerder, het klonk alsof ze oppervlakkiger sliep. Ik veegde mijn vingerafdrukken van de sleutelkaart, van Daria's telefoon, van deurkrukken en kranen. Ik pakte een kussen. Het was licht, van dons. Ik keek naar Daria. Haar sleutelbeenderen staken uit, haar ribben waren zichtbaar. Ze zou geen weerstand bieden. Ik wist dat ik beter niet kon dralen als ik het probleem wilde oplossen, en toch verwachtte ik dat ik iets zou voelen, sentimentaliteit om een verloren vriendschap of medelijden om dat wat ik zag: het uitdoven van de helderste ster van onze agentuur.

Ik voelde niets.

Ik legde het kussen neer. De veiligheidscamera's van het hotel hadden mij geregistreerd. Ik kon dit nu niet afronden.

Ik opende de minibar en sloot die ook meteen weer. Ik moest alert blijven. Jij was bezig dichterbij te komen. Dat was als een jaargetijde voelbaar in de lucht. Ik weet niet of je mijn versie van het verhaal over hoe en waarom alles misging zou geloven. Ik weet niet of je ook maar één woord zou geloven, ook al sprak ik de waarheid; ik zou nooit opzettelijk iets hebben gedaan wat ertoe leidde dat ik jou, Olezjko en onze toekomst zou verliezen.

Maar je moet geloven dat ik Viktor niet heb vermoord.

# II

# DE WEG NAAR DE MELKGEUR

# Dnipropetrovsk

## 2008

Ik stond achter de vitrage te kijken naar een onbekende man op straat. Hij rookte met korte trekjes, hield de sigaret in de bolronde beschutting van zijn hand en wendde zijn hoofd naar iedere voorbijrijdende auto, alsof hij op iemand stond te wachten. Ik wist niet wie hij meende voor de gek te houden, wie sommige andere van onze klanten die zich op dezelfde manier gedroegen voor de gek meenden te houden. Soms liepen echtparen meerdere keren aan ons kantoor voorbij voordat ze naar binnen durfden. Sommigen wisten nooit genoeg moed te verzamelen, anderen jaren later pas. Buitenlanders maakten meestal van tevoren een afspraak, maar je had er altijd mensen bij zitten die deden alsof ze op een normale vakantie waren en die voor onze agentuur heen en weer liepen, zogenaamd om naar bezienswaardigheden te kijken, hoewel iedere westerse toerist in deze stad er zelf eentje was.

Maar de rokende man was een lokale bewoner, dat was alleen al aan de kleur van zijn pak te zien; na mijn jaren in het buitenland was ik daarop gaan letten. Oekraïense zakenlui hielden bij uitstek van die blauwe tint. Ik riep tegen de secretaresse dat als er een rijk uitziende man in pak binnenkwam, ze hem direct naar mij kon doorsturen; ik had een opening van een uur of twee in mijn agenda.

'Ik weet niet echt hoe dit werkt,' bekende de man meteen bij de deur. 'Ik heb nog nooit eerder...'

Hij maakte de zin niet af. Hij had zich niet voorgesteld. Dat was op zich niet vreemd. Ik vermoedde dat dat met zijn werk of positie te maken had. Hij was voor in de veertig, zijn leren schoenen waren goed gepoetst en onder zijn manchet piepte een horloge vandaan waarvan de prijs in dezelfde orde van grootte lag als mijn jaarinkomen, minstens. Ergens in een nabijgelegen straat wachtte waarschijnlijk een auto met chauffeur.

'Bij ons komt alles in orde,' zei ik met een glimlach, en ik gebaarde dat hij kon gaan zitten.

Ik zag op zijn bovenlip een halsstarrig zwetend snorretje. Ik verwachtte dat hij zou beginnen door redenen te verzinnen voor de afwezigheid van zijn vrouw, of door een man te spelen die op verzoek van zijn vrouw met onze activiteiten wilde kennismaken. Bij lokale echtparen was het altijd de vrouw die contact opnam. Mijn gast bracht zijn vrouw echter niet ter sprake, en ik vroeg niet naar haar. Hij kon zich onze diensten duidelijk veroorloven, en in zulke gevallen bepaalde de klant hoe of wat.

Het duurde even voordat de man op de bank zat. Bij iedere stap leek hij iets te zoeken, iets wat een excuus kon bieden om over alles behalve de reden van het bezoek te praten, en hij bleef staan om de stapel tijdschriften op het bijzettafeltje door te bladeren en de vitrine nader te bekijken. Toen hij besefte dat daar foto's van cliënten en hun kinderen in stonden, schrok hij, en hij draaide zich om, zocht opnieuw naar iets om over te praten, totdat hij ineens het blikje thee van Mariage Frères op mijn bureau zag staan. Hij vroeg of ik recentelijk in Parijs was geweest. Ik antwoordde dat ik daar lange tijd had gewoond. Ik liet onvermeld dat ik in die jaren geen geld had om thee van zo'n merk te kopen en constant honger leed. Toen ik later voor mijn werk naar Parijs moest, kocht ik meteen na aankomst macarons van Ladurée en thee van Mariage Fréres, gewoon omdat ik me dat eindelijk kon veroorloven. De man wilde weten hoe ik in Parijs was beland. Instinctief zette ik een stap achteruit.

'Daar wilt u niet over praten,' zei hij. 'Pardon. Ik wilde niet vrijpostig zijn.'

Hij was nog steeds niet gaan zitten, en nu leek het of hij de bank helemaal was vergeten.

'Dat geeft niet. Ik werkte daar als model.'

De man bekeek me met nieuwe ogen. Ik nam aan dat hij zich afvroeg of ik 'modellenwerk' als eufemisme voor betaald escortwerk gebruikte, en dus vertelde ik dat een advertentie voor een schoonheidswedstrijd in de krant mijn aandacht had getrokken. Ik was lang voor mijn leeftijd en deed mee. Ik won. Na het ineenstorten van de Sovjet-Unie richtte de modellenmarkt zich ook op het Oosten, en meisjes uit het Oosten stonden voor een nieuw soort exotiek. Ik was vijftien.

'Die tijd,' zei de man. 'Mijn vader begon toen met zijn bedrijfsactiviteiten. Evenals vele anderen.'

Ik keek naar zijn polshorloge. De vader van mijn nieuwe cliënt was duidelijk succesvol op zakelijk gebied, in tegenstelling tot mijn eigen vader. Dat vergrootte mijn nieuwsgierigheid. Mijn cheffin was dol op 'van krantenjongen tot miljonair'-verhalen, op Amerikaanse boeken over succes, waarin ze tips onderstreepte, en ze spoorde ons aan in biografieën van miljonairs de factoren te zoeken die hun doorbraak hadden bespoedigd. Ik stelde me voor dat ik haar een tip kon geven, iets waaraan ze nog niet eerder had gedacht, hoewel ze de lokale successtory's ongetwijfeld allemaal al kende. Ik dacht ook aan de kans een nieuw relatienetwerk op te bouwen. Helemaal van mezelf. Dat was nodig in verband met het schandaal op Cyprus. En met Kryvyi Rih.

Ik was aan het begin van het jaar ervoor gepromoveerd tot coordinator en zocht naar iets waarmee ik kon bewijzen dat ik die positie waard was. Op een avond werd mijn aandacht getrokken door de stad Kryvyi Rih, toen ik op een kaart aankruiste uit welke plaatsen we de meeste meisjes kregen. Er zat niemand uit Kryvyi Rih bij, maar waarom niet? De andere medewerkers waren al naar huis, en dus trok ik een fles Transkarpatische wijn open die een van de donoren had meegebracht, om het plan dat zich in mijn hoofd vormde een zetje te geven; ook opende ik het venster om de voorjaarsavond binnen te laten. Terwijl ik een dunne sigaret door mijn vingers liet rollen besefte ik dat ik al een besluit had genomen, en ik toostte op mezelf.

Net als in Dnipropetrovsk waren er ook in Kryvyi Rih goed geschoolde mensen te vinden uit de industriële topjaren van de Sovjet-Unie, en een hele rij wetenschappers, echte diploma's en door echte talenten geschreven proefschriften wachtte daar op mij. Ik zag de nakomelingen van grote denkers en schaakgrootmeesters als een mogelijkheid om het aanbod van onze agentuur met iets unieks uit te breiden: gegarandeerde kwaliteit voor een gunstige prijs. Hoewel het inkomensniveau in de Balkanlanden ver onder dat in West-Europa lag, groeide de middenklasse, en traditionele waarden werden er gerespecteerd. Voor vrouwen was kinderloosheid vaak een groot onheil, en dus barstte de regio van de potentiële cliënten, en de geografische nabijheid was zowel voor ons als voor hen een voordeel.

Ik maakte berekeningen, las onderzoeken, en hoe meer ik me in de kwestie verdiepte, des te meer was ik ervan overtuigd dat mijn strategie rendabel was. In Kryvyi Rih kreeg je voor honderd dollar een eiceldonor, en dan kon je onbekommerd haar hele familie laten opdraven om met de cliënt over dingen als kernfysica te praten. Het merendeel van de meisjes die gekochte diploma's meebrachten, begreep niet dat ik een dergelijk risico niet kon nemen – een cliënt die wiskundige was zou het meteen merken als de donor of haar familieleden niet verder kwamen dan de tafels van vermenigvuldiging. Met meisjes uit Kryvyi Rih zouden zulke problemen zich niet voordoen.

Ik besloot mijn gedachten eerst aan Aleksei voor te leggen en wachtte het juiste moment af. Toen we naar het station reden om een nieuw meisje op te halen, leek het of mijn kans was gekomen. De donor was nergens te zien. Nadat we een tijdje op het perron hadden staan wachten wierpen we een blik in een lege wagon waarvan de deur geopend was, waarschijnlijk vanwege de hitte. De conductrice keek ons verontschuldigend aan en betreurde een technisch probleem; een hymne die kameraad Dnipropetrovsk en de arbeiders begroette, en die in langeafstandstreinen werd gespeeld bij het naderen van het station, was in de luidsprekers blijven weergalmen, en ik begon te vermoeden dat dit wel eens langer kon gaan duren dan gepland. We vroegen naar het meisje en lieten haar foto zien. De vrouw schudde haar hoofd. Aleksei en ik wierpen elkaar een blik toe. Of het meisje was niet komen opdagen, of de secretaresse had weer eens de verkeerde tijd doorgegeven. Of de verkeerde trein. We liepen terug naar de auto.

'Wat gaan we doen?' vroeg Aleksei terwijl hij op het stuur trommelde. 'Stel dat ze dacht: laat maar zitten die klus, en nu ergens in de zon ligt?'

'Ik bel de secretaresse.'

Ik kreeg het antwoordapparaat. Ook de donor nam haar telefoon niet op. Aleksei stelde de airco bij en wierp een bezorgde blik op de kale stelen van de rozen die op de achterbank lagen. Hij kocht nog steeds wekelijks bloemen voor zijn vrouw en keek uit naar het eind van zijn werkdag, zodat hij kon terugkeren naar zijn gezin. Ik vroeg me af of ik mijn plan desondanks te berde durfde te brengen. We werkten nog niet zo lang samen, en ik was nog steeds een beetje bang voor hem. Ik was nerveus.

'Dit is de derde keer al. Waarom is die secretaresse nog niet ontslagen?' vroeg ik me af. 'Is ze familie van de cheffin of zo, of is de cheffin iemand nog iets verschuldigd?'

'Een van de twee. Ze zouden die troela moeten dumpen.'

Ik bleef proberen de secretaresse te bereiken, terwijl ik in mijn hoofd een openingszin probeerde te formuleren die Alekseis interesse zou wekken. Eindelijk kreeg ik haar te pakken. Op de achtergrond klonk gekwebbel, iemands man werd afgekraakt; het klonk alsof ze champagne zat te drinken met vriendinnen. Ik wist er desondanks achter te komen dat de werkelijke aankomsttijd van de trein anderhalf uur later was, misschien. We besloten in de auto te wachten, en toen verzamelde ik moed. Ik haalde mijn papieren tevoorschijn en gaf ze aan Aleksei.

'Kryvyi Rih? Echt?' zei hij. 'Ben je daar überhaupt ooit geweest?'

'Ja ja, ik weet het, de vervuiling is een probleem, maar...'

'Die stad heeft nog nooit een blauwe rivier gezien, laat staan witte sneeuw.'

'Niet overdrijven, vandaag de dag is de toestand een stuk beter.'

'Ik heb daar altijd het idee dat ik lijm snuif,' reageerde Aleksei.

'Luister nou gewoon even.'

Ik sprak een uur lang. Ik presenteerde het cliëntensegment. Echtparen zouden rechtstreeks naar Kiev of Dnipro reizen en zelfs geen glimp van Kryvyi Rihs smog opvangen. Of anders konden we ze naar Cyprus sturen. We hadden een kliniek op het eiland, de reis daarnaartoe was geen probleem, en de kosten zouden laag blijven. Over eventuele gezondheidsproblemen van de meisjes en hun familieleden hoefden we ons geen zorgen te maken, omdat je hun woonplaats de schuld kon geven; die stelde de nieren en longen op de proef, erfelijke factoren speelden geen rol. Bovendien zou de groep cliënten waar ik me op richtte meer geïnteresseerd zijn in de prijs, schoonheid en een intellectuele achtergrond die makkelijk aantoonbaar was. Ze zouden niet zo zijn als de Amerikanen.

'Die meisjes verdienen het een kans te krijgen.'

Aleksei bladerde door de foto's van mijn kandidaten. Ik had mijn informanten al opdracht gegeven advertenties op elektriciteitspalen en mededelingenborden van universiteiten en dansscholen vast te prikken. Het aantal reacties had me verrast, evenals het niveau. Niemand klaagde over het honorarium van honderd dollar, en iedereen jubelde over de mogelijkheid van een gratis reis naar een prachtig eiland in de Middellandse Zee. Ik zag dat Aleksei warm begon te lopen voor het idee, en uiteindelijk knikte hij: ja, misschien zit hier wat in, ja, misschien dat de cheffin hier wel voor te vinden is.

En dat was ook zo.

Maar het Tataarse meisje dat op Cyprus overleed schopte alles door de war, en mijn cheffin was gedwongen een besluit te nemen: de kliniek die onze reputatie had bezoedeld werd verkocht. Ik slaagde er niet snel genoeg in een nieuwe Tataarse te vinden om de overleden donor te vervangen, en de cliënt besloot van agentuur te wisselen. Ik werd gestraft: ik moest de leiding over het kantoor voor de Balkanregio afstaan, en wel aan een voormalige ondergeschikte van me, die de chaos alleen nog maar groter maakte. Ze liet de meisjes betalen voor een vermelding in een donorcatalogus, en achtergrondcontroles interesseerden haar niet. Een deel van de meisjes was minderjarig, wat duidelijk werd toen de grootmoeder van een van hen ons begon te bellen. Ze wilde weten waar haar vijftienjarige kleinkind zo veel geld vandaan had gehaald en wie degene was die haar gratis vakanties aanbood. Ook de journalisten werden wakker. Het Balkanprogramma werd stopgezet. Mijn informanten haalden al onze advertenties weg uit Kryvyi Rih.

Ik werd steeds weer gebeld door meisjes die ik kende. Door hun moeders. Door hun vaders. Ik nam niet meer op. Ik gooide de bloemen die me werden toegestuurd in de vuilnisbak. Flessen cognac en dozen bonbons die bij de receptie voor me werden achtergelaten deelde ik uit aan straatvegers of omaatjes die langs de weg bloemen verkochten. Mijn cheffin merkte dat ik somber gestemd was en beval me de meisjes van Kryvyi Rih te vergeten. Ze zouden in de stad een goed verdienende mijnwerker vinden, verliefd worden en kinderen krijgen, die in hun vaders voetsporen zouden treden. De meisjes zouden tevreden zijn met hun leven omdat ze niets anders kenden. Daardoor zouden ze niet naar dezelfde dingen verlangen als ik, redeneerde mijn cheffin, en ze bekeek me op een manier die me stoorde. Het was alsof ze zich afvroeg of ze een vergissing had begaan door mij te vertrouwen.

De nieuwe eigenaar van de kliniek op Cyprus behield het oude personeel en nam zelfs de coördinator aan die wij hadden ontslagen, de vrouw die na mij voor onze Balkanstrategie verantwoordelijk was geweest. Geruchten begonnen de ronde te doen over de donatieprocedure. Sommige cliënten kwamen voor een verse terugplaatsing en vertrokken nadat ze contant hadden betaald, deden dat meerdere keren, en betwijfelden uiteindelijk of er überhaupt wel een terugplaatsing had plaatsgevonden. Eén geval kwam later voor de rechtbank: testen wezen uit dat het via ivf geboren kind niet van de cliënt was, ook al was het niet de bedoeling geweest een donor te gebruiken. Mijn cheffin stuurde mij een krantenartikel over het bedrog om mijn gebrekkige oordeelsvermogen in herinnering te brengen, en ze rekende uit wanneer het kind van de rechtszaak was verwekt: de kliniek had net in die tijd een nieuwe eigenaar gekregen. Wat haar betrof hadden we geluk dat het Tataarse meisje was overleden, waardoor wij hadden beseft hoe het er op die locatie aan toeging. Anders hadden wij met de puinhoop gezeten die in het artikel werd bekritiseerd.

Dat was nog niet het einde van mijn tegenspoed. De streber die na mijn blamage was opgeklommen tot de rechterhand van de cheffin in Kiev, kwam op inspectie in Dnipro en wilde de boekhouding inzien. Ze bracht haar eigen mannen mee, ging in mijn kamer zitten alsof die van haar was en leunde achterover. Me beklagen kon ik niet, want het Balkanprogramma was mijn bedenksel en de mensen die het hadden verzorgd waren door mij gerekruteerd. Ik was de eerste die daarbij was bedonderd. Maar de verantwoordelijkheid voor het opstarten van de activiteiten in die regio lag onmiskenbaar bij mij, en daardoor was ik de positie van lievelingetje kwijtgeraakt en in de pariaklasse beland. Vermoedelijk droomde iemand er al van mijn nieuwe woning naar eigen smaak in te richten. Mijn appartement bevond zich in een van Dnipro's schitterende tweelingtorens, en iedereen zou een moord doen voor het uitzicht daar. Wanneer ik uit het raam naar de ondergaande zon keek, voelde het of de hele stad van mij was. Ik wilde dat uitzicht, dat gevoel voor geen goud verliezen.

Ik leerde Viktor Kravets op precies het juiste moment kennen, want hij was voor mijn cheffin belangrijk genoeg als cliënt. Met zijn hulp kon ik mijn puntenaantal bij haar verbeteren. Ik zou van mijn leven mijn hand niet tegen Viktor hebben opgeheven.

Ik kon Viktors onzekere loopje al vanuit de verte horen en verplaatste mijn tas op het bankje om plaats voor hem te maken. Als ontmoetingsplek had ik het Globa-park uitgekozen. De pionierstrein met zijn stationnetjes, de dierentuin, het springkussen, de waterfietsen en ijscokraampjes vormde een perfecte idylle op deze zonnige dag, waarop we omringd werden door het rumoer van kinderen, en tevreden zag ik hoe een peuter die bezig was vogels te voeren tegen Viktor aan botste, die als verstijfd op zijn plaats bleef staan. De moeder van het jochie greep haar kind onder de arm en leek zich te verontschuldigen. Viktor liep in hoog tempo verder, alsof hij op de vlucht sloeg. Ik riep zijn naam, en zijn blik zocht mij totdat hij mijn gezwaai zag. Het was onze derde ontmoeting. Ver waren we nog niet gekomen. Eerlijk gezegd hadden we geen enkele vooruitgang geboekt.

'Ben ik te laat?' vroeg hij terwijl hij ging zitten. 'Het spijt me.'

'Geeft niet,' zei ik glimlachend terwijl ik op het theekopjesstoeltje van het reuzenrad wees. Ik loog dat dat de favoriet van mijn peetdochter was, en ook dat van mijzelf destijds. Zoals verwacht maakten mijn woorden een reactie los, al was het een verrassende: hij kreeg tranen in zijn ogen.

'Sorry,' zei hij. 'Ik ben hier in geen tijden geweest. Er zijn hier zoveel...' Zijn stem begaf het. Ik keek naar de schelpvormige koepel boven het openluchtpodium alsof ik die vreselijk interessant vond en ging ervan uit dat ik nu in ieder geval íets over zijn echtgenote zou horen. Globa stelde nooit teleur. Ik nam clienten wier budget na vele mislukte pogingen gaten vertoonde altijd mee naar het park, dat hun emoties naar de oppervlakte bracht. Na een bezoek aan het park waren ze desnoods bereid hun huis te verpanden om met ons door te kunnen gaan. Ik kon geen enkele reden bedenken waarom dezelfde methode niet ook bij Viktor zou werken.

'Ik ben zojuist gevraagd peetvader te worden,' zei hij.

'Hé, wat leuk!'

'Ik vind van niet. Ik wist meteen dat mijn vrienden medelijden met me hebben. Ze hebben allemaal al kinderen; peetouderschap is een troostprijs.'

Nog steeds niets. Geen woord over de echtgenote.

'Ik geloof niet dat ik dit kan.'

Hij zocht in zijn zakken naar iets. Een zonnebril. Ik kon zijn blik niet meer zien, alleen de neus die rood werd. De opgezette aderen bewogen zich in het ritme van zijn gesnotter onder zijn huid, als wormen in pas omgeploegde aarde. Hij was meelijwekkend, rauw, en ik zou hem helpen. Op dat moment had ik niets anders nodig om gelukkig te zijn.

'We lossen dit op,' zei ik troostend. 'De beste deskundigen zijn hierbij betrokken.'

Ik stond op, zette een paar passen vooruit en wierp een blik over mijn schouder om te zien of Viktor volgde. Hij kwam achter me aan, moeizaam als een oude man, en schrok toen een kind dat in een kwarkreep hapte hem voor de voeten liep. Ik bleef discreet voor hem lopen en gunde hem een moment voor zichzelf. Misschien stelde hij zich het doopsel voor, hoe hij het kind van zijn vrienden in zijn armen hield. Misschien hoorde hij in gedachten het gefluister van de genodigden en voelde hij hun blikken op zijn huid, blikken van medelijden of leedvermaak, afhankelijk van de band die hij met de kijker had; misschien was hij bang voor vragen over zijn eigen kinderen, onbedoelde of bewuste speldenprikken. Ik wist zeker dat hij ruzie zou zoeken met de kersverse ouders, zodat hij de vriendschap kon beëindigen en de doopplechtigheid kon vermijden. Hij zou niemands peetvader worden, niet voordat ik mijn taak tot een goed einde had gebracht.

Ten slotte haalde Viktor mij in, en ik hoopte dat het moment was gekomen. We waren inmiddels bij het pionierstreintje. Dankzij mij zou hij daar op een dag zijn nakomelingen laten instappen, en zijn vaderlijke liefde zou als een borstkas vol eretekenen zijn, tot stand gekomen na vele gevechten, iets waar hij met recht trots op mocht zijn.

'Ik moet morgen een toespraakje houden bij de opening van een kindertehuis,' zei hij.

Nog steeds niets. We zouden ook vandaag niet over het onderwerp praten.

'Mijn vader heeft een stichting die weeshuizen steunt en hij wil dat ik daar de verantwoordelijkheid voor overneem. In deze omstandigheden voelt dat net zo ondoenlijk als het schrijven van een toespraak over kinderen.'

Hij haalde een blaadje papier tevoorschijn waarvan de vouwlijnen al versleten waren. In zijn andere hand speelde hij met een papieren zakdoekje, alsof hij niet wist waar hij dat moest laten. Ik pakte het voorzichtig van hem af en gooide het in de prullenbak.

'Mijn secretaresse heeft wat aantekeningen gemaakt. Ik kan het niet opbrengen ze te lezen.'

Ik pakte het papiertje en liet mijn ogen over de tekst gaan. Die was saai, voorspelbaar. Neergeschreven door het type secretaresse dat bang was haar baan te verliezen.

'Jij vindt het geen goede speech.'

'We kunnen dit samen wel doornemen.'

'Als het niet te veel moeite is?'

'Natuurlijk niet. Weeshuizen liggen ons na aan het hart.'

Viktor schraapte zijn keel.

'En als jij die toespraak zou houden?'

Zodra hij dat had voorgesteld spoelde de opluchting over zijn gezicht. Ik verwierp het voorstel niet. Het was onze taak in het ritme van de klant mee te gaan, en deze cliënt leek over een aanzienlijk bredere linie nuttig te zijn dan andere. De goede banden van ons kantoor met talrijke maatschappelijk werkers waren te danken aan mijn collega, die vroeger internationale adopties had geregeld. Haar warme contacten met het ministerie en de rechterlijke macht stamden uit die tijd, en dat was de reden dat ze de betrekking had gekregen. Ze had de baan graag aangenomen – ontwikkelingen op medisch vlak hadden voor inflatie in de adoptiebranche gezorgd. Maar waarom zou ik niet mijn eigen netwerk kunnen creëren, ook in de richting van weeshuizen? De mannen die mijn cheffin had gestuurd om de boekhouding te controleren verschuilden zich nog steeds in mijn kantoor. Hoewel onze boekhouding in orde was, vermoedde ik dat iemand zijn zinnen op mijn positie had gezet, en dan zou het kinderspel zijn een paar moeilijkheden tussen de facturen te schuiven. Ik had iets nodig wat mij net zo waardevol maakte als mijn collega die met haar contacten op het ministerie pronkte. Viktor was het antwoord op mijn problemen, en ik kon niet wachten om mijn toespraak te mogen houden. Ik wist al welke jurk ik zou aantrekken. Die tarwekleurige. Die zou goed bij het blauw van de Partij van de Regio's passen dat ik bij het evenement verwachtte te zien. Toch besefte ik nog niet hoe prominent de cliënt in kwestie was. Wat men tegen jou ook heeft beweerd, ik wist echt niet wie Viktor was, ik wist alleen dat hij belangrijk genoeg zou zijn in de ogen van mijn cheffin. Dat was voldoende voor me.

Er verscheen een nieuwe spreker op het podium, het applaus zwol aan en nam af, de flitslichten flitsten. Een van de opdringerige fotografen had kans gezien het gordijn voor de ramen die uitzicht boden op het spreekgestoelte opzij te trekken. In gedachten bedankte ik hem voor het licht, dat een gunstig effect had, ook midden op de dag. De belangrijkste foto in de krant zou net als altijd van een parlementariër zijn die het lint doorknipte, maar de ogen van de lezers zouden zich op mij vasthechten als een vlieg op vliegenpapier.

Ik stond bij de muur van de zaal. De zitplaatsen waren al snel gevuld geweest, en het speet me dat ik zo lang buiten was gebleven; de lucht stonk nog steeds naar een fabriek, de menigte binnen zou de temperatuur nog verder laten stijgen en ik wilde mijn elegantie niet verpesten door te zweten. Maar ik had niet lang spijt van mijn getreuzel. Ik had nu goed uitzicht en het duurde nog even voordat ik moest spreken. Ik benutte die tijd om de steeds rijper wordende kinderoogst te observeren. De koorleden, die met rozetten in hun haar op hun beurt stonden te wachten, deden me aan een bloembed met pioenrozen denken. De meisjes die hier waren beland omdat hun ouders in de gevangenis zaten of een duister leven hadden geleid, zou ik aan cliënten geven die op hun budget moesten letten. Voor hen waren schoonheid en een redelijk goede gezondheid vaak al voldoende. Meisjes met een te gecompliceerde achtergrond zouden draagmoeder worden, en genoegen nemen met een dak boven hun hoofd en eten op tafel als loon. Mijn beste ontdekkingen zou ik doen in de groep meisjes die in het tehuis zaten omdat hun ouders naar het buitenland waren vertrokken voor werk. Stuk voor stuk zaten die om zakgeld verlegen: aan motivatie geen gebrek. We moesten er alleen voor zorgen de eersten te zijn, de meisjes die we wilden hebben reserveren voordat iemand anders op het idee kwam hen op te wachten wanneer ze op achttienjarige leeftijd de deur van het tehuis achter zich dichttrokken. Na de Oranjerevolutie was er in alle branches van het bedrijfsleven een wedren op gang gekomen, en ik was niet van zins me onder de voet te laten lopen.

De koorleider begon de zangers naar het podium te dirigeren, dat zoals verwacht in de kleuren van de partij was gehuld. Op de voorste rij kon ik Viktors profiel onderscheiden. Het hoofd draaide om, ik ging op mijn tenen staan en toen ineens zag hij mij; hij glimlachte en fluisterde iets tegen de persoon naast hem, die opstond en zich een weg naar achteren begon te banen. De vrouw kwam mij ophalen. Het verbaasde me dat Viktor Kravets publiekelijk liet merken dat we elkaar kenden. Toen besefte ik waarom. De gemeenschappelijke belangen van de familiestichting en ons kantoor boden een goed excuus voor onze ontmoetingen.

Hoewel het koor inmiddels zong, richtten de aanwezigen hun blik één voor één op mij, en mensen schoven hun stoelen ratelend aan de kant om plaats te maken. De meisjes aan wie ik voorbijliep wierpen me vleiende blikken toe. Ze namen aan dat ik iemand van betekenis was, en hoopten dat ik hen zou opmerken, hen eruit zou plukken, hen zou kopen en weghalen hier. In de ogen van sommigen zag ik een te volwassen blik, in de gebaren van anderen het lome flirten dat ze zich in sauna's hadden aangeleerd, en de bereidheid om het even wat te doen als het de hoofden maar op hol bracht, maar er piepten her en der ook echte bloemknoppen uit de menigte. Ik zou de directrice van het tehuis betalen om ervoor te zorgen dat mijn bloemen in hun knop bleven, dat ze niet de benen namen en dat geen enkele skinhead kans zou krijgen hen te bederven voordat ze meerderjarig waren. Onderweg naar het podium dacht ik aan de minderjarige wezen in dit land. Vijfenzestigduizend van hen woonden in instellingen.

Het applaus dat het koor ten deel viel had evengoed voor mij kunnen zijn, omdat ik op dat moment het spreekgestoelte overnam. De plezierig verlopen gesprekken die ik die ochtend met de directrice had gevoerd maakten me zelfverzekerd, en de kwijlende blikken van de kontkruipers gaven mijn figuur nog meer lengte. Alle kindertehuizen van de stichting zouden binnenkort van mij zijn. Ik wachtte tot er stilte neerdaalde, hoorde hoe een meisje dat een eindje verderop stond de uiteinden van de linten die om haar vlechten zaten tegen elkaar aan wreef, en begon door tegen de camera's te glimlachen op een manier die ik goed beheerste. In gedachten zei ik de woorden die ik altijd sprak wanneer het veeleisende oog van de camera zich op mijn gezicht richtte: hou van mij. Dat had altijd effect, zonder uitzondering, en die keer ook op jou. Ik wist niet dat jij daar ook was. Later zei je dat ik eruit had gezien als de godin van de overwinning, en dat je me vanaf dat moment had willen hebben.

De toespraak in het kindertehuis was het eerste van mijn successen. Ik ging van het ene evenement in de branche naar het andere, nam iedere uitnodiging voor liefdadigheidsgelegenheden voor kinderen aan, fladderde naar conferenties en feesten waar vooraanstaande filantropen samenkwamen. Internationale gasten mochten mij, Unicef mocht mij, iedereen mocht mij, want het was mijn specialiteit zodanig te praten dat de koordjes van de geldbeurzen werden losgemaakt, om te praten op een manier die harten en sympathie wist te verwerven.

Na mijn toespraak in het kindertehuis verscheen mijn cheffin onaangekondigd op kantoor. Ze was met het vliegtuig naar de stad gekomen en stormde de keuken in op het moment dat ik de donoren die ik voor Viktor had geselecteerd aan het bekijken was. Achter mijn cheffin zag ik in een flits het geschrokken gezicht van de secretaresse. Ik wist meteen dat dit met mijn nieuwe cliënt te maken had. Ik had gecheckt wat het internet over Viktor wist te vertellen, en vond net zoveel foto's van hem als van de dochters van Poetin – geen enkele, of anders waren ze zo warrig dat de persoon op de foto niet herkenbaar was. Desondanks wist ik zeker dat Viktor meer status, macht en geld had dan al mijn andere cliënten bij elkaar.

'Je weet toch zeker wel wie Viktor Vitalievitsj Kravets is? Wiens zoon? Wiens enige zoon? En wiens petekind? En wie de beste vriend van zijn peetoom is?'

Ik ging staan. De cheffin hijgde. Ik had haar nog nooit zo opgewonden gezien. Ik zette de computer uit en maakte plaats op mijn door vieze kopjes bevolkte werkplek. Nu de indringers mijn kantoor bezet hielden was ik gedwongen in de keuken te werken, en ik mocht mijn eigen kamer alleen gebruiken wanneer ik een afspraak met cliënten had.

'De dierbaarste vriend van de peetoom van Viktor Vitalievitsj is Gennadi Vekselberg. Zegt die naam je niets? Vekselberg maakt deel uit van de Privat Group-trojka en Vitalievitsj zelf zit in de raad van bestuur van talrijke Privat Group-ondernemingen.'

Ik slikte per ongeluk het snoepje door waarop ik zat te zuigen. Dit had ik niet zien aankomen. Aan Privat Group ontkwam je niet in deze stad. De logo's versierden zowel de ijzeren reling langs de boulevard bij het water als de massieve flank van hotel Parus, en klanten begingen de vergissing te denken dat de kleuren van het concern naar de Oekraïense vlag verwezen. Toch zat er een kern van waarheid in: Privat Group was een staat binnen een staat. De wereld zou van ons zijn als we Viktor tevreden konden houden, en mijn positie zou door niets meer aan het wankelen kunnen worden gebracht. Ik beet op mijn lip om te voorkomen dat ik hardop begon te lachen. Het uitschot in mijn werkkamer zou morgen vertrokken zijn.

'Breng me de foto's van onze A-klasse-kandidaten.'

Ik had al kans gezien de beste meisjes te selecteren. De cheffin rukte de stapel mappen uit mijn handen alsof we met een race tegen de tijd bezig waren. Op zich had ze gelijk. We moesten altijd één stap voor zijn, hoe onzeker Viktor ook was. Eindeloos wachten kon ertoe leiden dat de cliënt ons ontglipte.

'Was dit het beste wat Aleksei voor elkaar kon krijgen?' mopperde ze.

'Hij heeft zijn best gedaan.'

Aleksei was erin geslaagd een paar foto's te bemachtigen van zowel Viktor als diens vrouw, die naar het scheen een uitzonderlijke schoonheid bezat. Op grond van de vage kiekjes was dat moeilijk te zeggen. Mijn gesprekken met Viktor hadden er nog niet toe geleid dat hij mij informatie met echt goede foto's had gestuurd. De cheffin schudde haar hoofd, vergeleek het echtpaar met de donorkandidaten en begon portfolio's op de grond te gooien. Af en toe mompelde ze iets over ogen die te ver uit elkaar stonden, of een te klein hoofd, te brede heupen, een hoerige blik, ouders die te rimpelig of te dik waren, een neus als die van Boeratino. Haar voorhoofd glom, het aantal lippenstiftstrepen op haar tanden groeide, de nagels galoppeerden vastberaden over het bureau. Het lunchuurtje verstreek, mijn maag rommelde en ik hoopte dat ik de juiste inschatting had gemaakt. Tussen het gemompel door zwaaide ze met de arm waaraan ze haar horloge droeg als was het een scepter; dan schoof ze een van de foto's naar me toe en vroeg ze waarom we in godsnaam dat soort gedrochten op de lijst hadden staan.

'Niet alle cliënten zijn fotomodellen,' merkte ik op.

'Niemand wil een lelijk kind. Een lelijke vrouw al helemaal niet.'

De secretaresse verscheen opnieuw bij de keukendeur, die nog steeds openstond. Niemand durfde binnen te komen. Mijn cheffin leek niet eens te merken dat we omringd werden door vuile borden, hoewel ze de mannen in mijn werkkamer had kunnen wegsturen zodat we zittend op fatsoenlijke stoelen ons gesprek hadden kunnen voeren. Ik veegde stiekem een paar snoeppapiertjes weg die irritant ritselden onder een stel mappen, en kruiste in het geheim mijn vingers. Uiteindelijk pakte de cheffin een zwarte viltstift en streepte ze de kandidaten door die gediskwalificeerd waren.

'Deze. Eentje van deze,' zei ze terwijl ze met haar stift op het dunne stapeltje rechts van haar tikte. 'Weet je toevallig wie ons heeft aangeraden?'

Ik schudde mijn hoofd. Toch verbaasde het me niet dat de keus op ons kantoor was gevallen. Hoe graag de elite ook naar het buitenland ging voor haar gezondheid, als het om hulp bij het krijgen van kinderen ging, was onze wetgeving uniek: alleen de toekomstige ouders genoten juridische bescherming, de donoren of draagmoeders hadden totaal geen rechten. Viktor Kravets zou buiten de Oekraïense grenzen geen betere service vinden dan hier, en in dit land waren er op dit gebied geen betere actoren dan wij, omdat ons bedrijf werd geleid door een vrouw met een ongekende speurneus, van wie ik onophoudelijk nieuwe dingen leerde. Jaren geleden al was ze op het idee gekomen een vruchtbaarheidskliniek te kopen, maar dankzij de organisatiestructuur van het bedrijf wist niemand dat de eigenaar van die kliniek dezelfde was als die van het kantoor dat eiceldonoren en draagmoeders bemiddelde. Het was een geniale tactiek. De artsen van de kliniek konden niet van eugenetica worden beticht, aangezien alleen de medewerkers van de agentuur met de cliënten spraken over de eigenschappen die het toekomstige kind moest hebben. Onze façade was onberispelijk en we waren de anderen altijd één stap voor. We hadden als eerste ons aanbod van testen uitgebreid met een psychologisch onderzoek van de meisjes, en speciaal daarvoor was er een zogenaamd onafhankelijke praktijk in het leven geroepen, geleid door een psycholoog die in Londen erkenning had geoogst. De dienst die de echtheid van documenten controleerde was dan weer mijn idee. Iedere stap in de ontwikkeling bevestigde onze reputatie, die als een lopend vuurtje de ronde deed. We bereidden ons voor op een groeiende stroom cliënten door actiever naar meisjes te zoeken, want de toekomst was duidelijk: elders zou anoniem doneren niet eeuwig mogelijk blijven, bij ons wel. Alleen al een wetswijziging in Groot-Brittannië had het aantal cliënten uit de eilandstaat exponentieel doen groeien. Bij ons kon je het geslacht van je kind kiezen, bij ons belandde de naam van de draagmoeder niet op het geboortecertificaat, bij ons werden cliënten niet lastiggevallen met achtergrondchecks en bij ons had je een constante stroom van blanke schoonheden die eicellen doneerden. Om die reden was ik bereid vernederingen en wantrouwen te dulden, bereid voor mijn positie te vechten. Het was de moeite waard geweest, want ik was bezig de vertrouweling te worden van iemand die dicht bij de Privat Group stond, en voor vrienden van de Privat Group bestonden er geen grenzen of limieten.

De cheffin beval me de agenda's van de topmeisjes vrij te maken, voor het geval dat. Dit soort cliënten zou niet wachten. Een van de meisjes die ze had goedgekeurd was Daria, die inmiddels al twee vrouwen had geholpen zwanger te worden. Haar vermogen om eicellen te rijpen was fenomenaal en haar gezicht had overeenkomsten met dat van Viktors vrouw: allebei hadden ze kuiltjes in hun wangen. Dat zou voldoende zijn, als het vaderlijk genoom dat van Viktor zou zijn.

'Wie van de twee is het probleem, de vrouw of de man?'

'We hebben het zelfs nog niet gehad over de vrouw.'

De cheffin wreef met een vinger over haar tanden. De lippenstiftstrepen verdwenen.

'Problemen bij de vrouw worden altijd sneller behandeld dan die bij de man,' ging ik verder. 'Wat weten we over haar?'

'Lada Kravets heeft zich de afgelopen jaren op Christus geconcentreerd,' zei mijn cheffin, en toen ineens kwam ze bij zinnen. 'Waarom zitten we in de keuken?'

Toen mijn cheffin na een maaltijd onder vier ogen terugkeerde naar Kiev, stapte ik vastberaden op mijn kantoor af, smullend van de gedachte dat ik het gespuis dat daar rondhing op straat mocht zetten. Maar de kamer was al leeg. Het enige wat er van de mannen over was, was de scherpe geur van aftershave. Ik opende het raam dat op de binnenplaats uitkeek en ademde met volle teugen het binnenstromende begin van de junimaand in. Aleksei stond op het punt te vertrekken. Hij gebaarde naar een oude zuurbesstruik. Ik knikte terug. De snoepjesboom begon eindelijk vruchten af te werpen.

De terminal van de internationale luchthaven van Dnipropetrovsk zag eruit als een verlaten magazijn met een dak waarop alleen аеропорт stond, in nauwelijks leesbare ouderwetse letters. Van sommige letters deed het licht het nog steeds. De straatlantaarns waren minder volhardend geweest; ondanks de schemering brandde er maar één. Een meisje dat we vol vertrouwen in haar eentje naar Amerika hadden gestuurd zou terugkeren, maar de vlucht was vertraagd, en dus zaten we in Alekseis auto te wachten, waar het een stuk gemoedelijker was dan in de terminal. Ik zette de airco harder, alsof die zowel het meisje als de terminal zou kunnen wegblazen, alsmede Viktors vrouw, die mijn gemoedsrust al verstoorde voordat ik haar überhaupt had ontmoet. Aleksei wist het een en ander over haar te vertellen, en hoe meer ik hoorde, des te liever wilde ik iemand anders met haar opzadelen. Het liefst had ik helemaal niet aan haar gedacht. Desondanks doodden we de tijd door dingen te bedenken die Lada Kravets als kind had gehad, en wijzelf niet.

'Ze hadden vast en zeker een auto.'

'Absoluut,' beaamde Aleksei.

'Echte koffie, gerookte worst en marsepein.'

'Een rekenmachine. Een Japanse.'

'En een spijkerbroek.'

'Sportschoenen.'

'Een rij winterlaarzen, allemaal in de juiste maat.'

'En al die dingen konden haar niet drachtig maken.'

'Nee. Dat konden ze niet.'

Ook dat kon me geen voldoening schenken. Lada Kravets en ik waren van dezelfde generatie, maar vruchten van tegenovergestelde werkelijkheden. Zij was geboren in Dnipro en opgegroeid met de talrijke geneugten van de gesloten stad, met de voorrechten van de nomenklatoera. Haar ouders hadden zitting gehad in het bestuur van een rakettenfabriek die als 'sapcentrifuge' bekendstond, en de Sovjet-Unie had zich aan Lada's familie van haar beste kant laten zien. Dat moest geen probleem vormen voor mij. Ik was pijnloos in staat om cliënten met wie ik van mijn leven mijn vrije tijd niet zou hebben doorgebracht, uitstekend van dienst te zijn. Maar in het geval van Lada Kravets speelde er iets anders.

'De jongens uit die familie hoefden tijdens hun militaire dienst gegarandeerd niet bang te zijn dat ze gekoeioneerd zouden worden. Ze hoefden helemaal nergens bang voor te zijn,' merkte Aleksei op. 'Ze konden desnoods het officierenkorps in cognac verdrinken.'

Ik had in geen tijden aan mijn neef gedacht, wiens gezicht bij tante thuis ingelijst tussen mijn reclamefoto's stond. Nu dacht ik aan hem. Estische vrouwen hadden hun dienstplichtige zoons voor ellende beschermd met behulp van Vana Tallinn-likeur. Daarom was die zo moeilijk verkrijgbaar. Uiteraard slaagde vader erin iets te regelen, en tante, die bij ons op bezoek was in Tallinn, moest de flessen naar de officieren brengen. We brachten haar naar het treinstation en hielpen haar bij het inladen van alle pakken en zakken en flessen likeur. Tante kwam te laat.

Ik stak een sigaret op en opende het raampje, gooide de lucifer naar buiten. De rijkdom van Viktors familie stoorde me op een andere manier dan die van Lada. Volgens Aleksei had Viktor aan het Metallurgisch Instituut in Dnipro gestudeerd, dat onophoudelijk miljonairs leek voort te brengen, maar zijn familie had fysiek hard gewerkt. Viktor had verteld dat zijn opa een mijnwerker was geweest, net als die van mij. Die mannen hadden eigenhandig bijna alle kolen in de Sovjet-Unie gedolven. Ondertussen hadden de kleine Lada en haar ouders en grootouders ontspannen bij hun datsja gezeten, genietend van gerookte worsten, zonder ooit in de rij te hoeven staan, en toen de Sovjet-Unie was ingestort, hadden ze er haastig voor gezorgd dat de dingen in hun voordeel werden geregeld. Zodoende hadden ze voor een spotprijsje de hand weten te leggen op de voorradige raketten, vliegtuigen, mijnen en steengroeves. Die lui hadden decennialang aan hun bevoorrechte positie weten vast te houden, van de ene revolutie en regering naar de andere, en ik zou hun een erfgenaam bieden die naar Oxford zou worden gestuurd om te studeren terwijl de ondernemingen van de familie zouden doorgaan met het opzuigen van alle metalen en kolen in de regio totdat er niets meer over was. Dat was verkeerd, en het schuurde als een steentje in een schoen. Ik besefte dat ik zelfs meer waardering had voor Amerikaanse zeurpieten dan voor Lada; met hun eisen kon je makkelijk instemmen, omdat het zo makkelijk was erom te lachen. Als ze zagen dat er hier in ieder lunchcafé gerookt werd, eisten ze dat de donor nooit in een lunchcafé kwam, en wij garandeerden dat en gaven hoog op van het o zo gezonde voedingspatroon van de donor; we lieten omatjes met komkommers uit eigen tuin zien op de markt, en benadrukten dat alle Oekraïners zelf groenten verbouwden, pure gegarandeerd biologische producten, en ondertussen grijnsden we stiekem. Om Lada Kravets moest ik niet lachen, maar anderzijds bood de familie Kravets mogelijkheden die geen enkele Amerikaan mij kon bieden. Over een paar jaar zou ik niet meer over dit soort dingen hoeven nadenken. Anderen zouden meisjes van het vliegveld ophalen, anderen zouden kindertehuizen aflopen en naar eiceldonoren zoeken in flatgebouwen waar men het water uit een put moest halen. Desondanks kon die gedachte me niet verblijden. Ik snapte niet wat me dwarszat.

Eindelijk was te zien hoe het vliegtuig landde. We stapten uit de auto om het meisje tegemoet te lopen.

'Je hoeft niet mee naar binnen te gaan in het mortuarium,' zei Aleksei.

'Zo'n stomme trut ook.'

'We kunnen ook naar de hondenkennel rijden.'

'Het mortuarium is prima,' zei ik. 'En dank je, maar ik kom gewoon mee. Ik moet leren mijn zenuwen in bedwang te houden.'

'Je went eraan, ook aan de geur. Over een paar jaar doe je het zonder nadenken,' zei Aleksei. 'Roken helpt. Mijn baboesjka rookt nog steeds drie pakjes per dag. Als jong meisje moest ze gewonden in het gips zetten, en onder het gips zaten vleesetende wormen. Dat lukt je niet zonder flauwvallen. Zij kregen het bevel te roken.'

Aleksei haalde een potje Vietnamese balsem uit zijn zak. Ook dat hielp, als je de zalf diep in je neus stopte. Dat was een tip van hemzelf. Ik stak het potje in mijn tas en besloot de adviezen op te volgen. Ineens herinnerde ik me dat de lijkschouwer de vorige keer net bezig was geweest met een lijk waarvan het gezicht onherkenbaar was toegetakeld. Ik was gedwongen geweest naar buiten te rennen.

Ik trok de ceintuur van mijn jas strakker aan en volgde Aleksei naar de terminal. Behalve die van ons stonden er nog drie andere auto's op de parkeerplaats. In twee ervan zat een chauffeur te dommelen, in de derde een vrouw die heel duidelijk een escortdame was; ze keek me boos aan en haastte zich voor ons uit naar de aankomsthal, alsof ik van zins was haar klant of medewerker in te pikken.

We bleven achter de madam staan wachten, naast de bagageband van een paar meter lang. Aan het eind daarvan vielen de koffers op de grond, waar ze een wankele toren begonnen te vormen. Het was een lachwekkende bagageband voor een miljoenenstad, en een deprimerende aanblik, net als de rest van de terminal uit de Sovjettijd, die in dezelfde toonhoogte weergalmde als alle andere treinstations, terminals en hallen die het imperium had laten bouwen. Heel even sloot ik mijn ogen. Werd mijn weemoed veroorzaakt door de akoestiek, de vloertegels, de bouwmaterialen, de houten balustrades, of iets anders? In Kiev had ik minder uitdagingen en een magerder bankrekening gehad. Desondanks was ik altijd uitstekend geluimd geweest. Op het kantoor in Dnipro had ik meer verantwoordelijkheden gekregen, en meer geld en zorgen. Was ik niet geschikt voor dit werk?

Ik sloeg mijn ogen op en zei tegen Aleksei dat ik naar het toilet ging. Mijn mascara had een klein, antracietzwart pijltje in mijn ooghoek getekend. Ik veegde het weg en gooide bij mijn vertrek een paar munten in het schaaltje van de vrouw die toezicht hield op de toiletruimte. Ze bedankte me niet, wierp zelfs geen blik mijn kant op. Desondanks keerde ik terug om een bankbiljet op het schoteltje te laten vallen. Ik had behoefte aan honderd gram cognac. In gedachten gaf ik madam Kravets en het domme wicht dat we gingen ophalen de schuld van mijn neerslachtigheid. We hadden het volste vertrouwen in die griet gehad, maar ze had geprobeerd haar cliënten af te persen, en dat was een dure business geworden: we waren genoodzaakt geweest het echtpaar korting te geven en het had veel arbeidstijd gekost hen te kalmeren. Door dit soort meisjes leek het alsof ik een idioot was die zich liet bedotten.

De groep van tien mensen die uit het vliegtuig stapte was eindelijk in de terminal aangekomen. Een paar zakenmannen, een paar Amerikaanse vrijgezellen, een paar escorts die naar huis terugkeerden en een blondine die aan de arm van haar sponsor dribbelde. Ons meisje hield zich aan het eind van de rij passagiers op, en haar blik gleed over de ophalers terwijl de andere reizigers zich naar de bagageband haastten om hun koffers uit de stapel te redden. Het meisje zocht waarschijnlijk naar haar verloofde. We vermoedden dat hij verantwoordelijk was voor de actie van het meisje, maar wij waren de enigen die op haar stonden te wachten. Het schuldgevoel straalde vanuit de verte van haar af, en ze probeerde zich achter haar haren te verbergen, te krimpen. Een vluchtweg was er niet.

'De cheffin weet heus wel dat die griet niet door jou is aangeworven,' zei Aleksei.

'Maakt dat iets uit?'

'Denk aan Daria. Zij is jouw ontdekking, en ze haalt gegarandeerd niet dezelfde streken uit als die stomme trut daar.'

Het meisje zou al snel beseffen welke keuzes ze had: ofwel zou ze zonder vergoeding voor ons doneren tot de verliezen die het kantoor had geleden weer waren rechtgetrokken, of ze zou zelf een kaartje om haar dikke teen krijgen.

Over een paar jaar zou ik niemand meer naar het mortuarium brengen. Iemand anders zou dat doen, niet ik. Dat was de reden dat ik prima donna Kravets tolereerde.

De weerzin die ik jegens Lada Kravets koesterde werd zonder meer gecompenseerd door dat wat Viktor te bieden had. Dat ontken ik niet, en ik beweer evenmin dat ik niet betoverd was door het brokje marmer dat Viktor mij gaf voor nadere inspectie. Toen ik bij hem op kantoor had afgesproken, was ik ervan uitgegaan dat de formele omgeving zou helpen mijn agenda te pushen. Ik vergat mijn taak ter plekke.

'Mooi hè?'

Ik raakte de steen aan. Het scheelde niet veel of ik kuste hem, zo prachtig was hij. Het geesteskind van Gennadi Vekselberg, het Menorah-centrum, was al tijden Viktors favoriete onderwerp, en uit het marmer bleek dat het oogverblindend mooi zou worden. Internationale conferentieruimtes, een vijfsterrenhotel, een Holocaustmuseum. Markeringen die over het grootse en droevige verleden van de stad zouden verhalen, maar ook over een triomfantelijke toekomst. Binnen een paar jaar zou Menorah het grootste joodse cultureel en zakencentrum ter wereld worden. Was Dnipro al lange tijd een belangrijk commercieel middelpunt geweest, nu zou men naar een geheel nieuw niveau overstappen. Ik had de eer een van de eersten te zijn die de jongste plannen te zien kreeg.

'Ik heb deze vandaag van mijn peetoom gekregen, en ik kon niet wachten om ze aan jou te laten zien,' zei Viktor terwijl hij de tekeningen op zijn bureau gladstreek. 'Zelfs mijn vader heeft ze nog niet kunnen bekijken.'

Ook ik had iets wat ik aan Viktor moest laten zien, iets wat ik moeilijk vond ter sprake te brengen. Ik had de afspraak voor vandaag gemaakt nadat ik eindelijk de resultaten van het spermaonderzoek van onze kliniek had gekregen, waaruit bleek dat de endometriose die door de eigen arts van zijn vrouw was gerapporteerd niet onze enige uitdaging vormde; Viktors zaadcellen waren van C-kwaliteit. Een dergelijk gevoelig onderwerp kon ik niet ter sprake brengen voordat ik aan Viktor merkte dat hij er klaar voor was het probleem te behandelen. Praten over Menorah was wederom een manier om het thema te vermijden.

'Ik ken Vekselberg goed,' zei hij terloops. 'Gosja is een fantastische man, een zakenpartner van mijn peetoom.'

Hij gebruikte diens koosnaampje wanneer hij over Gennadi Vekselberg sprak, en deed dat met een warmte die verried dat ze veel tijd samen hadden doorgebracht en dat het een vriendschap betrof die gedragen werd door oud geld. Ik slikte en wenste dat de papieren met de onderzoeksresultaten zouden verdampen in mijn tas, of dat de resultaten op wonderbaarlijke wijze een stuk beter zouden worden.

'Jullie zouden hier ook een kantoor kunnen hebben,' zei Viktor terwijl hij op de Menorah-tekeningen tikte. 'Gosja zou daar gegarandeerd warm voor lopen.'

Het brokje marmer in mijn hand was warm geworden. Ik was kamers binnengestapt die voorheen gesloten waren voor mij. Maar nu niet meer, en dat was een opwindend goed gevoel. Het voelde als de toekomst waar ik recht op had. De neerslachtigheid die ik had meegenomen van het vliegveld was verdwenen, en dat was genoeg voor mij. Hoe Viktor Kravets precies aan zijn positie was gekomen, interesseerde mij niet. Zo makkelijk was ik mee te voeren, te verleiden door marmer.

'Ik wist niet dat Vekselberg belangen had in onze branche.'

'Orthodoxe joden durven nauwelijks over dit soort problemen te praten, hoewel velen ermee te kampen hebben.'

Ik had nooit gedacht dat Viktor bekend was met de religieuze reinheidswetten, en hoe die het krijgen van kinderen bemoeilijkten als de ovulatie van de vrouw niet volgens het door de rabbi's voorgeschreven schema verliep. Sommigen zochten liever hun toevlucht bij de diensten van onze kliniek dan dat ze hun intieme leven activeerden op dagen waarop een bevruchting mogelijk was, maar die door hun geloof werden verboden. De cheffin zou opgetogen zijn. Er waren meer dan genoeg welgestelde joodse gezinnen in de stad, en dat zouden er nog meer worden wanneer het centrum er stond.

'Neem de foto's maar mee. Je kunt de plannen aan je bazin laten zien.'

Ik opende mijn tas en stopte de foto's er voorzichtig in, zodat ze niet zouden kreukelen. Het was niet het juiste moment. En als zo'n moment nooit zou komen? Ik besloot dat Aleksei of een anonieme koerier de resultaten later bij Viktor mocht afleveren, zodat die de kwestie in alle rust kon verteren. Daarna zou ik een nieuwe poging doen.

Op Viktors bureau stonden geen foto's van zijn vrouw. In het hele kantoor was niets te vinden wat erop wees dat hij getrouwd was. Hij droeg zelfs geen ring.

We werden al snel vrienden. Het gebeurde ongemerkt, via onze verkennende gesprekken, waarbij ik hem leerde kennen en hij mij. We wandelden over de boulevard langs de rivier en eindigden vaak op het kloostereiland. Op een dag, toen we het eiland weer verlieten, knikte Viktor naar een steen met een bos verwelkte rozen erop, die hij een gedenkteken voor een mislukte romantische ontmoeting noemde. Ik bloosde alsof ik op diefstal was betrapt. Viktor had gemerkt dat mijn blik altijd op de bloemen bleef rusten die overal waren achtergelaten. Een gescheiden vrouw, schoot het door mijn hoofd, ik zag eruit als een gescheiden vrouw. Waaraan was dat te zien? Aan het feit dat mijn blik zich op gedumpte boeketten of op liefdessloten hechtte? Hoelang observeerde hij mij al op die manier?

'Sorry,' zei hij. 'Scheidingen zijn altijd ongemakkelijk.'

'Daar gaat het niet om, Vitja. Of nou ja, al heel lang niet meer,' sprak ik hem tegen, te snel, zo snel dat ik ongewild zijn vermoeden bevestigde, en mijn wangen kregen nog meer kleur. Het medeleven stroomde in onze relatie de verkeerde kant op: ik moest hém dat bieden, niet hij mij. En toch begon ik over mijn Amerikaanse vriend, bij wie ik was ingetrokken en die van mij had geëist dat ik de helft van de huur betaalde. Alleen op die manier had ik kunnen bewijzen dat ik niet met hem samen was voor het geld. Uiteindelijk was ik teruggekeerd in de woning waar nog tientallen andere modellen verbleven. Daarna was ik een andere Amerikaan gaan daten. Hij had een voorkeur gehad voor oosterse types, en had een geheim dagboek bijgehouden waarin hij percentages toekende aan het sexappeal van meisjes uit de verschillende landen. En de laatste van mijn westerse kerels had er een vreemde fantasie op na gehouden over de reinheid van exotische oosterse meisjes, en had zich daarom niet om condooms bekommerd. Dat vertelde ik Viktor niet, maar het had best gekund. Zo close waren we inmiddels. Ik vertelde hem dingen waarover ik nog nooit eerder met iemand had gesproken – omdat hij hetzelfde deed.

'Je bent nu thuis,' zei hij. 'Je hoeft je niet langer druk te maken om westerse hengsten.'

Ik probeerde te lachen. Ondanks de koude wind waren het eiland en de boulevard gevuld met arm in arm lopende stelletjes. Zoals vrouwen die zwanger wilden worden overal kinderwagens zagen, zo had ik het gevoel dat ik constant op pasgetrouwden stuitte die bruidsfoto's lieten nemen. Zoals nu. Ik wendde mijn hoofd af van een bruid in een witte jurk. Ik was te lang alleen geweest, en te lang een vat waar anderen hun zorgen in stopten.

Tactvol vulde Viktor de stilte met een verhaal over vrienden van hem in Odessa die zich hadden vermaakt door een romancetoerist tot staan te brengen, hem te dwingen zich uit te kleden en zijn kleren in zee te gooien. Ze hadden foto's gemaakt van de naakte man toen die wegvluchtte. Waarschijnlijk moest ik lachen om dat beeld. Viktor wist hoe hij mijn neerslachtige gemoed moest opkrikken, en hij herkende een verlangen in mij, en ik in hem, ook al verlangden we naar verschillende dingen om ons compleet te maken. Dat maakte Viktor speciaal en gaf me het gevoel dat de overige cliënten aan mijn borsten hangende puppy's waren wier ogen nog dicht zaten, zodat ik er niet eens van kon uitgaan dat ze mij zagen. De pups roken alleen melk, en ik was voor de cliënten alleen iemand die hun een weg bood naar de babygeur.

'En op een keer was het zo...' begon hij, en hij gaf toe dat hij er zelf bij was geweest toen zijn vrienden op een stel Turken was gestuit die een groep vrouwen op het strand hadden omsingeld. De kippetjes waren ervandoor gegaan toen ze hen hadden opgemerkt en hadden de Turkse casanova's aan hun lot overgelaten. Viktor en zijn makkers hadden de jongens in het water gegooid, puur voor de lol. 'Ik geloof niet dat ze ooit nog terugkeren naar Odessa.'

Ik verwachtte dat hij nu zou vragen wie ik in elkaar zou willen laten slaan.

'Je gaat iemand vinden,' zei hij ineens. 'Het bestaat niet dat je niemand vindt.'

'Vitja, natuurlijk bestaat dat.'

Ik verwachtte dat hij zou uitflappen: een schoonheid als jij, dat bestaat niet, maar toen besefte ik dat uitgerekend hij zoiets nooit zou zeggen. Een perfect opgebouwd leven vormde geen garantie dat je datgene kreeg waarnaar je verlangde. Dat wist Viktor als geen ander. Hoezeer ik hem ook had willen haten, en alles waar hij voor stond, toch kon ik dat niet, en dat kwam niet alleen door het Menorah-marmer dat ik op mijn bureau had gelegd en dat ik iedere dag in mijn handen woog. Viktor gaf om me. Misschien was ik al zo lang alleen dat het me niet uitmaakte wie mij oprecht medeleven toonde, alles was welkom. Ik was niet voornemens hem te kwetsen, laat staan te vermoorden. Ik was niet op zoek naar wraak, en ik zocht zijn vriendschap niet opdat ik via hem dicht bij het object van mijn haat kon komen, want Viktor was niet mijn vijand. Hij was mijn makker en ik die van hem.

Ik had naar mijn innerlijke stem moeten luisteren en de afkeer die ik voor Lada Kravets voelde de overhand moeten geven. Maar dat deed ik niet. Viktors vertrouwen en onze bijzondere, steeds sterker wordende band wogen zwaarder, en trouwens: zouden jij en ik elkaar anders ooit hebben ontmoet? Hoe zou ik spijt kunnen hebben van wat jij en ik waren? Hoe had ik de verleiding van Zilverwoud kunnen weerstaan, datgene wat het Daria kon bieden?

De bewaker zocht mijn en Alekseis naam op in zijn lijst, evenals het kenteken van de auto, en zwaaide met zijn hand. De slagboom ging omhoog en onze auto gleed naar de villawijk Zilverwoud, waarvan ik had gehoord maar waar ik nog nooit was geweest. Ik drukte mijn gezicht tegen de voorruit. De weg was verlaten, het asfalt donker van nieuwheid en glad als een ijsbaan. Wanneer de koplampen over het donkere bos gleden draaiden de flanken van de dennen amberkleurig tevoorschijn. Tussen de bomen door waren schommels en klimrekken te zien, in zulke felle kleuren dat ze eerder in tekenfilms thuis leken te horen dan aan de bosrand. Ik verbaasde me over de afwezigheid van hekwerken. Sommige bewoners hadden genoegen genomen met een heg, niemand had een hoge stenen muur. Bij iedere villa kon je zo de tuin in kijken, die kaler waren dan ik had verwacht. Alleen het sporadische blaffen van een waakhond herinnerde eraan dat we niet in het buitenland waren. Ik kon vanuit de verte al raden welke villa die van de familie Kravets was. In tegenstelling tot de andere zag die er bewoond uit. Of anders was het de fellere verlichting die die indruk wekte. Wanneer Viktor eenmaal was vertrokken zou dat dezelfde lege kleerhanger worden als alle andere huizen, waar een gedempt licht scheen, als van een verlichte kledingkast.

Toen we uit de auto stapten had ik het gevoel op een andere planeet te zijn geland. Het was zo stil... En de lucht – Daria zou er verliefd op worden. Aleksei floot zachtjes. Zelfs hij had nooit geweten dat er zo veel rijke mensen in Dnipro woonden. De hoeveelheid kasteelachtige gebouwen was verrassend. Hoe hadden we het ook kunnen weten? Zilverwoud werd beschermd tegen de blikken van het gewone volk.

De rondleiding door het huis duurde lang. Viktor wilde ons iedere dimmer, van decoratie voorziene schakelaar en vogelkooi tonen; het huis was naar het scheen een kopie van een villa ergens op de oever van de Dinard, die vaak in Hollywoodfilms te zien was. Ik liet alle uitleg langs me heen gaan en concentreerde me liever op zijn gebaren en stembuigingen, en concludeerde dat hier al eerder eiceldonoren waren ondergebracht. Anders zou Viktor niet op de marmeren badkamer hebben gewezen waar her en der producten stonden die veilig waren voor donoren. De koelkast zou op basis van dezelfde criteria worden gevuld, en een kok bereidde de maaltijden. Viktor had dezelfde rondleiding al talloze keren gegeven. Hoe vaak, aan wie, hoe was de samenwerking geëindigd? Maar in ieder geval had mijn voorzichtige benadering iets opgeleverd; we begonnen tot de kern van de zaak te komen. Viktor had tijd nodig gehad, en er was ook tijd nodig geweest voor het opbouwen van vertrouwen. De cheffin zou verheugd zijn over het nieuws, en Zilverwoud zou voor Daria een prettige omgeving zijn tijdens de hele procedure. Ik zou de Kravetsen zover krijgen dat ze Daria namen, daaraan twijfelde ik niet. Ik wilde dat zij deze klus kreeg, omdat ze een meisje uit Snizjne was. Haar familie woonde daar nog steeds. Daarna zou ze kunnen stoppen.

Ik was trots toen ik de foto's van de kandidates op de glazen tafel in de woonkamer uitspreidde. Viktor leunde achterover tegen de rugleuning van de bank en zijn blik zocht de duisternis achter de ramen – niet de blik waarop ik had gehoopt. Ik keek snel even naar de cocktail van meisjes op de tafel. Ik had de strandfoto's bovenop gelegd. Die misten hun uitwerking nooit, bij mannen noch vrouwen. Behalve nu.

'Ik kan het materiaal hier laten als jullie het in alle rust willen doornemen,' stelde ik voor. Daria flitste voorbij in een rode bikini, haar blik naar de camera gericht. Ik had voor haar badkleding gekozen die meer bedekt hield dan normaal. De bikini was te groot voor haar en aan de achterkant met behulp van veiligheidsspelden en tape kleiner gemaakt. Het resultaat had een zedelijke aantrekkingskracht. Misschien voelde Viktor zich ongemakkelijk bij het zien van de schaars geklede meisjes omdat hij het onkies vond de eiceldonoren door zo'n bril te bekijken. Ik was nog nooit op een dergelijk probleem gestuit. De blik van de man verplaatste zich niet naar het aanbod op de tafel, niet naar Daria. Hij bleef in de schaduwen van de tuin hangen.

'Ik weet niet of ik haar durf voor te stellen het nog een keer te proberen.'

Ik wist meteen over wie hij het had. Zijn vrouw wist niet eens dat hij een nieuwe behandelronde aan het regelen was. Geen wonder dat ik haar nog niet had ontmoet. Stel dat zij niet meer wilde meedoen?

'Ik kan wel met je vrouw praten.'

'Echt?' Er kwam leven in Viktor. Hij ging naast me zitten, pakte mijn handen vast en kneep er hard in. Ineens had ik het onbehaaglijke gevoel dat ik geconfronteerd werd met iets wat ik niet zou kunnen rechtzetten.

'Weet je zeker dat ze er klaar voor is hieraan te beginnen?'

'Ja, natuurlijk. De vorige poging is alleen zo beroerd geëindigd.'

'Het herstel heeft tijd nodig,' beaamde ik.

'De fout lag niet bij haar,' zei Viktor. 'Ik heb geprobeerd haar ervan te overtuigen dat ze niet zichzelf de schuld moet geven. Ik heb dat de afgelopen jaren zo vaak herhaald dat ik niet zeker weet of ik het nog meen.'

Hij schrok van zijn eigen woorden. Zijn vingers trilden, de greep verslapte niet.

'Zo vaak dat het niet meer geloofwaardig klinkt?'

Hij keek me in de ogen.

'Jij begrijpt wat ik bedoel. Iemand anders moet het tegen haar zeggen.'

Ik dwong mezelf te blijven zitten en me niets aan te trekken van de warmte die Viktor uitstraalde en die me aan het zweten bracht. Dit was een test. Hij wilde weten of ik op dezelfde manier zou reageren als zijn vrouw, of ik terugdeinsde voor zijn nabijheid. Ik had hen nog nooit samen gezien, en toch wist ik het zeker. Misschien was zijn vrouw niet de enige die niet in staat was hem aan te kijken. Misschien wisten Viktors ouders niet wat ze moesten zeggen en vermeden ze het onderwerp. Misschien maakte Viktor in het gezelschap van zijn eigen vrienden ruwe grappen, ook als iedere dubbelzinnige grap eigenlijk op hemzelf betrekking had, en zelfs als de anderen dat niet dachten, hijzelf in ieder geval wel.

'Ik probeer me te herinneren hoe verliefd we waren toen we elkaar ontmoetten. We begonnen tegelijkertijd aan onze studie, maar zij onderbrak die van haar. De blikken van andere mensen waren te veel voor haar. Iedereen was ervan overtuigd dat we zo snel trouwden omdat de bruid zwanger was. Wordt er in dit land nou nooit om andere redenen gehuwd?'

Viktor pakte zijn glas van de tafel en sloeg het in één teug achterover.

'We slapen al jaren niet meer in hetzelfde bed en zijn vreemden voor elkaar geworden. Ze vermijdt het mijn kant op te kijken en concentreert zich op het zoeken naar hulp bij energievelden en sterren, naar oorzaken voor onze kinderloosheid in wat we eten en in de verwarming van de auto. Onze deuren worden platgelopen door een onophoudelijke stroom genezers en priesters. Het spijt me dat ik hier niet eerder over heb gesproken.'

Ik gunde Viktor de tijd en gebruikte die om de zoutjes te bestuderen die op tafel stonden; de wodka raakte ik nauwelijks aan. Ik begreep zijn eenzaamheid en was niet verbaasd toen hij vertelde dat hij buiten zijn huwelijk om naar zijn verloren mannelijkheid had gezocht. De opbiechtende toon werd dieper, ik had hem in mijn greep. Dit was het moment waarop ik had aangestuurd, en toch was ik te nerveus om blij te zijn met mijn overwinning, en het baarde me zorgen dat de hapjes onaangeraakt bleven. Viktor had al voordat wij arriveerden van de inhoud van zijn drankkast gesnoept, om de spanning te verlichten. Ik wilde niet dat de ontmoeting daardoor een fiasco werd en stopte hem een toastje met kaviaar in de hand. Dat viel goed.

'Ik beproefde mijn geluk met een heleboel andere vrouwen. Het waren verloren jaren, besef ik nu.'

'En ben je bij specialisten te rade gegaan?'

'Hoe vaak gaan mannen als eerste naar de dokter?' zei hij lachend.

Hij had lang over de kwestie nagedacht, dat merkte ik aan zijn ontspannen toon. Het gebruik van donorsperma zou hem niet meer van zijn stuk brengen. Misschien was het voor hem voldoende als zijn vrouw zichtbaar zwanger was en een kind zou baren en niemand anders wist wat er op de achtergrond speelde. Ik was opgelucht, we boekten op duizelingwekkend tempo vooruitgang.

'Tijdens een zakenreis ontmoette ik een meisje,' zuchtte hij. 'Thuis liep het al stroef en het mooie gezelschap vrolijkte me op. Een paar maanden later deelde ze mee dat ze zwanger was. Ik verkondigde het goede nieuws aan mijn vrienden, we vierden het met z'n allen, en op het moment dat het kind werd geboren was ik de gelukkigste man van het universum. Ik vertelde het zelfs thuis, en mijn vrouw gaf aan dat ze de jongen wilde adopteren.'

Viktors wang begon te trillen. Hij besefte niet eens dat hij zijn echtgenote ter sprake had gebracht, terwijl hij het zozeer had vermeden over haar te praten.

'Dat kind was niet van mij. De bastaard was van iemand anders. Uiteindelijk moest ik de waarheid onder ogen zien en tegen mezelf toegeven dat er ook bij mij iets fout zat.'

'Een vaderschapstest?'

'Mijn vader eiste dat. Hij had gelijk dat de jongedame een golddigger was. Daarom regelen zijn advocaten de juridische kant met jullie kantoor, en daarom is er een clausule aan de overeenkomst toegevoegd dat het kind een DNA-test ondergaat. Mijn vader is op dat punt bijna paranoïde.'

Ik vroeg me af of de Kravetsen verhalen hadden gehoord over echtparen die vruchtbaarheidsbehandelingen hadden ondergaan en daarbij bedrogen waren. De cheffin was duidelijk onrustig geworden toen ze een bericht las over Italiaanse ouders die door een Russische kliniek waren opgelicht. Aangezien de cheffin niet van het minste of geringste nerveus werd, vermoedde ik dat er in de geschiedenis van ons kantoor soortgelijke gevallen konden opduiken. Misschien had ze aan het begin van haar carrière op de uitgaven willen besparen, en misschien had ook ik wel eens laten doorschemeren dat de artsen onbruikbare cellen maar beter konden verwisselen voor cellen waar daadwerkelijk levende kinderen uit voortkwamen. Ik was geprezen om mijn resultaten. Maar zo gingen we niet langer te werk. Op de lange termijn was dat te riskant. En in het geval van dit echtpaar zou het pure dwaasheid zijn.

Viktor vatte mijn zwijgen verkeerd op.

'Het spijt me, dit was niet als motie van wantrouwen jegens jullie bedoeld. Mijn vader vindt mij naïef, en waarschijnlijk heeft hij niet helemaal ongelijk. In deze situatie kan een mens zich aan allerlei strohalmen en beloftevolle glimlachjes vastklampen.'

Hij staarde naar zijn horloge. Draaide die rond om zijn pols. Verlegen als een schooljongetje.

‘Mijn leven werd behoorlijk somber na het bedrog van die teef. Dag en nacht moest ik denken aan hoe ze me waarschijnlijk belachelijk had gemaakt bij haar vrienden, en iedere vrouw die ik tegenkwam leek mij uit te lachen. Dit klinkt vast idioot.’

Zijn stem klonk weer aftastend. Ik schudde alleen maar mijn hoofd, hoewel ik had moeten zeggen: welnee, helemaal niet. Dat deed ik meermaals tijdens het gesprek; ik betuigde mijn medeleven totdat ik de behoefte voelde naar het toilet te gaan om mijn wangspieren weer ontspannen te kloppen, zoals modellen dat doen tijdens een fotosessie om weer een aanwezige blik op hun gezicht te toveren. Ik vertrouwde echter op een ander trucje, kneep stiekem in mijn handpalmen. Door de pijn schoot er adrenaline je aders in en dat gaf je een heldere blik. Tegelijkertijd probeerde ik de foto’s van de lachende meisjes bijeen te pakken en weer in de map te stoppen.

Ik was te laat. Viktor boog zich voorover naar de map. Ik durfde nauwelijks te ademen. Alle foto’s waren naar Amerikaanse smaak genomen, vol parelwitte tanden, maar ongeschikt voor deze cliënt. Hetzelfde gold voor de presentatievideo’s. Als ik Viktor eerder had kunnen overhalen zijn hart te luchten, zou ik nieuw materiaal hebben laten maken. Ik had het weer verprutst.

Hij liet de map weer op de tafel vallen. Zijn blik was op de najaarsnacht aan de andere kant van het raam blijven rusten. Boven op de stapel dartelde Daria op haar beste foto, die aan het eind van een lange sessie was genomen, toen de fotograaf ineens een nog bloeiende Gelderse roos had ontdekt en Daria beval voor de struik te gaan staan. Ik merkte dat haar gezicht betrok en vertelde haar snel hoe ik ooit samen met een paar andere modellen de opdracht had gekregen zo hard te lachen als we konden. Daria proestte het uit terwijl ik de trucjes beschreef die we hadden toegepast om dat uren aan één stuk te kunnen doen. Ik vertelde er niet bij voor wat voor artikel de foto’s waren gemaakt. Het ging over de angstervaringen van vrouwen en mannen, en de titel kwam uit een interview met een of andere beroemde schrijfster over dat thema. Ik herinnerde me die titel nog goed: mannen zijn bang dat wij hen uitlachen, en wij zijn bang dat ze ons vermoorden.

'Hoe nemen mensen in het algemeen een besluit hierover? Hoe weten ze wie geschikt is?'

Viktors gezicht was nog steeds afgewend naar de tuin. Ik strekte stilletjes mijn hand uit en sloot de map.

'Vaak hebben cliënten bepaalde criteria waaraan ze willen vasthouden.'

'Zoals?'

'Iedereen wil dat het kind goed haar krijgt. Vooral voor vrouwen is dit belangrijk.'

Viktor vermande zich, dronk zijn glas leeg. Er was iets in zijn gebaren wat mij zei dat hij zich weer op de map zou storten, maar nu echt. Ik legde die op mijn schoot.

'We kunnen het later wel over de kandidates hebben. Het hoeft niet allemaal in één keer.'

'Verder uitstel heeft geen zin.'

Viktor stak zijn hand uit. Ik plukte willekeurige foto's uit de portfolio. Elke ervan zorgde voor een reactie, een terugdeinzen of een getuite mond. Ik liet hem Daria niet zien. De oude strandfoto met een lachende Daria had haar vorige cliënt doen verzuchten dat ze eindelijk de juiste hadden gevonden. De vrouw vond dat het leek of Daria naar haar toe rende, speciaal naar haar. Ik liet het kiekje stevig in de omslag zitten en hield de map op mijn schoot.

'Sommigen zeggen dat het vinden van de juiste donor voelt alsof je altijd al hebt geweten hoe je eigen kind eruit zal zien.'

'En als dat gevoel niet komt?' vroeg Viktor.

'Dan nemen we de criteria als uitgangspunt. Welke dingen vind jij belangrijk?'

'Discretie. Anonimiteit.'

‘En het kind, willen jullie een meisje of een jongen?’

‘Een jongen. Misschien later ook een meisje. Eerst een jongen.’

Langzaam liet ik mijn hand op zijn mouw neerdalen. Ik had eindelijk een duidelijk antwoord gekregen.

‘Vaak lijkt het of de donor al op de foto tegen je praat, als het de juiste is,’ zei ik. ‘Alsof ze je roept. Sommigen zeggen dat ze het als een herkennen ervaren.’

Viktor smeet de foto’s die ik hem had gegeven op de grond. De avond, die zo veelbelovend was begonnen, dreigde in de verkeerde richting verder te gaan.

Viktors pak was van stevige stof gesneden, maar dat hield hem niet overeind toen hij tegen de drankkast leunde en probeerde niet te huilen; zijn hoofd trilde op zo’n manier. Ik kon zelfs geen afgunst voelen vanwege alles wat hij had, want hij had niet datgene wat hij het meest wilde.

Ik stopte de mappen in mijn tas. Ik zou nieuwe foto’s laten nemen en die naar Viktor en zijn vrouw laten sturen, al wist ik bijna niets over haar wensen. Dat maakte het een uitdaging de fotosessie te organiseren. Aan het begin van de procedure wekten cliënten de indruk dat ze met een willekeurige donor genoegen zouden nemen, zolang het kind maar gezond was. Het doorspitten van de dikke catalogus voelde zelfs ongemakkelijker dan browsen op een datingsite of in het aanbod van een huwelijksbureau. Maar wanneer ze het fotomateriaal grondig begonnen door te nemen vond er een geestelijke verandering plaats bij de mensen, zonder uitzondering. De situatie gaf hun macht, de mogelijkheid te beslissen, te zeuren en te selecteren. In het begin was het idee van een kind met een sierlijk neusje niet meer dan een vage gedachte, maar al snel sloeg de fantasie op hol: haren als uit een shampooreclame, een huid geschikt voor de cover van een vrouwenblad, en prijzen behaald tijdens sportevenementen. Het oorspronkelijke budget werd totaal vergeten, donoren die wat lelijker of minder talentvol waren vielen per ongeluk af, de talrijke keuzemogelijkheden waren zo bedwelmend als plotselinge rijkdom. Sommigen begonnen de donor te beschermen alsof het om een investering ging, en gezien de kwaliteit van de uitrusting van de villa vielen de Kravetsen in deze categorie. Ik verwachtte eerdaags een lijst met voor de donor verboden substanties te ontvangen, en durfde te wedden dat uitgebreide camerabewaking deel uitmaakte van het beveiligingssysteem van de villa. Daarmee kon die arrogante Kravets-trut in de gaten houden of de donor per ongeluk haar lippen stiftte, haar haren verfde of zichzelf met een stof besproeide waarvan zij meende dat die de hormoonbalans beïnvloedde. Ik telde de bonussen. Daria zou goed verdienen. Aangezien men wilde dat de donor gedurende de procedure onder toezicht woonde, zou alleen al het basisbedrag het dubbele zijn. Het project verliep duidelijk trager dan normaal, dus daar konden we ook extra voor rekenen. Daria's familie zou heel lang kunnen leven van het bedrag dat ze hiervoor kreeg, en ik zou haar gaandeweg voorbereiden op een andere carrière. Ik was niet van plan in het diepe te springen voordat ik voldoende kapitaal bijeen had, zodat ik Daria's eerste stappen in de modellenbranche kon financieren en kon waarborgen dat we allebei zouden overleven als er eens weinig werk was. Daarom zou ik bij de agentuur blijven totdat ik de interesse van internationale modeontwerpers voor Daria had gewekt. De Kravetsen zouden hoe dan ook haar laatste cliënten worden, dat wist ik zeker.

'We hebben dit al zo vaak gedaan,' zei Viktor uiteindelijk toen hij met een glas in zijn hand weer bij de tafel kwam zitten. 'Ik kan dit niet.'

Zijn neusvleugels waren rood, zijn ogen gezwollen.

'De eerste keer werd er een ingelijste foto van de donor aan de wand met iconen gehangen. Niet hier, maar... Vader Arseni zegende de foto en bad onophoudelijk. We deden schenkingen aan de kerk. Alles was perfect. Of dat had het moeten zijn.'

Ik besefte nu wat hij had bedoeld toen hij de aanrechtbladen in de keuken had gestreeld en gezegd dat die van spectroliet waren, dat naar verluidt bescherming bood, angst verminderde en zelfvertrouwen vergrootte; hij had zijn zin op de vertrouwde manier afgebroken toen hij dat zei. Het spectroliet was vast en zeker op verzoek van zijn vrouw aangekocht, evenals het rode carneool dat in de vorm van geslepen steentjes her en der in schalen was neergezet, en net toen ik dat besefte, greep Viktor een kom die op tafel stond en smeet die op de grond. Ik schrok meer van het geluid, dat klonk als een instortende muur, dan van de handeling zelf.

'Uitgerekend díe donor had tegen ons gesproken, blijkbaar. De donor van die foto aan de wand met iconen.'

Ik nam aan dat Viktor het over zijn vrouw had.

'En toch liep alles mis,' riep hij uit. 'We waren zo stom om te proberen de geboorte te laten plaatsvinden op een dag waarop de sterren het best stonden, en waarop de horoscoop...' De zin werd weer onderbroken. Hij dronk zijn glas leeg en schonk nog meer Khortytsa in. Ik besloot dat ik de cheffin zou bellen zodra ik thuis was. Zij mocht contact opnemen met Viktors vader en ervoor zorgen dat de echtgenote instemde met de plannen.

'Ik kan geen keuze meer maken, geen enkele. Mijn keuze is vast de verkeerde, vervloekt, gedoemd te mislukken. Kies jij maar.'

Ik wist niet dat mijn leven kort daarop zou veranderen, toen mijn cheffin en ik op weg waren naar het kantoor van Viktors vader om de nodige papieren te ondertekenen, en die verandering lag niet aan de contracten die eindelijk zouden worden opgesteld, maar aan jou. Ik zou jou zien. Ik was niet op mijn best, ik had een kloppende puist op mijn wang van de zenuwen, en de cheffin was al net zo nerveus. In de lift mepte ze me op mijn armen, zei dat ik ze moest strekken, we konden geen gekruiste armen gebruiken bij deze ontmoeting, dat was vijandige lichaamstaal. Geen van beiden hadden we Vitali 'Veles' Kravets eerder ontmoet. Hij had een reputatie. Aleksei had verteld dat de koosnaam Veles afkomstig was van een vechtpartij lang geleden, waarbij zijn nederlaag al zeker had geleken en de man zelf al bijna dood was. Daardoor was zijn tegenstander onvoorzichtig geworden, en Vitali had zijn reeds juichende vijand met een gebroken fles geslagen. Vanwege het verbrijzelde voorhoofd van zijn tegenstander was men hem Veles gaan noemen, naar de gehoornde Slavische god, de uit de dood herrezen heerser van het schimmenrijk.

Maar onze angst was ongegrond. Het succes van ons kantoor had duidelijk indruk gemaakt op Veles, en hij maakte een babbeltje met mijn cheffin over de economische cycli in het zakenleven terwijl onze juristen de laatste hand legden aan de details van het contract, die al vele malen waren doorgesproken. Viktor was nergens te zien, evenmin als zijn vrouw. Als ik geen bewijzen had gezien van haar bestaan – haar handtekening en de foto's van Aleksei – zou ik hebben gedacht dat het om een geest ging. Ondanks mijn terugbelverzoeken had ze geen contact opgenomen. Maar volgens mijn cheffin was de vrouw op de hoogte van de voortgang van het project, en dat moest volstaan. Dat deed het voor haarzelf ook.

Door het ontladen van de spanning begon ik te knikkebollen. Ik probeerde wakker te blijven door de dode dieren te tellen waarmee de gigantische wanden van het kantoor waren bedekt. Een leeuw. Een wolf. Een beer. Ontblote roofdiertanden. Een elandengewei. Op de achterwand een complete krokodil. De poster met de kruizen die daarnaast hing had ik bij binnenkomst al opgemerkt – de ruimte was gezegend. Een opgezette karper zonk weg in de goudkleurige gordijnkwasten, de airco zoemde en de vergulde staande klok tikte als een slaapverwekkende metronoom. Van tijd tot tijd werd het ritme onderbroken door getjilp uit een vogelkooi, en daarna door een krakend geluid. Krak, als een schoen die op een kastanje trapt. Of op een slakkenhuis. Of een notendop. Het onregelmatige kraken dat uit een hoek van de kamer kwam bleef doorgaan. Ik wist zeker dat ik het nog niet eerder had gehoord. Vanuit mijn ooghoek zag ik een man in een leunstoel die ons observeerde. Boven je hoofd hing nog een berenkop, en een opgezette vogel met een lange snavel. Je zat bij een marmeren tafeltje. Daarop stond een kristallen schaal waar je noten uit pikte; je opende ze met een notenkraker en liet de doppen op de grond vallen. Ineens was ik klaarwakker.

'Viktor Vitalievitsj zal zijn vrouw niet verlaten.'

Ik zat op de achterbank van een auto en besteedde in eerste instantie geen aandacht aan de woorden die vanaf de voorbank klonken. Ik was bezig mijn make-up bij te werken en het duurde even voordat ik besefte dat het ongepast was voor een chauffeur om op die toon tegen mij te praten. Ook zijn aftershave had wel iets minder opvallend mogen zijn. Maar er zat dus iemand anders achter het stuur. Ik herkende je als de man die ik in het kantoor van Veles Kravets had gezien. Ik herinnerde me hoe onbeschoft je was geweest, de notendoppen die op de grond vielen, en toen drong het tot me door wat je had gezegd. Ik haalde een hand door mijn haar om mijn gezichtsuitdrukking niet te tonen en deed alsof ik mijn haar schikte. Een gescheiden vrouw. Ook jij vond dat ik eruitzag als een gescheiden vrouw, hoewel ik in geen tijden een relatie had verbroken. Wat had je anders kunnen bedoelen, of zag ik spoken die er niet waren?

Ik besloot me niets van je opmerking aan te trekken. Ik zou me tijdens de rit op mijn papieren concentreren, en op de beproeving die op me wachtte. Lada Kravets zou mij eindelijk ontvangen, bij haar datsja. Viktor had de boodschap doorgegeven en gemeend dat hij zich beter afzijdig kon houden.

'Je had beter binnen kunnen wachten,' zei jij. 'Dan waren je benen niet nat geworden.'

Ik concludeerde dat de auto werd bestuurd door een man die altijd op het verkeerde moment commentaar leverde op de dingen. Door de regen was de stoep voor het kantoor één grote plas, maar dat stukje straat lag al ver achter ons en we reden al langs de zelfmoordflats. Iedereen die zich serieus van kant wilde maken in deze stad klom op een van die daken. Ondanks het feit dat ik altijd probeerde mijn hoofd af te wenden daar, werd mijn blik ernaartoe getrokken als een magneet.

Ik zweeg nog steeds. We waren niet geïntroduceerd, ik wist niet wie je was. Daardoor voelde ik geen behoefte om ergens over te praten, en ik vond jouw opmerkingen tegen mij bijzonder vreemd, als ze bedoeld waren als aanzet tot een gesprek.

Het weer was opgeklaard en het asfalt glom toen je bij een tankstation stopte. Ik bladerde nog steeds door mijn mappen, alsof ik niet had gemerkt dat we stilstonden of dat je om de auto heen liep om het portier voor me te openen.

'Voorin heb je meer plaats,' zei je.

Ik verroerde me niet. Een papegaaienkooi die we onderweg bij een dierenartspraktijk hadden opgepikt stond naast me. Maar ik was slank genoeg om te doen alsof me dat niet stoorde. Ik wilde niet naast jou zitten. Ik had het idee dat je me om een of andere reden niet mocht. Misschien kwam dat doordat je me in de gaten hield. Ik had het gevoel dat ik beoordeeld werd. Ik hoorde het klikken van een aansteker en kreeg trek in een sigaret. Desondanks ging ik door met bladeren. Je voetstappen verwijderden zich, naar de winkel van het tankstation. Zodra je rug uit het zicht was verdwenen stapte ik uit om te roken. In de auto werd duidelijk niet gerookt, dus nam ik aan dat die door de echtgenote werd gebruikt. Ook de vogel moest van haar zijn; jij leek me geen man die papegaaien als hobby had. Een zwerfhond die naar me toe was gedribbeld stak zijn snuit uit naar de achterbank, zoekend naar restjes eten. Ik joeg hem weg, drukte mijn sigaret uit en tilde het doek dat over de kooi zat op. De veren hadden de kleur van de Oekraïense vlag, leek het, schreeuwend en fel en tegelijkertijd diep als op een oud schilderij. De tenen kromden zich snel en tikten tegen de rand van de kooi.

'Hij heet Ostankino.'

Ik liet het doek zakken. Mijn benen waren nog buiten, ik had me voorovergebogen, de auto in, om het doek op te tillen. Dat was een vergissing. Ik was gedwongen mijn rug te rechten en me om te draaien naar jou. Ik zocht een punt achter jouw schouders om mijn blik op te richten, maar vond niets. Mijn wangen gloeiden.

'Aangenaam kennis te maken,' zei je, alsof we elkaar zojuist voor het eerst hadden ontmoet. 'Ik ben Roman.'

Ik reageerde niet. Voor een vreemdeling was je veel te dicht bij me gekomen. Fahrenheit, daar rook je naar. Een eindje verderop zag ik ineens een auto die met gas werd getankt, en daar concentreerde ik me op. Deze auto reed op benzine, in deze auto was geen gastank gebouwd, en dat zou ook niet gebeuren want deze auto vervoerde mensen die het zich konden veroorloven dat niet te doen, hoe duur brandstof ook was, en daarom reed men in deze auto naar een goede toekomst, en ik moest het hoofd bieden aan alles wat ik daarbij op mijn weg zou vinden.

'Het is een stuk prettiger om voorin te zitten.'

Je opende het portier en ik wilde niet onbeleefd lijken, dus liet ik me door jou naar de voorbank meevoeren. Ik staarde naar mijn handen en vroeg me af of ik ver genoeg naar achteren kon reiken om mijn spullen te pakken of dat dat als onbeschoft zou worden beschouwd, als een weigering een gesprek aan te gaan. Ik besloot de papieren te laten liggen. De auto kwam op gang.

'Wat weet je over Lada Pavlovna?' vroeg je. 'Heeft Viktor iets over haar verteld?'

Ik wist niet wat ik moest antwoorden. Ik wist niet met wie je bevriend was, en of je meende dat ik Viktors geliefde was of die positie ambieerde. Waarom zou je anders hebben gezegd dat hij zijn vrouw niet zou verlaten? Of was het zo dat je mijn gedachten probeerde te raden, die van een coördinator die denkt dat het probleem het makkelijkst was op te lossen door van echtgenote te wisselen? Die conclusies maakten dat ik de zoom van mijn rok naar beneden trok. Kinderloosheid leidde tot echtscheidingen. Maar onze donoren waakten ervoor verboden terrein te betreden.

'Ik neem aan dat je wel íets weet?'

'Alleen dat wat ik in haar gezondheidsfile heb gelezen.'

Het waren de eerste woorden die ik tegen je sprak, en het laatste woord brak af, omdat ik besefte dat ik mijn handen had gevouwen; dat leek een slecht voorteken. Alsof ik toekeek terwijl de persoon naast me in het vliegtuig begon te bidden, vlak voor het opstijgen. Jij merkte het niet, evenmin als mijn blik, die als een verdwaald insect op de voorruit spartelde, van de ene rand naar de andere. Ik had een droge mond. Jij kon niet weten wat ik werkelijk dacht over Viktors vrouw. Ik dwong mijn handen zich te ontspannen.

'Lada Pavlovna zal je misschien vragen waarom je dit werk doet.'

'Dat wordt me vaak gevraagd.'

'Het is mijn taak te waarborgen dat het project naar behoren verloopt en dat men vertrouwen heeft in jou.'

'Waarom zou men mij niet vertrouwen?'

'Mocht het daarop uitdraaien, dan dien ik ervoor te zorgen dat alles ook in dat geval naar wens gaat,' ging je verder. 'Jullie kantoor is niet het eerste waarmee ze de hele procedure hebben doorlopen. Het duurde lang voordat Lada Pavlovna op een positief eindresultaat durfde te hopen, na zo vele mislukkingen.'

Ik opende het raampje. Buiten miezerde het weer. Een kantoor in het Menorah-centrum. Marmeren vloeren. Van mijn projecten waren de Balkanstrategie en Kryvyi Rih al mislukt. Dit niet. Dit zou lukken. Ik zou hierin slagen, ook al klonk Viktors vrouw niet langer alleen maar als de vrucht van een gepamperde kindertijd. En als ik het verkeerde antwoord gaf op de nieuwsgierige vragen van de prinses? Maar hoe kon ik dat? Onze agentuur bewoog zich op het intiemste vlak van het menselijke bestaan en daardoor waren we overal aan gewend. Maar er werd ons nooit iets persoonlijks gevraagd, met uitzondering van dingen over ons gezinsleven. Dat vond men altijd interessant. Opdat cliënten niet zouden denken dat we het voor het geld deden, luidde het officiële verhaal dat de twee kinderen van de cheffin hun oorsprong hadden in een petrischaal vanwege ernstige endometriose; dat had haar aangemoedigd in deze branche verder te gaan. Haar verhaal werd niet in twijfel getrokken, het mijne evenmin. Ik vertelde jou dat mijn vriendin als kind een ongeluk had gehad en dat haar leven was gered dankzij een bloeddonor. Dat had mijn visie op het leven veranderd, en toen ik ouder was had ik iets willen doen wat net zo belangrijk was. Ik vond het oneerlijk dat het lichaam van iedere vrouw in de vruchtbare leeftijd continu eicellen produceerde die het leven van iemand anders konden veranderen. Ik had dit verhaal van een van onze donoren geleend. Het was geloofwaardig, roerend en waar. Ik bracht het perfect, en het klonk totaal niet alsof onze meisjes door een schuldgevoel werden gemotiveerd, wat vaak zo was als armoede niet de enige reden was. Als vrouwen problemen hadden met het krijgen van kinderen of door het leven wreed werden behandeld, zochten ze soms naar beweegredenen voor hun abortus en dachten ze dat het probleem zou verdwijnen als ze hun daad goedmaakten door voor ons te komen werken. Heel even verbeeldde ik me dat je op de hoogte was van mijn abortusgeschiedenis. Dat was alweer lang geleden. Jij kon daar niets van afweten. Ik had niemand daarover verteld, zelfs mijn cheffin niet.

'Wat is de naam van die vriendin? Die werd gered dankzij een bloeddonor?'

Je zette de auto stil in de berm en keek me aan. Je blik was die van een leugendetector. Snizjne, ging het daarom bij dit verhoor?

Behalve mijn opleiding en het lot van mijn vader was Snizjne het enige punt waarop mijn cheffin en ik samen mijn cv hadden aangepast. Je had al achtergrondonderzoek gedaan naar me. Je had getuigen gevonden, mensen die mij of mijn familie kenden, iemand die wist dat mijn vader nooit bij een bouwbedrijf in Mykolajiv had gewerkt. Je had de fout gevonden. De leugen.

'Als Lada Pavlovna ernaar vraagt, kan het zijn dat ze die vriendin van je opbelt.'

'Ze gaat d'r gang maar.'

'Dat meen je niet.'

Je gaf me een papiertje met daarop de naam Ljoedmila Kornilova en een telefoonnummer in Estland.

'Sla dat op in je telefoon.'

Ik begreep niet meer wat er gebeurde. Misschien had het me niet moeten verrassen dat je mijn achtergrond had gecheckt, maar wist Viktor dat? En zijn vrouw? Waarom hielp je mij bij het waterdicht maken van mijn leugentjes om bestwil? En Snizjne, was je ook daarvan op de hoogte? Moest ik Snizjne zelf ter sprake brengen, zou ik dan eerlijker overkomen? De stad wegpoetsen uit mijn en Daria's verleden was niet meer dan een cosmetisch trucje, een kleine correctie ten bate van westerse cliënten. Jij zou je niet druk maken, en Viktor evenmin. Jullie zouden je druk maken om het bedrog. Want: waar zouden we verder nog over liegen?

'Is er een probleem of zo?' vroeg je. 'Het lijkt me dat die vriendin in Tallinn moet wonen, daar is dat ongeluk toch zogenaamd gebeurd?'

'Wie is die Ljoedmila?'

'Iemand die opneemt als ze wordt gebeld en dan hetzelfde verhaal vertelt als jij.'

'Hoeveel?'

'Hoeveel wat?'

'Hoeveel wil je hebben voor deze gunst?'

'Van jou? Niets.'

Je opende de raampjes, stak een sigaret op en hield die buiten de auto. Ik bracht de moed op het voorbeeld te volgen. Ljoedmila's nummer gloeide op het scherm van mijn telefoon.

'Wie is hiervan op de hoogte? Voor wie werk jij?'

'Voor Veles en niemand anders. Hij wil dat dit project soepel verloopt en is niet geïnteresseerd in de details. Deze kwestie drukt al veel te lang op de familie. Nog even en iedereen wordt gek. De zaken hebben eronder te lijden en Viktor had allang in de politiek moeten gaan. Het mag op geen enkele manier nog misgaan. Denk je nou echt dat ik anders mijn dagen met dit soort dingen zou vullen?'

Ik had de steekproef overleefd en was in gedachten dankbaar dat de test betrekking had op een verhaal dat daarnet dankzij jou geloofwaardiger was geworden. Ik besloot te zwijgen over Snizjne. Die kwestie zou niet van belang zijn als ze niet aan het licht kwam. Als mijn opbiechten van dat bloeddonatieverzinsel een test was, wist je misschien niet alles, maar wilde je alleen dat ik dacht dat je alles wist. We rookten in stilte en keken naar de kraampjes langs de weg, waar de verkopers met behulp van plastic dekzeilen een soort beschutting voor zichzelf en hun zakken aardappels van hadden gemaakt. Van tijd tot tijd werden de kraampjes door een voorbijrijdende auto aan het oog onttrokken. Er was weinig verkeer, niemand stopte, de verkopers zaten voor niets langs de kant van de weg te rillen. Ik kon mijn cliënt niet verliezen. Ik móest Viktors vrouw aardig vinden, waar die prinses ook mee op de proppen kwam, en ik zou bevriend met jou moeten raken.

'Lada Pavlovna vraagt altijd aan iedereen die bij de donatie betrokken is hoe ze in deze branche terecht zijn gekomen,' zei je. 'Daar kun je maar beter rekening mee houden.'

'Was het niet beter geweest het contract pas te ondertekenen wanneer deze dingen uitputtend waren besproken? Had de synchronisatie van de menstruatiecycli van Daria en de toekomstige moeder niet daarna gestart kunnen worden?'

Ik had nog nooit meegemaakt dat ik de vrouw die een kind wilde niet had ontmoet voordat alle aspecten van de procedure tot dit punt gevorderd waren. Het was een heel uitzonderlijke situatie. Daarom had ik de arts te kennen gegeven dat falen geen alternatief was. Desnoods werd de dosering van alle medicatie verhoogd. Deze ene keer. Alleen deze ene keer, opdat dit alles zo snel mogelijk achter de rug was.

'We hebben het geprobeerd,' zei jij. 'Maar soms moet je de dingen in hun eigen tempo laten gebeuren.'

'Waarom heb ik het gevoel dat de toekomstige moeder in dit geval een grotere uitdaging vormt dan Viktor Vitalievitsj? Is dat zo?'

'Ik weet het niet. Misschien. Nee. Dat is niet relevant. Viktor laat zijn vrouw niet in de steek. Kerk, verkiezingen en echtscheidingen zijn een lastige combinatie. Laat staan de rol die zakelijke activiteiten en bepaalde eigendomsverhoudingen in het geheel spelen. Alles zal goed gaan zolang je je verhaal niet vergeet. Je kandidate lijkt uitstekend.'

'Daria is zonder meer de beste,' verzekerde ik hem, en ik besefte dat geen van de betrokken partijen commentaar had gehad op mijn donorkeuze. Veles had onze mappen niet eens aangeraakt bij hem op kantoor. Als hij het bekijken van de foto's van de meisjes net zo gênant vond als zijn zoon, en net als hij bang was voor de gezichten van de donoren, hadden ze het goedkeuren van de keuze misschien op jou afgeschoven; en als je ook een achtergrondcheck van Daria had gedaan, hoopte ik dat je dezelfde steekproef had gehanteerd als bij mij.

'Is er nog iets wat goed zou zijn om te weten?' vroeg ik.

'Ik geloof het niet. Lada Pavlovna haat abortussen. Dat zal niet als een verrassing komen, maar zulke meisjes hebben jullie ook niet, toch?'

Ik wierp een steelse blik op jou. Ik kon je blik niet goed duiden. Misschien meende je het serieus, misschien was het een grapje. Uiteraard had het onderwerp zijn eigen kolom op het voorselectieformulier. Geen enkele donor had toegegeven dat ze ooit een zwangerschap had afgebroken, zo slim waren ze wel. Officieel hadden we geen vrouwen op de lijst wier aureool door een dergelijke daad werd verminkt, en voor zover cliënten ernaar vroegen, bracht ik in herinnering dat het land statistisch gezien in hoog tempo bezig was in te lopen op de westerse abortuscijfers, al liet ik de groeiende kloof tussen Oost- en West-Oekraïne onvermeld. In het westen werd er een veel te groot probleem van gemaakt. Als voorgaande generaties gewend waren geweest precies genoeg kinderen te krijgen om te kunnen klimmen op de wachtlijst voor een woning, en als ze hun gezinsplanning voornamelijk door middel van abortus stuurden, waarom zou de volgende generatie het dan anders doen? Waarom zou dat überhaupt moeten? Het kon niet anders of Lada Kravets wist hoe de situatie in haar geboorteland eruitzag.

Ik besefte ineens dat mijn zwijgen een verdachte indruk kon maken en probeerde iets te zeggen wat betrekking had op de zaak, totdat ik in je mondhoek een glimp van een glimlach zag. Of je het nou toegaf of niet, dat was een uitnodiging om de waarheid op te sieren naargelang de situatie vereiste.

De priester zat al meer dan een uur op de bank in mijn mappen te bladeren. Ik begon te vermoeden dat dit weer een of andere test was en dat de toekomstige moeder nooit zou opdagen voor de beloofde ontmoeting. Toch probeerde ik kalm te blijven, en nadat ik een tijdje naar de pauwen had zitten kijken die op het gras liepen te koketteren richtte ik me op de indrukwekkende boekenplank. De rijen gebonden, lederen, met goud gestempelde werken gingen door tot aan het plafond. Maar bij nadere beschouwing twijfelde ik aan mijn eigen ogen. Tussen de kaften was alleen maar leegte, bladzijden ontbraken.

'*Trebnik* van Petrus Mogilas uit 1646,' zei vader Arseni terwijl hij op de vitrine achter mij wees. 'Bestudeer hem gerust. Je mag hem oppakken.'

Ik verwachtte het lichte gewicht van een imitatie, maar de *Trebnik* was echt. Ik vroeg niet waarom dit nationale erfgoed zich niet in een museum bevond. Met tintelende vingertoppen zette ik het boek terug op zijn standaard, en ik liep verder naar de witte vleugel die de pianokamer zijn naam had gegeven. Op het gelakte oppervlak was een vlekkerige viltstifttekst te zien, waarschijnlijk de handtekening van een hoogwaardigheidsbekleder. Ik hoorde hoe de leren mappen die ik had meegebracht op tafel ploften. Mijn cheffin had plastic insteekhoezen verboden, alles moest stijlvol zijn – en inhoud hebben.

'We proberen het ditmaal anders te doen dan voorheen,' zei vader Arseni. 'Er zijn zo veel teleurstellingen geweest. Lada Pavlovna wil niets over de donor weten maar vertrouwt op onze mening. Ze durft zich niet op voorhand een voorstelling te maken van het kind.'

Ik liep terug naar de tafel. Om mijn handen iets te doen te geven roerde ik in mijn afgekoelde thee. Het lepeltje was niet verguld, het was van goud, er stond een goudstempel in. Ik voelde er veel voor de echtheid te testen door de steel om te buigen, hoewel ik me eigenlijk op de woorden van vader Arseni had moeten concentreren. Ik voelde me onrustig. Toen ik besefte waarom, was ik verrast. Om jou. Ik verlangde naar jou, maar jij was meteen na aankomst verdwenen om de papegaai naar zijn bazin te brengen. Ik staarde naar de draaikolk in het theekopje. Ik kende je niet eens. Het gevoel sloeg nergens op. Of misschien toch. Gedurende de rit was je mijn bondgenoot geworden – we hadden hetzelfde doel, en je had me al goed geholpen. Zonder jou zou ik de aanwezigheid van de priester niet hebben kunnen duiden. Maar ik geloofde dat ik de eerste meters goed had afgelegd: ik had om zijn zegen gevraagd, me op alle mogelijke manieren als een echte gelovige gedragen, en om mijn hals hing een kruisje dat jij zogenaamd toevallig bij je had gehad. Ik begon te denken dat ook jij vurig van dit project af wilde.

'Uiteraard heb ik de situatie dagelijks met onze artsen besproken,' ging vader Arseni verder, waarbij hij meteen zijn eigen positie toelichtte: die van een man met beslissingsbevoegdheid.

Heel even was ik bang dat er iets mis was met Daria. Dat ik ontslagen zou worden. Dat ik Daria, de auto en mijn woning met uitzicht zou verliezen. Dat ik gedwongen zou zijn weer bij tante in te trekken. Ik had ervan gedroomd een nieuw huis te laten bouwen voor de mensen thuis, een huis met een waterpomp en een badkamer. Dat zou niet gebeuren. Het papaverveld zou moeten worden uitgebreid. Boris zou mij moeten leren compote te koken. Denkend aan mijn toekomstige klantenkring werd het me even zwart voor de ogen. Ik zou een compotedealer worden.

'Ik ben heel content met deze Daria.'

Vader Arseni liet de woorden langzaam neerdalen. Eentje tegelijk. Als een parel.

Hoewel de datsja er van de buitenkant uitzag als een uit boomstammen opgetrokken villa, rook en oogde het vanbinnen als een kerk, en Lada Kravets wekte de indruk alsof ze constant op weg was naar een kerkdienst. Haar hoofd en schouders werden bedekt door een aronskelkwitte kanten sjaal, haar hand was als de vleugel van een vogel en bracht om de zoveel tijd het kruisje dat om haar hals hing naar haar lippen, de nagels waren kort, ongelakt en aseksueel als die van een klein kind. Ze beantwoordde niet aan het beeld dat ik van haar had geschapen, noch aan het beeld dat ik me op basis van jouw verhalen tijdens de autorit had gevormd. Ik kon me totaal niet voorstellen dat een tengere vrouw als zij het voor elkaar had gekregen een donor af te ranselen.

Ik had talloze cliënten ontmoet wier harten waren uitgehold door het onrechtvaardige lot dat hen had getroffen, en soms was de woede die daardoor opwelde net zo explosief als mijngas. Wat hen kwaad maakte was het feit dat alcoholisten en drugsverslaafden ongevraagd kinderen kregen, of dat sommigen net zo vaak abortus lieten plegen als dat ze naar de bakker gingen. Tegelijkertijd was ik ontelbare donorkandidates tegengekomen die een afwijzing niet konden verkroppen, en denkend aan sommigen van hen wierp ik een blik over mijn schouder als ik langs een schemerig portiek kwam. Maar Lada Kravets vertoonde geen tekenen in die richting. Ze was een en al verdriet en angst toen ze mij begroette en naast vader Arseni ging zitten. Ik besloot haar net zo te behandelen als iemand voor wie alles nieuw was, en doorliep de fasen van de procedure van het begin af aan, hoewel we al gestart waren met de synchronisatie van haar en Daria's menstruatie. Ik vertelde over oestrogeenbehandelingen en progesteron en de werking daarvan, en over de tijdschema's voor de ontvanger en de donor van de eicel. Ik herhaalde het medische vocabulaire, en steeds als ik een term uit een vreemde taal bezigde keek ik naar haar, en ze luisterde alsof ze die nog nooit eerder had gehoord en herhaalde de woorden blastocystestadium, punctie en verse terugplaatsing. Ik wierp een steelse blik op haar handen. Die hadden een gezonde jonge vrouw in elkaar geslagen; jij had er foto's van laten zien op je telefoon toen je merkte dat ik twijfelde aan jouw worden. De pauze in Lada's vruchtbaarheidsbehandelingen had met die episode te maken. Jij en je baas waren van mening geweest dat het beter was als ze zich een tijdje op het herstelproces richtte. Het kostte me geen moeite te geloven dat de vrouw die voor me zat de donor verantwoordelijk stelde voor haar miskraam, maar wel dat ze in de auto was gestapt, zelf naar de donor toe was gereden en haar zodanig met een nagelschaartje had bewerkt dat het meisje in het ziekenhuis was beland. Nu begreep ik waarom de Kravetsen voor ons kantoor hadden gekozen. Dat was niet alleen vanwege onze onberispelijke reputatie. Nergens anders zouden ze dezelfde mate van toewijding vinden, en wat er ook gebeurde, we zouden iedere situatie die zich voordeed op de gewenste manier afhandelen. Maar zou de episode zich desondanks kunnen herhalen? Moest ik me zorgen maken om Daria? Stel dat we een zwangerschap tot stand brachten en dat die opnieuw in een miskraam eindigde, of stel dat het kind om wat voor reden dan ook niet voldeed? En hoe zouden de hormoonbehandelingen van invloed zijn op mevrouw? Zou ze onbeheersbare woede-uitbarstingen krijgen, zoals sommigen?

Lada Kravets was lieftallig. Dat had ik niet verwacht.

Voordat ik vertrok stelde vader Arseni voor een wandelingetje te maken in het park. Hij wilde de nieuwe kapel laten zien. Toen we ervoor stonden bond ik mijn sjaal om mijn hoofd, en eenmaal binnen maakte ik een buiging, en een kruisteken voor mijn ogen, en ik kuste de voeten van Christus de Almachtige, hopend dat vader Arseni niet merkte hoe onwennig ik mijn bovenlichaam boog. Ik kon me zelfs niet herinneren wanneer ik voor het laatst in een kerk was geweest. Maar vader Arseni had haast, hij wilde de iconen die uit Moskou waren overgebracht tonen. De kapel was naar het scheen door de patriarch van Moskou in hoogsteigen persoon gezegend. In de nieuwste aanwinst, 'Christus het Grimmige Oog', herkende ik vertrouwde trekken: de patriarch had model gestaan. Ik stond voor het icoon en vader Arseni verwachtte duidelijk iets van me. Op het laatste moment besefte ik wat, en ik maakte snel een buiging, sloeg een kruisteken, drukte mijn lippen op de voeten van de vereeuwigde patriarch en boog opnieuw. De koude rillingen liepen me over de rug, en de stijfheid begon zich uit te breiden naar mijn vingers. Waarom wilde vader Arseni mij de kapel laten zien die Lada Kravets had laten bouwen, waarom uitgerekend dit icoon? Om duidelijk te maken wat me te wachten stond als we faalden, de boel bedonderden of anderszins niet conform het contract handelden? Zou ik niet alleen Viktor en zijn vrouw tegenover me vinden, maar ook de kerk, de patriarch en God?

Jij stond bij de auto te wachten en opende het portier voor me. Op de voorbank stond een potje. Ik zette het op mijn schoot en de auto begon naar het hek te rollen.

'Was het zo erg?'

Ik dwong een glimlach tevoorschijn, uiteindelijk was de ontmoeting een succes. Vader Arseni had niets ten nadele van Daria te zeggen, of van de tijdschema's, nergens van. En de toekomstige moeder evenmin. Zoals je al had getipt was me gevraagd waarom ik in deze branche werkte, en ook die vraag overleefde ik door de naam van Ljoedmila te noemen, zoals je had aangeraden. Mijn eerste ontmoeting met vader Arseni en zijn geliefde zuster Lada was geslaagd, en mijn rapport over het bezoek zou mijn cheffin blij maken. Maar ondanks het feit dat er alle reden was voor een feestje had ik geen zin in champagne. Ik zou die avond de actueelste modebladen kopen en de namen van de gewildste fotografen opzoeken voor Daria's modellenportfolio. Ik zou haar geestelijk op de carrièreswitch voorbereiden zodra de punctie achter de rug was. Het glazen potje voelde koud aan.

'Dat smeersel is niet bedoeld voor op brood,' zei jij. 'Het is voor Daria.'

Het zag eruit als een jampotje, met een glazen deksel met een rubberen ring; de inhoud had de kleur van reuzel. Ik opende het deksel. Vet, inderdaad, maar voor de huid.

'Kun je je Allan Tsjoemak nog herinneren? Die genezer die ten tijde van de perestrojka op tv kwam?'

'Die hypnotherapeut?'

Ik proestte het uit, ongewild maar oprecht. Iedere ochtend om kwart over zeven was de ether opgeëist door een man met wit haar, die onder begeleiding van gemompel zijn handen heen en weer had bewogen. Zijn helingen op afstand hadden de hele Sovjet-Unie in trance gebracht. Wanneer de energieverplaatsing aan de gang was, klonk er geen enkel geluid uit de tv-toestellen.

'Zeg niet dat de toekomstige moeder oude opnamen van Tsjoemak heeft zitten kijken en dit potje vet naast het tv-scherm heeft gehouden. Is ze daar niet wat te jong voor?'

'Geloof vraagt niet naar leeftijd. En kun je je Anatoli Kasjpirovski nog herinneren, Tsjoemaks collega? In het handschoenenvak liggen een paar dvd's. Ook die zijn voor Daria.'

Ik opende het handschoenenvakje en pakte de hoesjes. Er viel een foto tussenuit, waarop de als een pornoster-op-leeftijd ogende Kasjpirovski met zijn beroemde Mr. Spock-kapsel me intensief aankeek. Hij droeg hetzelfde zwarte leren jack als altijd. Ik wreef over mijn lippen. Toen ik de handen van vader Arseni had gekust had zich daar een geur van rozen en bijenwas aan gehecht, die ook was overgegaan op de thee. De geur was nu vervlogen en ik had het niet langer koud, en ik besefte dat je de verwarming hoger had gezet zonder dat ik het merkte.

'Een kennis van mijn tante is bij de privékliniek van Kasjpirovski in Kiev geweest. Bij zo'n psychotherapeutisch centrum zoals Kasjpirovski die meteen oprichtte toen de perestrojka op gang kwam,' zei ik.

Ostankino bezorgde de man vervolgens sterrenstatus in de Sovjet-Unie, en op een gegeven moment had tante haar kennis gebeld om roddels te horen, en die had ze gekregen: de vrouw was genezen van kanker en zei dat dat te danken was aan Kasjpirovski's behandeling, nog voordat hij grote populariteit verwierf. Voor zover ik wist was het tv-programma van de wondergenezer stopgezet omdat er werd beweerd dat het bij de kijkers hartaanvallen en zenuwinzinkingen veroorzaakte. Ik draaide de foto om.

'Kasjpirovski is trouwens bezig aan een comeback,' zei jij. 'Ik heb geruchten gehoord dat hij wellicht terugkeert op het scherm. Hij kan op de gunst van Moskou rekenen.'

'Echt waar?'

'Ik zal je tante tickets sturen.'

'Doe maar niet. Ik word gek als ze weer begint.'

Jij moest hardop lachen. Dat was zo verrassend dat ik ervan schrok. Niet omdat ik je nooit eerder had zien lachen, maar omdat iets me daardoor zei dat je goed gezelschap zou kunnen zijn wanneer je niet aan het werk was. Ik weet niet waar mijn vermoeden op gebaseerd was. Of mijn fantasie. De fantasie waarin jij plezier had met een vrouw – die van jou. Ik kneep mezelf. Gescheiden vrouw. Zo dacht een gescheiden vrouw. Een wanhopige vrouw, die aan het euforische liefdesleven van anderen dacht, zelfs als daar geen enkel bewijs voor bestond. Een mens is er soms alleen zo zeker van dat anderen geluk in de liefde hebben, maar hijzelf nooit.

'Kasjpirovski is al heel lang op tournee in landen waar voormalige Sovjetburgers wonen, en hij heeft privésessies gehouden met Lada Pavlovna. Kasjpirovski is een oude familievriend en na de laatste miskraam brachten de behandelingen haar innerlijke rust,' vertelde je. 'Iedere seance is opgenomen en al vele malen bekeken.'

De poort van de datsja lag al ver achter ons. De sjaal zat nog steeds om mijn hoofd gebonden. Ik deed hem af, stopte hem in mijn tas en wierp tegelijkertijd heimelijk een blik in mijn zakspiegeltje. Ik was rood als een rozenbottel en besefte dat ik net had besloten de video's te bekijken voordat ik ze aan Daria zou geven. Waarom in vredesnaam dacht ik dat? Omdat ik als kind water had gedronken dat we voor de tv hadden neergezet gedurende het programma van die vent? Omdat ik me hulpeloos voelde? Of vermoedde ik dat mijn ondefinieerbare gemis en mijn lege hart mijn functioneren negatief beïnvloedden? Dat ze te zichtbaar werden? Of was ik van plan de seances te bekijken omdat ik al te lang in Oekraïne woonde en de chaos in het land inmiddels weer normaal voelde? Een van onze donoren had ooit tegen een cliënt gezegd dat Oekraïne een sprookje van Grimm was dat tot leven was gekomen. De tolk had die zin wijselijk onvertaald gelaten.

'Mijn grootvader wilde niet genezen van zijn alcoholisme en ging daarom altijd naar buiten wanneer de uitzending begon,' zei jij.

Het duurde even voordat ik besefte hoe persoonlijk die woorden waren, hoe verrassend. Het was als een bekentenis. Mijn hoofd liep meteen leeg. Ik opende mijn mond en wilde iets zeggen wat nog bezig was zich tot een gedachte te vormen, maar toen zag ik de kraampjes in de berm. Als ik het verprutste, zou mijn moeder volgend jaar ook achter zo'n kraampje staan te rillen met haar zakken wortels. Het moment ging voorbij. Het moment waarop ik over mijn vader had kunnen vertellen, over alles wat er in Snizjne was gebeurd en waarom ik over Snizjne had gelogen, zowel in relatie tot mezelf als tot Daria. Ik had mijn lot in een andere richting kunnen sturen en dan zou alles anders zijn gegaan. Maar ik durfde niet. En later durfde ik niet omdat ik voorheen had gezwegen. Hoe had ik dat kunnen uitleggen?

Ik hield het laatste doosje tompoezen in de vitrine in mijn hand; twee ervan waren geplet. Ik kon niet besluiten of ik Viktors favoriete gebak verkruimeld zou meenemen, of voor een onberispelijke, met glazuur en botercrème gedecoreerde taart zou kiezen. Mensen kwamen en gingen, maar ik kon niet beslissen. Na de ontmoeting met Lada Kravets waren ook de kleinste keuzes lastig geworden, en elk ervan voelde als een voorteken dat ik op de juiste manier moest interpreteren, anders zou ik het verkeerde pad inslaan. Door een personeelsingang glipte een meisje naar binnen dat tegen haar telefoon giechelde. Ze gaf me een duw en verontschuldigde zich niet maar ging gewoon door met haar flirterige gebabbel over een bruiloft, en ik moest aan een trouwfoto van mijn nicht denken waarop de jonggehuwden in een soortgelijke winkel poseerden. De bruid, die op het laatst liep, leunde tegen de worstvitrine; boven haar sluier hing een tl-buis en om het paar heen stonden in winterkleren ingepakte mensen boodschappen te doen. Ze waren dwars door de winkel heen gelopen en via een deur voor het personeel het huwelijksregistratiebureau binnengegaan. Het was het favoriete kiekje van de bruid; wat haar betreft stond ze er op haar mooist op.

'Neem ze allebei.'

Ik schrok. Ik had je niet opgemerkt.

'Ik zag dat je hierheen kwam.'

Ik legde de taart en de gebakjes in mijn winkelmandje en trok mijn vestje van vossenbont strakker om me heen, alsof dat het bonken van mijn hart kon verbergen. In het borstzakje van het vest zat een bundeltje dollars, voor het geval ik er acuut vandoor moest. Ik was rekening gaan houden met die mogelijkheid nadat ik was teruggekeerd van de datsja.

'Lada Pavlovna heeft tickets gestuurd voor de sessies van Kasjpirovski,' zei je terwijl je me een envelop overhandigde.

'Je had ze ook op de post kunnen doen.'

Ik wilde van je af, dus pakte ik de tickets aan en stopte ik ze in mijn tas. Zou ik die echt moeten gebruiken? Zou ik echt naar zo'n bijeenkomst moeten met Daria? Zou Lada ernaar vragen? Er zouden niet alleen invaliden komen maar ook een kudde vrouwen die hulp zochten voor hun gebroken hart of hun kinderloosheid, mannen die dachten de sleutel tot rijkdom te vinden en ouders die ervan droomden dat de therapeut hun kinderen gezond, ziend, horend zou maken, hen kon laten stoppen met drinken, en iedereen die in de rij stond voor de bijeenkomst zou ogen glimmend van hoop hebben, ook degenen die verliefd waren op de hypnotherapeut. Als ik de tickets aan moeder zou geven, zou ze als een speer de nachttrein nemen en stiekem hopen dat Kasjpirovski iets over wijlen haar man zou zeggen. Ik kon me niet herinneren wat vader had gedaan toen we de glazen water voor de tv hadden neergezet om de stralen van de hypnotherapeut op te vangen. Of was vader degene die de glazen had neergezet? Had ik er samen met hem uit gedronken? Ik pijnigde mijn geheugen, tevergeefs. Ik kon me zelfs vaders gezicht niet meer voor de geest halen.

'Je hoeft niet serieus naar die tovenaar te gaan kijken,' zei je met een grijns. 'Ik zal tegen Lada Pavlovna zeggen dat je zeer verheugd was over het geschenk.'

Ik zette koers naar de kassa en hoopte dat jij 'm in de tussentijd zou smeren. Je had mijn gedachten veel te goed gelezen en dat zat me dwars. Ik besloot de envelop aan mijn cheffin te geven, die zou enthousiast zijn. Kennissen van de Kravetsen zouden vast backstage mogen komen, waar het barstte van de potentiële cliënten, en de hypnotherapeut zou veel nuttige contacten hebben voor de cheffin. Ik begon mijn spullen op de band te zetten en jij volgde mij, alsof we samen boodschappen aan het doen waren. De kassière richtte zich tot jou terwijl ze het te betalen bedrag afraffelde, en ik merkte dat ik me ergerde. Ik had mijn eigen geld.

'Ik zal Lada Pavlovna ook zeggen dat de tapes van Kasjpirovski's sessies aan Daria zijn doorgespeeld en dat ze de goudsbloemzalf dagelijks gebruikt.'

Met zwetende handpalmen zocht ik naar mijn creditcard. Jij kon niet weten dat het potje zalf nog steeds bij mij thuis stond. Ik had die na het baden uitgeprobeerd, en die nacht had ik zo normaal gedroomd dat ik me de droom de volgende ochtend niet kon herinneren. Er was niets veranderd. Behalve dan dat ik bij het wakker worden als eerste aan jou had gedacht. Ik besloot de spullen morgen naar Daria te brengen.

De kassajuffrouw wenste ons stroperig een prettige avond. Ik had zin om het wicht een lel te geven; ze had dat nog nooit eerder gezegd. Ik kon mezelf met moeite bedwingen en bleef bij de ingang van de winkel staan. Daar stond jouw auto geparkeerd, en ik dacht dat ik nu eindelijk van je af zou zijn, maar je pakte mijn boodschappentas vast en tilde die op.

'Viktor komt zo meteen naar ons kantoor.'

'Dat weet ik. Ik breng je erheen.'

'Het is niet meer dan een paar meter lopen.'

'Die straat van jullie verkeert in slechte staat.'

Dat kon ik niet ontkennen. De regenplassen voor de winkel waren verraderlijk. Je bood me je arm aan en ik had niet de tegenwoordigheid van geest die te weigeren. Ik gaf de kassière de schuld, die ons gegarandeerd nastaarde. Ik kwam al lange tijd in die winkel, op alle tijdstippen van de dag, soms met donoren, soms met de secretaresse, soms met mijn cheffin, vaak met cliënten, nooit met een man die in geen van deze categorieën viel. Het meisje had het te betalen bedrag altijd tegen mij genoemd, en de ergernis die ik bij de kassa had gevoeld had plaatsgemaakt voor een vreemde behoefte om te showen. De mening van het meisje liet me koud. Desondanks wilde ik het moment aangrijpen dat me er heel even, al was het maar een paar passen, liet uitzien als iets anders dan een gescheiden vrouw. Een eenzame vrouw. Ik concentreerde me op de weg. De kastanjes op de grond kraakten onder onze voeten, en het waren er zoveel dat het asfalt niet meer te zien was. De lichten van Planeet verwijderden zich. Er brandde maar één straatlantaarn. Ik had me moeten concentreren op de ophanden zijnde ontmoeting. Daar zou ik zo meteen aan denken. Wanneer jij op weg was naar waar je ook naartoe ging, naar een vrouw, naar iemand naast wie je zou slapen. Iemand anders dan ik.

Toen mijn cheffin besloot een kantoor in Dnipropetrovsk te openen was de keuze als vanzelfsprekend op deze straat gevallen, met haar charmante tsaristische sfeer en de belangrijke voorzieningen die er gelegen waren: supermarkt Planeet, die vierentwintig uur per dag geopend was, en het enige hotel in de stad dat voor westerse gasten geschikt was, hotel Park. Vier sterren, en een goed restaurant, dat tot laat open was. Het was een rustige omgeving, onze parkeerplaats op de binnenplaats achter het kantoor was omheind en de bewaker in het wachthuisje betrouwbaar. Maar vandaag oogde de straat minder goed dan normaal. Dat kwam door het brokje Menorah-marmer op mijn bureau, waar ik overdag mee had zitten friemelen, en door jouw arm, die ik had vastgepakt.

'Heb je twijfels over dit project?' vroeg je. 'Wil je stoppen?'

Door jouw vraag keerde ik terug in de werkelijkheid. Ik antwoordde niet. Ik vroeg me af of het zo goed te zien was. Speelde ik zo slecht toneel? Een losse straatsteen bracht me aan het struikelen en je hand vloog naar me toe om me te grijpen, en heel even voelde dat als een omhelzing, als iets wat niet in die straat thuishoorde, niet in dat gesprek, als iets wat in een heel andere scène moest plaatsvinden. Je liet me los. Het licht dat uit de ramen van het kantoor scheen verlichtte het portiek en weerspiegelde in een regenplas daarvoor. Als maanlicht.

'Viktor mag jou graag. Dat is een goede zaak.'

'En als alles misgaat?'

'Je kunt me altijd bellen. Wat er ook gebeurt. Wanneer dan ook. Of het nou om Lada gaat of om Viktor.'

Viktor? Het beeld van Lada Kravets die met een nagelschaartje op het gezicht van een donor inhakte schoot weer door mijn hoofd, niet Viktor. Ik weet niet waarom je me alleen foto's van de nasleep van Lada's woede-uitbarstingen had getoond. Misschien dacht je dat ik wat Viktor betreft alles zou geloven, maar niet wat zijn vrouw betreft. Het ging tenslotte om een vrouw, een toekomstige moeder. Er kraakte opnieuw een kastanje onder mijn schoen. Of jouw schoen. Of van ons allebei.

'Je kunt niet meer stoppen. Dat zou niet gewaardeerd worden,' zei je.

'Het spijt me.'

Ik zette de radiatoren in het kantoor stiekem lager. De zweetplekken onder mijn oksels dreigden zich uit te breiden, en Viktors oplettende blik deed me verstijven. Probeerde hij te zien of er blauwe vlekken op mijn gezicht zaten na de ontmoeting met Lada? Observeerde hij mijn blouse met lange mouwen alsof hij probeerde te raden wat die bedekten? Ik deed mijn sjaaltje af en rolde mijn mouwen op tot aan mijn ellebogen.

'De toekomstige moeder is vol bezieling wat de procedure betreft,' zei ik met klem. 'Onze ontmoeting was heel geslaagd.'

De foto's van de afgeranselde donor flitsten nog steeds als een kapotte tl-buis door mijn hoofd. Het meisje had zwijggeld gekregen en de zaak had verder geen gevolgen gehad. Gevolgen waren er nooit, niet voor deze mensen. Viktor kwam naast me staan, pakte mijn arm en kneep daar stevig in.

'Niet liegen. Niet tegen mij, alsjeblieft.'

Nadat ik had gezworen dat het treffen allerhartelijkst was verlopen liet Viktor me los; hij haalde zijn schouders op en liep terug naar de bank, waar hij in een houding ging zitten die ik eerder had gezien: de rug recht, los van de rugleuning, met één arm rustend op het kussen ernaast en de andere op zijn schoot. In de datsja van Lada Kravets had ik een foto gezien waarop hij op dezelfde manier zat, samen met zijn vader. Allebei hadden ze een gouden lauwerkrans op hun hoofd gehad, en ze waren in een Romeinse villa geplaatst. Andere sporen van de aankomende vader waren er niet in de villa.

We hadden het verder niet meer over zijn vrouw, al hield Viktor constant in de gaten hoe ik op zijn woorden reageerde. Had ik er voorheen aan willen twijfelen of hij op de hoogte was van de verrassingen die zijn echtgenote regelde, nu twijfelde ik niet langer. Ik zocht iets om mijn handen bezig te houden en herinnerde me de tompoezen, begon die over te hevelen naar een bordje en vroeg me af of ik het zou aandurven de temperatuur in de kamer weer op te schroeven. Niet dus.

'Zowel haar ouders als die van mij wachten op kleinkinderen, en ik weet niet zeker of ze zich meer druk maken over de toekomst van hun nalatenschap of over wat de mensen zeggen,' zei Viktor. 'Je hebt zelf gehoord hoe ik word genoemd.'

Hij keek me steels aan. Ik schudde mijn hoofd.

'Slappe lul.'

Weer een blik.

'Het is niet makkelijk om hier respect te krijgen als een man geen man is. En een man is geen man als hij losse flodders schiet.'

'Hebben jullie overwogen naar elders te verhuizen, een nieuw begin te maken in een ander land?'

'Liefde voor het vaderland kun je niet verplaatsen. Geloof me, ik heb het geprobeerd.'

Ik probeerde Viktors blik openhartig te beantwoorden, net als voorheen, maar er was iets veranderd tussen ons. Ik herinnerde me hoe hij mijn medeleven had gewonnen toen hij vertelde hoe het vals lachende wicht hem door het hoofd spookte, en dat hij zijn huis niet had durven verlaten uit angst iemand tegen te komen die de kersverse vader zou feliciteren. Ditmaal bood ik hem onophoudelijk iets te knabbelen aan, om te voorkomen dat ik naast hem moest gaan zitten, en ik liep naar de bijzettafel voor de suikerpot die ik was vergeten, toen voor lepeltjes en extra servetten, totdat ik niets meer kon verzinnen en ik gedwongen was op dezelfde bank plaats te nemen als Viktor, die zijn gebakje niet had opgegeten. Ik hield mijn kopje in mijn hand en vervloekte het moment waarop ik had besloten zo dicht bij hem te gaan zitten dat ik de warmte die hij uitstraalde kon voelen. Waarom kon ik niet op dezelfde manier handelen als met andere mensen, op mijn eigen stoel blijven zitten, tegenover de cliënt? Ik maakte een draaikolk in mijn thee met het lepeltje om mijn vingers bezig te houden. Als Viktor opnieuw mijn handen zou vastpakken, zou hij merken dat ze klam en koud waren, en dat de vingertoppen de kleur van kalk hadden. Hij zou merken hoe ik probeerde de afstand tussen ons te vergroten en zou naar die huivering van afkeer zoeken waarnaar hij al eerder had gezocht, zonder die te vinden. Als zijn vrouw erin slaagde met een nagelschaartje zo'n ravage aan te richten, waar zou de man zelf dan toe in staat zijn? Hoe zou het kind worden dat door hen werd grootgebracht?

'Ik heb de arts die me vertelde dat mijn zaad zwak is laten ontslaan. Ik was gevloerd door het nieuws en heb de man ervan beticht dat hij loog. En dat hij meer geld wilde, zogenaamd voor verder onderzoek. Dat is al enige tijd geleden,' zei Viktor. 'Ik heb mezelf jarenlang volkomen nutteloos gevoeld.'

Ik roerde nog steeds in mijn thee; de suiker leek niet te smelten maar draaide als kristallen langs de rand van het porselein. Er was niemand op kantoor behalve wij, ook de secretaresse was al naar huis. Ik wilde niet alleen zijn met Viktor. Ik wilde niet meer op deze manier uniek zijn. Ik wilde niets over deze dingen horen en het intieme moment bezorgde me een drukkend gevoel op de borst. In gedachten was ik al plannen aan het maken voor het geval ik schielijk het land moest verlaten. Ik moest zo snel mogelijk mijn volgestempelde internationale pas laten vernieuwen. Ik probeerde me te herinneren of ik bij de paspoortendienst iemand kende die ik vertrouwde. Ik had iemand nodig die het proces kon versnellen en ik wilde niet de hulp van onze eigen medewerkers inroepen. Anderzijds was het niet moeilijk Rusland binnen te komen, en mijn visum voor Frankrijk was nog geldig. Viktor zocht naar woorden, de raspende stem was als van een oude platenspeler en van tijd tot tijd klonk hij zo krachteloos dat ik de woorden van zijn lippen moest lezen.

'Mijn vader heeft beloofd als zaaddonor op te treden.'

Meteen was ik mijn paspoortzorgen vergeten, en ik zette het theekopje op tafel. Waren we echt al zo ver gevorderd?

'Heb je dat met hem besproken?'

'Hij stelde het zelf voor.'

Viktor spreidde zijn armen. In eerste instantie had hij het idee afgewezen. Vervolgens ermee ingestemd. Andere opties had hij niet.

'De vorige keren hebben we het vaak genoeg met micro-injecties geprobeerd. Of ben je het er niet mee eens?'

Ik schudde mijn hoofd. Ik was sprakeloos. Was Viktor hier werkelijk klaar voor?

'Mijn ouders willen alles doen om ons te helpen. Ze zullen fantastische grootouders worden.'

Viktor loog niet.

Lada werd zwanger.

Maar ik had de rotte appel uit mijn mand gepakt.

Daria ging ervandoor. Je kunt je vast voorstellen hoe ik me voelde toen het me begon te dagen. Ik kon niemand vertellen dat Daria was verdwenen en niemand om hulp vragen zonder mijn eigen leugens op te biechten. Ik had Daria's ware geboortestad uit haar gegevens verwijderd, dus kon ik niet eens adviseren waar men haar het best kon zoeken. Op het werk wist niemand dat zij en ik uit dezelfde buurt kwamen. Ook jij niet.

Ik nam contact op met haar studiegenoten. Ik probeerde familieleden te bereiken. Ik ging op zoek naar buren, naar kennissen van kennissen, en bij iedere mogelijke bron van informatie deed ik alsof ik ze geheel toevallig tegenkwam en kwam ik met een verhaal waarmee ik via via naar Daria kon vragen. Ik maakte een afspraak bij haar kapper maar kwam alleen te weten dat Daria daar weken voor haar verdwijning voor het laatst was geweest. Niemand had iets van haar gehoord. Daria was in rook opgegaan.

Door het gezonde kind kreeg Lada Kravets moed.
Ze bestelde een icoon.
Misschien weet je nog op wie het icoon leek.
Het model zelf bleef spoorloos.

Ik kreeg de promotie die ik nastreefde.
Op kantoor werd gefeest.

Misschien weet je nog dat ik niet echt in de stemming was.
Daria was nog steeds onvindbaar.

De cheffin begon zich te verwonderen over de studie-ijver van onze ster.
Daarmee had ik Daria's afwezigheid verklaard.
Op kantoor werd overwogen haar woning
aan een ander meisje te geven totdat Daria weer aan het werk ging.
Op dat adres woonde al tijden niemand meer.
Ik liet Daria's spullen daar stiekem weghalen.

Ik was bang voor de gevolgen van het ouderschap van de Kravetsen.
Voor het moment waarop ze de moed zouden hebben een broertje of zusje voor de kleine te wensen.
Voor het moment waarop ze zo stoutmoedig zouden worden dat ze hun donor wilden ontmoeten.
Zou iemand anders ooit nog goed genoeg kunnen zijn voor hen?
Natuurlijk niet.
Wat zou ik tegen hen zeggen?
Dat ik hun heilige was kwijtgeraakt?

Lange tijd koesterde ik de hoop dat ik Daria zelf zou vinden, op eigen houtje. Ik kon aan niemand opbiechten waarom ik een meisje had uitgekozen dat niet de mentale kracht had om de problemen waarmee de procedure gepaard ging het hoofd te bieden. Het ging niet alleen om de mogelijkheden waarvan ik dacht dat Daria ze mij kon bieden.

Ik koos haar uit omdat ik lang geleden al haar familie te gronde had gericht.

# III

# HET ZONNETJE

# Helsinki

## 2016

In de loop der jaren heb je ongetwijfeld alle mogelijke verklaringen, smeekbeden en leugens gehoord waarmee mensen zich in leven proberen te houden. Tranen zouden voor jou een oud deuntje zijn. Als ik tijd had voor vier woorden, zou ik zeggen: ik verwachtte jouw kind. Zou dat iets helpen? Zou dat je aan het twijfelen maken, heel even maar? Zou je daardoor geloven dat ik onze toekomst niet met opzet op het spel had gezet door mijn hand op te heffen tegen de zoon van jouw baas?

Ik heb meermaals geprobeerd mezelf ertoe te dwingen contact met jou op te nemen, zes jaar lang heb ik dat geprobeerd. Iedere ochtend dacht ik aan hoe we elkaar altijd opbelden wanneer we wakker werden, als we op verschillende adressen hadden geslapen. Ik was niet in staat zonder jouw stem uit bed te komen. Ik wilde alles vertellen. De gedachte dat je nooit te weten zou komen hoe de vork werkelijk in de steel zat, was onverdraaglijk. Toch was ik tot niets anders in staat dan staren naar de rechte voegen in mijn keuken, naar de tafel waarop alleen mijn koffiekopje stond. Ik was niet in staat jouw nummer te bellen.

Afgelopen nacht werd ik wakker omdat ik het vertrouwde gevoel had dat ik in mijn onderlip werd gebeten. Dat was de manier waarop jij mij liefkoosde of wekte. Ik wist zeker dat je was gearriveerd. Ik hoorde hoe mijn opgewonden polsslag in mijn oren stormde, en ik voelde jouw geknabbel nog steeds op mijn lip toen ik de gang in sloop om naar de geluiden in het trappenhuis te luisteren, ervan overtuigd dat als je niet achter de deur zou staan, ik je in mijn keuken zou aantreffen, en dat de bloemen op mijn kimono tegen mijn dijen zouden plakken en dat de kaarsen zouden flakkeren en dat vanuit de ramen van mijn slaapkamer de platanen te zien zouden zijn met hun flanken die olieachtig glommen van de regen.

Ik drukte op de schakelaar. De lichten gingen aan, er was stroom. Het was stil in het trappenhuis. Langs het lage plafond hingen geen opgerolde kabels, het hoogste punt werd niet versierd door rozetten, er waren geen ornamenten en er was geen trap uit de tsaristische tijd. Het gepiep in de slaapkamer kwam niet van jou maar van mijn moeder, die zich omdraaide in het logeerbed. Ik vond je niet in de keuken en niet in de badkamer, en ik wist niet of ik had gevreesd of gehoopt jouw ademhaling te horen in de duisternis, het knarsen van het parket onder jouw voeten, zoals die nacht in Odessa, van al onze nachten de eerste, waarna ik was gaan beseffen welke prijs ik écht betaalde voor mijn onschuldige maatregelen.

Daria werd kreunend wakker. Ze leek niet verbaasd te zijn toen ze mij in haar hotelkamer zag, waar ik al een tijdje zat te wachten. Misschien herinnerde ze zich hoe ik haar hierheen had gebracht en dacht ze dat ik hier ook had overnacht.

'Geef me een pijnstiller.'

Ik pakte het doosje Analgin uit mijn tas en gooide dat op het bed.

'Haal water.'

Ik onderdrukte mijn ergernis om het gecommandeer en liep naar de badkamer. De airco werkte goed, maar niet zo goed dat hij de stank kon verwijderen die Daria daar had weten te veroorzaken: een potpourri van apotheek, Oekraïne en bitter maagzuur. Door mijn adem in te houden probeerde ik te voorkomen dat het verleden mijn lichaam binnensijpelde. Het hielp niet; het hielp ook niet dat de lamp gelijkmatig scheen, dat de voegen tussen de tegels schoon waren, dat de stopcontacten Scandinavisch minutieus in de wand waren aangebracht en dat er geen kruimeltje vuil in zat, in tegenstelling tot de spullen die Daria in het rond had gestrooid en die ik had doorzocht terwijl zij lag te slapen, zonder iets te vinden wat nuttig zou kunnen zijn. Ik leunde heel even met mijn hoofd tegen de koele tegelwand en bevoelde de telefoon in mijn zak. Ivan zou wel hebben geweten wat er gedaan moest worden. Ik had vroeger altijd op zijn hulp gerekend in probleemsituaties. Maar ik had Ivans nummer niet meer. Ik had sinds mijn vertrek niet meer met hem gesproken en hij wist niet waar ik was, of dat moeder bij mij op bezoek kwam. Mijn maag draaide zich om. Ik mocht niet aan moeder denken, niet nu. En niet aan Olezjko. Niet aan hen in mijn onveilige woning. Ik moest me concentreren.

'Waar blijf je!' riep Daria.

Ik waste het glas uit met zeep, dronk eerst zelf een glas en vulde het vervolgens voor Daria. Bij de deur van de badkamer dacht ik eraan het Zarja-horloge dat nog om mijn pols zat los te maken, waarna ik het in mijn zak stopte. Ik zou Daria's schimpscheuten niet kunnen verdragen.

'Wat gaan we vandaag doen?'

'Ik moet naar m'n werk.'

'En daarna? Laten we samen naar het hondenpark gaan.'

'Dat is geen goed idee.'

'Welles. Ik wil het meisje zien.'

Die gedachte pepte haar dermate op dat ze overeind kwam en de naam van het meisje herhaalde, Aino; ze genoot ervan als was het een honingraat waar ze op zoog. Om haar mond zat opgedroogd kwijl, dat in vlokken neerdaalde op de sprei in het ritme van haar woorden. De kamer kon een schoonmaakbeurt gebruiken, evenals Daria, maar ik had het bordje met NIET STOREN buiten aan de deurklink gehangen; het was zo'n puinhoop dat de schoonmakers zich die zouden herinneren. Ik zou de boel zelf wel regelen.

'Hoe laat kom je van je werk?'

'Laat.'

'Kom vroeg genoeg, zodat we op tijd in het park zijn,' zei ze. 'Dat hadden we vaker moeten doen, samen uitgaan.'

Ondanks haar kater leek Daria content met onze van Jaloviina doordrenkte avond. Ik hoopte dat er vandaag minder geld doorheen zou gaan. Er werd op de deur geklopt en ik pakte het ontbijt aan dat ik door de roomservice had laten komen. Nadat ik de bestelling op Daria's naam had laten zetten door de jongen deed ik de deur voor zijn neus dicht. Terwijl ik de bordjes neerzette en koffie inschonk verzamelde ik moed. Ik had geen ander middel weten te bedenken om Daria in het gareel te krijgen dan door haar eigen familie ter sprake te brengen, de Sokolovs, hoewel ik dat eigenlijk had willen vermijden.

'Hoe gaat het thuis? Woont je moeder nog steeds in Snizjne?'

Daria stak haar vinger langzaam door het oor van het koffiekopje. Daar bleef hij hangen, verstard als de hand van een tinnen soldaat op zijn geweer. Ik moest verdergaan, dit werkte. Die ochtend had ik geprobeerd erachter te komen of mijn moeder iets wist over de recente bezigheden van de Sokolovs. Moeder was verbaasd over mijn vragen. We hadden in geen tijden over de Sokolovs gesproken. Ik beantwoordde haar verbazing door beledigd te doen: ik was in staat over dingen te praten waarover ik voorheen had gezwegen. Was dat niet het bewijs dat het beter met me ging? Moest moeder mijn vooruitgang niet steunen door de urn van Oleh mee te nemen, mee naar het platteland, het liefst meteen? Ik had het woord 'urn' benadrukt. Ik was in staat dat hardop te zeggen. Maar aan moeder had ik niets. Ze had in geen jaren van de Sokolovs gehoord en wist niet of Daria's broers aan het front waren, en zo ja, aan welke kant ze vochten, en om die reden zou ik voorzichtig te werk moeten gaan. Ik wilde onze verstandhouding niet nog verder verpesten door over Rusland te ruziën.

'En je broer, Pavel,' ging ik verder tegen Daria.

'Die werkt.'

'Natuurlijk. Hoe gaat het met Pavels gezin, hij had toch een kind?'

Ik legde het servetje neer, dat vochtig was geworden in mijn handpalmen. Ik had geen bedrag dat ik erop kon schrijven, zodat de hele boel zou zijn afgehandeld zodra ik het aan Daria had gegeven. Ik begreep niet hoe ik zo stom had kunnen zijn om de boel niet te bedonderen destijds. Iedereen deed dat, behalve ik, en daardoor zat ik nu naast Daria, overgeleverd aan haar genade. Daardoor waren moeder en Olezjko in gevaar. Daardoor stond de idylle waarin de jongen in het hondenpark leefde op het punt uiteen te spatten. Ik wierp een blik op Daria. Het vertrouwde emaillen laagje was weer in haar ogen verschenen.

'En je broertje? Heeft hij de middelbare school weten af te ronden?'

Daria gaf geen antwoord. Ik moest doorgaan met mijn verhoor, ook al zou ik haar hier niet naar het dak van het hotel kunnen brengen en haar niet kunnen herinneren aan het geld dat ze zou verliezen. Ik kon geen bonussen of gratis vakanties bieden. Ik had geen middelen om haar bang te maken. Ik had Ivan niet. Aleksei niet. Jou niet. Ik had geen contacten die ik kon gebruiken om het de Sokolovs moeilijk te maken, niet bij de belastingdienst, niet bij de politie, niet bij de nationale veiligheidsdienst, niet bij mensen die macht hadden. Maar het waren juist de problemen van het gezin die Daria bij mij hadden gebracht. Ze zou niets doen wat haar familie in moeilijkheden zou brengen. Althans niet de Daria die ik had gekend. Besefte ze niet dat ze met haar handelen ook anderen in gevaar bracht, de mensen die haar het dierbaarst waren?

Een zucht van Daria onderbrak mijn gedachten.

'Moeder woont in Dnipro. Het kantoor heeft ons een woning gegeven nadat jij was vertrokken. Het leek hun beter als ik gezelschap zou hebben.'

'Dat was gunstig getimed. Vóór de oorlog.'

'Ook Pavel is met zijn gezin bij ons ingetrokken. Hij kreeg nierproblemen in Kryvyi Rih.'

Ik had verwacht dat het onderwerp grotere emoties bij Daria zou losmaken. Ik herinnerde me hoe ze iedere dag met haar moeder had gebeld, en hoe ze me foto's had laten zien van het dochtertje van haar broer. Nu haalde ze van niemand foto's tevoorschijn. Ik besefte dat ze afstandelijk over haar familieleden sprak, alsof ze herinneringen waren, en het werd me koud om het hart. Ons gesprek deed haar niet terugdenken aan de reden dat ze werk had gezocht bij ons kantoor: in het belang van haar familie. Zodra ik het hotel verliet zou ik moeder bellen en benadrukken hoe essentieel het was om Olezjko onmiddellijk naar huis te brengen. Dat iedere avond en nacht in Olezjko's gezelschap mijn genezing zou belemmeren en dat ik op ieder moment van mening kon veranderen. Ik drukte mijn nagels in mijn handpalmen. Ik moest me op Daria's familie concentreren, niet op die van mij.

'Heb je de afgelopen dagen nog met je moeder gesproken? Is alles goed met haar?' vroeg ik.

'Waarom zou dat niet zo zijn?'

'Weet ze waar je bent?'

'Aan het werk.'

Ik sprak haar niet tegen. Hoe blind moeders ook waren als het om hun kinderen ging, ik geloofde geen moment dat Valentina Sokolova dacht dat haar dochter nog in staat was om te werken.

'En Pavel, wanneer heb je voor het laatst iets van hem gehoord?'

'Waar komt die plotselinge interesse in mijn familie vandaan?'

'Als het gezin in het hondenpark jou herkent, brengen ze het kantoor op de hoogte. Ben je vergeten wat er met meisjes gebeurt die zich niet aan hun contract houden? Of met hun familieleden?

Stel dat je moeder al iets is overkomen? Of je broers? Of je nichtje?'

Daria snoof en gooide een verkruimeld broodje naar me toe. Het viel op de grond. Ze had dorst, ze wilde wijn en geen afgezaagd hotelontbijt en ze beval me meer te drinken te halen. Het zou allemaal hier kunnen eindigen, vandaag. Ik klemde de kurkentrekker vast in mijn hand en dwong mezelf aan de veiligheidscamera's van het hotel te denken. Er zaten zweetvlekken op mijn blouse, ik kon bijna geen grip krijgen op de wijnfles.

'Alsof jij je druk zou maken om mijn familie.'

Ik slikte. Hier was ik bang voor geweest.

'Iedere keer dat we naar het graf van mijn vader gingen vervloekten we de dag waarop jullie kliek naar Snizjne verhuisde. Waarom konden jullie niet blijven waar jullie waren?'

Ik plaatste de fles en de kurk op het nachtkastje en maakte me op om te vertrekken. Daria zocht ruzie. Ik zou daar niet in meegaan. Niet vandaag. Ik haalde de deur niet. Daria vloog naar me toe, ging voor me staan en gaf me een por op mijn borstkas. Ik zette een stap achteruit. Daria volgde me. Ik liet haar sissen. Ik liet de woorden langs me suizen zonder ze te horen en dacht aan mijn lijst met goede dingen, totdat ze zei: 'Je bent niet naar mijn vaders begrafenis gekomen.'

Daria was destijds nog maar een kind geweest. Ze kón zich dat niet herinneren. Haar moeder misschien wel. Hadden ze dit soort dingen zitten herkauwen met z'n tweeën?

'Ik had koorts.'

'De dag ervoor nog niet.'

Die dag had ik mijn eigen vader begraven.

'Je nam niet de moeite om te komen, hoewel wij jouw vader wel de laatste eer hadden betoond. We droegen kransen, liepen mee in de stoet, ik heb anjers op het graf van je vader gelegd. Onze vaders waren vrienden. Onze families waren vrienden,' zei Daria. 'Wat jou betreft heeft dat allemaal niets te betekenen.'

Zelf had ik de band tussen onze ouders een tikje anders in herinnering. Maar het had geen zin haar tegen te spreken.

'Jij bent vergif. Alles wat jij aanraakt verandert in gif, en ik hoop dat er een granaat op je vaders graf valt,' siste ze. 'Zo ziet het er ook al uit, trouwens.'

Ik rende naar buiten en liet haar in de kamer achter.

Ik had na de begrafenis nog geen enkele keer bloemen op het graf van mijn vader gelegd, in tegenstelling tot moeder. Tante had ooit verteld dat moeder met Pasen met de nachttrein naar Snizjne was gereisd, met in haar mand een gezegend paasbrood en eieren die met een rode ui waren geverfd. Ik had destijds als model gewerkt en moeder had mij niets verteld. In de loop van de oorlog belandde het kerkhof aan de verkeerde kant van de frontlijn, en we hadden geen verwanten meer in de regio die de graven van onze familie hadden kunnen verzorgen. Ik was daar niet rouwig om. Desondanks deden Daria's woorden pijn, het was niet aan haar om te oordelen over het graf van mijn vader.

Moeder had voor de grafsteen een foto van mijn vader uitgekozen waar zijzelf naar wilde kijken als ze naar het kerkhof ging, maar die vader waarschijnlijk nooit zou hebben goedgekeurd. De grafsteen was klein, het soort steen dat wij ons konden veroorloven, en het portret van vader was niet groter dan een handpalm; zijn overhemd en de kraag van zijn jas waren maar net zichtbaar. De ets was gemaakt aan de hand van een oude pasfoto, en op het eindresultaat zag vader eruit als een willekeurige man. Zelfs dat niet. Een man zonder auto, een man zonder eer, een man zonder macht. Een man die in zijn eigen bed was gestorven, onder zijn eigen deken, in een huis waar al tientallen jaren hetzelfde behang hing.

Zo was het vader niet vergaan.

# Dnipropetrovsk

## 2009

Ik vertelde jou over mijn vader op mijn verjaardag, toen ik een boeket bloemen kreeg dat ik 's avonds, nadat de gasten waren vertrokken, in de prullenbak gooide. Mijn collega had rode anjers en takjes sierasperge voor me meegebracht, zonder te weten aan wie die mij deden denken. Op speciale dagen had mijn vader altijd een soortgelijk boeket gekocht voor mijn moeder, omdat er soms gewoon niets anders verkrijgbaar was. Deze bloemencombinatie was in het Sovjettijdperk heel populair; je zag die toen overal, zelfs op ansichtkaarten, en dat had me kunnen terugvoeren naar de gelukkige momenten uit mijn kinderjaren. Maar het deed mij alleen maar terugdenken aan alles was ik was kwijtgeraakt. Aan vader.

Toen ik het boeket in de vuilnisbak had gepropt besefte ik dat mijn gedrag een verklaring verlangde.

'Vader hield niet van sierasperge,' zei ik, en dat was niet eens gelogen. 'Hij vond dat het eruitzag als onkruid.'

Jouw medelevende blik nodigde uit om meer te vertellen, maar jij dacht natuurlijk aan het ongeluk op de bouwplaats waardoor mijn vader zogenaamd veel te jong in het graf was beland. Die avond had ik je de waarheid kunnen vertellen. Maar de woorden die over mijn tong rolden kwamen anders naar buiten dan ik wilde, en ik merkte dat ik grappige verhalen over hem aan het vertellen was, selectieve stukjes. Ik beschreef hem als een bedrijvig man en ook dat was niet gelogen, al zei ik er niet bij dat het juist die eigenschap was geweest die hem had geholpen zijn geboortestreek te verlaten, toen de militaire dienst hem daartoe de gelegenheid bood. Vader had naar zijn diensttijd uitgekeken als een kind naar Koning Winter. Hij wilde ergens naartoe waar het goed leven was, en waar de kans klein was dat hij in een zinken kist zou worden teruggestuurd, en uiteindelijk wist hij het zo te spelen dat hij naar de Estische Socialistische Sovjetrepubliek werd uitgezonden; kennissen in de hoofdstad hadden hem regelmatig ansichtkaarten gestuurd en hoog opgegeven van de winkelmogelijkheden. Tallinn was precies wat hij wilde, en ik vertelde jou dat hij daar vandaan kwam.

Dat was niet waar. Mijn vader was in Snizjne geboren en dat was de reden dat we daarheen verhuisden. We verhuisden naar het huis waar hij was opgegroeid, zijn ouderlijk huis, en later besefte ik dat hij Snizjne waarschijnlijk altijd als zijn thuisstad had beschouwd, al die jaren dat hij elders had gewoond.

Ik begreep niet waarom we überhaupt uit Tallinn weggingen als vader zo veel moeite had gedaan om daar terecht te komen. Hij haalde vaak herinneringen op aan zijn avontuur, dat als een heldenverhaal klonk, en vertelde hoe hij na zijn diensttijd een race tegen de tijd had gelopen om zijn paspoort in Tallinn te registreren. De deadline naderde en hij had geen woning. De boel werd geregeld toen hij de bouwplaatsen ontdekte die hun werknemers meteen ook een onderkomen aanboden, en daarmee het vaste adres dat voorwaarde vormde voor een woonplaatsstempel. De registratie van zijn paspoort lukte, hij werd als bij toverslag een echte hoofdstedeling, wederom dankzij zijn vindingrijkheid, en de stad bood hem mogelijkheden die in Snizjne niet bestonden. Vader raakte met name gecharmeerd van de vrouwen in Tallinn. De heerlijkste van hen, een typiste zo zoet als nectar, werd mijn moeder.

Hoewel het latere leven van mijn vader een aaneenschakeling van mislukkingen werd, was in Tallinn alles anders. Zijn bedrijvigheid was alleen maar een voordeel en zijn zakelijke ondernemingen hadden succes. Niets duidde erop dat zijn ideeën andere dan heuglijke gevolgen zouden kunnen hebben. Als vader met een luciferdoosje schudde en aan mij vroeg: raad eens wat ik heb uitgevonden, dan wist ik meteen dat er iets leuks zat aan te komen, of het nou ging om een worst die hij bij de achteringang van een fabriek had opgehaald of een watermeloen waarvan je de rijpheid kon testen door op de schil te kloppen. Ik wist zeker dat hij altijd zou slagen, in alles wat hij deed.

Een van zijn eerste uitvindingen was iets waar hij hardop over durfde te praten; die had met de Finse televisie te maken, die in de Sovjet-Unie alleen langs de Estische kust kon worden ontvangen. Natuurlijk werd gepoogd een dergelijk venster op het Westen te sluiten door het uit Finland afkomstige signaal te vervormen, maar vader knutselde voor ons een adapter die garandeerde dat we de programma's konden zien. Ook anderen wilden wel zo'n apparaatje hebben, en het stoorde vader dan ook absoluut niet dat hij op de fabriek minder verdiende dan hij in de mijnen van Snizjne zou hebben gekregen. Het verhaal over hoe het aan de westerse bries die in Tallinn waaide te danken was dat vader zijn eerste echte zakelijke idee kreeg, was ook geschikt voor jouw oren; ik moest immers íets over mijn vader vertellen, en door zijn uitvinding hechtten de wortels van onze familie zich zo stevig in Tallinn dat ik zorgeloos over de kwestie kon praten. Mijn moeder speelde haar eigen rol daarin. Op het kantoor van de fabriek had ze toegang tot een typemachine, en op voorstel van vader begon ze de programma-informatie van de Finse zenders over te typen; die waren door een Estische vriendin van haar vertaald, die ze weer van een Finse kennis had gekregen. De informatie werd aan de arbeiders en de leiding van de fabriek uitgedeeld, en aan nieuwsgierigen. In de beste tijd kopieerde moeder wekelijks honderden lijsten met programmagegevens, en vader besteedde het grootste deel van zijn werktijd aan het in elkaar zetten van adapters, en langzaam maar zeker werd er voor thuis een theeservies van Lomonosov, een mokkaservies en een rits kristallen glazen voor zowel champagne als cognac aangeschaft, en nadat vader een zwangerschapsverklaring voor een tweeling had geregeld voor moeder kregen we ook een grotere woning. Veel meer dan dat kon ik je niet vertellen als ik de waarheid geen geweld wilde aandoen.

Ik had geen flauw vermoeden van de verhuiswensen van mijn ouders, hoewel de eerste tekenen daarvoor zich al aandienden zodra de Sovjet-Unie was ingestort. Waarom zou ik ook? Ik was nog nooit bij verwanten in de Socialistische Sovjetrepubliek Oekraïne op bezoek geweest, iedereen was altijd naar ons toe gekomen om boodschappen te kunnen doen in Tallinn, het miniatuur-Parijs van de Sovjet-Unie. Niemand had ooit voorgesteld om een bezoek te brengen aan het Donetsbekken of Mykolajiv. Als de neven en nichten uit Oekraïne langskwamen, vertelde ik hun waar de series die op de Finse tv te zien waren over gingen, en ook zij liepen warm voor *Dallas* en *Knight Rider*. Zelf hadden ze niets te vertellen wat mij interesseerde.

Toen de grenzen opengingen vertrokken veel Esten naar Finland, en Russen naar Rusland, en op een dag zag ik dat de twee woningen naast ons leegstonden. In de ene had een omaatje gewoond bij wie ik *okrosjka* naar binnen had gelepeld. De deur stond open en het meubilair was verdwenen, evenals het omaatje. Alleen de hond, een grijze bolonka, was achtergelaten. Een Finse man die de woningen had gekocht was in gesprek met mijn vader. Een in westerse kleding gestoken Russisch meisje dat onmiddellijk mijn blik ving, fungeerde als tolk. Moeder sprayde nog steeds meubellak in haar haar, maar die griet gebruikte duidelijk iets anders, iets wat lekker rook, naar Finse deodorant, en aan de schouderband van haar tas hing de koptelefoon van een walkman. Ik had die wel eens op de Finse tv gezien. Met een gebaksdoos in haar handen onderbrak moeder mijn observaties, en ze zei dat ik moest komen helpen. Terwijl ik de kristallen glazen op het tafelkleed zette stak ik stiekem mijn vinger in de botercrème op de taart. Het was duidelijk dat we belangrijke mensen op bezoek hadden. Anders zou er geen in mayonaise drijvende huzarensalade op tafel staan. De gasten hadden echte koffie meegebracht, en daarom waren de piepkleine mokkakopjes uit de kast gehaald, die alleen op feestdagen werden gebruikt. Ik verbaasde me over de gevulde tafel, zoals we die bij ons thuis alleen op nieuwjaarsdag kenden, en gapte stiekem plakjes worst, waar ik de vingertopgrote stukjes vet uit peuterde, en ook dat merkte moeder niet, omdat ze het gesprek volgde. Ik wilde dolgraag de walkman van die modieuze griet uitproberen, en als vader van plan was die te gaan verhandelen, dan wilde ik er eentje voor mezelf. Het wicht merkte dat ik haar bekeek en stopte met een knipoog het plastic doosje in mijn hand; het deksel klikte open, en ze fluisterde dat het een cadeautje was. Ik had nog nooit zoiets gekregen. Ik ging volledig op in het onbekende voorwerp. Ik onderzocht het apparaatje. Het kon opnemen. Het had een radio. Ik hoorde de Finse zenders.

Ik herinner me dat ik het jammer vond dat ik nog niet zo'n apparaat had gehad toen alle jongens nog in het Sovjetleger moesten dienen. Ik had mijn eigen kleine bedrijfje kunnen starten door Finse zenders op cassette op te nemen en die te verkopen, en misschien had ik dan meteen ook mijn neef kunnen redden. Ik wist dat anderen opnames met muziek van westerse bands stuurden aan officieren die daarom hadden gevraagd. Het zou makkelijker zijn geweest die op de post te doen dan flessen Vana Tallinn. Misschien was ik een klein beetje verliefd geweest op mijn neef, die ik had ontmoet toen hij en zijn moeder een winkeluitstapje maakten naar Tallinn. Terwijl ik daarover nadacht richtte ik mijn blik op en ik zag dat oma de koffers al tevoorschijn had gehaald in de slaapkamer.

Een paar dagen na het bezoek van de belangrijke gasten vertrokken we. Ik besefte niet hoe definitief het allemaal was en dacht dat we eerst de bij ons inwonende moeder van mijn moeder voor een familiebezoekje naar Vinnytsja zouden brengen, en dat we na een uitstapje naar mijn vaders ouders in Snizjne zouden terugkeren naar Tallinn, voordat de laatste afleveringen van *Dynasty* werden uitgezonden. Het kwam niet in me op dat iemand van ons in een koolzwart gehucht wilde wonen als de hele wereld bezig was open te gaan, vader nog het minst. Moeder en baboesja hadden net nog gelachen om de Lenin-hoofden die her en der in Estland neervielen. We verhuisden naar een plaats waar ze nog op hun plek stonden.

Vader jatte een vrachtwagen van de fabriek en kocht brandstof bij de troepen van het Rode Leger, die nog steeds in het land waren. Vervolgens kwam hij ons ophalen. Ik talmde en trapte tegen de koffers, die in dichtgeknoopte witte stoffen zakken waren gepakt. Ze zaten vol aankopen uit de tijd dat gevreesd werd dat de roebel zijn waarde zou verliezen, en alles was goed genoeg, of het nou om spullen ging die op de bon waren of vrij verkrijgbaar. Vader beval ons een deel van de last achter te laten; de volgepropte kussenslopen misschien. Op de bestemming was alles voorhanden. Moeder geloofde dat niet. Ze kon zich haar enige reis naar Oekraïne nog goed herinneren. Destijds waren mensen in de laadruimtes van vrachtwagens van het platteland naar de stad gereisd, hopend op werk; op het platteland was zelfs dat niet te vinden. Vader snoof een keer en rammelde met een luciferdoosje, alsof hij ons aanspoorde op te schieten. Wat hem betrof was Snizjne van een heel andere orde. Moskou zou niet langer de gelegenheid krijgen Oekraïne leeg te zuigen. Dit waren andere tijden.

Ik luisterde naar het geruzie en ging verder met trappen tegen de bagage totdat mijn voet door de kartonnen zijkant van een koffer ging, maar dat leidde net zomin tot opschorting van de reis als de woordenwisseling tussen mijn ouders dat deed. Vader capituleerde en stond toe dat alle pakketten met ongebruikte handdoeken en lakenstof die in de laatste tellen van de roebeltijd nog waren aangeschaft meereisden naar Oekraïne, als een soort uitzet.

Baboesja zat de hele rit te huilen, al was dat om andere redenen dan ik dat deed: ze zou terugkeren naar huis en begraven worden in de vaderlandse aarde. Luisterend naar haar gemompel in de krappe cabine van de vrachtwagen voelde ik me een vreemdeling in mijn eigen familie. De herinneringen waren tevoorschijn gekronkeld als zaailingen uit kieren in het asfalt, en iedereen voelde ze onder hun voetzolen – behalve ik.

Ik weet niet wanneer oma was begonnen Oekraïne 'thuis' te noemen. Ik was ervan uitgegaan dat ze daarmee onze woning in Tallinn bedoelde, en toen ik uiteindelijk besefte dat dat niet zo was, dacht ik alleen maar dat ze door de ouderdom niet meer helemaal helder was. Maar de heimwee van baboesja kon ik nog begrijpen: ze was geboren in de buurt van Vinnytsja en later meegenomen naar Siberië, en ze had altijd Oekraïens tegen ons gesproken. Maar het lot van mijn moeder, die tijdens de deportatie was geboren, was heel anders. Ze had haar leven opgebouwd in Estland, sprak Russisch met mijn vader, en had een broer die absoluut niet van plan was Tallinn te verlaten. Mijn oom sprak Oekraïens tegen mijn moeder, Russisch tegen mijn vader en Estisch tegen de Esten, haperend maar toch, en hij had mijn ouders gevraagd in zijn sjasliektent te komen werken, die hij langs de snelweg had opgezet zodra dat mogelijk was geweest. Dus waarom in vredesnaam was moeder besmet met de heimwee waar oma aan leed? Waarom ging moeder mee in het waanzinnige gedoe van mijn vader? Had ze zich in Tallinn daadwerkelijk een vreemdeling gevoeld en had ze naar Oekraïne verlangd, of ging het alleen maar om angst voor verandering?

Of werd ons vertrek bespoedigd door het feit dat er ook een zak vol dollars tussen de verhuisspullen zat?

Waarschijnlijk was het toch zo dat alles begon met het telefoontje van Maksim Sokolov, dat ik opnam. Aan de andere kant van de krakende lijn was een man die zich voorstelde als Maks en die naar vader vroeg. Ik haalde vader op en liep daarna de keuken in. Ik vroeg moeder wie Maks was. Ze zette het nog halfgevulde blikje zuurkoolsoep neer op tafel. Ze dacht even na over haar woorden en vertelde toen dat Maksim Sokolov vaders beste vriend was. Als jongelingen waren ze lid geweest van dezelfde sportvereniging en Maks, die nog steeds in Snizjne woonde met zijn gezin, was zelfs bij ons op visite geweest voordat zijn dochter Daria werd geboren. Ik was toen nog zo jong dat ik me dat bezoek niet kon herinneren, maar moeder zei dat we heel wat zwart-witfoto's hadden van het tweetal, nu eens tijdens het hengelen, dan weer tijdens sportwedstrijden, en die herinnerde ik me wel.

Vader stond in de gang te praten en begon de kabel van de telefoon uit te rekken en er kurkentrekkers van te draaien. Ik verwachtte dat moeder daar boos om zou worden. Vergeefs. Haar ene oor helde geconcentreerd in de richting van vaders slecht hoorbare woorden; steeds wanneer ze van houding veranderde plofte haar pantoffel van haar blote hiel, de zool veegde over de vloer. De soep borrelde, de blauwe gasvlam siste onder de pan, de opscheplepel bonkte tegen het aluminium en draaide doelloos rondjes, totdat moeder het niet meer uithield en naar de gang liep. Toen vader de hoorn weer had neergelegd steeg er al rook op onder de pan. Geen van beiden merkten ze het. Ik vloog naar het fornuis om het ventiel van de gasfles dicht te draaien en het fornuis uit te zetten. De deur van de woonkamer viel dicht. Ik sloop ernaartoe maar slaagde er niet in te horen wat mijn ouders zeiden, alleen gefluister en het zwakke ritmische geluid van het lucifersdoosje, dat ditmaal aan sambaballen deed denken – papa was enthousiast.

Toen het gesprek beëindigd was, kwamen mijn ouders naar de keuken. Ik had de borden al op tafel gezet. Moeder begon het serviesgoed dat in een teiltje opgestapeld stond te drogen in de kast te zetten, vader tikte de as van zijn sigaret af in de asbak. Ik boog een aluminium lepel krom en moeder vergat dat zelfs te verbieden. Geen van tweeën gingen ze aan tafel zitten.

'Wat vind je van rode kaviaar?' zei vader.

Moeder zei tuttut, maar ik knikte. Uiteraard vond ik dat lekker, wie vond dat nou niet?

'En als je nou zwarte kaviaar zou kunnen krijgen? Wat zou je daarvan vinden?'

Ik hield van kaviaar, al besefte ik niet dat dat het Donetsbekken betekende.

Het jaar daarop was het kersverse parlement van Estland voornemens ons tot buitenlanders te verklaren. Ik begreep niet wat dat inhield – eindeloos rondhangen op uiteenlopende kantoren waarschijnlijk, aanvragen van arbeids- en verblijfsvergunningen, iets in die geest, van die typische saaie bureaucratie. Moeder vroeg zich terloops af of we dankzij mijn Estische grootvader, die geboren was in de tijd van de eerste Estische republiek, recht hadden op staatsburgerschap zonder dat we een taaltest moesten doen. Ik begreep niet waarom ze zich daar druk om maakte. Ik wist zeker dat het vader wel zou lukken iets te regelen. Dat lukte hem altijd. Misschien dat men net rond die tijd meer over Oekraïne begon te praten bij ons thuis, en oma begon herinneringen op te halen aan de Karpaten, haar geboortestreek in de buurt van Vinnytsja, en iedereen verlangde ineens naar Oekraïense peren, Oekraïense abrikozen, Oekraïense watermeloenen, alsof we de voorgaande jaren honger hadden geleden.

Net als alle andere Oekraïners bevonden we ons in een tussentoestand: volgens Russen waren we een soort minderwaardige Russen, volgens de Esten waren we Russen. Soms betrapte ik mijn moeder terwijl ze haar Sovjetpaspoort bekeek, op dezelfde manier als ze naar roebels had gekeken voordat Estland zijn eigen valuta kreeg. Alsof ze niet wist wat ze daarmee moest doen, of alsof het vreemde voorwerpen waren die vanuit de ruimte waren neergevallen.

Het was me evenmin opgevallen dat vader niet meer naast mij ging zitten om naar de Finse tv te kijken, waar ik – net als veel Esten – de Finse taal van had geleerd. Vader leerde nooit Fins, waardoor hij met lege handen kwam te staan toen zakenlui uit Tallinn die hun talen beheersten de mogelijkheid kregen om handel te drijven met de Finnen. Misschien was dat de reden dat hij contact opnam met zijn vroegere vriend om te vragen hoe de dingen ervoor stonden in zijn geboortestreek. Misschien belde Maksim Sokolov hem daarom op. Misschien besefte vader door dat telefoontje dat hij nog wat financiële reserve had om nieuwe handeltjes te starten en dat hij zich daarop wilde gaan toeleggen, op zwarte kaviaar.

# Snizjne

## 1992-1996

Toen we na een uitputtende autorit in Snizjne arriveerden, besefte ik meteen dat er iets mis was – heel erg. Ik kon zelfs niet zeggen of vaders moeder, die ik in geen tijden had gezien, blij was met onze komst of dat de merkwaardige gezichtsuitdrukking van baboesjka Galina er een van ongeloof was. De blikken tanden flitsten, maar het leek niet op een glimlach. Vader liet ons midden in de keuken staan en vertrok naar een afspraak met zijn zakenpartners. De vrachtwagen stond nog steeds beladen op straat, baboesja Vilina was onderweg bij verwanten uitgestapt en wat mij betreft hadden wij hetzelfde moeten doen. De ontvangst in Vinnytsja was hartelijker geweest, de parken in de stad waren fraai en weelderig, en nu dit.

'Lange reis,' zei baboesjka. 'Naar hier.'

Moeder verplaatste haar gewicht naar haar andere been. Baboesjka Galina ging verder met propolis kauwen en klaagde over een tand. Ten slotte veegde ze haar handen af aan haar jasschort en pakte ze haar stok. Ik dacht dat ze eindelijk naar ons toe zou komen voor een omhelzing, maar ze slurpte alleen maar water uit een opscheplepel en liep toen weg om de kaars van de icoonlamp te snuiten. Vanuit mijn ooghoek zag ik hoe ze kruistekens maakte en in het voorbijgaan niet-bestaand stof van een foto van haar overleden man veegde, waarop hij poseerde met alle eretekenen van de Grote Vaderlandse Oorlog op zijn borstkas, als stond hij klaar voor de parade op de Dag van de Overwinning. Moeder draaide zich om en keek naar buiten, hoewel daar niets anders te zien was dan een keffende kettinghond. Ik wist niet wat er met de gezelschapshond was gebeurd die oma vroeger had gehad. Dat was een bolonka geweest, een geliefd ras voor kalenders en kaarten, dat ook vaak de verjaardagskaartjes had gesierd die baboesjka Galina mij had gestuurd.

'Misschien moet jij even naar de winkel,' opperde moeder uiteindelijk.

Ze wilde me uit de weg hebben opdat ze in alle rust met haar schoonmoeder kon praten. Er werden een paar blaadjes papier in mijn knuist gestopt, en nu besefte ik wat het was waar vader voorheen over had zitten mompelen. Ze hadden hier geen eigen valuta. Hier werd met surrogaatgeld betaald.

Het telraam op de toonbank klingelde op dezelfde manier als in Tallinn, maar de schappen waren nog leger. De verkoopster knipte strookjes van een blaadje papier dat de enige klant in de winkel haar had overhandigd en priemde die op een dikke naald die vóór haar omhoogstak. De vrouw leek zout te kopen. Ik wist niet wat ik moest kopen met mijn speelgoedgeld, dat 'coupons' werd genoemd, en dus liep ik naar buiten en ging ik een wandeling maken. De flats roken hier net zo erg naar kattenpis als thuis, en de muren waren van dezelfde grijzig witte baksteen. De geraamtes van de niet-voltooide gebouwen waren begroeid met gras. Het merendeel van de weinige auto's was van Russische makelij, met hier en daar een Oekraïens merk waar vader grapjes over had gemaakt tijdens de reis; die hadden betrekking op het feit dat in een Zaporozjets de motor achterin zat en de kofferbak onder de motorkap. De westerse auto's die vader zo bewonderde waren nergens te zien.

De vreemde berg die de horizon bewaakte was nieuw, en naarmate ik verder liep bleek dat dat niet de enige was. Diverse mijntorens prikten gaten in de lucht, als het monument voor Joeri Gagarin dat we onderweg waren gepasseerd. Ook nieuw waren de vrachtwagens met steenkool en een struik die mijn vader de snoepjesboom had genoemd.

Ik kwam langs een vergrendelde deur die naar een kindercafé leek te leiden. De gordijnen oogden echter nieuw. Op de buitenmuur grijnsde een mozaïek van Wolf en Haas, twee tekenfilmfiguren. *Noe, pogodi.* Wacht maar af. Wacht maar af, we zouden naar huis terugkeren voordat de school weer begon. Iets anders was niet mogelijk, me iets anders voorstellen was onmogelijk. Ik bleef buiten staan, schopte in het grind, doodde de tijd op de schommel met de afbladderende verf, verhoogde het tempo en trapte de hondenkeutels die ik zag liggen zo ver weg als ik kon. Ik stelde het moment uit waarop ik zou terugkeren naar baboesjka's huis, omdat ik vermoedde dat vader nog niet terug was en de stemming gedurende mijn afwezigheid niet was omgeslagen in die van een uitgelaten reünie.

Ik had gelijk. Toen ik binnenkwam leek moeder me niet eens te zien. Ze ging samen met haar schoonmoeder naar de slaapkamer om hun gesprek voort te zetten. De deur werd dichtgedaan, de tv aangezet en het volume opgeschroefd. De herkenningsmelodie van *Vremja* op Kanaal 1 was tot in de keuken te horen, en gaf aan dat het in Moskou negen uur was. Op de keukentafel was een bord met *syrniki* en een potje jam voor mij achtergelaten. In het tafelkleed van wasdoek zaten grijs geworden messneden. Ik zette de kabelradio uit. Ik kon me niet herinneren dat er in Tallinn ook maar iemand naar de analoge uitzendingen had geluisterd, ook als er zo'n Sovjetding, dat luidspreker of koeienbel werd genoemd, aan de wand hing. Ik keek om me heen. Er was nergens een antenneradio te zien. Vanuit de verte klonk geknal. Later begreep ik dat het om schoten ging, en dat je daar nooit aandacht aan moest besteden.

Ik zag vader een hele week niet. Ik sloop door het huis en hield de koptelefoon van mijn walkman op mijn hoofd; van tijd tot tijd stopte ik de muziek. Ik probeerde woorden op te pikken die niet voor mijn oren waren bedoeld en die de toestand op een of andere manier zouden verklaren. Ik concludeerde dat vader samen met Maksim Sokolov naar Rusland of Donetsk was afgereisd.

Toen vader ten slotte terugkeerde, vroeg hij me mee naar buiten te gaan. Een wandelingetje zou ons blijkbaar goeddoen. Hij liep midden op straat, ik sloop langs de kant. Ik kon de drank ruiken, maar hij was in ieder geval hier. Ik merkte dat hij zich een nieuw soort stappen had aangewend: ogenschijnlijk langzaam, een tikje schommelend. Alsof er tijd genoeg was en alsof de hele ruimte hem toebehoorde.

'Zit er niets bij wat je aanstaat?'

Ik begreep niet waar hij het over had.

'De huizen,' verduidelijkte hij. 'We hebben niet de hele dag de tijd.'

Er naderde een vrachtwagen met steenkool, maar vader ging nauwelijks aan de kant. Ontspannen zwaaide hij naar de chauffeur. Als naar een bekende. Alsof hij de vrachtwagen toestemming had gegeven hem te passeren.

'Dat daar is de toekomst.'

Ik keek de truck na, die een wervelwind van stof had achtergelaten. Vader glimlachte naar me. Ik kon daar geen enkele reden voor bedenken.

'Nergens vind je zo veel antraciet als hier bij ons in het Donetsbekken,' zei hij. 'Heb je al een keuze gemaakt? Wat is de mooiste hut?'

Haastig wees ik op een huis waarvan de gevel met mozaïek was ingelegd en de luiken voor de ramen de kleur van een vinkenei hadden.

Vader liep de richting op die ik had aangewezen, trapte de poort open en begon op de deur te bonken. Ik rende erachteraan. De kippen kakelden, een hond rukte aan de ketting. De vrouw die in de deuropening verscheen keek angstig.

'Hoeveel vraagt u voor dit huis?' Vader haalde een bundeltje dollars tevoorschijn.

'Het is niet te koop.'

'Nu wel.'

De vrouw probeerde aan de deurkruk te trekken. Vader zette zijn voet in de deuropening en wrong zich naar binnen. Ik kon nog net zien hoe de mond van de vrouw openging en hoe haar wenkbrauwen sikkels vormden. Het gebloemde sjaaltje verdween in de schaduwen. Ik liep achteruit naar de poort en vroeg me af of ik moeder moest gaan vertellen wat er gebeurde. Ik kreeg de kans niet. Vader kwam naar buiten met een sleutel in zijn hand. Hij gooide die naar mij en zei dat we de vrachtwagen konden gaan uitladen. Hij had die nodig voor zijn werk.

De vrouw had alles achtergelaten behalve foto's. Ze had de kippen achtergelaten, de keffende hond, de meubels, de eretekenen van haar overleden man, een bonte verzameling papieren van de communistische partij, een kast vol met chintzjurken en katoenen onderbroeken met lange pijpen, een la vol met versleten mannen-, vrouwen- en kinderzakdoeken, iedere soort gestreken en scherp gevouwen op zijn eigen stapeltje, en een Slava-wekker die op precies dezelfde toon tikte als die van ons thuis in Tallinn had gedaan, die nu bij baboesjka thuis tikte. Vader liet ons in de keuken van de onbekende vrouw staan, hij had haast. Moeder ging op een stoel zitten. Het theekopje van de vorige bewoonster stond halfvol op tafel en op het fornuis stond een aluminium ketel met groene borsjtsj af te koelen. We keken elkaar aan. Onder mijn sandaal kraakte glas. Moeder pakte de surrogaatgeldcoupons die op de hoek van een kastje waren blijven liggen, friemelde er even aan en legde ze toen weer terug.

'Ziezo,' zei moeder. 'Zullen we de koffers naar binnen dragen?'

Ik verroerde me niet.

'Het heeft ook geen haast. Als het maar gebeurt voordat baboesja Vilina komt.'

'Hoezo? Komt die hiernaartoe?'

'Nou ja, ze kan toch niet eeuwig bij anderen thuis blijven hangen.'

'Waarom in vredesnaam zou ze hierheen willen? Ze droomde toch van Vinnytsja?'

'Vertel haar niet over dit huis wanneer je haar schrijft. En ook niet over Svetlana.'

Ik had Svetlana nooit ontmoet maar kende het verhaal. Ze was een vriendin van baboesjka en had op een aangenaam lapje grond gewoond, tot de boel werd platgelopen door kaalkoppen die het huis hadden opgeëist, goedschiks of kwaadschiks. Uiteindelijk had Svetlana haar huis voor tweehonderd dollar verkocht en was ze naar Rusland verhuisd. Moeder hoefde niet toe te lichten waarom het beter was over de kwestie te zwijgen. Ook baboesja Vilina had destijds alles moeten achterlaten en daar zou ze geen enkel detail ooit van vergeten, vooral niet datgene wat er met hun dieren was gebeurd. Ze mocht niet weten hoe we aan ons nieuwe huis waren gekomen, dat was duidelijk. Toch geloofde ik niet dat baboesja hiernaartoe zou willen verhuizen. Dit was een heel andere wereld dan de wereld waarnaar zij had verlangd.

'We laten vader nu gewoon de dingen doen waarvoor hij zo graag terug wilde naar Snizjne.'

‘En dan vertrekken we weer? Waarom kunnen we niet meteen vertrekken? Waarom kunnen we niet gewoon met ons tweeën vertrekken?’ drong ik aan. ‘Vader kan later wel nakomen.’

‘Als we je vader nu hier achterlaten, zien we hem nooit meer terug,’ zei moeder, en haar kin trilde.

Ik liep weg om te checken of de tv die ik in de slaapkamer had gevonden werkte. De enige zender die ik tevoorschijn wist te toveren was het Russische Kanaal 1. Al het andere bood alleen sneeuw.

Het huis dat we ons nieuwe thuis doopten had in ieder geval stromend water – alleen koud, dat wel. Na de zomermaanden was de zon niet meer voldoende om het waterreservoir van de zomerdouche in de tuin op te warmen, en steeds wanneer ik vader zag herinnerde ik hem daaraan, en het interesseerde me niet dat ik verwaand klonk. Ik miste de fatsoenlijke badkamer in ons huis in Tallinn en begreep niet hoe moeder zo onverschillig kon zijn op dit punt. Ze leek zelfs niet te merken dat er een vreemde drab op de bodem van de ketel achterbleef wanneer ze water kookte, of anders durfde ze niet te klagen tegen vader, bang om lastig te lijken. Ik durfde dat wel, al leverde het niets op. Toen hij genoeg had van mijn gejammer opperde hij dat ik een beter geoutilleerd huis voor ons kon zoeken. Maar ik wilde geen nieuw huis. Ik wilde terug naar huis.

De geur van de vorige bewoonster bleef lang hangen. Hij hechtte zich in mijn kleren, in moeders jurken en in haar haren. Ik kromp ineen wanneer ze mijn arm probeerde te strelen. Ze rook ongewoon en ik rook ongewoon, ook al dweilden we de vloeren met chloor, wreven we de ketels met as en zout, haalden we de spinnenwebben weg, boenden we de deuren uiterst zorgvuldig rond de krukken en bespoten we het behang met echte Franse parfum, waar vader op een dag een doos vol van meebracht. Het kon de geur van de vrouw niet verwijderen. De hond wende niet aan ons en vader kreeg genoeg van het gekef. Ik liet de hond stiekem vrij, voordat vader hem iets kon aandoen, slaan of doden. Hij leek niet te merken dat het hele huis naar Opium en een onbekende oude vrouw rook, naar een merkwaardige combinatie van dood en luxe.

Het nieuws over de dood van baboesja Vilina bracht me niet aan het huilen. Ik huilde niet tijdens de ellenlange rit naar Vinnytsja, en niet tijdens de begrafenis, waar het wemelde van de vreemde gezichten. Ik huilde niet, ondanks het feit dat ik mijn geheime droom om baboesja te bezoeken, en om bij haar te gaan wonen, samen met haar moest begraven. Ik weigerde dat gegeven te internaliseren en begreep niet waarom moeder zich meteen na de herdenkingsplechtigheid opmaakte voor de terugkeer naar Snizjne, welke drift haar aanspoorde om de nachttrein te halen, die zo heet was als een sauna. Moeder had het net zomin als ik naar haar zin in het Donetsbekken, en ik wilde nog blijven, al was het maar voor even.

'Je weet nooit wat vader in de tussentijd allemaal verzint,' verklaarde ze. 'Het is beter om hem in de gaten te houden.'

In de trein was het op het station al zo benauwd dat de gedachte aan een nacht op een stapelbed me misselijk maakte. Ik riep tegen moeder dat ik iets te eten ging halen en wurmde me door de krappe gang naar buiten, hoewel moeder me iets achternariep over voldoende proviand. Een vrouw die haar bagage her en der neerzette versperde haar de weg, zodat ik op het van reizigers wemelende perron kon springen voordat moeder me te pakken kreeg. Was er maar een trein die ver weg ging, dacht ik. Was er maar een trein die naar Tallinn ging. Was er maar een trein die me om het even waarheen meenam, als het maar niet naar de oblast Donetsk was. Ik keek naar de conducteur met de veldmuts op zijn hoofd, die tegen betaling pakjes meenam naar hun bestemmingen. Zou hij mij in zijn hut of ergens anders kunnen verstoppen? Zou het me lukken moeder af te schudden? Maar deze trein was niet op weg naar Tallinn. Een andere trein zou dat wel zijn. Een van de treinen zou dat vast wel zijn. Een trein die ik zou kunnen binnenglippen. Ik haastte me voorwaarts alsof dit mijn laatste kans was om naar huis terug te keren en bleef staan toen ik iemand over Moskou hoorde praten. Moskou? Waarom ook niet? Beter dan Snizjne. Een vrouw die naast de trein stond was op weg naar de markten in Moskou, haar tassen propvol met iets. Iemand anders was bezig een berg boodschappentrolleys, *kravtsjoetsjka*'s, naar hetzelfde reisdoel te slepen; spullen vervoeren zou handig zijn met zo'n wagentje, en de verkoper begon ze meteen te verhandelen. Ik had geen kravtsjoetsjka's te verkopen, laat staan valuta van welk land dan ook, ik had alleen het icoon van de Heilige Maria met Kind dat baboesja me had nagelaten, en ik omklemde dat in mijn zak. Baboesja had het van een straatverkoper naast de Nevski-kathedraal in Tallinn gekocht, en ver zou ik er niet mee komen. Ik had niets om te verhandelen, niets om aan valuta te komen, niets om weg te komen. Achter mij klonk de stem van moeder. Ik deed of ik niets hoorde, duwde jassen en tassen aan de kant en stormde doelloos voorwaarts, tot ik door de massa werd meegesleurd toen mensen in de dichtstbijzijnde trein wilden stappen en ik me niet meer kon omdraaien tussen de vastberaden reizigers. Ik merkte dat ik in een lokale trein was beland, die vergeefs probeerde zijn automatische deuren te sluiten. Een paar vensters van de wagon waren open. Gehaast werden daar nog meer koffers door naar binnen gepropt, evenals een schreeuwende baby. Ik greep de handleuning van een bankje en zag dat de kunstleren bekleding van de zitplaatsen was afgescheurd. Iemand had ook die verkocht. Opnieuw hoorde ik mijn naam. Moeder was erin geslaagd zich een weg naar mij toe te banen en trok me het perron op, precies op het moment dat de trein op gang kwam. Ze stopte een vochtige, samengepropte zakdoek in mijn hand en fluisterde dat er schone in de koffer zaten. Ik begreep niet waarom ze dat deed. Toen besefte ik dat ik snotterde. Tijdens de begrafenis van baboesja Vilina had ik zelfs geen traan laten vloeien, dus waarom nu? Ik veegde mijn neus af. De zakdoek was van baboesja. Ik herkende de lichtblauwe strepen die zijdeachtig versleten waren en moest nog harder huilen. Ik zou nooit bij baboesja intrekken. Ik stond op het punt terug te keren in een vijandelijke stad waar moeder en ik scheef werden aangekeken, naar een school waar ik geen vrienden had. Baboesjka Galina had ons aangespoord niet over Vinnytsja te praten, over verwanten die zo ver weg in het westen woonden. De mensen hier hielden schijnbaar niet van de mensen daar en omgekeerd.

Liggend op de brits in de nachttrein deed ik of ik sliep, en ik probeerde herinneringen op te halen aan *Dynasty*. Ik had de laatste afleveringen gemist en niemand had me geschreven wat daarin was gebeurd. Voordat we verhuisden had mijn vriendin Evelin op het punt gestaan naar verwanten in Zweden af te reizen, en Marina en haar moeder zouden naar Finland gaan als aardbeienplukkers. Hen interesseerde het niet hoe het met mij ging, en waarom ook? Ik vermoedde dat ik voor hen niet meer bestond.

In Snizjne wachtte er een verrassing op ons. Vader had een nieuwe tv gekocht en was de hele avond bezig haar af te stemmen. Wellicht was dat zijn manier om zijn afwezigheid bij de begrafenis goed te maken, en hij pochte dat ik eindelijk naar Oekraiense zenders zou kunnen kijken. Baboesjka Galina vond het maar niets; ze klopte verschillende malen met haar stok tegen de onderkant van de servieskast. Het was me al eerder opgevallen dat ze haar stok op demonstratieve wijze gebruikte, al begreep ik niet waarom. Ze deed dat altijd wanneer vader thuis langswipte. Ik had de inhoud van de kast geïnspecteerd: een stapel gezichtszeepjes. Op een keer lag er ook ineens boekweit. Moeder merkte dat ik vaak even keek en vertelde wat er aan de hand was. Baboesjka hield niet van frisse winden en geloofde niet in vaders zakenplannen. Wat haar betreft hadden aandelen en dat soort papiertjes geen enkele waarde als lonen en pensioenen in de vorm van blikjes vis, watten of stukken zeep werden uitbetaald, waar vervolgens in de winter saus voor bij de aardappelen van werd gekookt, omdat er niets anders was. Terwijl moeder vertelde schoot het door me heen dat we de vensters in ieder geval konden afdichten voor het najaar; oma propte altijd met zeep ingewreven papier en stof tussen de kozijnen. Terwijl ik daaraan dacht had ik het tevreden gevoel dat er in ieder geval één ding in orde zou zijn. Alsof ik me erbij had neergelegd dat we in Snizjne zouden blijven. Alsof ik er net als oma van overtuigd was dat vaders zakelijke activiteiten niet genoeg inkomsten zouden genereren voor ons levensonderhoud, hoewel de directeuren van de fabrieken en mijnen rijk zouden worden, hun eigen handeltjes zouden drijven door de steenkool zo nu en dan voor iets anders te ruilen, en er waren ook nog andere oude bekenden van vader bij betrokken, van wie er eentje in de stad Donetsk woonde, iemand die nog grootsere plannen had dan vader of Maksim Sokolov. Nooit nam vader ons mee naar zijn afspraken. En niemand sprak over de tas met dollars die hij had meegebracht naar Snizjne. Ik begon te denken dat ik gedroomd had hoe hij de tas in Tallinn achter de zitbank had verstopt en hoe ik 's nachts de inhoud had gecontroleerd. Misschien had ik ook alleen maar gedroomd dat ik diezelfde tas in de voetruimte van de vrachtwagen had gezien.

De nieuwe tv-zenders boden geen vertroosting. Het nasynchroniseren en tolken van het toch al beperkte aanbod aan buitenlandse programma's werd door één en dezelfde man gedaan, en hij klonk alsof hij altijd een wasknijper op zijn neus had. Zijn vertalingen raakten kant noch wal. Ik was bang dat ik alles wat ik in Tallinn van de tv had geleerd zou vergeten, mijn weinige Engels en Fins. Ik hoorde dat sommigen een kanaal ontvingen dat Amerikaanse tekenfilms zonder nasynchronisatie uitzond, maar dat geluk hadden wij niet. En moeder praatte geen Oekraiens meer met me. Die taal verdween gewoon, en op een avond noemde ze me Aljonka, op zijn Russisch, en niet Olenka, en ze merkte het zelf niet eens.

Ik begreep niet wat er met ons gebeurde. In Tallinn had ik erop vertrouwd dat vader alles in ons voordeel kon regelen. Nu was mijn geloof in zijn zakelijke instincten weg. Soms zag ik hem in de stad vanuit de verte, terwijl hij zijn meute kaalkoppen ergens naartoe voerde of met een air van belangrijkheid iets uitlegde aan in leren jasjes en trainingsbroeken gehulde blagen die tegen de gebouwen gehurkt zaten.

Op een keer vond ik op de keukentafel een briefje met een herhalingsverzoek dat baboesjka aan de Centrale Televisie had geschreven. Moeder had het verzoek om herhaling van *De slavin Izavra*, over de reis naar de vrijheid van een Braziliaanse slavin, al ondertekend. Onder de brief, die naar Moskou zou worden verzonden, was ook mijn naam vereist, en ik deed hem op de post. Terwijl ik de envelop in de brievenbus liet vallen besefte ik hoe geschift het was. Net als anderen keek ik uit naar de serie *De rijken huilen ook*, programma's waarvan de oorspronkelijke taal fout was, die in de foute taal waren nagesynchroniseerd en waarin de vrouwen smallere schouders hadden dan in *Dynasty*.

Misschien dat ik toen begon te plannen hoe ik zou vluchten, staand voor de brievenbus. Of in ieder geval schoot het door me heen dat ik dollars en papieren nodig had. Hoewel ik was ingeschreven in Tallinn, vermoedde ik dat mijn Sovjetpaspoort binnenkort niets meer waard zou zijn, en ik wist niet zeker of ik überhaupt staatsburger van een land was, of ik met mijn *propusken* nog in andere landen dan Rusland kon binnenkomen of dat we zelfs een visum nodig hadden om in Oekraïne te verblijven. Moeder maakte zich daar niet meer zo druk om als voorheen. Ze wuifde met haar hand – vader zou alles regelen, ik moest me het hoofd niet breken over zulke dingen.

Niemand anders van onze familie leek van plan te zijn dat achterlijke dorp te verlaten.

Op een avond werd ik wakker van een vreemde stem in de keuken, en het klonk alsof het gesprek over iemands vingers ging, die tussen een autodeur waren geplet. Ik kon vaders voetstappen onderscheiden, herkende zijn manier om de opscheplepel voor het water tegen de emaillen flank van de emmer te stoten. Moeder maakte nooit lawaai wanneer ik sliep.

'De moeder van die jongen is hier geweest,' zei baboesjka. 'Ze vertelde wat er was gebeurd.'

'Nou, waarom heeft hij z'n aandelen niet verkocht?' vroeg vader, en Maksim Sokolov viel hem bij: 'Die idioot wilde meer dollars.'

Ik dacht terug aan vaders woorden. Ik was in zoverre op de hoogte van privatisering en het afbreken van het Sovjetsysteem dat ik wist dat de arbeiders in de fabrieken overeenkomstig hun dienstjaren een hoeveelheid aandelen kregen, en dat vader en zijn vrienden die namens iemand opkochten, misschien namens die man uit Donetsk.

'Hij verkoopt ze heus wel. Iedereen verkoopt ze. Ik neem aan dat baboesjka Galina de moeder heeft verteld dat haar zoon anders wordt ontslagen? En waar denkt die sukkel dat-ie dan nog werk gaat vinden?' zei Maksim.

Er kringelde tabaksrook door een kier in de deur. Maksims stem klonk respectvol, al was er ook nog iets anders in te horen, iets wat brandde als de geur van een nat geworden zakje chloorpoeder.

'Het zou in alle opzichten prettiger zijn als baboesjka Galina de situatie aan haar vriendin zou uitleggen. Domheid loont niet.'

Vader begeleidde Maksims woorden met korte, nadrukkelijke tussenwerpsels: precies, inderdaad, absoluut.

'Waarom moet ik de rotzooi van een stel jonge kerels opruimen,' zei oma boos.

Moeder zweeg. Ze verroerde zich zelfs niet, was zo stil dat het leek alsof baboesjka, haar zoon en Maksim het gesprek met zijn drieën voerden. Ik kon het geluid van een verschoven bloempot horen; baboesjka was opgestaan om schaaltjes, glazen en kranten die voor de jonge plantjes waren bedoeld te ordenen, en ze klopte van tijd tot tijd met haar stok, alsof ze de pootaarde die eraan kleefde wilde afschudden.

'Er moet een eind komen aan dit gedoe,' zei ze. 'Ik wil jullie bezigheden niet meer binnen mijn vier muren zien.'

De deur sloeg dicht, de vrienden waren weer vertrokken, en ook moeder kwam blijkbaar weer tot bewustzijn; haar voetstappen gingen naar het fornuis en de servieskast. Ik strekte mijn hals om de wekker te zien. Het was nog niet eens middernacht. Vader lichtte zijn komen en gaan nooit toe. Hij had de hele tijd haast, en we zagen hem zelden. Voor zover hij wel thuis was lag hij in bed het inmaakvocht van een potje augurken op te slurpen tegen zijn kater, en nadat hij was opgeknapt vertrok hij weer. We sliepen nog steeds bij baboesjka Galina thuis, ook al waren onze spullen al overgebracht naar het huis dat ons nieuwe thuis moest worden.

'Privatisering betekent mogelijkheden,' zei moeder voorzichtig.

'Het betekent niets anders dan dat de familie van de president fabrieken kan opkopen voor een spotprijsje,' verzuchtte baboesjka. 'Voor alle anderen betekent privatisering dreigementen of afgehakte vingers. Of nog erger.'

Ik wist niet zeker of ik 'sst' hoorde; iets als gesis in ieder geval.

'Maar baboesjka zal ondanks dat die aandelen wel aankaarten bij haar vrienden?'

Moeder herhaalde de woorden die vader haar geleerd had alsof ze een vreemde taal sprak die ze eigenlijk niet beheerste maar die ze moest oefenen. Haar woorden hadden niet zijn zelfvertrouwen, zijn geloof en zijn energie. Ik geloof niet dat moeder ook maar iets begreep van wat hij zei. Ditmaal miste haar stem alleen maar die ietwat minachtende toon die ze altijd aansloeg wanneer ze wees op westerse woorden die langzaam maar zeker de spreektaal binnenslopen, en ik was verbaasd over het feit dat dat ze vader napraatte, Maksim Sokolov napraatte.

Ik was inmiddels het een en ander te weten gekomen over Maksim Sokolov. Hij leek net zo vindingrijk te zijn als vader en had zich niet laten ontmoedigen door het feit dat zijn talent als bokser niet toereikend was voor internationale ringen. Hij was bokstrainer geworden maar had na de ineenstorting van de Sovjet-Unie geen inkomen meer gehad, evenals vele anderen. Daarentegen had hij een stal vol jongemannen zonder geld, werk of toekomst. Maksim Sokolov was niet van plan die in zijn sportzaal achter te laten, kauwend op zonnebloempitten. Hij zou ze aan het werk zetten en greep de mogelijkheden aan die mannen als zij kregen: in de mijnen en de beveiliging was altijd werk te vinden. Hij koos voor beide branches en vroeg mijn vader aan zijn activiteiten mee te werken. Als een zakenpartner die niet alleen in zijn plannen meeging maar die ook zijn gebaren kopieerde. Op de weinige momenten dat vader thuis was, zat hij op een of andere manier meer breeduit, trok hij zijn stoel verder weg van de tafel, tot hij bijna midden in de kamer stond. In eerste instantie begreep ik niet waar vader dat vandaan had. Maar toen ik hem een keer naast Maksim Sokolov zag lopen, besefte ik waar zijn nieuwe wandelstijl vandaan kwam. Opgepikt op dezelfde plek als het breeduit zitten.

De keer daarop dat vader thuis langswipte om een schoon overhemd aan te trekken, glipte ik achter hem aan de slaapkamer in om hem een glas kersenmors te geven.

'Heb ik zelf gemaakt,' zei ik, hopend dat hij lang genoeg bleef stilstaan om het glas leeg te drinken.

Hij draaide zich niet om maar bleef in de kast woelen, waarbij hij kleren van hun hangers liet vallen en moeders keurige stapeltjes door elkaar gooide. Ik zette de kan met sap op een tafeltje, raapte een jurk op van de vloer en zei, met een stem zo zacht als griesmeelpap, dat ik iets voor hem zou zoeken om aan te trekken. Hij deed een stap opzij en pakte nu het glas van me aan, bedankte me zelfs. Het viel me op dat het Slava-horloge om zijn pols was verdwenen. In plaats daarvan droeg hij een plastic horlogeband met een digitale wijzerplaat.

'Het duurt niet lang,' zei ik terwijl ik in de rij met kleren wroette; ik had vaders overhemd meteen gevonden maar ging toch door met zoeken. 'Het zou mij ook wel leuk lijken een keer een ritje te maken.'

Ik durfde hem niet aan te kijken om te zien welk effect mijn woorden op hem hadden.

'Zo zo, jongedame.'

Ik hoorde hoe hij meer mors inschonk, en hij leek iets gekalmeerd te zijn.

'Heeft je moeder gezegd dat je dat moest vragen?'

Ik reikte hem het overhemd aan en schudde mijn hoofd. Moeder was met baboesjka naar de winkel en mocht niets te weten komen over dit gesprek, laat staan over mijn voorstel. Vader keek me taxerend aan.

'Binnenkort gaan we een ritje maken met een echte westerse auto. Wat vindt mijn zonnestraaltje daarvan?'

Ik probeerde enthousiast te lijken. Op straat wachtte een Wolga op vader, met een chauffeur die het portier voor hem zou openen. De voorgaande week nog was een sinaasappelkleurige Zjigoeli de dienstwagen geweest; de achterbank daarvan was afgedekt met een vloerkleed. In de voetruimte had ik een schuimrubberen speelgoeddier met grote oren gevonden: Tsjeboerasjka, het vriendje van krokodil Gena. Dat was vaders eerste auto geweest.

'Voor een westerse auto zijn van die aandelen nodig,' zei ik.

'Daar heeft mijn zonnestraaltje helemaal gelijk in.'

'Geloof jij dat baboesjka haar vriendinnen zal overhalen die te verkopen?'

'Jij gelooft dat duidelijk niet.'

'Ik kan dat regelen. In ruil voor een dollar.'

Vader moest lachen. Hij zei niets over het feit dat ik hun gesprekken had afgeluisterd.

'Zo mag ik het horen,' knikte hij. 'Maar deze zaken zijn niet geschikt voor kleine meisjes. We zullen iets anders voor jou verzinnen. Iets wat helemaal van jezelf is.'

Terwijl hij naar buiten liep noemde hij me nog een keer zijn zonnestraaltje, en hij stopte een briefje van tien dollar in mijn hand, dat ik in mijn mouw verstopte, onder mijn horlogebandje.

Die avond liep ik de achtertuin in. De ingang van de kopanka was afgedekt met een stuk plaatstaal, en het was me verboden ook maar in de buurt te komen, in verband met het instortingsgevaar. Toch ging ik er soms stiekem naartoe, als ik moest huilen, of bang was, of het gevoel had dat mijn keel werd dichtgeknepen.

Het was mijn eigen geheime plekje. Nu zou het ook de plek worden voor het appeltje voor de dorst dat ik in een houten etui had verstopt; met behulp hiervan zou ik ervandoor kunnen gaan.

Ik inspecteerde het biljet, streek de rimpels glad. Het zag er hetzelfde uit als de dollars in vaders aktetas, of in de aktetas uit mijn droom. Ik snuffelde eraan. Het rook niet anders dan roebels, en ik zou er nog veel meer van nodig hebben voor mijn plan, maar het was een begin. Als vader dronken thuiskwam, zou ik er nog meer uit zijn jaszak pikken.

De groeve was oorspronkelijk door Maksim Sokolov en zijn mannen gegraven. Langzaam maar zeker begon ik te begrijpen met welke regels men hier speelde en hoe de steenkool werd gewassen. Alles wat er uit de holen werd gehaald werd samen met de kolen uit de staatsmijnen weggebracht voor verdere verwerking, en de staatssteun werd vervolgens uitbetaald naar rato van de te verwerken hoeveelheid kolen. Over de steungelden praatten vader en Maksim op dezelfde toon als over de aandelen, en ze waren evenzeer geïnteresseerd in vrachtwagens. Die reden in colonne naar bestemmingen waar ze officieel niet naartoe hoorden te rijden. Er was genoeg te doen voor iedereen die wilde. Ik wist destijds niet dat de zaken toen nog in de kinderschoenen stonden, dat er later nog langere rijen voor de steenkoolkaaien zouden staan, dat de kopanka's een bedreiging zouden gaan vormen voor de legale mijnen, dat ze de hoofdstraten in de stad zouden verpulveren, dat er lijken van het kerkhof in een ernaast gegraven gat zouden vallen. Dat kinderen er voor een dollar per dag in zouden werken. Of misschien deden ze dat al en wist ik er gewoon niets van. Ik kon niet vermoeden tot welke hoogte vader en zijn makkers zich uitstrekten, dat ze de hemel wilden aanraken, en door de hemel heen de zon. Zoals Gagarin.

Vader vergat mijn verzoekje niet, en heel af en toe nam hij mij mee op zijn ritjes. Op een keer zette hij de auto plotseling stil langs de kant van de weg, en hij merkte niet eens dat ik bijna met mijn hoofd tegen het dashboard knalde, zo enthousiast was hij over iets waar hij met zijn hand naar wees. Hoezeer hij ook wapperde, ik kon in de richting waarin hij wees niets anders ontdekken dan de sombere silhouetten van bergen steenkoolslakken. Vroeger waren we samen naar de dierentuin geweest, en een keer in Moskou naar het circus, maar nu gingen we alleen maar naar de mijnen. Ik zocht in mijn zak naar een zakdoek, vond er geen, en veegde steels mijn neus af aan de zijkant van mijn hand, waar zwart snot op achterbleef.

'Zie je die jongens?' vroeg vader. 'Enig idee wat die doen?'

Ik keek langs zijn vinger en zag eindelijk de groep jochies. Ik hoorde gelach en gegil. Ze hadden lol. Vader rolde het raampje naar beneden en wachtte tot de snotapen naar de weg toe kwamen.

'Wat hebben jullie gevonden?' riep hij.

De groep bleef staan en keek ons onderzoekend aan. De kleinste van het stel hield iets omhoog wat eruitzag als een brokje steen.

'Mag ik eens testen?' vroeg vader terwijl hij uitstapte. De jochies kwamen om hem heen staan om hun stenen te laten zien, en vader gaf hun iets wat veel opgewonden gewoel veroorzaakte, dollars, kauwgom of westerse sigaretten misschien. Ik keek naar zijn rug, zijn handen hielden de brokjes steen bewonderend omhoog tegen de lucht.

De drie stenen die op mijn schoot belandden lieten me opschrikken.

'Fossielen,' zei vader terwijl hij het portier dichtsloeg.

Ik kneep in de randen van de zitting en staarde naar buiten. Achter de weglopende groep jongens was een kromgebogen omaatje te zien; ze verzamelde de stukjes steenkool die ze wilde hebben in haar tas, af en toe op haar stok leunend.

'Kijk nou. Een schelp. En daar een slakkenhuis,' zei vader terwijl hij de smerige brokken één voor één van mijn rok pakte.

'Wij speelden destijds ook op die bergen daar, er lagen ik weet niet hoeveel van die dingen.'

'Wie zijn wij? Jij en Maksim?'

'Maksim en anderen. Vervolgens verfden we ze. Wat zeg je ervan, zullen wij daar ook eens gaan kijken om te zien of we er een paar vinden?'

Ik was geen kind meer, maar dat zei ik niet hardop. Ik liet vader maar opgetogen doen; hij liet de fossielen weer op mijn witte rok vallen en ik dacht aan de dollars die hij mogelijk aan die knapen had gegeven, niet aan mij.

Toen we de bestemming naderden merkte ik dat vader het stuur harder omklemde en niet afremde voor de gaten in de weg. Hij leek de hobbels niet eens op te merken terwijl ze de versteende organismen tegen mijn dijen lieten stuiteren. Het liefst had ik zijn waardevolle schatten in de voetruimte gegooid. Maar dat durfde ik niet. De slakken waren gigantisch.

De auto kwam tot stilstand en vader keek me verwachtingsvol aan. Ik wist niet waarnaar ik moest zoeken – ik zag alleen maar hetzelfde mijnlandschap als altijd. Maar toch moest er iets bijzonders mee zijn, want vader wilde dat ik uitgerekend deze mijn een naam gaf. Nieuwe winkels, kiosken en uiteenlopende hutjes die her en der als paddenstoelen uit de grond kwamen kregen altijd vrouwelijke voornamen, en dus stelde ik er een paar voor, maar vader schudde alleen het hoofd. Er was iets verheveners nodig.

Hij draaide een lucifersdoosje rond tussen zijn vingers.

'Helden van de kosmos. Een goeie naam, nietwaar?'

'Klinkt naar de Sovjet-Unie.'

Vader vond dat een mijn geen Pamela of Sue Ellen kon heten. Dit was tenslotte het Donetsbekken, hier waren de hoogste lonen betaald, Aleksej Stachanov had hier zo'n beetje om de hoek gewoond, tot aan zijn dood. Vaders stem was op een of andere manier tractorachtig geworden.

'Op een dag zal dit allemaal van ons zijn. En dat gaat niet lang meer duren.'

'Van jou en Maksim, bedoel je?'

Hij liet een kort lachje horen, porde me in mijn zij.

'Maks koopt zijn eigen mijn. Deze is voor ons, voor jou en mij. Wat vindt mijn schatteboutje daarvan?'

De dag zakte weg achter de bergen en vader draaide zijn hoofd om zich in het licht van de verdwijnende stralen te koesteren, alsof hij aan het zonnebaden was. Ik kende hem niet meer. Ik herinnerde me iets wat moeder ooit gezegd had: wanneer mensen van oude plaatsen houden, houden ze van wie ze vroeger waren. Was vader bezig dromen te verwezenlijken waarvan moeder en ik niets afwisten? Had hij als kind bewondering gehad voor mijnwerkers? Waarom was hij dan niet hier gebleven? Of was het nu pas mogelijk zijn oeroude droom te verwerkelijken? Ik wist zeker dat de jongetjes die op de berg hadden gespeeld een naam zouden hebben verzonnen voor de mijn die vaders goedkeuring kon wegdragen. Ze zouden zijn verdiensten bewonderen, hoe hij eerst een man was geworden met een eigen auto, en vervolgens een man met een chauffeur.

Maar ik wilde niet veranderen in het meisje dat haar fiets aan het huis van baboesjka voorbij duwde, weer of geen weer. Ze was van mijn leeftijd en vervoerde een zak kolen op de bagagedrager, blijkbaar om haar huis te verwarmen. Als vaders plannen werkelijkheid werden, zou mij zoiets natuurlijk niet overkomen. Maar zo zag ik het niet; misschien omdat ik me geen voorstelling kon maken van het leven van de dochter van een mijnbaron, of van de bedragen waarover zo'n meisje zou kunnen beschikken. Zulke meisjes kende ik niet. Ik begreep niet wat zo'n leven inhield. Maar ik kon me heel gemakkelijk voorstellen hoe ik een fiets voor me uit duwde. Ik voelde de handvatten al in mijn handen, en het gewicht van de kolen, en die waren zwaarder dan de zinken emmers waarmee ik water naar baboesjka droeg.

De laatste bloemenverkopers waren bezig hun kraampjes te sluiten toen vader het terrein bij het kerkhof opreed en recht voor de poort parkeerde. De laatste bezoekers pakten hun proviand op, propten de kranten die ze als tafelkleed hadden gebruikt in de vuilnisbakken en maakten zich op voor het vertrek. Ik opende het portier, stapte op een aster van plastic die op de grond was gevallen en probeerde mezelf op te monteren. Ik was die ochtend al bij de graven geweest, samen met moeder en baboesjka Galina, maar vader wilde de Herdenkingsdag samen met mij vieren. Hij had mij speciaal daarvoor van huis opgehaald. Dat was toch iets.

Nadat we een tijdje tussen de grafstenen door hadden gewandeld besefte ik dat we de verkeerde kant op gingen. Vader wist niet meer waar opa was begraven. Ik zei niets, maar begon ons heimelijk naar het juiste pad te voeren. Nu de drukte van die ochtend was verdwenen viel het me op dat de bloemenzee de zomer naar de overledenen had gebracht, waardoor dit nu de mooiste plek in de stad was. Als Snizjne er altijd zo zou uitzien, kon je hier misschien leven. Ik verwierp die gedachte. Sentimenteel gedoe zou me zwak maken en de uitvoering van mijn plan vertragen. Ik had vastberadenheid nodig, geen dingen die me lieten wortelen hier, geen verliefdheden, geen huisdieren, geen bioscopen waarvan ik hoopte dat iemand me er mee naartoe zou nemen, geen plekken waar ik samen met iemand naartoe zou willen, en al helemaal niet de Oekraïense nationaliteit die vader voor ons wilde aanvragen. Vader pikte in het voorbijgaan een gebakje van een van de graven en beet er een stuk uit, bood mij ook iets aan. Ik weigerde.

'Kom nou, dit hoort erbij. Waar denk jij dat het eten dat hier wordt achtergelaten naartoe gaat?'

'Ik heb geen honger.'

'Als ik het me goed herinner kwamen we hier ook vaak op de Dag van de Overwinning, ik en een paar vrienden. We vonden altijd iets te eten, en waarschijnlijk heb ik hier ook mijn eerste sigaret gerookt.'

Ik wist wie die vrienden waren.

'En we dronken ook sterkedrank.'

Hij griste een fles van iemands graf, nam er een slok uit en gaf hem toen aan mij, totdat hij zich realiseerde aan wie hij de wodka aanbood en zijn hand terugtrok, kuchend. Ik deed of ik niets had gemerkt en concentreerde me op het zoeken naar het graf, dat ik uiteindelijk vond. In Tallinn hadden we de Herdenkingsdag nooit gevierd, en mijn opa kende ik voornamelijk van foto's, die zwaar aanvoelden vanwege de rij medailles die zijn borstkas bedekte. De foto op het graf was al net zo. Baboesjka en ik hadden 's ochtends de steen gewassen, en ze had gevraagd of er vandaag de dag ook in Tallinn eretekenen op de markt werden verkocht, als souvenir voor toeristen. Naar het scheen gebeurde dat in Moskou, er werden massaal medailles aangeboden. Voordat moeder kon antwoorden loog ik dat ik zoiets nog niet had gezien. Moeders mondhoek trok op. Ik kon me niet herinneren wanneer ze voor het laatst had geglimlacht.

Vader keek naar opa's graf. De paaseitjes die ik 's ochtends in een cirkel had neergelegd waren er nog.

'Ik heb die cosmea's meegebracht.'

Ik wierp een blik op de aanpalende graven. Bij een ervan lag een enorme krans voor de grafsteen. Zoiets hadden wij niet.

'Heel goed,' mompelde vader terwijl hij de Prima-sigaretten

bij opa op de steen zette. 'Deze rookte hij altijd. Baboesjka had er neem ik aan niet aan gedacht sigaretten mee te brengen?'

Ik baalde. Ik had opa niet goed genoeg gekend om de tradities van het herdenkingsfeest zodanig eer aan te doen dat vader reden had om me te prijzen. Het had geen zin om op dollars te hopen vandaag. Ik verplaatste mijn gewicht naar mijn andere been en probeerde iets te bedenken om over te praten, iets waarmee ik punten zou scoren bij vader. Ik kwam op het idee te vragen of opa daadwerkelijk mijnwerker had willen worden, en tot mijn verbazing klaarde vaders gezicht op. Ik dacht dat ik iets raars had gezegd. Maar het was enthousiasme. Het loon en de secundaire arbeidsvoorwaarden waren schijnbaar goed. En daar hield vader niet op. Hij vertelde langer over opa dan ik had verwacht, langer dan hij in tijden tegen mij had gepraat. Het enige wat opa had dwarsgezeten was het feit dat je in de mijnen nooit wist hoe het weer boven de grond was. Anderen wenden daaraan, hij niet. Tijdens het werk was het heet, en toch kon je, wanneer je uit de mijnschacht kwam, worden opgewacht door de winter. Ik keek naar een zwerfhond die een eindje verderop dribbelde; hij bleef staan toen hij iets lekkers rook en stak zijn snuit in een chrysantenbol. Eigenlijk wilde ik geen verhalen over opa meer horen. Ik bracht mijn dagen niet honderden meters onder de grond door, en toch voelde ik me op een of andere manier net zo: mijn vroegere leven lag ver achter me, de mensen en tv-series die er deel van uitmaakten waren onbereikbaar, de zomernachten aan de Oostzee braken zonder mij aan. Ineens werd ik me bewust van iets wat vader had gezegd. Hij had het woord 'uiteindelijk' gebruikt toen ik had gevraagd of opa mijnwerker wilde worden. 'Uiteindelijk', niet 'in eerste instantie'.

'Hij wilde dus niet van het begin af aan per se in de mijnen werken?'

'Nou, nee. Heb ik verteld hoe je opa in Snizjne is beland? Hij was geboren in Tver.'

'Waar?'

'Tver werd later omgedoopt in Kalinin. Tegen die tijd had opa zijn geboortestreek echter al verlaten. Tijdens de Grote Vaderlandse Oorlog marcheerde hij in de gelederen van het Rode Leger helemaal naar Berlijn, waar hij maar liefst een jaar bleef. Toen kwam het bevel; de soldaten werden naar het Donetsbekken gecommandeerd om de mijnen te repareren die tijdens de oorlog vernield waren. Mijn vader wilde daar niet naartoe, hij was liever naar huis teruggekeerd. Maar wie weigerde, belandde in een kamp.'

Ik herinnerde me hoe baboesja Vilina minachtend had gesnoven bij het idee dat ze samen met ons naar Snizjne zou verhuizen. Wat haar betreft was het Donetsbekken veel te Russisch, het soort regio waar alleen degenen die alle hoop hadden verloren naartoe waren gegaan – mensen die hun land en hun dorp waren kwijtgeraakt, hun wortels en hun familie, hun taal, geloof en zichzelf. Mensen vertrokken naar het Donetsbekken omdat iedereen daar goed genoeg werd bevonden om in de mijnen te werken, en als iemand van de aardbodem wilde verdwijnen, of aan de beulen van de tsaar of de rode machthebbers wilde ontkomen, vluchtte men altijd daarnaartoe. Vroeger had de smeltkroes aldaar lijfeigenen opgeslokt die aan hun bezitters waren ontsnapt, daarna pachtboeren die bij de opkomst van de kolchozen waren verhongerd. Later was men schijnbaar gedwongen geweest daarheen te verhuizen. Precies net zoals ik. Ik had iets gemeen met mijn grootvader. Ook hij had niet hierheen gewild. Toch was hij in de grond van het Donetsbekken geëindigd. Mij zou dat niet gebeuren. Ik zou om het even wat doen om dat te voorkomen. Vijfentwintig dollar had ik inmiddels gespaard. Ik had nog meer nodig. Ik besloot dat ik het jaar daarop elders zou zijn op de Herdenkingsdag.

'Luister, het leven kan soms zwaar zijn. Maar door hard te werken kun je altijd voorwaarts komen.'

Ik wilde al vragen of die wijze les van opa kwam of van Maksim Sokolov. Maar het leek me beter te zwijgen, en ik pakte de drankfles die in vaders hand bungelde. Hij spartelde niet tegen, al zei hij wel dat moeder hier niets van hoefde te weten.

'De mijn waar je opa werkte is nog van de staat, maar wie weet...'

Ineens stopte hij.

'Wat vind je ervan om die mijn "Berlijn" te noemen?'

Vader haalde mij nooit op van school. Daarom schrok ik verschrikkelijk toen ik hem aan het eind van de schooldag langs de kant van de weg zag staan. De zon gaf zijn witte sportschoenen glans terwijl hij tegen een vreemde auto leunde. Ik dacht dat moeder iets was overkomen en vertraagde mijn gang. Toen zag ik zijn glimlach, en de hand die een lucifersdoosje in de lucht wierp. Maar hij vertelde niet waarom hij was gekomen, gaf me alleen een stevige omhelzing. Ook dat was vreemd en had iets te betekenen. Misschien wilde hij met mij praten over iets wat niet voor de oren thuis bestemd was. Misschien ging het om een vrouw. Een nieuwe vrouw. Ik had al lange tijd een vrouwengeur onder de geur van oude drank opgemerkt, in zijn leren jas, in de kraag van zijn overhemd.

'We gaan een eindje rijden,' zei hij terwijl hij de motor startte. 'Dat heb ik immers beloofd.'

Ik stapte in en voelde de blikken van mijn klasgenoten op mijn rug. Vader verwachtte dat ik iets zou zeggen. Ik begreep niet waar hij het over had.

'We kunnen een andere kopen als deze je niet bevalt. Een rode desnoods. Welke kleur je maar wilt.'

Ik had niet beseft dat de auto van vader was. Ik had gedacht dat hij iemands chauffeur was. Een westerse auto. De reden voor zijn verrassende komst was duidelijk. Hij wilde deze geluksdag met mij delen.

'Best een mooi ding.'

‘Kijk nou.’

Hij liet me de functies van het dashboard zien. Ik was bang dat hij mijn gebrek aan enthousiasme zou opmerken en was van plan me te verdedigen door te zeggen dat techniek niets voor meisjes was. Maar hij merkte niets.

‘Waar staat-ie ’s nachts?’

Vader gaf gas. Ik kreeg geen antwoord. Oma had bij het zien van de Wolga al gezegd dat een fiets het maximum was wat ’s nachts op haar erf mocht staan. Ze wilde geen dieven naar haar voordeur lokken. Vader had geglimlacht. Verder was er niet over het onderwerp gesproken, en ik had aangenomen dat vader een plek in een autostalling had geregeld. Nu pas besefte ik dat die nieuwe vrouw misschien een huis had met een gloednieuwe garage erbij. Misschien bewonderde ze hem om zijn zakelijke activiteiten. Misschien wilden ze allebei hetzelfde soort leven, waarin ze naar voren keken en doelen hadden. Geen dromen, alleen maar doelen. De gedachte aan het huis van de nieuwe vrouw wond me op, in tegenstelling tot de auto. Stel dat vader de spullen die hij aanschafte liever bij haar opsloeg dan bij ons? Had hij ook zijn tas met dollars daarheen gebracht? Ik moest die nieuwe vrouw ontmoeten, wat moeder er ook van vond. Als het geld bestond en als er nog iets van over was, zou ik het vinden, en daarna konden vader en moeder wat mij betreft scheiden. Vader mocht zijn mijnen, zijn snelle babbels en bolides, zijn kaalkoppige meute aso’s houden; ik zou moeder meenemen naar Tallinn en een nieuw huis voor ons kopen, met muren die niet van steenkoolslakken waren gemaakt, zoals dat van baboesjka. Ik zou een huis van baksteen kopen. Een stevig huis, waaronder geen enkel gat zou worden gegraven.

In gedachten stelde ik me de nieuwe vrouw voor als die griet van wie ik in Tallinn de walkman had gekregen. Als zo’n meid die zich nooit in een bontgekleurd jasschort of overschoenen aan een man zou tonen. Ze zou alleen naar de antenneradio of naar muziek uit haar collectie cassettes en langspeelplaten luisteren, en ze had gegarandeerd een videorecorder. Vader bezorgde haar vast films die door een of andere dealer op videocassettes waren opgenomen, waar ze samen naar keken. Misschien had hij haar ook de fossielen gegeven die ik in de voetruimte van de Wolga had laten liggen. Het zou me niet verbazen als hij dat had gedaan. Geen van zijn geschenken zou bij de vrouw dezelfde gezichtsuitdrukking losmaken waar de cadeaus bij baboesjka Galina op konden rekenen. De westerse pantoffels die ik van hem had gekregen droeg ik niet meer. Het had als verraad jegens moeder gevoeld, en ik had ze in de kopanka in de achtertuin verborgen, in dezelfde doos waarin ik mijn walkman had verstopt.

Vader zette de auto stil langs de kant van de weg. Voor ons verrezen opnieuw bergen steenkoolslakken. Een zwerfhond met hangoren liep de helling op.

'Heb je vrienden gemaakt op school?'

Het was de eerste keer dat hij dat vroeg.

'Moeten we niet langzaamaan naar huis?' vroeg ik. 'Moeder zit te wachten.'

Ik wilde er al aan toevoegen dat oma beloofd had *watroesjka*'s te bakken, maar ik wist dat hij zich niet liet lokken, dus ik zweeg. Vader had zijn nieuwe wagen aan mij willen laten zien, niet aan de anderen. Ik was niet van plan dit bijzondere moment te verpesten. Moeder had vader in geen weken gezien en zou hem ook vandaag niet te zien krijgen, hoewel ze op hem wachtte zoals de gepensioneerden in Tallinn wachtten op de postbode die hun pensioen kwam brengen. Ook de boeven wisten wanneer de postiljon met het geld kwam, en daarom waren de omaatjes altijd nerveus als het betaaldag was. Dat was een vreemde associatie. Moeder was niet oud. Toch waren zij en baboesjka Galina in zekere zin op elkaar gaan lijken. Ze zouden zich alleen verheugen over dingen die geen deel meer uitmaakten van vaders leven. Hij zou nooit meer thuiskomen met dezelfde bruine sandalen aan zijn voeten waarin hij vroeger had rondgelopen, waarin de afgezakte sokken met dezelfde kleur zichtbaar waren. Hij zou zijn ochtenden niet meer beginnen door de klok op te winden, en zou bij het avondeten niet meer enthousiast vertellen hoe hij een lading adapters had verkocht. Hij zou geen Prima roken, maar Marlboro. En ik zou hem niet langer vrijwillig de bus, de trolleytram of de trein in kunnen krijgen. Voordat we naar Snizjne kwamen hadden vader en ik nog nooit met ons tweeën in de auto gezeten. Nu was dat blijkbaar de enige plek waar ik hem zag, en ik wist dat hij van zijn leven geen afstand zou doen van zijn bloedeigen wagen.

Vader streek een lucifer af en stak een sigaret op. Tot mijn verbazing bood hij ook mij er een aan, alsof ik volwassen was. Ik schudde mijn hoofd en plukte aan een kleverig puntzakje dat uit het opbergvakje in het portier stak. Alleen al de voorliefde voor zuurbessnoepjes deed me denken aan de vader die ik had verloren.

'Hé, zullen we ergens naartoe rijden? Waar wil je naartoe? Je mag kiezen.'

'Echt overal? Op vakantie?'

'Ja, op vakantie. Het is alweer veel te lang geleden.'

Ik probeerde mijn opwinding te verbergen. Vader had me niet alleen van school opgehaald om zijn nieuwe auto te laten zien.

'Kunnen we naar het buitenland? Naar het Westen? Naar een land dat heel gemakkelijk visa verstrekt?'

'Dat maakt niet uit. Je kunt later beslissen. Denk erover na.'

'Zijn we op de vlucht voor iets?'

Vader schrok op.

'Hoe kom je godverdomme op dat idee?'

'Een van de jongens uit mijn klas bleef weg van school, en iedereen zei dat de vader van die jongen geen afstand had gedaan van zijn aandelen. Sindsdien heeft niemand nog van het gezin gehoord.'

'Dat was dan zijn eigen schuld.'

'Ik zou ze hebben overgehaald om te verkopen.'

Vader pakte het lucifersdoosje en draaide dat rond tussen zijn vingers.

'Luister, ik moet mijn schatteboutje om een kleine gunst vragen.'

'Mag ik mama daarover vertellen? En over de vakantie? Gaan we met z'n allen?'

'Ja, uiteraard. Maar je kunt je moeder maar beter niet ongerust maken.'

Vader vertelde dat de dochter van een kennis van hem binnenkort jarig was. De man was directeur van een of andere fabriek of instelling, en er zouden heel wat nakomelingen van kopstukken op het feest komen. Niemand zou raden wie van de aanwezigen de lijst met aandelen had gejat, en aan een meisje als ik zou niemand aandacht besteden. Vader was ervan overtuigd dat de papieren bij de directeur thuis lagen, en als ik daar toch was, kon ik net zo goed meteen alle namenlijsten meenemen die ik kon vinden. Als de deur van de werkkamer op slot was, moest ik een teken geven, vader zou me dan op een of andere manier de sleutel bezorgen. En hij zou niet veel drinken, want hij zou een drukke dag voor de boeg hebben wanneer alle anderen een kater hadden. Wanneer ik de documenten had gevonden moest ik doen alsof ik misselijk was; vader zou mij dan naar huis brengen. Hoe vroeger hoe beter, maar niet voordat ik de lijsten had gevonden. Hij zou het zelf hebben gedaan als er geen mannen en honden waren die het huis bewaakten; inbreken ging dus niet. Maar voor mij zou het simpel zijn.

Terwijl vader mijn taak tot in de details toelichtte dacht ik aan andere zaken. Ik was al aan het plannen hoe ik tijdens de vakantiereis die vader had beloofd de benen zou nemen. Of misschien zou de broer van mijn moeder in Tallinn het goed vinden als ik daar achterbleef, of kon hij werk voor mij regelen in Finland. En zou een gezamenlijke vakantie alles ongedaan kunnen maken? Zou vader heel even vergeten waarom hij überhaupt naar Snizjne had gewild? Zou hij zich herinneren hoe fijn we het vroeger hadden gehad? Misschien hoefde ik 'm niet te smeren. Alles zou net zo kunnen worden als vroeger.

Ik nam de opdracht aan voor honderd dollar.

Onderweg naar huis noemde vader mij zijn zonnestraaltje.

We hadden al een week niets van vader vernomen toen er een vreemdeling voor de poort stond. De hond begon te blaffen en moeders handen verstijfden in het perk met asters, waarmee ze eindelijk aan de slag was gegaan. Ik was wiskundehuiswerk aan het doen in de tuin en hief mijn blik op om te zien of iemand de man, die baboesjka's volledige naam gebruikte terwijl hij haar riep, zou ontvangen. Oma kromp ineen maar stond niet op van haar krukje bij de deuropening.

De man zei dat hij van de militie was. Heel even staarden we elkaar aan. Er was slecht nieuws op komst.

Baboesjka pakte haar stok en dwong zichzelf moeizaam overeind te komen. Ze bleef even bij de poort staan en greep uiteindelijk de grendel vast. Moeder verroerde zich niet. De man bleef op passende afstand van de gedempt grommende hond staan en keek opzij, keek naar zijn schoenen en toen naar zijn nagels... Ik verwachtte dat hij vaders naam zou zeggen en was niet verbaasd toen hij dat deed.

'In de mijn van Zasjadko is een lijk gevonden,' zei hij. 'We vermoeden dat het om...'

Hij zweeg. Hij was jong, had nog acne op zijn voorhoofd, wat hij probeerde te verbergen door zijn pet te diep over zijn hoofd te trekken, en hij wist niet hoe hij moest verdergaan. Uit zijn gemompel maakte ik op dat baboesjka of moeder moest meekomen om de overledene te identificeren. Niemand van ons vroeg wat er was gebeurd en waarom vader bij de mijn van Zasjadko was geweest, waarom hij naar Donetsk was gegaan, wie hij had ontmoet. We vroegen zelfs niet waar de nieuwe auto was. Ik besefte meteen dat de begrafenis geld zou kosten. Ik zou de spullen die ik in de kopanka had verstopt moeten verkopen. Ik liet de pen die ik had omklemd los en zag dat ik er een gat mee had geprikt in mijn schoolboek.

Oma wankelde en zocht steun bij de muur van het huis. Ik keek naar haar zonverbrande, boekweitkleurige hand, een kleur die zelfs in de winter niet meer verbleekte, en had toen de tegenwoordigheid van geest op te staan en haar te ondersteunen. Haar ademhaling klonk als het geknars van een verroeste staalkabel, of misschien was dat geluid van mij afkomstig, misschien van ons allebei.

De man schraapte zijn keel en stond op het punt te vertrekken. Bij de poort leek hij zich iets te herinneren, en geïrriteerd stampte hij met zijn voet. De littekens die zijn puisten hadden achtergelaten gloeiden roodkleurig toen hij zich omdraaide.

'Er lagen daarginds stoffelijke resten van twee mensen. De man die de lijken vond herkende een ervan meteen als Maksim Sokolov; de overledene had zijn hoofd namelijk nog.'

'Hoe bedoelt u?'

Oma sloeg een kruisteken.

'Een van de doden heeft geen hoofd meer.'

Moeder sloeg een met aarde bedekte hand voor haar mond. De man zweeg, sloot zijn ogen en ging toen verder, alsof hij een tekst oplas die hij vanbuiten had geleerd: 'Het ontbrekende lichaamsdeel is niet aangetroffen.'

De dodenwake vulde de straatkant met onbekende auto's, ook westerse. Ik kende de stroom rouwenden die bij baboesjka arriveerde niet, maar dat was niet de oorzaak van de vreemde, onwerkelijke sfeer – de gesloten kist was de oorzaak. In de kerk keek ik toe terwijl de kist onder rozen, anjers, lelietjes-van-dalen, sierasperge en gipskruid werd bedekt; er leek geen eind te komen aan de boeketten en het gehuil, dat geen vat op mij kreeg, nog steeds niet. De kist hoorde open te zijn. Hoe kon ik anders weten of het überhaupt vader was daar onder die berg met bloemen? Hoe kon wie dan ook dat weten? Ik moest hem zien om zekerheid te verkrijgen. Dat was wat ik de hele begrafenis dacht, en terwijl de rouwstoet voortkroop wilde ik me een weg banen door de mensenmassa, de musici tot stilte manen, de dragers stoppen en eisen dat de kist werd geopend. Ik was nog steeds bezig moed te verzamelen voor dat alles toen de kist in de aarde werd neergelaten, en dat duurde een eeuwigheid, alsof er geen bodem in het gat zat, en het recitatief van de priester drukte op me als een wolk die zwaar was van regen, en ik zei tegen mezelf dat dit de laatste kans was om een eind te maken aan deze flauwekul. Maar ik kon geen woord uitbrengen. Ik was een acteur die haar tekst was vergeten, totaal ongeschikt voor het hele toneelstuk.

De sfeer bleef onveranderd tijdens de herdenkingsplechtigheid, hoewel de hoofdpersoon van de voorstelling, de houten kist, al onder de grond lag, en de drank gaf schwung aan de gebaren van de gasten, deed onoprechte woorden opleven. Ik luisterde terwijl er op vaders nagedachtenis werd gedronken, zonder te toosten, respectvol en steeds weer opnieuw, ik hoorde hoe er een vader werd herdacht die ik op basis van wat de in stinkende trainingspakken gehulde mannen zeiden niet herkende. Ik wachtte erop dat vader eindelijk een of ander teken zou geven, dat ik het schuddende luciferdoosje hoorde opklinken dat me uitnodigde naar de schaduw van de struiken te komen, en daar zou ik vader zien, die een vinger op zijn lippen zou leggen, en ik zou naar hem toe glippen en hij zou een van zijn geweldige plannen aan mij onthullen, zijn zonnestraaltje opdragen het spelletje mee te spelen, voor een dollar of tien dollar, en dan zou eindelijk duidelijk worden hoe het zat.

Dat gebeurde niet. Het werd totaal niet duidelijk hoe het zat.

De lucht puilde uit onder het gewicht van spierballen, sigarettenrook en zware parfums, en niemand had het over de reden dat de kist was gesloten. De leren jassen knarsten als zuurkool die te vers is. Iemand snuffelde aan een fles cognac, jubelde om de authentieke inhoud en vulde zijn glas tot aan de rand. Ook de gezichtsuitdrukking van de drinker was authentiek. Maar al het andere was dat niet: de bloemen op het graf noch vaders ingelijste foto, die moeder had meegedragen en die hem toonde zoals moeder zich hem wilde herinneren.

Baboesjka Galina vertrok naar haar zus in Minsk en wij verhuisden naar vaders zus op het platteland. Tante was verheugd dat ze gezelschap kreeg, want vanwege de compotehandel sliep ze met één oog geopend. Voor mij was de verhuizing een opluchting. Ik geloofde niet dat vader iemand iets had verteld over mijn betrokkenheid bij de diefstal, maar toch; hoe kon ik dat zeker weten?

Vaders foto's werden in een laatje van tantes ladekast begraven, en we spraken onderling niet over de gebeurtenissen in Snizjne, nooit. Als iemand per ongeluk iets over vader vroeg, vouwde moeder haar mond dicht als een *pelmen*, en niemand durfde de weduwe dan nog verder te ondervragen. Toen ze overwoog haar meisjesnaam weer aan te nemen en ook mij voorstelde om die te gaan gebruiken, verzette ik me niet maar was ik juist verheugd, en aldus verdween vader uit onze gesprekken. We veegden hem weg uit ons leven, en ik dacht dat dit een nieuw begin zou zijn, voor moeder en mij.

Toen moeder regelmatig naar de kerk begon te gaan en haar geld verspilde aan het opsteken van kaarsen, keek ik niet vreemd op. Ik verwonderde me niet over het kruisje dat om haar hals was verschenen. Met Driekoningen dompelde ze zich onder in een kruisvormig wak waar priesters omheen fladderden als kraaien, en ik bekritiseerde haar bereidwilligheid om zich te louteren niet. Ik dacht dat het om iets tijdelijks ging. In een omgeving waarin niets aan het verleden herinnerde zou ze wel weer de oude worden. Het herstel had alleen tijd nodig.

Ik had het mis.

Ik had ook haar verloren.

# Het dorp, Oblast Mykolajiv

## 1996

Het bloed verdween uit moeders vingertoppen toen de hond buiten in woede ontstak en er tussen de vitrages door een kaalkop te zien was die roerloos naast de bloemperken stond. Ik vroeg me af of moeder ging flauwvallen. Haar oogwit was versmald, als de buikzijde van een vis. Het weduwschap had haar bang gemaakt op een manier die nieuw was voor me, en dat vond ik angstaanjagender dan de vreemde gast op het erf. Ik kende de vrouw die voor mij stond te trillen niet. Ik wilde mijn moeder terug.

'Nu zijn ze dan toch gekomen,' fluisterde ze. 'Ik wist het.'

'Misschien is het een kippendief?' opperde ik terwijl ik me tot tante wendde.

'Een kippendief, dat is het,' viel tante me bij. 'Die doen de ronde.'

De hond dwong de kaalkop te blijven staan waar hij stond. Ik keek naar moeder, naar de vingers die de ceintuur van haar jasschort omklemden. Ze deden denken aan de bomen waarvan de stam met kalkverf werd beschilderd met Pasen, en de gebruinde huid van haar handen was als boomschors. Ik dacht: zo mag het mij nooit vergaan. Ik zou niet zo worden als zij.

'Misschien is het voor die lui voldoende als ik meega,' fluisterde ze. 'Misschien laten ze jullie daarna met rust.'

'Moeder, het is vast en zeker gewoon een kippendief,' sprak ik haar tegen. 'Het gaat toch zeker maar om één man.'

Ik redeneerde dat als de moordenaars van vader en Maksim

Sokolov waren gearriveerd om hun wraak te voltooien, er meer mannen zouden zijn.

We keken de situatie even aan. De snotneus in z'n trainingspak leek rechtstreeks afkomstig uit zo'n bende aso's die in de dorpen rondhingen, zonnebloempitten krakend tussen hun tanden terwijl ze lege Semki-zakjes om zich heen zaaiden. Of misschien zou deze would-bebandiet beter in de kliek hebben gepast die om vader heen had gezoemd. Die kwajongens hadden zich onderling op dezelfde manier voortbewogen, in hetzelfde ontspannen ritme, onverschillig over hun eenvormigheid. Of nee, deze man was al verder dan dat groepje. Om een dermate harde blik te krijgen was ervaring vereist met dingen waarvan ik op die leeftijd nog niets had moeten afweten. Maar toch, hij was alleen.

Tante trok de knoop van haar sjaaltje strak onder haar kin, pakte een van de mannenjassen van de kapstok, gooide die over de rugleuning van een stoel en zette nog een paar borden extra op tafel, alsof er meer eters waren dan wij. Nadat ze een kruisteken had geslagen voor haar ogen haalde ze diep adem, en ze opende de deur. Ondanks moeders bezwaren glipte ik achter haar aan, omdat ik vond dat ik moedig moest zijn, moediger dan mijn moeder, of dat ik in ieder geval moest doen alsof.

'Uw hond is erg bijtgraag,' zei de kaalkop, en hij knikte in de richting van de papavers die in de tuin verborgen waren. 'Maar is dat voldoende?'

Toen begrepen we waar het om ging. Tante zuchtte van opluchting. De kaalkop had niets met Snizjne te maken. Ik ontspande me genoeg om vanuit de poort een blik te werpen op het voertuig waarmee de gast was gearriveerd. Een taxi. Ik herinnerde me dat tante had gezegd dat taxichauffeurs voor de distributie van de compote zorgden. Het joch zag waar ik naar keek en grijnsde. In de kofferbak lagen schijnbaar elektronische apparaten die als betaling waren aanvaard. We zouden kunnen gaan kijken of er iets interessants bij zat. Tante riep mij weer bij zich, en ik gehoorzaamde schoorvoetend.

'U bent dus die nieuwe man.'

De kaalkop knikte en stelde zich voor als Ivan. Zijn voorganger had schijnbaar al met een welverdiend pensioen willen gaan. Tante drukte een hand tegen haar borst.

'Ik heb in geen tijden van hem gehoord.'

'Misschien geniet hij van het nietsdoen, vissen, sjasliek roosteren.'

Ik besefte dat we deze aso niet konden wegjagen met een bijl of geblaf. Als hij als nieuwe tussenpersoon was aangewezen, hadden wij daar niets over te zeggen. Tante commandeerde de hond dat die moest zwijgen, en vroeg de gast binnen te komen en aan tafel te gaan zitten. Moeder was in de slaapkamer verdwenen; de deur stond op een kier en ik durfde te wedden dat ze daarachter stond en in haar handen kneep, en in het icoon en in de bijl. De kaalkop prees tantes kookkunst terwijl hij aan de salo rook en er met toewijding plakjes van afsneed voor in de borsjtsj. Naar het scheen was dit nou net het soort eten waarnaar hij had verlangd, net zo'n glas mors, zo'n huiselijke sfeer en zulke vitrage. Wat hem betrof hadden we groot geluk, en dat zei hij op een manier die niet als een dreigement klonk. Zeker weten dat niemand hém pakjes had gebracht, dacht ik. Dat voelde je op een of andere manier.

'Boris heeft over jullie verteld.'

Ik begreep niet wat Boris hiermee te maken had. Toen tante een man nodig had gehad om te helpen bij het werk op het land, had de directeur van een nabijgelegen bejaardenhuis ermee ingestemd de enige jonge man in de instelling overdag aan ons uit te lenen, voor een passend bedrag. De in een psychoneurologische instelling opgegroeide Boris was naar het bejaardenhuis overgeplaatst toen hij achttien werd. Voordat de kaalkop hier opdook had er nooit iemand naar Boris gevraagd. Ik mocht Boris. Tante ook. En moeder.

‘Boba zou hier wel vaker mogen komen,’ ging Ivan verder, en er kwam warmte in zijn stem. ‘Zal ik eens aan de directeur van het bejaardenhuis vragen of mijn broer hier iedere dag mag komen helpen? Boba zou maar wat graag de aanplant in de gaten houden.’

Ik besefte meteen wat dat voorstel inhield. Ivan zou de directeur betalen en ik zou naar Parijs kunnen. In mijn zak brandde een advertentie voor een modellenwedstrijd die ik uit de krant had geknipt. De termijn was nog niet verstreken. Ik had me zelfs niet durven aanmelden voor de wedstrijd, omdat moeders toestand niet toeliet dat ik haar alleen liet met tante. Haar schichtige gedrag zou alleen maar op tante overgaan, die dan net als moeder met haar kleren aan zou gaan slapen, de handtas naast het bed, de hooivork eronder. Maar dit veranderde de situatie. Als ik vertrok, zou de liefde die Ivan overduidelijk voelde voor zijn broer, en de zorg voor diens welzijn, ook garanderen dat hij op moeder en tante zou passen.

Na mijn overwinning trof Ivan mij pruilend onder de appelbomen aan, en hij vroeg wat er aan de hand was. Ik vertelde hem dat moeder weigerde een papier te ondertekenen dat minderjarigen moesten voorleggen waaruit de toestemming van de voogd bleek. Wat Ivan betrof was dat geen probleem; ik hoefde alleen maar moeders handtekening te vervalsen en ervandoor te gaan. Ik zou me wel redden. Ivan had zich ook weten te redden. Ook hij was een wegloper, en hij beloofde mij met zijn taxi naar het treinstation te brengen.

‘Luister, ik weet niet wat er met je vader of met jullie is gebeurd in Donetsk. En dat wil ik ook niet weten. Maar jij hebt je hele leven voor je.’

Hij gaf me een por in mijn zij, zoals vader soms had gedaan. Ivan vond dat ik mogelijkheden had. Het had geen zin die te verpesten omdat moeder niet over de dood van vader heen kon komen.

Ivans woorden gaven de doorslag. Mijn gevoel zei me dat moeders angst ook mij zou besmetten als een ziekte, indien ik zou blijven.

Nu heb ik het gevoel dat dat wel degelijk is gebeurd, en dat die ziekte winterslaap hield en alleen maar het juiste moment afwachtte.

Soms zijn het afzonderlijke flitsen die mij terugvoeren naar Snizjne. Als ik buikpijn heb en er gebakjes met botercrème zijn. Als ik een kamer vol boeken uit de Sovjettijd binnenstap die in geen tijden is gelucht. Als ik een asbak met een berg zonnebloempitschillen erin zie. Het kan overal gebeuren, als ik ergens op bezoek ben, in een lunchcafé of tijdens een vergadering. Als het gebeurt ben ik in no time terug in de werkkamer waar een hardnekkige geur van sigarettenrook, Sovjetpapier en Sovjetlijm hing en waar ik moest zoeken naar een lijst met aandelen, en mijn maag draait zich weer net zo om als toen die keer, en mijn tong bevoelt mijn verhemelte en vindt opnieuw het laagje vet dat achterbleef na het eten van de verjaardagstaart. Ik had daar flink van gegeten om mijn taak te vergemakkelijken, en had ook stiekem een paar glazen met restjes champagne geleegd. Niemand had gemerkt dat ik tijdens het feest de kamer van de gastheer was binnengeglipt; de deur was niet eens op slot geweest. De vloer knarste onder mijn voeten. Er waren veel boekenplanken. Ik keek om me heen, hield mijn adem in. De stoel was weggeschoven bij het bureau, alsof de man die daar had gezeten nog maar net was opgestaan. Hij had een kristallen asbak achtergelaten die overliep van zonnebloempitschillen, met daarnaast een leeg borrelglas. Ik wist dat de directeur zich in het feestgewoel bevond, waarvan de geluiden door de vloer heen kwamen, en toch had ik het gevoel dat hij alleen maar even weg was om zijn glaasje bij te vullen. Wanneer hij het geknars van de vloer hoorde zou hij zich herinneren dat hij van plan was geweest weer naar boven te gaan; hij zou zich realiseren dat er iets mis was en de kamer in stormen. Maar er kwam niemand binnen. Niemand betrapte mij toen ik de aktetas met documenten naast het bureau aantrof.

Toen de weg vrij leek te zijn glipte ik de badkamer in met de stapel papieren onder mijn jurk, en ik stak mijn vinger in mijn keel. De botercrème steeg op in mijn neus. De moeder van de jarige hoorde hoe ik kokhalsde en rende weg om mijn vader te zoeken.

Ik weet niet meer om welke aandelenlijst het ging, van welke instelling. Misschien had ik de papieren niet eens zo goed bekeken. Waren ze van de speelgoedfabriek in Donetsk? Of ging het om metalen buizen? Machines voor olieraffinage? Om metaal te snijden, de ruimtevaart- of wapenindustrie? Machines voor de mijnbouw? Of had vader ervan gedroomd een cokesoven te bezitten? Wat was zo belangrijk voor mijn vader dat hij een dergelijk risico wilde nemen?

Ik heb nooit aan mijn moeder opgebiecht wat ik heb gedaan. En aan Daria evenmin. Snizjne was niet gewoon een schoonheidsfoutje op mijn cv, en mijn betrokkenheid bij de diefstal van die aandelenlijst maakte het ook lastiger om jou te vertellen... over alles.

Toen Daria bij ons op kantoor verscheen had ik het gevoel dat het lot mij de mogelijkheid bood om haar en haar familie uit het moeras te tillen waarin ze na de dood van Maksim Sokolov waren weggezonken. En dat was niet alles. Ik zou nog veel meer kunnen, ik zou Daria een schitterende toekomst bezorgen. We moesten alleen maar Snizjne uit onze gesprekken, gedachten en herinneringen wissen, compleet van onze kaart vegen, en op dat moment waren mijn bedoelingen volkomen oprecht.

Daria mocht nooit te weten komen aan wat voor mensen ze kinderen schonk.

# IV

# DE DOCHTER VAN HAAR VADER

# Helsinki

## 2016

Moeder nam de urn van mijn zoon mee naar Oekraïne op de dag waarop ik verwachtte dat de politie of mijn superieur contact zou opnemen. Desondanks deed ik mijn werk alsof het een normale woensdag betrof, en geroutineerd ging ik van het ene adres naar het andere. Het geld voor moeders vliegticket had ik de ochtend daarvoor gepikt van een gepensioneerde die haar contanten thuis bewaarde. Ik wist zeker dat ze haar buitenlandse schoonmaakster de schuld zou geven als ze de diefstal zou bemerken. Maar als ik zou opzeggen zou ik nog veel schuldiger lijken, en dus moest ik doorgaan, mijn tobbe van de ene woning naar de andere slepen, dweilen uitwringen en kinderspeelgoed opruimen, hoewel de huiselijke chaos me aan dingen deed herinneren die ik me liever niet had herinnerd. Ik vroeg me af waarom ik geen opgelucht gevoel had. Op deze manier zou moeder de aanblik van mijn lijk bespaard blijven, en ze zou geen ooggetuige worden die uit de weg moest worden geruimd. Olezjko en zij zouden in veiligheid zijn. Dat is waar ik naar gestreefd had, en daarin was ik geslaagd. Maar waarom had ik dan zo'n leeg gevoel, alsof ik in de lucht zweefde?

Op het laatste adres van die avond was ik zo moe dat ik een bekertje kefir uit de koelkast pakte dat door Valio als een gezond nieuw product werd gemarket. Een demonstratrice in de supermarkt had het ook aan mij proberen aan te bieden, en had beweerd dat kefir uit Amerika kwam. Terwijl ik naar het verkoopprаatje luisterde had ik gemijmerd of ik al zo oud was dat er inmiddels een generatie na mij was ontstaan die dergelijke flauwekul geloofde. De demonstratrice was jong. Ze kon niet weten dat kefir een van de weinige producten was waarvoor je in de Sovjet-Unie niet in de rij hoefde te staan. Natuurlijk had Valio gelijk; ikzelf zou het ook niet als een oude Sovjetklassieker in het Westen hebben gepromoot.

Ik schonk de kefir in een glas. Het smaakte naar voorbije zomers en de okrosjka die ik bij de oude buurvrouw had gegeten, wat ik nooit meer zou kunnen doen. Als ik genoodzaakt was Helsinki te verlaten, zou ik waarschijnlijk niet terugkeren naar deze stad aan zee. Alles voelde zo definitief, als ging het om het laatste glas kefir en de laatste zwier met de dweil, het einde van een tijdperk.

Ik stopte even met schoonmaken en ging naar de werkkamer. Er was niemand thuis, en dus ging ik achter het bureau zitten en stelde ik me voor dat het van mij was. Dat had ik al eens eerder gedaan; ik had mijn handen op het bureaublad geplaatst, de stopcontacten die er keurig in zaten weggezonken bekeken, en gefantaseerd hoe ik in de agenda zou bladeren, afspraken zou maken, hoe er op de deur werd geklopt en de secretaresse binnenkwam met verfrissingen, hoe Aleksei mijn tas naar de auto zou brengen, hoe de telefoon en de computer klingelden voor nieuwe berichten, en hoe ik aan het eind van de werkdag parfum op de kloppende binnenkanten van mijn polsen zou sprayen, wachtend op een avondmaaltijd samen met jou.

Aan ditzelfde bureau had ik ook gezeten toen ik had beseft dat een leven in Helsinki de opvoeding van Oleh niet ongecompliceerder zou maken, hoewel ik dat tijdens mijn vlucht nog wel had gedacht. Ik zou Oleh niet met dezelfde zorgeloosheid over het verleden kunnen vertellen als de vrouw die in dit huis woonde, zou geen herinneringen kunnen ophalen aan zijn overleden opa, die zonder hoofd in een mijn was teruggevonden, zou niet kunnen vertellen hoe ik in Helsinki was beland. En wat zou ik hem over jou hebben verteld? Hoe zou ik hebben uitgelegd dat hij zijn vader niet kon ontmoeten, of zou ik hebben beweerd dat je op een bouwplaats in Mykolajiv om het leven was gekomen door staalkabels die het hadden begeven? Hier in Helsinki was een ongeval gewoon een ongeval, en papavers waren bloemen in een bloemperk.

Het in wit ingerichte appartement klonk helder als een goed gestemd instrument. Ik stelde me voor dat het er bij het gezin in het hondenpark thuis ongeveer net zo uitzag: de familiefoto's die op een rijtje in de woonkamer stonden werden zo openlijk getoond dat de familiegeheimen zich beperkten tot het stoken van alcohol tijdens de drooglegging, of tot bastaardkinderen die waren verwekt bij de dienstmeid. Als ik hier was geboren, zou mijn zoon achter zijn eigen bureau zitten met zijn blik op de schoolboeken gericht, en er zou in mijn leven niets gebeuren wat mij naar het buitenland zou drijven om daar vloeren te boenen. Niemand zou mijn voormalige beminde achter me aan sturen om me te doden.

Toen moeder me aan het eind van de werkdag belde, moest ik wel opnemen. Ik had gezegd dat ze de urn moest weghalen voordat ik van gedachten veranderde, en nu wilde ze mijn stem horen, een bewijs dat ik in leven was en niet van een dak was gesprongen.

'Ik wilde alleen maar zeggen dat we net zijn aangekomen,' zei ze, en haar oplettende toon drong mijn oor binnen als een otoscoop. Ik wist dat ze ieder woord van mij zou beoordelen, de klemtonen zou onderzoeken en zou hopen dat die prijsgaven wat er zich werkelijk afspeelde in mijn hoofd. Ik mocht haar daar niet toelaten. Ik moest de zon en de lente in mijn woorden stoppen, hetzelfde klinken als lang geleden toen ik met nieuwe uitdagingen werd geconfronteerd. Ik wist niet meer hoe ik me toen had gevoeld.

'Olenka, ben je thuis?'

'Nog niet. Zo meteen.'

Ik loog, en klonk zelfs naar mijn eigen mening niet geloofwaardig. Ik was na het werk doelloos gaan rondwandelen, om de galmende stilte in mijn woning te ontwijken. Of het gehuil van Olezjko. Stel dat ik dat weer zou horen? Maar de urn was weg, dus dat zou niet gebeuren. Toch?

'Ik heb wat borsjtsj in de koelkast achtergelaten. Warm die op.'

'Dank je. Ik was van plan vanavond een film te kijken.'

Het gesprek begon te vlotten, ik was trots op het feit dat ik iets had verzonnen voor die avond, iets wat mijn leven in de verte normaal deed lijken. Ik hoorde dat moeder buiten liep. Van alle meimaanden ter wereld was die in Oekraïne het mooist. Olezjko zou dat mogen ervaren. Hij zou dat zien omdat hij niet meer hier was.

'Waar is Oleh?'

De vraag kwam per ongeluk over mijn lippen, en moeder slaakte een zucht. Ik focuste mijn blik op de poort vóór mij, liet mijn ogen toen over het hele gebouw gaan, etage voor etage. Geen opgerolde kabels. Geen vierkante airco's die uit de buitenmuren staken. Geen spijlen voor de ramen op de begane grond of rond de balkons. De jongen had hier tot een deugdelijk mens kunnen opgroeien.

'De urn staat in de slaapkamer,' antwoordde moeder.

'Je hebt neem ik aan nog geen contact gehad met de priester?'

'Natuurlijk niet. De begrafenis vindt pas plaats wanneer jij hierheen komt.'

'Waar wordt hij...' Ik wilde dat woord niet uitspreken.

'Daar kunnen we later over nadenken. Het graf van je vader is in Donetsk. Daar kan hij ook heen, indien gewenst...'

In gedachten vulde ik aan dat jullie kerkhof geen beter alternatief was. Dat was niet de juiste plek voor Olezjko. Instinctief stak ik mijn hand in mijn jaszak om de lijst met goede dingen te voelen. Ik vond alleen een reeds gerolde sigaret, stak die aan en concentreerde me op een kabel die boven de straat hing, met een lamp eraan, en daarop een kraai.

'Het was niet jouw schuld,' zei moeder. 'Dat weet je toch?'

'Ik had op tijd naar een arts moeten gaan.'

'Je leven was heel ingewikkeld destijds.'

'En toch had dat gemoeten.'

'Hou op jezelf te beschuldigen.'

Ik verwachtte dat ze zou zeggen dat zes jaar lang genoeg was om te rouwen, maar ze zweeg, en haar zwijgen leek berustender nu. Misschien was ik erin geslaagd haar te misleiden. Misschien dacht ze aan het feit dat ik die ochtend mijn haar om een donut had gewikkeld. Dat had ik voor haar gedaan, om haar ervan te overtuigen dat het beter met me ging dan in tijden het geval was geweest. Vrouwen die van plan waren zelfmoord te plegen besteedden geen aandacht aan hun uiterlijk. Ik had zelfs wat oud parfum op mijn huid gespoten en mijn rugzak ingewisseld voor een schoudertas. Van achteren zag het kapsel eruit als dat van de vrouw in het hondenpark, met het verschil dat ik meer uitgroei had.

Of misschien had ik niet zozeer aan moeder gedacht maar aan jouw oplettende blik, hoe die op dezelfde onderzoekende manier naar mij zou kijken als Daria had gedaan toen ze mijn erbarmelijke toestand in ogenschouw nam.

'Boris zou met Oleh hebben kunnen gaan vissen,' zei ik, en ik had er meteen spijt van. Het klonk alsof ik dacht dat Olezjko nog in leven was. Alsof ik niet besefte wat er was gebeurd en ik weer in dezelfde staat verviel die moeder er jaren geleden toe gedwongen had hierheen te komen. Ik hoorde het gegil van een kind op de achtergrond bij moeder.

'Hebben jullie bezoek?'

'De kinderen van je nicht zijn over vanuit Londen.'

'Dat had je helemaal niet verteld. Alleen op bezoek, of...?'

'Ze zijn erg geïnteresseerd in de militaire voertuigen,' antwoordde moeder ontwijkend. Ik wist dat mijn nicht in Engeland lange dagen maakte, en het zou me niets verwonderen als ze hoopte dat haar koters voor altijd bij tante zouden blijven. Ze had nooit kinderen moeten krijgen. Ik schrok. Zo dacht ik niet. Moeder zweeg, wachtte op wat ik zou zeggen, en ik vermoedde dat ze opnieuw mijn gemoedstoestand uittestte. Ze had geen melding gemaakt van de kinderen omdat ze veronderstelde dat ik niets over zulke dingen wilde horen, en dat was waar. Als alles anders was verlopen, zou ik hebben toegekeken terwijl mijn zoon met zijn neven en nichtjes speelde. Maar was dat wel zo? Naar het scheen was er in Zaporizja een containerkamp opgezet voor de oorlogsvluchtelingen uit het Donetsbekken. Ik wist niet zeker of ik weerstand had kunnen bieden aan een dergelijke verleiding, aan de kansen die de oorlog met zich meebracht. Zou ik mijn kind bij moeder hebben achtergelaten, zoals mijn nicht? Zou ik in het kielzog van de liefdadigheidsorganisaties mijn rondgang doen door de kampen en langs de op suikerklontjes lijkende containers, om de meisjes die er verbleven te inspecteren? De huren waren gestegen. Er zou niet genoeg werk zijn voor iedereen. Meer dan een miljoen mensen waren gedwongen geweest hun huis te verlaten. Ik zou berekeningen maken. Werk aanbieden. Rijk worden. Mensen redden.

'Moeten de kinderen niet al in bed liggen?'

'Ze hebben het geduld niet. Ik zei net dat als ze geen zin hebben om te slapen, ze morgen thuisblijven. Boris heeft beloofd ze morgenochtend mee te nemen om naar de controleposten bij de bruggen te kijken. De grootste van de jongens zei al dat hij strijder wilde worden.'

'Oleh zou pas in Oekraïne voor het eerst wapens hebben gezien,' zei ik terwijl ik me inspande om de juiste werkwoordtijd te kiezen.

'De controleposten zijn een kleine concessie. Verder proberen we het tv-kijken en de journaals te beperken.'

'Helpt dat?'

'Wat denk je? Gisteren hadden ze blijkbaar hun geheel eigen *Poetin choejlo*-liedje bedacht en dat hebben ze de hele dag door gekwetterd.'

We lachten eenstemmig. Ik was tevreden met mijn geproest. Moeder trapte erin, praatte luchthartiger nu en begon een vatnik-grap te vertellen die ze net van tante had gehoord. Ik besefte dat ze me wilde horen lachen. Hoe babbelzieker ze werd, des te moeilijker vond ik het om haar verhalen te volgen. Ongemerkt was ik bij de hoek van mijn woonblok aangekomen. De vertrouwde bushalte doemde op, de vertrouwde winkels, kiosk, lijsterbessen, auto's op de parkeerplaats. Ik wierp een blik op mijn ramen, alsof daar iets te zien kon zijn. Er hing niemand rond op straat of onder de poort. Het licht in het trappenhuis was niet kapot, de lift deed het. Mama's gemompel in mijn oor ging verder. Het slot van de deur ging probleemloos open. Binnen was het stil. Ik hoorde geen gehuil van Olezjko. Ik rook jou niet. Ik inspecteerde de woning vluchtig. Alles leek te zijn zoals het hoorde. De waterkan was op de vensterbank blijven staan nadat moeder zoals beloofd de planten water had gegeven voor vertrek, en daarnaast stond een aloë die uit een stekje was gegroeid dat moeder had meegebracht, opdat ik iets in huis had tegen verkoudheid. Ik had me geërgerd aan alle troep die moeder hierheen had gesleept, inclusief de aloë, waar ik nog nooit stukjes van had afgesneden, tegen welke ziekte dan ook. Toch vertrouwde moeder meer op de plant dan op spullen van de apotheek, hoewel ik had verteld dat hier alleen medicijnen werden verkocht die hun beloften waarmaakten en waarvan de kwaliteit werd bewaakt. Moeder had gesnoven en iets gemompeld over de hoge prijzen in Finland, maar haar sceptische blik had me eraan herinnerd hoe moeilijk het is om vertrouwen op te bouwen nadat je bent bedrogen.

Ik beëindigde het gesprek, en besefte daarna pas dat dat misschien mijn laatste gesprek met moeder was geweest. Misschien had het anders moeten verlopen. Op haar oude dag zou ze misschien constateren dat ze een kinderloze vrouw was in plaats van een grootmoeder, zoals de andere vrouwen in het dorp. Toen ik zwanger was had ik de mogelijkheid overwogen dat moeder de baby zou nemen. Het kostte tijd om werk te vinden en het Finse prijsniveau gaf me de rillingen, om van mijn achtervolgers maar niet te spreken. Ik verbeeldde me hoe Olezjko het bij moeder thuis veel beter zou hebben, hoe hij de pelikanen op weg naar de Donau zou zien, hoe Boris hem meenam om te gaan vissen. Toch wist ik dat dat onmogelijke dromen waren, en ik wist hoe het uiteindelijk zou aflopen. Het verhaal zou de ronde doen. De mensen zouden gaan praten, zeggen dat er vanuit het niets een klein kind bij moeder was opgedoken dat net zulk donker haar had als jij, dat jouw ogen had, en in wie jouw Boerjatenbloed duidelijk te zien was, en jij zou hem ophalen en hij zou de zoon van zijn vader worden. Olezjko zou op hetzelfde kerkhof begraven worden als zijn oom en zijn opa van vaderskant, en hoogstwaarschijnlijk te jong, net als zij.

Eén keer bezochten we het graf van je vader, op zijn sterfdag. Zijn in graniet gevangen portret was de eerste afbeelding die ik van hem zag. Ik had nooit gedacht dat de impressie van een etser zo levendig kon zijn. Je vader had ieder moment uit de grafsteen kunnen stappen en naar ons toe kunnen komen, en ik zat er bijna op te wachten dat hij ons zou begroeten, jou zou vragen wie je had meegebracht. Ik geloof dat ik zelfs bloosde, alsof ik voor een waarzegster stond die mijn hartsaangelegenheden ontrafelde, en heel even verbeeldde ik me dat je hierheen was gekomen om je vader om goedkeuring te vragen voor onze relatie. We gingen op een stenen bankje zitten en jij schonk voor je vader een glas sterkedrank in; ik sloeg een flinke slok achterover, rechtstreeks uit de fles. Ik had het gevoel dat hij naar ons keek, dat hij ons zag, samen met ons rookte, en aan de sigaret die tussen zijn vingers hing ontbrak alleen de rook.

Je vader ging gekleed in een kostuum met geperste plooien en een dubbele rij knopen, en op de achtergrond pronkte het nauwkeurig geëtste logo van Audi. Behalve door de auto werd hij omgeven door uivormige koepels, de brug over de Dnjepr, en een tafel die doorboog onder het gewicht van flessen wijn, champagne en fruitschalen. De druiven die uit de schalen hingen raakten het tafelkleed. Het graf lag naast de weg, in een rij met de meer imposante grafstenen, en je vader keek ons zo recht aan dat ik naar een punt verderop moest kijken. Een paar rijen verder zag ik een in graniet vereeuwigde vrouw met een bontstola, met naast haar een duidelijk op haar lijkend meisje met wapperende haren, dat gekleed ging in een minirok en laarzen met naaldhakken. Er lagen verrassend veel jonge vrouwen op het kerkhof, of anders leek dat alleen maar zo. Ik draaide me weer om naar jou, begon de kippenpoten en je vaders favorieten, dolma's, uit te pakken. Jij schonk je vader nog een glas sterkedrank in. Ik had genoeg gezien om te begrijpen in wat voor gezelschap je vader rustte. In het gezelschap waar mijn vader naar gegrabbeld had en waarin hij beland zou zijn als hij slimmer was geweest. Of fortuinlijker.

Alle graven van prominente mannen waren goed verzorgd, met dikke chrysanten erop; plastic bloemen waren nergens te zien. Iemand hield die graven bij of betaalde daarvoor. Ik dacht aan de moeders, dochters, echtgenotes, zussen, schoondochters en minnaressen van al die mannen die voortijdig aan hun einde waren gekomen, en aan hoe ze hun doden kwamen herdenken in deze stad vol identieke rijen grafstenen. Ik maakte nu ook deel uit van dit zusterschap, al was de smaak van degenen die de portretten hadden besteld me een raadsel. Op veel afbeeldingen waarop spieren en rimpels haarfijn waren uitgehakt stond alles wat voor de overledene essentieel was geweest: Mercedessen, zware glazen asbakken, wodka- en champagneflessen, gouden halskettingen, zware horloges, telefoons van Nokia op een bureau of aan het oor. Een deel van de doden was gekleed in een modieus pak, een deel in leren jasjes en jeans, hier en daar iemand in een trainingspak van Adidas. T-shirts hadden een Nike-logo of een spreuk erop, zoals 'Two things every American should know – neither of which are taught at school', en tussen de regels door waren een foto van een wapen en eentje van de Bijbel te zien. Op de achtergrond stonden uivormige koepels, helmen en motoren. Sommige van de reeds vergane mannen hadden op hun graf nog een tweede steen staan – voor hun auto, waarvan het nummerbord zorgvuldig in de zerk was geëtst. De aan de voertuigen gewijde stenen waren klein, maar die van hun eigenaren leken overeen te komen met de lengte die de overledene bij leven had gehad, en dat maakte hun afbeeldingen nog krachtiger.

Ik bracht een kippenpoot naar mijn mond, knabbelde erop om de stilte te vullen. Ik durfde niets te vragen over het lot van je vader, en al helemaal niet wie de foto had uitgekozen die op de steen was vereeuwigd. Ik ging ervan uit dat je daar meer over zou vertellen als je dat wilde. Ten slotte schonk je de glazen nog eens vol, om je daarna op te maken voor het volgende graf. We waren daar niet alleen vanwege je vader – tot mijn verrassing.

Ik volgde jou zonder vragen te stellen, en onderweg zag ik nog meer stenen portretten van vrouwen. Bij een in strakke heupjeans gestoken meisje moest ik even blijven staan; ik deed of ik iets had laten vallen. Het topje met spaghettibandjes dat ze droeg liet haar navel bloot, over haar schouder hing een met klinknagels versierde tas met een korte riem. De sterfjaren begonnen voor mijn ogen te dansen. Hoewel ik probeerde er niet naar te kijken, trokken ze mijn blik als een magneet, vooral als het om een vrouw ging. Ik móest hun leeftijd gewoon berekenen, van ieder van hen. Achter het meisje dat haar slanke taille toonde blikte een portret van een ouder echtpaar, en ik was bang dat ik in huilen zou uitbarsten.

Ik herinnerde me de verwelkte bloemen die ik per ongeluk bij het graf van je vader had laten liggen, en zei dat ik terugliep om ze weg te gooien. Ik zou meteen ook water halen om te gieten en zou je dan achternakomen. Maar eigenlijk wilde ik naar de weg lopen, de zon in, en toen ik daar aankwam draaide ik mijn gezicht naar het licht en werkte ik mijn oogpotloodlijntjes bij en probeerde ik het oudere echtpaar te vergeten dat ik achter het overleden meisje met het topje had gezien. Ik begreep niet waarom die onbekende mensen mij zo ontroerden. De man had eruitgezien als een lid van het partijcomité. Van de vrouw kon ik me voorstellen hoe ze stempels zette op belangrijke papieren, zich naar vergaderingen haastte in haar jas met een bontkraag van karakoel. Ondanks de starre blikken neigden hun hoofden naar elkaar toe, en er was iets in die houding wat me deed denken aan nieuwjaarsfeesten en vrolijke verjaardagen die met het hele gezin waren gevierd, feesten waarbij er gezamenlijke foto's van het paar waren genomen en waar een sfeer had gehangen die de nakomelingen wilden delen door uitgerekend dat soort foto's voor de grafstenen te kiezen. De hele steen vertelde over rijkdom en liefde. En toch behoorden de plaatsen op de eerste rij nu aan anderen toe.

Ik trof jou aan bij een graf waarop een knappe jongen, gehuld in een strak T-shirt en opbollende biceps, voor een *chroesjtsjovka* stond. Op het shirt was 'This is my peace' te lezen, met onder de tekst een geweervizier. Ook naast hem stond een overleden meisje dat haar vormen toonde. Haar achternaam was dezelfde als die van de knul. Dezelfde als die van jou.

'Mijn broer,' zei je. 'En zijn vrouw.'

Ik wist niet dat je een broer had gehad, en die broer een echtgenote. We gingen op een stenen bankje zitten. Ik kreeg geen hap door mijn keel. Anderen bezochten de familie van hun geliefde bij hen thuis, ik kwam voor het familiediner naar hun laatste rustplaats.

'Was dat jouw favoriete foto?'

'Nee, maar ik kon geen andere vinden,' antwoordde je. 'Aan de andere kant geeft die mijn broer wel goed weer.'

Ik pakte het glas dat je me aanreikte en leegde het. Misschien was je schoonzus eenzelfde lot toebedeeld geweest, en waren er geen andere soort foto's van haar. Ik begreep niet hoe dat kon. Hoe kon je zodanig overrompeld worden door de dood, hoewel je in een wereld leefde waarin die constant aanwezig was?

'Het was een hinderlaag,' zei je. 'Ze waren op weg naar het vliegveld. Iedereen in de auto werd doodgeschoten.'

'Iedereen' wilde zeggen: je vader, je broer en diens vrouw. Na de hinderlaag had jij je vaders functie – rechterhand van Veles – geërfd. Nu pas besefte ik dat de sterfdag van het tweetal dezelfde was als die van je vader. Ik voelde me vreemd onwerkelijk. De details op de grafstenen werden mistig, en ik wilde geloven dat dat door de drank kwam.

'Waren de kisten geopend tijdens de begrafenissen?'

Je schonk ons en je broer opnieuw in.

'Mijn neef is gesneuveld in Afghanistan en mijn tante kreeg alleen een verzegelde zinken kist terug,' voegde ik er haastig aan toe. 'Dat was zwaar voor haar.'

'Ze waren in hun borst geschoten.'

'Allemaal?'

Ondanks jouw woorden zag ik alleen maar drie lijken zonder hoofd, en die aanblik verdween niet door te drinken, en ik herinnerde me de nachtmerrie waaruit je een keer wakker was geschrokken, zonder een verklaring te geven voor het koude zweet op je huid. Misschien kwam dat hierdoor.

'Je houdt waarschijnlijk niet van begraafplaatsen.'

Ik schrok, zowel van je aanraking als je woorden, en haastte me om uit te leggen dat ik niet gewend was graven te bezoeken. Ook omdat mijn verwanten een beetje overal en nergens woonden. Mijn handen zaten om de rand van het bankje geklemd. Ik legde ze op mijn schoot en probeerde me te herinneren hoe een ontspannen pose er ook alweer uitzag.

'Het was gewoon zo'n tijd,' zei jij.

Ik kende die tijden en wist niet zeker of er ook maar iets veranderd was.

'Zijn jullie te weten gekomen wie de dader was?'

'Uiteraard.'

'En toen?'

'We hebben met gelijke munt terugbetaald. Veles levert nooit half werk.'

'Aleksei heeft een punt gezet achter dat soort dingen.'

Ik had veel aan Aleksei gedacht, aan zijn gezin en zijn vrouw, een opgewekte Georgische; Aleksei haastte zich altijd naar huis voor de door haar bereide avondmaaltijd. De oudste dochter wilde psychologie gaan studeren, en 's zomers werd het hele nageslacht onder toeziend oog van de ouders op talencursus naar Engeland verkast. Een leven als dat was mogelijk. Aleksei was het bewijs daarvoor.

'Wat heeft Aleksei hiermee te maken?'

'Nadat hij met pensioen was gegaan kwam hij bij ons voor een ontspannen baantje. Het salaris is goed, daar kun je een gezin van voeden en nog iets overhouden ook. Kinderen en echtgenote zijn tevreden.'

Je pakte mijn hand vast.

'Laat ons later een keer over dit soort dingen praten.'

Toen we het kerkhof verlieten duwde je me een map in de handen en vroeg je mijn mening over de kunstenaar wiens werk in de map zat.

'Wat vind je, zou dit de juiste artiest zijn voor een portret van de baas? Veles heeft een nieuw portret nodig van zichzelf in het gezelschap van de metropoliet, en van zijn hond,' zei je.

Ik bladerde door de portfolio. Achterin waren voorbeelden te vinden van de manier waarop de kunstenaar met diermotieven omging. Je vertelde over Veles' hond, die niet zomaar een ordinaire vuilnisbak was maar een kruising tussen een husky en een Turkmeense jakhals. Hij was beter in het opsporen van bommen en drugs dan welke andere hond ook.

Ik kon me niet concentreren. Ik mompelde iets en vroeg me af of je baas had kennisgemaakt met de kunstenaar terwijl hij voor zijn mannen grafstenen bestelde, waarvan genoeg voorbeelden te vinden waren in de map. Wat voor iemand graveerde kledinglogo's in gedenkstenen? Voor de voorbeeldstenen waren foto's van Angelina Jolie en Brad Pitt gebruikt, en de jaartallen waren uit de achttiende eeuw, alsof de kunstenaar zijn cliënt wilde laten vergeten dat zijn dood ophanden was. Alle foto's leken inmiddels kopieën van elkaar in mijn ogen. Ik besefte dat als ik jou onverwacht zou verliezen, jouw graf er precies zo zou kunnen uitzien. Ik had geen enkele foto van je die ook maar iets van jou liet zien waaraan ik je zou kunnen herkennen.

Verder praatte je bijna nooit over je familie, maar op een keer fluisterde Maria Kirillovna in mijn oor dat je de tragedie nog steeds niet te boven was en dat je om die reden geen vrouw en geen kinderschaar had. Ik wilde geen zwakke plekken in jouw leven veroorzaken. Ik vatte de woorden van de vrouw van je baas op als een teken dat ik me beter geen dwaasheden kon inbeelden. Heel even wilde ik dat niet eens. Desondanks vergat ik het gezicht van je schoonzus op de grafsteen al snel, en kort daarop dacht ik al helemaal niet meer aan haar. Misschien was ik nog nooit eerder echt verliefd geweest en wist ik daarom niet dat het zo heerlijk kon zijn. Dat het zou voelen alsof ik eeuwig zou leven, alsof mijn hart onsterfelijk was. Daarom was ik alleen soms bang, was ik alleen in mijn eentje bang, maar als ik bij jou was nooit.

Ik pakte de soep die moeder had achtergelaten. Voordat ze naar het vliegveld ging had ze kans gezien de koelkast te vullen; er waren genoeg syrniki en *vareniki* om een week van te eten, het was allemaal veel te veel voor één persoon. Op de tafel vond ik een briefje waarin ze haar kookwoede verdedigde: ze had de kwark die ze met zo veel zorg had bereid al laten uitlekken, en ik zou hebben vergeten daar iets mee te doen. Moeder had de Finse versie van kwark altijd vervloekt, omdat die nergens goed voor was als je geen voorbereidend werk deed, en ook dan was het maar een slap gedoe. Het eindeloze geklaag had me geïrriteerd toen moeder hier was. Alsof ik verantwoordelijk was voor haar problemen in de keuken. Desondanks merkte ik dat ik haar adviezen al miste, haar gejammer over het feit dat ze er niet in slaagde het vetgehalte van die rommel die hier kwark werd genoemd op te hogen, het gepiep over de gezouten boter van de Finnen, de waardeloze augurken. Ik verlangde naar haar dagelijkse klaagzang, omdat die moeders stem had. De stem van thuis.

Ik verfrommelde het berichtje, dat eindigde met moeders aansporing om alles wat ik niet binnen een paar dagen opat in te vriezen. Ik wist niet of ik dan nog in leven was. Mijn honger verdween. Ik stopte de soeppan terug in de kast en haalde mijn telefoon tevoorschijn. Ik luisterde opnieuw naar Daria's bericht op mijn voicemail. Ze had heel vaak geprobeerd te bellen. Ik had niet opgenomen. Ik wilde niet de draad oppakken van onze ruzie over de begrafenis van mijn vader en Maksim Sokolov, waarna ik haar in het hotel had achtergelaten dinsdagochtend. Ik schrok toen ik besefte dat dat pas gisteren was, en niet al eeuwen geleden. Daria liet haar stem bekoorlijk klinken, en ze zei dat ze over het programma van de komende dagen wilde praten, mijn advies wilde inwinnen over een belangrijke kwestie. Ze leek onze aanvaring, waar ik evenmin aan wilde terugdenken, te zijn vergeten, en haar verzoenende woorden brachten de Daria in herinnering die ik had gekend. Zou ze me eindelijk vertellen waarom ze was opgedoken als ik morgen naar het park ging, zoals ze hoopte?

Ik voelde in mijn jaszak. De sleutelkaart van Daria's hotelkamer zat er nog steeds in. Ik had die voor de zekerheid gehouden, erop vertrouwend dat ze zou denken dat ze hem was kwijtgeraakt met haar dronken kop. Als de situatie het vereiste zou ik haar moeiteloos kunnen overrompelen. Het zou mijn laatste toevlucht zijn. Ik moest aan de veiligheidscamera's in het hotel denken.

De snik kwam zonder dat ik er erg in had. Daria klonk als een vriendin.

'We hebben tijd om te babbelen. Het duurt nog even voor het gezin komt.'

Daria zag er niet hetzelfde uit als voorheen, maar in haar wangen flakkerde iets vertrouwds. Mijn hart liep over. Misschien was het de glimlach, de manier waarop ze die op mij richtte, zoals in de goeie ouwe tijd, terwijl ze uitnodigend op het parkbankje klopte. Ik ging naast haar zitten en opende de ritssluiting van mijn jas. Ik herinnerde me hoe onze vriendschap had gevoeld en hoopte dat ook Daria dat nog wist, al was het maar voor een deel, een klein beetje. We zouden het klaarspelen alles samen op te lossen, Daria en ik, net als vroeger.

'De Japanner is oud geworden, vind je niet?'

Ik had me vergist. Ze had me bedonderd. Haar verzoenende berichtje was bedrog, haar glimlach een toneelstuk. Het bankje was helemaal niet warm. Het was koud, er zat kauwgom aan gekleefd, rond de poten dwarrelde afval en de verf was weggeteerd door het weer. Daria likte een druppel bloed van haar gesprongen lip, boog zich naar me toe, pakte mijn sjaal vast, wikkelde die om haar pols en trok.

'Een man krijgt natuurlijk alleen maar meer charisma als hij ouder wordt. Ga je helemaal niets over je Japanner vragen?'

Ze overrompelde me volledig door over jou te beginnen, door je bij de naam te noemen waarmee men jou kende in jullie wereld. Ik begreep niet wat Daria wilde. Jij en ik maakten geen deel uit van de gesprekken tussen haar en mij. Ik had nog nooit met haar over jou gesproken en zou dat ook nu niet doen. Ik zou haar mijn schrijnende verlangen niet tonen. Nooit, ook al had ik zielsgraag over jou willen horen, maakte niet uit wat.

'Beweer nou niet dat je je niet hebt afgevraagd of je Japanner een nieuwe vrouw heeft, of kinderen, een gezin,' zei Daria. 'Je hebt geen foto's van hem gevonden op mijn telefoon omdat hij me niet interesseert. Maar dat wil niet zeggen dat hij de laatste jaren eenzaam is geweest. Of denk je soms dat ik niet zou merken dat je in mijn foto's geneusd hebt?'

Dat dacht ik niet, maar ik zei niets, ging alleen wat verder van haar af zitten en trok mijn handschoenen aan. Het gezin zou zo komen en dan zou dit nare gesprek stoppen. Ik wilde heimelijk even kijken hoe laat het was en schoof mijn mouw omhoog. Maar mijn pols was kaal. Ik herinnerde me dat ik het horloge in mijn zak had gestopt voordat ik Daria zou ontmoeten. Ik kon de grijns op haar gezicht niet verdragen wanneer ze het relikwie zag, dat achterop de tekst *Сделано в СССР* had en waarvan het bandje nodig gewisseld moest worden. Maar op het werk was het een handig ding. Ik schatte hoeveel tijd er nog zou verstrijken. Niet veel meer. Daria trok opnieuw aan de sjaal. Desondanks zweeg ik, ik telde de seconden en probeerde te vergeten dat zij nu meer over jou wist dan ik, dat zij was gebleven toen ik was vertrokken, dat zij informatie bezat die voor mij waardevol was. Om een ander op deze manier te kunnen martelen moest je weten wat verlangen was. Ik herinnerde me nog steeds hoe het gewauwel van vrouwen over hun mannen me destijds had geïrriteerd, en daarom had ik Daria laten geloven dat ik niemand had. Voor de agentuur was het beter als onze meisjes geen geliefde hadden die lastig deed, en Daria had altijd de indruk gewekt blij te zijn met haar vrijheid. Of had ze alleen maar geprobeerd mij een plezier te doen? Misschien was ik niet de enige die zich had geërgerd aan de pasgehuwden die kriskras door Dnipro reden. Aan hen ontsnappen ging niet, en niets kon hen tegenhouden. Een revolutie niet, een pandemie niet. Trouwfoto's werden genomen op de barricades of met een masker voor het gezicht. Stel dat ook Daria de klef poserende tortelduifjes had gehaat? Toen ze doorging met stangen begon ik te geloven dat ik gelijk had.

'Je Japanner heeft geld en macht,' zei ze. 'Aan zo'n soort man kunnen vrouwen geen weerstand bieden.'

Ze begon zachter te praten terwijl ze zich naar mij toe boog. Naar het scheen waren er hele kuddes vrouwen opgedoken om je te troosten. Een ongetrouwde man zonder kinderen was aanlokkelijk, vooral als er van zijn voormalige minnares al snel niets anders meer zou resteren dan een natte vlek. Daar was iedereen van overtuigd. Ik had koelbloedig de zoon van je baas vermoord; wat anders kon me te wachten staan?

'Het gerucht ging dat je verliefd was op Viktor. Dat je het niet kon verkroppen dat hij bij zijn vrouw bleef. Lada hielp deze theorie te verspreiden. Iedereen wist hoe close jij en Viktor waren. Ik heb je Japanner uiteraard de waarheid verteld.'

'De waarheid?'

'Dat jullie met elkaar flirtten.'

Ik had dat soort roddels nooit verwacht. Na mijn vlucht had ik gezocht naar nieuws over Viktors dood; de pers had daar eigenaardig lang over gezwegen, alsof niemand kon besluiten wat erover verteld mocht worden, en hoe. Uiteindelijk was zijn overlijden tot mijn grote verbazing gebracht als een beroerte bij de datsja van de familie. De begrafenis was imposant geweest, en op de daaropvolgende Herdenkingsdag waren de journalisten de rouwende weduwe en de kleine Kravets gevolgd naar Viktors graf. Het was er propvol met mensen geweest, zoals altijd op die dag. Het was hetzelfde kerkhof waar ook jouw vader begraven lag, en ik had verwacht jou in de nieuwsuitzending te zien, of op krantenfoto's, glazen wodka inschenkend voor je broer, en pakjes sigaretten plaatsend op diens grafsteen. Maar ik zag je niet. Toch was je ergens in de buurt, binnen het bereik van de weduwe, dat wist ik zeker, en het maakte me jaloers.

Daria liet mijn sjaal niet los. Ik had hem tijden geleden op het vliegveld van München gekocht en wist heel goed dat hij niet bij mijn jas paste, de jas waar Daria maar niet van kon afblijven met haar vingers. Ze schudde haar hoofd om mijn met elkaar vloekende kleren en vertelde meteen welke eigenschappen jouw vrouwen hadden. Vele hadden stijl. Brunettes, roodharigen, vrouwen met een gebruinde huid. Geen blondines, blijkbaar. Niemand die ook maar enigszins aan mij deed denken. Een Moskouse met schuine ogen, een Poolse met lange benen, een Azerbeidjaanse met donkere wenkbrauwen en een oogverblindend modieuze Armeense. Zelfs Miss Rusland, die de Russen woest had gemaakt vanwege haar etnische achtergrond, aangezien ze half Tataars was.

'Ik verzin die echt niet,' zei Daria. 'Ik heb haar met eigen ogen gezien. Een prachtige verschijning. Ik kwam die lui de hele tijd tegen nadat onze agentuur naar het nieuwe kantoor tegenover het hoofdkwartier van de Kravetsen was verhuisd. Op een keer hoorde ik dat je Japanner met Miss Rusland afsprak om in het Mimino te dineren. Dat is waarschijnlijk zijn favoriete restaurant in Dnipro, nietwaar?'

Ze gaf een suggestief rukje aan mijn haar en duwde haar vingers tegen mijn buik, alsof ze mijn taille wilde meten. Ook zonder haar porren wist ik dat de Armani-blouse die ik uit mijn oude koffer had gehaald een vergissing was, hoewel mijn kledingkeuze thuis nog solide had geleken. In die blouse had ik geslaagde onderhandelingen gevoerd en jou voor het eerst gezien, bij Veles op kantoor. Ik hoopte dat dit kledingstuk iets van die momenten op de dag van vandaag zou overdragen.

'Je had eens moeten horen hoe de Japanner over jou praatte,' zei Daria met een kort lachje. 'Wat kun je ook anders verwachten als je wordt bedrogen door degene die je het dierbaarst is en je het meest na staat.'

Ik beet op het gemeen dikke filter van de sigaret totdat het kapotscheurde. Ik kon zelfs de sierlijke sigaretten die moeder uit Oekraïne had meegebracht niet gebruiken om mijn verschijning wat op te fleuren, want die waren al op. Ik hield de rook lang in mijn longen, voelde het steken van de nicotine op mijn tong. Nog even en Daria zou uit verveling ophouden. Het gezin zou arriveren. Ik moest nog heel even volhouden. Wat interesseerde het mij nou hoeveel zongebruinde dames er bij jou thuis rondrenden.

'Je ademhaling klinkt niet goed,' merkte ze op.

'Het pollenseizoen, daar komt het van.'

'Je klinkt als Ladka toen ze die pillen van d'r innam.'

Ik kon me geen Ladka herinneren. Of had ze het over Lada Kravets? Gebruikte ze dat koosnaampje ook voor die vrouw? Waren ze gedurende de tweede procedure bevriend geraakt, echt? De bijwerkingen van Lada Kravets' medicatie gingen Daria niets aan. Ik slikte een paar keer, bewoog mijn prikkelende benen. Daria begon weer zachter te praten; de vertrouwelijke toon gaf me een vieze smaak in mijn mond, alsof ik melk dronk die in het licht had gestaan.

'Ladka en jouw Japanner waren heel close geworden. Je had bijna kunnen denken dat ze minnaars waren. Maar dat was niet zo. Het was vriendschap. Echte vriendschap. Zonder jouw Japanner zou Ladka na Viktors dood zijn ingestort. Een jonge weduwe en een klein jongetje. Heb je gehoord dat jouw Japanner de peetvader van het tweede kind is? Of nee, waar had je dat ook moeten horen.'

'Je lijkt nogal sterk te vertrouwen op de genegenheid van die Ladka van je,' zei ik. 'Hoelang denk je dat die nog duurt als ze erachter komt dat je haar zoontje stiekem hebt gefotografeerd? Ik heb de foto's gezien. Ik heb de foto's van je cliënten gezien. Je beseft neem ik aan dat iemand van hen al naar het kantoor heeft gebeld? Dat er naar jou wordt gezocht? Het kan niet anders of iemand heeft je opgemerkt.'

'En wat zou de agentuur daaraan durven te doen?' vroeg Daria verbaasd. 'Ben je achterlijk? Hoe denk je dat ik aan de adressen van al mijn cliënten ben gekomen? Hoe denk je dat ik mijn kinderen op het spoor ben gekomen?'

'Ze hebben je tot coördinator gemaakt.'

Natuurlijk, zo was het gegaan. Die ingeving lichtte op in mijn gedachten als de voorhoofdlamp van een mijnwerker in de duisternis. De praatjes over dagelijkse lunches vlak bij jullie kantoor waren niet verzonnen. Daria kende de namen en adressen van haar vroegere cliënten omdat ze toegang had gekregen tot de database, en daardoor had ze de macht om de anonimiteit van iedereen die daarin te vinden was te beëindigen. Ook die van mij.

Daria hield in de gaten hoe die gedachte bij mij bezonk, en dat was duidelijk manna voor haar.

'Iedereen zou hebben beseft hoe het zat. Behalve jij,' lachte ze. 'Ik moet zeggen dat ik verrast was toen ik jouw naam tussen die van de donors zag staan. Je deed altijd alsof je beter was dan wij anderen. Ik had nooit gedacht dat onze kinderen broer en zus waren.'

'Het zijn niet onze kinderen.'

'Hou toch op. Waarom zou je anders in dit park zitten?'

Ze liet mijn sjaal los, spreidde haar armen uit over de rugleuning van het bankje en draaide haar gezicht naar de ondergaande zon. Ze zat te spinnen.

'Wat zou Ladka ervan vinden als ze hoorde dat je de kinderen van je cliënten je eigen kinderen noemt? Denk je dat ze je dan nog steeds zou aanbidden?'

'Wie zou haar dat moeten vertellen, jij soms?'

Die gedachte vond ze amusant. Ze had gelijk. Niemand zou mij op mijn woord geloven. Ik haalde een pakje sigaretten tevoorschijn en verstopte het been met de versleten laars onder het bankje. Ik had het pakje net gekocht, vanwege Daria. Shag zou opnieuw een bewijs van mijn armoede zijn geweest. Met stijve vingers scheurde ik het filter eraf. Ik deed het automatisch, zonder acht te slaan op het gepiep dat uit mijn longen kwam, als van een muis in een val. Zou Daria de jongen in het hondenpark iets aandoen? Zou ze proberen via het kind wraak op mij te nemen?

'Zelfs je Japanner zou niet naar je luisteren. Al belde je hem op om alles te verklikken.'

'Dat ga ik niet doen.'

'Lieg niet. Natuurlijk heb je dat overwogen. Het zal je niet lukken je daden goed te praten, geloof dat maar. De dingen die er over jou verteld werden...' zei ze hoofdschuddend. 'Ladka wilde het onderzoek naar jou persoonlijk leiden, dat eiste ze. Dat was naar het scheen de enige manier om over de tragedie heen te komen, en niemand durfde haar tegen te spreken, zo'n woedende weduwe. Ik hoorde ooit hoe er over jou werd gepraat, over wat ze met jou zouden doen wanneer ze je te pakken kregen. Het was duidelijk dat het geen snel einde mocht worden. Het moest lang duren. Nagel voor nagel, haar voor haar, oog voor oog. Geen keurig gaatje in je voorhoofd.'

Ik voelde in mijn jaszak: de lijst met goede dingen waarvoor het de moeite waard was het leven dat ik hier had opgebouwd te redden. Ik had nog steeds werk en een dak boven mijn hoofd. Het oudje van wie ik het geld voor mijn moeders vliegticket had gestolen, had niet naar mijn werkgever gebeld. Ik had nog steeds de mogelijkheid de jongen in het hondenpark te zien opgroeien.

'Ik heb het gevoel dat de Japanner jou meer haat dan wie dan ook op deze wereld.'

Ik liet het gloeiende puntje van mijn sigaret tot aan mijn vingers komen, liet het in alle rust de huid verbranden; ik sloot mijn ogen en dacht aan Odessa en de platanen, hun schorsen die in de regen olieachtig glommen, jouw ademhaling in mijn nek. Ik dacht aan de takken die die avond tegen het raam krasten, de schaduwen van de kaarsen op de muren, en ik krabde wat verf van het parkbankje. Het stond vol met oeroude initialen die er door geliefden in waren gekrast en die door weerbestendige hartjes werden omgeven. We hadden een keer op zo'n zelfde soort bankje gezeten, al had dat onder een gigantische eikenboom gestaan, die meer inscripties in zijn schors had dan het bankje, en toen we omhoog keken, zagen we er nog meer. Die plek zou wel eens de juiste kunnen zijn voor het graf van onze zoon. Toen de boom groter werd waren de letters breder geworden, maar ze waren nog steeds duidelijk te zien. Jij graveerde onze initialen in de boomstam, met een hart eromheen. Dat hart zou voortduren, eeuwenlang, zoals de eiken, en we zouden een huis kopen met een eik in de tuin. Dat is wat jij zei, en dat moment was het gelukkigste van mijn leven, hoewel ik wist dat op ieder willekeurig moment de bliksem in die boom kon inslaan.

Het bestaat niet dat jij die eik bent vergeten, of Odessa, of alle momenten die jij en ik hadden. Ik ben ze ook niet vergeten.

# Odessa

## 2008

Op bevel van mijn cheffin vertrok ik naar Odessa. Twee coördinators hadden hun geduld verloren met een Amerikaans echtpaar dat in de stad zou arriveren, en mijn cheffin had geen vertrouwen in de vakkundigheid van de anderen. Daria's verhuizing naar de villa in Zilverwoud moest nog plaatsvinden, en dus durfde ik niet te weigeren. Het was niet het beste seizoen voor een bezoek aan Odessa, en ook het visseizoen was voorbij, maar er zaten nog steeds Turken achter Oekraïense vrouwen aan en op de Potjomkintrappen klikten de camera's in weerwil van de regen en de mist. Het echtpaar waarvoor ik gastvrouw speelde had geen last van het weer. Hun plannen omvatten het stichten van een groot gezin in een vlot tempo, en de beloning zou navenant zijn.

Tegen de avond was ik totaal uitgeput. Nadat ik de Amerikanen naar hun kamer had gebracht wilde ik alleen zijn, en ik sloop naar de keuken. Mijn cheffin was op het idee gekomen een firma te starten die volgens het principe van reisbureaus gespecialiseerd in romancetoerisme handelde: we lieten de cliënten circuleren tussen de bedrijven in onze branche, waarbij we ook een portie van de winst van onze concurrenten kregen. De Amerikanen behoorden tot de eerste cliënten die van de nieuwe dienst gebruikmaakten, en ze waren het soort mensen voor wie het geen verschil maakte of ze schoenen, auto's of kinderen kochten. Ze bepotelden behalve de draagmoeders en de eiceldonors ook de verpleegkundigen; alleen het zoeken naar een prijskaartje aan de rokken van de vrouwen ontbrak nog. Ik had het zo druk gehad met iedereen kalmeren en met tolken dat ik geen kans had gezien iets te eten.

Ik opende de koelkast en bracht een bord met schijfjes salo naar de tafel. De fles raakte ik niet aan, voor het geval het echtpaar wakker werd 's nachts en mij nodig had, hetzij om een of ander onzinnig detail te controleren of om hun zenuwen te bedaren. Ik mocht dan niet naar drank stinken. We hadden een hele verdieping van het tsaristische paleis gerenoveerd voor gebruik door cliënten en donoren, en daar werd toezicht gehouden door een koene huishoudster die de kasten op verdienstelijke wijze had gevuld. Terwijl ik de blikopener in de rand van een blikje kaviaar drukte hoorde ik de opgetogen kreten van het echtpaar. Het kon niet anders of ze waren de badkamer binnengestapt, die een Griekse sfeer ademde, met rozenblaadjes, etherische oliën en een bubbelbad. Dat was in het onderkomen geplaatst toen het nog werd gebruikt door vrijgezelle mannelijke reizigers.

Ik hoorde de deurbel niet in de keuken, en evenmin hoe de huishoudster naar de deur liep om open te doen. Ik zag jou pas toen je op de drempel stond en de regen uit je haar schudde, en mijn vermoeidheid was meteen verdwenen. Ik was niet voorbereid op onverwachte gasten. Mijn handen stonken naar kaviaar en ik voelde mijn naakte huid, mijn ongeschoren benen, de aanslag op mijn tanden en de dunne stof van mijn kimono. De te dunne stof. Er vielen druppeltjes van jouw jas op het eikenhouten parket. Met vettige vingers trok ik mijn ceintuur nog wat strakker.

'Ik wilde je niet laten schrikken.'

Precies op dat moment gingen de lampen plotseling uit, en waarschijnlijk gaf ik een gil. Ik zag niets, hoorde alleen jouw woorden, dat het alleen maar een stroomstoring was, en die woorden werden uitgesproken met de stem van iemand die onverwachte situaties gewend was, een stem zo geruststellend als een kopje thee voor het slapengaan, een stem die op geen enkele manier liet doorschemeren dat het om iets anders kon gaan. Toch bonkte mijn hart als een bezetene, en het duurde even voordat mijn ogen aan de schemering gewend waren, tot ik langzaamaan jouw silhouet kon onderscheiden terwijl je kastdeurtjes opende, op zoek naar kaarsen; je pakte een paar schoteltjes, haalde een aansteker uit je zak en zei dat de hele wijk waarschijnlijk zonder stroom zat. Ik zag je gezicht pas toen je de schoteltjes op tafel zette; je had wat stearine gesmolten en daarmee de kaarsen vastgeplakt. Ik kon je blik niet duiden. De vlammetjes veranderden de kamer met de hoge muren in een kerk. Het weer had het verkeer stilgelegd en het gezoem van de koelkast overstemd. De takken van een door bliksem gespleten boom krasten over het raam aan de kant van de binnenplaats, en ik schrok op, herinnerde me mijn gasten en sprong overeind, de zomen van mijn kimono grijpend, alsof ik de ceintuur niet vertrouwde.

'We hebben Amerikaanse gasten,' zei ik.

Je moest lachen, ik niet. Ik herinnerde me hoe het echtpaar een steelse blik had geworpen op het labyrint aan stroomkabels rond de poort. Bij iedere opgehaalde neus was ik kleiner, minder geworden, en ik begreep niet waarom een genoom uit deze contreien goed genoeg voor hen was als ze al het andere minachtten. De stroomstoring zou tijdens het ontbijt ter sprake komen.

'Ik ga tegen de huishoudster zeggen dat ze hun kaarsen moet brengen.'

Maar de patente vrouw was al op weg om de Amerikanen te redden en wuifde me vanuit de gang geruststellend toe. Ik ging weer zitten en krulde mijn tenen, die over de voorkant van mijn slippers staken. Ik was in geen tijden bij de pedicure geweest. Ik had me om de cliënten willen bekommeren zodat ik een reden zou hebben om meer kleren aan te trekken, of iets onder mijn kimono, om in ieder geval mijn tanden te poetsen. Ik probeerde een geschikte smoes te vinden om de keuken te kunnen verlaten. Ik kon niets verzinnen.

‘Is er iets gebeurd?’ wist ik uit te brengen. ‘Wat doe jij in Odessa?’

‘Mijn baas heeft hier een afspraak. We gaan morgen terug naar Dnipro.’

Ik hoorde geklingel achter mijn drug. Je had de fles Sarajishvili gevonden. Ik veegde mijn vingers aan de zoom van mijn kimono af voordat ik het glas pakte dat je me aanreikte. Uit je bedachtzaamheid leidde ik af dat er geen sprake was van een noodsituatie. Als prinsesje Kravets een probleem had, zou je dat meteen hebben gezegd en zouden we nu niet iets drinken, laat staan plakjes salo nuttigen. Misschien ging het om Snizjne. Je was dat op een of andere manier te weten gekomen en wilde nu zelf zien hoe de rat zich uit de val wurmde. In gedachten zei ik een paar onzevaders, en ik hoopte: niet nu, niet vandaag, niet vannacht, en ik keek naar de zwetende salo op de tafel en werd misselijk. De stapel varkensvet die de huishoudster kunstig op een bord had neergelegd, was bezig ineen te zakken.

De tocht blies een vlam uit. Jij stak de kaars opnieuw aan en deed de keukendeur dicht. In de stilte was mijn slikken duidelijk hoorbaar. Mijn ademhaling. Jouw ademhaling. De wind. En de regen. De Sarajishvili die opnieuw in twee glazen stroomde. Het kraken van het eikenhouten parket. Ik herkende de blik op je gezicht, de oudste blik ter wereld. De blik waarmee mannen altijd naar vrouwen kijken.

De volgende ochtend begeleidde ik je naar de voordeur. Op de stoep lagen omgewaaide verkeersborden, en de flanken van de platanen glommen nog steeds van de regen. De stroomkabels boven de poort waren in kransen van regenparels veranderd, en het tapijt van herfstbladeren dat de straat bedekte was zo fel van kleur dat het naar een circus had kunnen voeren. De stad was muisstil, alsof ze alleen voor ons bestond. Ik ging weer naar boven, liep naar het balkon en keek je achterna, zonder te weten dat

dat een gewoonte zou worden. Steeds wanneer je bij me wegging moest ik blijven staan om naar je in de verte verdwijnende rug te kijken, omdat het de laatste keer zou kunnen zijn dat ik je zag.

Ik had me voorgesteld dat ik van Lada Kravets en haar wereld af zou komen door de procedure op de gewenste manier te voltooien. De kersverse moeder zou zich in de kinderkamer ophouden, ik zou haar hoogstens tegenkomen wanneer een van de stichtingen van de Kravetsen een feest gaf, en langzaam maar zeker zou ik ook afstand kunnen nemen van de verplichtingen die daarmee gepaard gingen. Na Odessa besefte ik dat dat niet zou lukken, als ik jou wilde behouden.

Jij maakte deel uit van het gezin, en via jou werd de wereld die zij vertegenwoordigden ook de mijne, met alle randverschijnselen van dien, waarvan een onophoudelijke bezorgdheid het prominentst was. Als ik een hele dag niets van je had gehoord, begon ik me af te vragen of er iets was gebeurd. Als je ondanks je beloften vergat te bellen, dacht ik aan Daria's moeder, die haar zoon een pak slaag had gegeven omdat hij niet had gemeld dat hij een dubbele dienst zou draaien in de mijn. Ik dacht aan jullie vriendinnen, echtgenotes, moeders en minnaressen, en aan mijn eigen moeder, aan het geluid van haar slippers terwijl ze 's nachts rondjes liep. Ik vroeg me af hoe ze de slaap konden vatten en hoe het kon dat ze niet allemaal aan de drank waren. Ik begon te vermoeden dat ik een uitzondering was. Dat er iets mis was met me, dat ik niet geschikt was als vrouw van een soldaat, in tegenstelling tot bijvoorbeeld Maria Kirillovna, die al decennialang getrouwd was met Veles, en ze waren nog steeds in leven. Niet alle vrouwen werden jong weduwe, misschien zelfs helemaal niet. Misschien behoorde dat ook voor mij tot de mogelijkheden. Meer wenste ik niet, want er was een ster vanuit de hemel in mijn hart beland op een moment dat ik dat het minst verwachtte.

# Dnipropetrovsk

## 2009

Daria's punctie was een daverend succes, en ik ging op weg naar de datsja van Lada Kravets om verslag te doen. Er waren vijftien eicellen geoogst. Ik verwachtte dat het merendeel van de rijpe cellen normaal bevrucht zou worden, maar pas de komende etmalen zou blijken of we reden hadden een geslaagde tussenfase in de procedure te vieren. Ook jij oogde vermoeid toen je me op de veranda tegemoetkwam, maar de hand die je op mijn middel legde was stellig en het knauwtje in mijn lip vertrouwd.

'Waar is de donor?' vroeg je.

'Ik heb haar in de villa achtergelaten om te rusten.'

'Nice was een goed idee. Is ze in staat te reizen?'

'Ja. Het gaat prima met Daria.'

Ik checkte hoe laat het was. Over vijf uur zou Daria samen met haar moeder onderweg zijn naar Nice. Ik had de reis gepresenteerd als een welverdiende vakantie. De voorzorgsmaatregel was hard nodig. Jij masseerde je voorhoofd alsof je hoofdpijn had.

'Is de situatie hier zo belabberd?'

'Het is uit te houden.'

Ik drukte op de groeve naast je neusvleugel en fluisterde: binnenkort is het allemaal voorbij, ik regel deze kwestie wel, dit is waar ik goed in ben. Op een of andere manier had ik het gevoel dat ook jij bevestiging nodig had. Ik had Lada Kravets al een tijd niet gezien en wist niet wat me te wachten stond. Ik haalde diep en langzaam adem, allebei deden we dat, en ik hield je arm vast tot bij de deur van de studeerkamer. De aanblik die ons daar begroette zal ik nooit vergeten. Ondanks de vorst die buiten op de loer lag stond de kamer vol met zoemende ventilatoren; de tafelbladen en planken bogen door onder halflege waterglazen en hier en daar lagen ijsblokjes te smelten die uit een ijsblokjestang waren gevallen. Lada Kravets had de bovenste knoopjes van haar blouse geopend en haar mouwen opgerold, onder haar nagels glommen donkere boogjes opgedroogd bloed. Haar hals en handen zagen er toegetakeld uit.

'Geen woord hierover tegen de arts,' fluisterde ze zodra ze ons zag. 'Het jeukt zo verschrikkelijk. Gelukkig helpt het kloosterwater.'

Ze stak haar hand in een glas, dat overliep. Ze was niet de enige van mijn cliënten die eczeem of zwakke zenuwen had. Maar ze was wel de eerste die door haar arts gezond was verklaard omdat hij niets durfde te zeggen. Het leek me verstandiger me nergens mee te bemoeien, en ik durfde niet te denken aan wat er zou gebeuren als geen enkele van de eicellen, die in petrischalen met weefselkweekvloeistof waren overgeplaatst, bevrucht zou worden.

Op de salontafel lag een stapel tijdschriften, en ik merkte dat jij daar terloops naar keek. Onze blikken ontmoetten elkaar, je pakte het exemplaar dat bovenop lag, een horoscoopblaadje, en bladerde daar wat in, totdat je me heimelijk toeknikte. Ik slaakte een zucht van opluchting en ergerde me tegelijkertijd. De sterren stonden deze maand goed voor Lada Kravets, maar hoe hield jij dit allemaal vol? Ik was er voor het eerst bij betrokken en toch fantaseerde ik over situaties waarin Lada te lijden had. Ik vermaakte mezelf met de gedachte aan wat er zou gebeuren als een ouderwetse plattelandsarts de bevalling zou doen, iemand die koud water over haar heen zou gooien of haar zou slaan. Dergelijke fantasieën hielpen me de vernedering te verdragen. Hand op het hart: had je nooit zin om te roepen: nu is het genoeg?

'De vorige keer is er slechts één eersteklas embryo geplaatst. De andere waren zo zwak.'

Lada Kravets tilde haar blouse op van haar huid, alsof de aanraking van de stof haar te veel was. De arts had blijkbaar ooit gezegd dat de zwakkere exemplaren beter meteen konden worden geplaatst, en de sterkere ingevroren.

'Misschien moeten we het nu andersom doen,' ging ze verder. 'Alleen de sterkere, de sterkere overleven altijd. We hoeven toch zeker niet spaarzaam te zijn?'

Terwijl ze herinneringen ophaalde aan de mislukte transplantaties begonnen haar vingers woest als de naald van een naaimachine aan haar blouse te plukken. Het kostte haar moeite woorden te vormen en ze beet erop voordat ze erin slaagde ze uit te spugen. Ze zei dat ze zichzelf de schuld had gegeven van de vorige gefaalde poging, totdat uit beelden van de beveiligingscamera's was gebleken dat de fout bij de donor lag, die een slecht leven had geleid. Men had het meisje beter in de gaten moeten houden gedurende het proces. Ik keek naar Lada's hand. Ik kon me goed inbeelden hoe die iedereen te lijf ging die haar een teleurstelling bezorgde.

'Ditmaal is er niets van dien aard gebeurd. De donor is vierentwintig uur per dag in het oog gehouden,' zei ik.

'Weet je het zeker?' dramde ze.

'Roman kan daar meer over vertellen.'

Je begon opnieuw alle maatregelen op te sommen, en Lada Kravets stelde nadere vragen. Ik gaf antwoord wanneer het om dingen ging die mijn verantwoordelijkheid waren.

Ik hoorde mijn stem, de zakelijke beslistheid die erin lag, hoewel we nog niet wisten of de embryo's zouden overleven, of de verse terugplaatsing zou slagen, of we die godvergeten bitch überhaupt zwanger zouden krijgen, of dat er weer een batterij miskramen zat aan te komen. En als Lada Kravets daadwerkelijk een levend kind ter wereld zou brengen, zou het echtpaar dan een broertje of zusje voor de kleine willen? In dat geval zou ik opnieuw in deze zelfde kamer staan, om dezelfde dingen uit te leggen. En als er weer een moment kwam waarop Lada de donor een pak slaag gaf, en als ze kinderloos zou blijven en onze relatie zou voortduren en als wij een kind zouden willen? Zou de primadonna het aankunnen als er in haar nabije omgeving iemand anders met een bolle buik rondliep, maar zijzelf niet? Zou onze toekomst voor eeuwig afhankelijk zijn van de grillen van die Kravets-kliek?

De vloer onder mijn voeten was in drijfzand veranderd en het begon te schemeren voor mijn ogen; ik merkte dat ik me afvroeg of de kristallen kroonluchter in de kamer ooit op de grond was gestort. Hij moest zo zwaar zijn dat hij dodelijk was als hij zou vallen.

Ik verontschuldigde me en ging op zoek naar een badkamer. Nadat ik mijn knellende laarzen had uitgetrokken ging ik in de badruimte op de marmeren vloer liggen; ik drukte mijn voorhoofd tegen de grond alsof het beschermend glas was voor een icoon, en ademde langzaam en diep in. Eenmaal terug thuis zou ik de plannen die ik voor Daria had moeten bespoedigen. Ik had in geen tijden modebladen gelezen of aan Daria's portfolio gedacht, laat staan dat ik haar had geïnformeerd over mijn plannen. Op een of andere manier had het pijn gedaan om over de fotografen die ik kende na te denken, en contact opnemen had te bewerkelijk geleken. In mijn vrije tijd had ik me liever op ons geconcentreerd en geprobeerd al het andere te vergeten. Maar de boze bui van Lada Kravets in de studeerkamer had me er weer aan herinnerd waarom ik orde op zaken moest stellen. Onze relatie was nog dermate jong dat ik me niet op jouw hulp kon verlaten als de Kravetsen opnieuw zouden worden teleurgesteld. Ik moest mijn toekomst elders zeker stellen, en daar had ik Daria voor nodig. Ze had nog een paar jaar de tijd. Daarna zou ze te oud zijn voor de modellenmarkt.

In mijn tas vond ik een verlept zuurbessnoepje, dat de galachtige smaak in mijn mond maskeerde, en ik trok mijn laarzen weer aan. Ik was klaar om door te gaan. Ditmaal zouden niet de waardeloze zaadcellen van Viktor worden gebruikt. Ditmaal zou er niets misgaan.

Terwijl ik terugliep naar de studeerkamer bleef ik even staan luisteren naar het getjilp dat uit de vogelkooien afkomstig was. Ik stelde me voor dat exotische kwetteraars onderdeel vormden van de levensstijl van de elite, en voor Lada Kravets fungeerden ze wellicht als een vervanging voor haar nageslacht. De papegaai was bezig een pinda te eten; hij knakte de harde schil kapot en verwijderde vaardig het bruine velletje dat om de pinda heen zat, dat in een spiraal naar de bodem van de kooi zweefde.

Later kwam ik te weten dat ook president Janoekovitsj zijn villa had gevuld met tjilpende vogels. Hij was bang voor gas. Het tjilpen zou stoppen als het ventilatiesysteem werd gesaboteerd. De president was zo bang vergiftigd te worden dat hij alleen vlees van zijn eigen dieren at, alleen de melk van zijn eigen koeien dronk; hij had een complete dierentuin op zijn landgoed.

Toen een groep revolutionairen een paar jaar later het paleis van Janoekovitsj binnenstormde, vroeg ik me af hoe nutteloos al die voorzorgsmaatregelen waren geweest. De vogels hadden hem kunnen waarschuwen voor vreemde stoffen in de lucht die door het ingewikkelde filtersysteem binnenkwamen, maar de woede van het volk konden ze niet voorspellen, hoewel alle voortekenen lange tijd in de lucht hadden gehangen, bijna tastbaar.

Ik wilde niet bevriend raken met Maria Kirillovna. Toch merkte ik al snel dat ik in een dergelijke positie terecht was gekomen, en dat was te danken aan de vlot voortschrijdende zwangerschap van haar schoondochter. Het was lastig om afstand te houden, want telefoontjes van de vrouw van je baas moesten worden beantwoord, en voor iedere onbeduidende plechtigheid die voor haar belangrijk was moest ik komen opdraven. Meestal waren er nog andere vrouwen aanwezig, en ik sloeg me erdoorheen door over mijn werk en de activiteiten van de stichting te praten, totdat ik op een dag op de wellnessafdeling van een villa alleen door de dame zelf werd ontvangen, en door een paar zwijgende Thaise vrouwen die geen Oekraïens spraken en die cosmetische behandelingen uitvoerden.

'We hebben twee nieuwe schoonheidsspecialistes,' zei de dame terwijl ze me een kamer binnenvoerde waar behandelingsstoelen op ons stonden te wachten.

'De meisjes verrichten wonderen.'

Ik had jou verteld dat Maria Kirillovna zo familiair deed, maar volgens jou was dat niet zorgwekkend. Als de zwangerschap goed verliep en het kind gezond was, zou ik als een dochter zijn voor haar. Maar ik maakte me geen illusies. Was ik hier uitgenodigd voor een een-op-eencontact omdat er iets was gebeurd? Had Maria Kirillovna iets gehoord wat twijfel had gewekt? Mijn handen prikten alsof ik een in hondsroosstruik was gevallen.

'Een goede vriend van mijn man is de eigenaar van deze villa.

Hij zit in de aluminiumbranche, en in de politiek, maar dat interesseert je waarschijnlijk niet.'

'Te ingewikkeld allemaal, voor mij althans.'

Ze inspecteerde de huid van haar wangen in de spiegel en ik keek toe terwijl het bloed uit mijn vingertoppen verdween. Ik duwde mijn handen in mijn zakken en kromde stiekem mijn vingers. Ze draaide zich om naar mij.

'Wat vind je van het ventilatiesysteem van dit huis?'

De verandering van onderwerp verraste me. Ik begreep niet waar ze op aanstuurde.

'De lucht is echt een klasse apart, vind je niet?' ging ze verder.

'Absoluut. Ik was vanochtend in Kiev voor mijn werk en kon vanaf de bovenste verdieping van het hotel de horizon niet zien, zo dicht was de smog.'

'Je voelt je vast stukken beter nu,' lachte de dame. 'Ik laat het je weten zodra ik de contactgegevens van het airconditioningsbedrijf heb ontvangen. Ik zal ervoor zorgen dat jullie flinke korting krijgen.'

Ik wierp een steelse blik op Maria Kirillovna. Waar wilde ze heen? Of verwarde ze mij met een of andere voormalige minnares van je? Ik had geen huis. Het kon niet anders of dat wist ze.

'Vergeet niet een reservegenerator aan te schaffen. Het is altijd goed om zoiets te hebben.'

Een schoonheidsspecialiste wierp een blik om de deur om te zien of we zover waren, en de dame hief haar hand op om aan te geven dat het nog even zou duren. Ik kon geen andere verklaring voor het gespreksonderwerp verzinnen dan dat ze hetzelfde advies ook had gegeven aan degene die vóór mij jouw bed had gedeeld, en dat ze daar uit macht der gewoonte mee doorging. Misschien was je met mijn voorganger van plan geweest een houten huis te laten bouwen, had je tekeningen laten maken en zowel bouwarbeiders als een kant-en-klare villa bij Honkarakenne besteld, zoals de dame me aanraadde te doen; ze vertelde dat het loonde om arbeiders uit het buitenland aan te stellen, opdat de prijs en andere details daar bleven waar ze hoorden te blijven, namelijk verborgen. Maria Kirillovna had geen vertrouwen in de geheimhoudingsovereenkomsten die door lokale werkers werden ondertekend. Dat was alleen maar papier.

'Is alles goed met je?' vroeg ze. 'Heb je twijfels? Hou je niet van hem?'

Gealarmeerd begon ik de stapel modebladen op de tafel te bekijken. De bladzijden leken aan elkaar vast te kleven, mijn handen werden rood. Ik gloeide alsof ik net terugkwam van het zonnebaden. Ik voelde hoe ze me observeerde en besefte dat ze mij niet met iemand anders had verward.

'Ik geloof dat ik niet weet waar we het nou precies over hebben.'

'Jullie toekomstige huis.'

Ik wist niet wat ik moest zeggen. Hierop was ik niet voorbereid. Ik had niet met de vrouw van jouw baas over mijn privéaangelegenheden gesproken, en nu onderwierp ze me aan een verhoor over ons – jou en mij – en ons gemeenschappelijke onderkomen, hoewel we het daar onderling niet eens over hadden gehad. Hield dat in dat jij zelfs zulke persoonlijke dromen met haar deelde? Was dit een test die ik moest afleggen voordat de dame zou besluiten of ze mij zou laten toetreden tot de familie? Ik had geen idee hoe onze relatie eruitzag in de ogen van de Kravetsen. Misschien was ik slechts een willekeurige metgezel, misschien ook meer. Maar een huis?

'Ja, je houdt van hem,' zei Maria Kirillovna. 'Dat is goed. Ik heb Romka nog nooit zo gelukkig gezien.'

Ze ging in een behandelingsstoel zitten en gebaarde tegen de meisjes die passief op de drempel stonden dat ze konden beginnen. Ik volgde haar voorbeeld, aarzelend, ademde via mijn mond en hoopte dat er iets op mijn gezicht zou worden aangebracht wat het zonnebrandachtige gevoel dat ik had zou verkoelen, iets wat het gloeien beter kon verminderen dan zure room.

'Je moet me laten helpen met het regelen van de bruiloft. Romka is als een zoon voor ons.'

Ik gaf per ongeluk de schoonheidsspecialiste een mep, die een gil slaakte en haar hoofd boog. Ik verontschuldigde me, hoewel het meisje er geen woord van verstond.

'Ik heb toch hopelijk geen geheim prijsgegeven?'

Maria Kirillovna lachte en klom van de stoel. Haar welriekende hand raakte lichtjes als blauwvosbont mijn vingers aan, die ik voor mijn gezicht hield.

'Vertel hem niet dat ik het geheim heb onthuld, lieverd. Ik dacht dat Romka je al een aanzoek had gedaan.'

Haar woordenstroom hield niet op en ik kon haar niet bevelen haar mond te houden, of het nou om woninginrichting of het Nieuwjaarsbal in Wenen ging. Dit jaar had ze er niet bij kunnen zijn, omdat Lada niet durfde te reizen en Maria Kirillovna het beter had gevonden haar schoondochter bij te staan. De volgende keer zouden we samen naar Wenen gaan; ik zou mijn jurk door haar naaister kunnen laten maken. Misschien probeerde ze de ongemakkelijke stilte op te vullen die er anders over de kamer zou zijn neergedaald, want haar opmerking over de bruiloft had mij sprakeloos gemaakt. Mijn vroegere plannen waren binnen een tel irrelevant geworden, want niets was zo belangrijk voor mij als dat wat wij hadden. Ik wilde niet meer terug naar Parijs. Het voelde triviaal om de rekening te vereffenen met de mensen die mij op straat hadden gezet. Ik hoefde hen niet te zien. Waarom zou ik, als er andere dingen voorhanden waren?

Maar één fout maakte ik wel: ik verloor mijn interesse in Daria, die nu een meisje als alle andere was, en liet haar volgende donatiecycli aan een collega over. Rond de tijd dat Lada Kravets was uitgerekend stuurde ik Daria en haar moeder naar Spanje, en ik stuurde er een bericht achteraan, dat er een gezond kind was geboren, maar ik vierde de blijde boodschap in het gezelschap van jou en de Kravetsen. Daria was niet langer mijn toegangspoort tot een schitterende toekomst. Die poort was jij.

# Het dorp, Oblast Mykolajiv

## 2009

Alleen Boris stond me op het erf op te wachten, en heel even vroeg ik me af waar de anderen waren gebleven. Maar ik ging ervan uit dat moeder druk bezig was met het avondeten en dacht er verder niet meer over na, omdat Boris niet in staat was zijn nieuwsgierigheid over de souvenirs die ik had meegebracht te verbergen. Ik gaf hem zijn nieuwe winterjas rechtstreeks vanuit de kofferbak, en toen hij naar binnen vloog om zijn cadeau te laten zien bleef ik staan om de hond klopjes te geven en in alle rust een sigaret te roken. Ik begon er al spijt van te krijgen dat ik niet met je was meegegaan naar Wenen toen het kantoor de deuren had moeten sluiten vanwege een grieppandemie. Het platteland was rond deze tijd van het jaar deprimerend, de bomen waren knokig zo zonder bladeren, en het ooievaarsnest zag er aan de verduisterende hemel uit als een zwart gat in het heelal.

Toen ik de hal binnenstapte besefte ik dat er iets mis was. Niemand begroette mij, de korte hoofdknikjes waren als pikkende vogels. Tante en moeder keken langs me heen, hun blikken kil als drank die verdampte op de huid, en het rook binnen niet naar vers koffiebrood maar naar valeriaan. Ik zette mijn koffer op de grond en keek naar het koude fornuis. Ik vroeg hoe het met hen ging maar niemand reageerde, en ik liet de rest van mijn souvenirs waar ze waren. Er hing een vreugdeloze sfeer, alsof er een dode in huis lag opgebaard. Boris zat ineengedoken in zijn nieuwe jas aan tafel en bestudeerde de handgeschilderde bloemen op een drinkglas. Hij keek zelfs niet mijn kant op, ging alleen de penseelstreken één voor één langs, en ging toen verder met een theekopje, de bloemen daarop, de vergulde motiefjes, de vegen van het penseel, volgde die met zijn vinger, totdat hij achter tante aan glipte die de kippen eten ging geven, het porseleinen kopje stevig in zijn ene hand, met de andere in zijn jas knijpend alsof iemand had gedreigd die van hem af te nemen.

De sfeer werd gespannen toen moeder en ik met ons tweeën achterbleven, en ik nam aan dat ik een verklaring zou krijgen voor haar gedrag. Het moest om iets ernstigs gaan. Misschien had een van hen een dodelijke ziekte opgelopen. Of was er een kennis plotseling overleden. Ik had er niet op gerekend dat het te maken had met de krant die uit moeders zak stak en die ze op tafel uitspreidde, nog steeds zonder een woord te zeggen. Ik herkende de foto van de opening van het kindertehuis en kon me die gelegenheid goed herinneren – het ceremoniële doorknippen van het lint was Viktor ten deel gevallen. De mollige pioenvlechten van de meisjes omzoomden de afbeelding, en ik stond naast de Kravetsen te glimlachen. In het onderschrift stonden onze namen vermeld. Veles was ter plaatse om de eerste stappen op politiek gebied van zijn zoon te begeleiden, en daarom had hij ingestemd met een zeldzame vader-zoonfoto.

'Weet jij wie die man is?'

Moeder wees op Veles. Ik draaide mijn hoofd naar het raam en greep de lucifers van de tafel. Moeder klonk als een vreemde, moeizaam pratend alsof ze gerstekorrels vermaalde tussen haar tanden. Ik liet het luciferdoosje uit mijn handen vallen. Onbewust had ik ermee zitten schudden. Moeders vinger was nog steeds naar Veles uitgestoken, als van een profeet die dood en verderf over me uitsprak.

'Hoe bestaat het dat jij voor de man van Donetsk werkt?'

Ik begreep niet waar ze het over had. Ik kende de man van Donetsk, maar alleen van oude geruchten. Hij was een zakenpartner van vader en Maksim Sokolov geweest voordat het allemaal misging. Iemand had moeder wel heel merkwaardige nonsens verkocht.

'Wil je zeggen dat Vitali Kravets de man van Donetsk is? Wat een flauwekul,' zei ik zelfverzekerd. 'Vitali Kravets komt uit Dnipro.'

Ik moest lachen, moeder niet. Ze pakte een glas, druppelde daar Korvalol in, en schepte er water bij. Toen ze het glas had leeggedronken sloeg ze haar armen over elkaar, en de nagels met de modderige randjes leken zich in de stof van haar jasschort in te graven, alsof ze zichzelf op haar plaats moest houden. Ik voelde een onaangenaam zweempje in mijn maag. Alsof zij zich niet vergist had. Maar ik wel.

'Ik heb de man van Donetsk nooit gezien, zelfs geen glimp van hem opgevangen. Voor zover ik weet heb jij hem ook niet ontmoet. Of wel?' ging ik verder. Ik móest moeder laten inzien hoe belachelijk haar vraag was. 'Heeft vader met jou over hem gesproken, heeft hij zijn naam genoemd? Hadden we foto's van hem? Weet jij hoe hij eruitziet?'

'Valentina Sokolova wist wie hij was en herkende hem op die foto.'

'Daria's moeder? Heb je met haar gesproken?'

'Valentina zou die schurk nooit vergeten, ook niet nu hij zijn gympies voor leren schoenen heeft verruild.'

Instinctief tastte ik naar de telefoon in mijn jaszak. Daria had meer dan tien keer geprobeerd te bellen, en ik ging ervan uit dat ze om medicijnen voor haarzelf of haar kennissen wilde bedelen. De griep die in het land woedde had de schappen van de apotheken en de bakken citroenen en knoflook in de winkels geleegd. Ik had niet opgenomen. Wijzen met de vinger was niet meer voldoende voor moeder, ze sloeg met haar vuist op de krant. Op de man van Donetsk. Op Vitali Kravets. Op jouw baas.

'Deze man kwam te weten wat jouw vader en Maksim van plan waren. Deze man kwam te weten wie ze wilden bedonderen. Namelijk hem. Daarom werden je vader en Maks vermoord.'

'Wacht even. Wanneer heeft vader jou dan zogenaamd verteld over zijn plannen? Jullie zagen elkaar toch nauwelijks in die tijd? Hoe kun je alles geloven wat je wordt opgedist? Wat bewijst die krant nou helemaal?'

'Valentina wist alles. Maks was altijd al een kletskous, hij kon geen geheimen bewaren, in tegenstelling tot jouw vader,' zei ze. 'In tegenstelling tot jijzelf.'

Ik merkte dat mijn hand trilde toen ik een sigaret opstak. Dit moest een misverstand zijn. Dat móest. Valentina Sokolova loog. Ik kon niet bedenken waarom. Had iemand haar daarvoor betaald? Of begon de leeftijd haar geheugen parten te spelen? Mijn vader. Daria's vader. Jouw baas. Veles levert nooit half werk. Dat had jij gezegd. Mijn gedachten waren één warrige hondsroosstruik, maar te midden daarvan flakkerde iets waaraan ik geen vorm kon geven. Iets wat ik was vergeten. Iets wat ik me had moeten herinneren. Iets wat zou helpen een beeld te krijgen van de gebeurtenissen. Ik kreeg de zin niet te pakken. De zin die jij had uitgesproken. Ik greep je stem, die ergens in de wirwar in mijn hoofd kronkelde, en strekte mijn hand ernaar uit, tot hij zo helder was als het fluiten van een trein in het nachtelijke Dnipro, en de woorden waren duidelijk en het woord 'Donetsk' werd steeds herhaald en ze kwamen uit een gesprek dat ik destijds met je had gevoerd over de bruiloft van je baas. Nu wist ik alles weer.

We hadden allebei de hele dag vrij en jij nam mij mee uit eten in het Bartolomeo, waar ik nog niet eerder was geweest. Het privéstrand bij het hotel was fantastisch. Ik had nooit geweten dat je op de oever van de Dnjepr het gevoel kon hebben in de Caraïben te zijn, of dat je zo onwerkelijk goede koffie kon krijgen in de stad. Als ik er geen escorts uit de hogere prijsklasse had gezien, was de club perfect geweest voor afspraken met cliënten.

Jij betreurde het dat je me nooit eerder had meegenomen

naar het Bartolomeo, als het zeeroversschipmilieu me zo beviel. Ik beteugelde mijn geestdrift. Ik wilde jouw uitzonderlijk spraakzame bui niet verpesten en dacht de hele tijd aan wat Maria Kirillovna had gezegd. Misschien had ze zich vergist. Ik wilde niet zo'n vrouw zijn die haar dagen doorbrengt in afwachting van een huwelijksaanzoek, maar toch merkte ik dat ik dat was. Het geneerde me. Je verzuchtte dat als je een bruiloft moest organiseren voor jezelf en je uitverkorene, je voor iets eenvoudigers zou kiezen, en ik glimlachte, omdat je op dat moment mijn hand pakte en die kuste en omdat ik jouw woorden interpreteerde op basis van het gesprek met Maria Kirillovna, hoewel ze ook betrekking hadden op het programma van die dag: het was de bedoeling meteen ook te kijken of de locatie geschikt was om de trouwdag van je baas en Maria Kirillovna te vieren. Nadat we het eten hadden besteld vertelde je meer over je taak. Je vader was ceremoniemeester geweest toen Veles met Maria Kirillovna trouwde, die tot de elite van Dnipro had behoord, en jij moest de traditie voortzetten door dit feest te organiseren; je wilde mijn mening weten over de details. Maria Kirillovna wilde in ieder geval een confettiregen, het vuurwerk van de eeuw en acrobates op stelten. Terwijl ik nadere vragen stelde had ik het over een zilveren bruiloft, maar je corrigeerde me: het ging om een stalen bruiloft. Maria Kirillovna zou niet blij zijn met mijn vergissing, die ze als een belediging voor haar leeftijd zou kunnen opvatten. Ik kon het dus maar beter goed onthouden. Ik mompelde iets vaags en vroeg me af of het vieren van een stalen bruiloft op zo'n grote schaal een nieuwe rage was. Maar nee. Maria Kirillovna was ergens in een vrouwenblad een lijst met namen voor de verschillende huwelijksverjaardagen tegengekomen, en ze was opgetogen geweest. Wat haar betreft moest je feesten zolang je nog kon, en een stalen bruiloft klonk goed. Het klonk geheel passend voor hen. Ik had gedacht dat ze al decennialang getrouwd waren en beschouwde haar bij uitstek als een vrouw die nooit weduwe zou worden. Door de elfde huwelijksverjaardag begon ik daaraan te twijfelen. Ik was verward toen ik het hoorde, en vergat te vragen hoe het dan zat met Viktors geboortejaar totdat jij vertelde dat Viktor Veles' zoon uit diens eerste huwelijk was. Dat was zo slecht afgelopen dat Veles niet wilde dat de naam van de vrouw nog genoemd werd, en Viktor stond op geen enkele manier in contact met zijn biologische moeder. De echtscheiding was waarschijnlijk de schuld van een vroegere vriend van Veles, wat overigens alleen maar jouw eigen gevolgtrekking was. Die jeugdvriend van Veles had ooit in dronken toestand jouw pad gekruist en in obscene termen over de vrouw gesproken. Naar het scheen had dat wijf wel iemand anders kunnen kiezen om mee te knuffelen. Ik besteedde geen aandacht aan de details rond de scheiding, ik was nog steeds onthutst over Maria Kirillovna's stalen bruiloft; over de gastenlijst werd momenteel nagedacht door de Kravetsen. Iedere hoge pief in Dnipro zou erbij zijn, zei je, en er zou vast onenigheid ontstaan over de vraag of er uit Donetsk iemand zou worden uitgenodigd of niet. De naam Donetsk schudde me wakker en ik concentreerde me weer op het gesprek; ik liet mijn sjaaltje op mijn schouders vallen. Ik vroeg me af wat Donetsk met de zaak van doen had, en jij bracht in herinnering dat de clans in Donetsk en Dnipro elkaars concurrenten waren. Veles had nog steeds financiële belangen in zijn geboortestreek, maar voor het overige had hij de oblast vaarwel gezegd nadat hij was getrouwd met een vrouw afkomstig uit de crème de la crème van Dnipro. Zelfs in zijn toespraken nam hij niet de moeite naar Donetsk terug te keren, wat ongetwijfeld ook met zijn ex-vrouw te maken had. De gracieuze Maria Kirillovna had Veles goed gedaan, zei je. Veles was net zo elegant geworden als andere zakenlui uit Dnipro, die eerder door slimheid dan door brute kracht vooruitgang boekten op zakelijk vlak. Sommigen hadden waarschijnlijk gehoopt dat de betrekkingen tussen de groeperingen in Dnipro en Donetsk zouden verbeteren door de echtvereniging. Maar dat was niet gebeurd, en jij geloofde niet dat er over de gastenlijst overeenstemming zou worden bereikt. Voor ons zou het opstellen van zo'n lijst vast makkelijker zijn, zei je, en meteen vergat ik al het andere wat ik zojuist had gehoord.

Het geheugen van Daria's moeder had haar niet in de steek gelaten. Het mijne mij wel. Veles was aan het eind van de jaren negentig uit Donetsk weggegaan en Valentina had hem herkend. Er waren genoeg bewijzen voor zijn identiteit; ik kon niet langer van een toeval uitgaan en mijn ambitie om moeders beweringen te ontkrachten droogde op. Jouw baas was de man van Donetsk met wie onze achterlijke vaders – die van mij en die van Daria – hun achterlijke zaken hadden gedaan. De man aan wie mijn vader steeds weer bezoekjes had gebracht en die door onze vlijtige vaders was opgelicht. De man van wie ik voor honderd dollar een aandelenlijst had gestolen om die aan mijn vader te geven, hoewel de lijst eigenlijk hun alle drie had toebehoord, de drie makkers, die vrienden waren geweest maar dat niet meer waren nadat mijn vader en Maksim Sokolov gezamenlijk hadden besloten die belachelijke fabriek met zijn tweeën op te eisen.

Ik staarde naar de droge broodkruimels die over het wasdoek op tafel rolden, stond langzaam op en ging naar buiten. Toen ik in de beschutting van de appelbomen was aangekomen stopte ik mijn sjaaltje zo ver in mijn keel als ik kon en brulde ik geruisloos, totdat ik bijna flauwviel; kokhalzend rukte ik de stof weer uit mijn mond. Zodra ik buiten het bereik van mijn moeders blik was gekomen was mijn onverzettelijke hooghartigheid gebarsten als een glas dat niet vuurbestendig is. Vader had zijn keuze gemaakt. Hij had business en bedrog als zijn leidende principe gekozen. Niet mij. Niet moeder. Niet ons. Wij waren nooit zijn prioriteit geweest, dus waarom zou ik de keuze die mijn hart had gemaakt betreuren? Wat dan nog, als de keuze was gevallen op iemand die als een familielid werd beschouwd door de man die mijn vaders hals had doorgesneden?

Ik schopte hard tegen een appel die op de grond lag te verrotten en nam een besluit. Ik zou de kwestie nu overdenken, gedurende een moment, en daarna zou ik de boel wegwuiven als een mug en me niet langer het hoofd breken hierover, nooit meer. Ik zou vader dat wat jij en ik hadden niet laten verpesten. Ik zou dat niet toelaten. En ik kon niet toestaan dat mijn zenuwen het begaven, als ik van plan was deze puinhoop op te ruimen.

Ik veegde mijn neus af aan een handdoek die aan de lijn hing te drogen en probeerde mijn slagvaardigheid terug te krijgen. Ik zou beginnen met het beluisteren van de berichten die Daria op mijn voicemail had ingesproken. Er waren tientallen onbeantwoorde binnengekomen gesprekken, en ik vervloekte mijn onverschilligheid met betrekking tot Daria. Terwijl ik naar mijn telefoon staarde begon het beeldscherm te flakkeren. Jij probeerde te bellen. Ik richtte mijn blik omhoog en liet hem over de duistere tuin gaan; in de stilte klonk de beltoon schel als de schreeuw van een pauw. Het was alsof je had gehoord waar moeder en ik over hadden gesproken in de keuken, en alsof je nieuwsgierig wachtte welke verklaringen ik zou aandragen in de hoop hiermee weg te komen. Ik liet de telefoon in mijn zak vallen en hurkte neer naast de hond, die mijn vreemde gedrag had geobserveerd. Hij kwispelde, en gromde niet. Toch kon ik het gevoel niet afschudden dat ik werd bekeken. Ik dwong mezelf de tuin door te lopen, en de schaduwen die zich vóór mij bewogen brachten me aan het zweten; ik schrok van de kruisbes- en zuurbestakken die aan mijn kleren bleven hangen met hun doornen die alle kanten op staken. Maar er was niemand in de tuin. Uiteindelijk rende ik naar de poort, met de hond achter me aan. Ik moest zien wat er aan de andere kant van het hek was. De weg was leeg. Jij wist het niet. Daar moest ik aan denken. Jij had Daria's papieren doorgenomen, had de naam van haar vader gezien. Als jij die niet herkende, en de man zelf evenmin op de oude foto's in de donormap, dan had Veles zijn verleden in Donetsk zo diep begraven dat jij geen flauw idee had van de hele constellatie, en dat gaf me hoop. Veles had de kwestie niet voor het voetlicht willen halen, had zelfs niet gewild dat de mannen die het dichtst bij hem stonden ervan afwisten. Als ik ervoor zorgde dat de Sokolovs hun mond hielden, zou de hele kwestie weer in de vergetelheid raken.

In de berichtjes op mijn voicemail zei Daria hijgend dat er onbekende gasten in haar huis waren geweest. Wij moesten praten over wat de mannen hadden verteld. Aan haar stem hoorde ik dat er iets mis was. Ze verweet me niet dat ik voor de vijand werkte, schold me niet uit in bijtende bewoordingen, legde niet uit waar het over ging. De hele nacht door waren er dat soort belverzoeken binnengekomen. Ondertussen had ik *zefir*-zoete dromen gedroomd, en bij het ontwaken had ik gemijmerd hoe heerlijk het zou zijn om een trouwfoto in het door herfstbladeren gekleurde park te nemen, met Potjomkins paleis op de achtergrond. Ik was een idioot. Moeder zou nooit naar mijn bruiloft komen. De man van Donetsk zou erbij zijn, met zijn vrouw. En er zou geen bruiloft komen als ik mijn kaartenhuis niet overeind wist te houden. Ik leunde met mijn rug tegen een appelboom en keek even naar de ramen, waardoor het licht in huis naar buiten stroomde. Niemand in huis riep me achterna, zoals ik misschien had gehoopt. Moeder niet. Tante niet. Zelfs Boris niet. De enige die me enige genegenheid toonde was de hond, die aan mijn voeten was gaan liggen en me af en toe een zorgzame por met zijn snuit gaf en mijn door de bessenstruiken bekraste vingers likte. Ik haalde diep adem en belde Daria. Ze nam niet op. Ik selecteerde Valentina Sokolova's nummer. De telefoon ging vergeefs over. Ik stuurde Daria een hartelijk verzoek om zo snel mogelijk contact op te nemen en beluisterde mijn berichten nog een keer, voor het geval ik iets had gemist. Op grond van de voicemails kon ik niet bepalen wat Daria allemaal wist. Ik ging er echter van uit dat de mannen die haar huis waren binnengedrongen dat hadden gedaan om de kluwen te ontrafelen. Verbijsterd door het nieuws had Daria een verklaring van mij verlangd. In plaats van een verhaal op te dissen en van een misverstand te reppen en haar het zwijgen op te leggen, had ik niet opgenomen. Daarop had ze met haar moeder gesproken, die de beweringen van de indringers had bevestigd, althans voor zover het Maksim en mijn vader betrof, evenals de identiteit van de man van Donetsk. Geschokt had Valentina alles aan mijn moeder verklapt. Natuurlijk waren dit alleen maar vermoedens; ik kon niet weten wat er daadwerkelijk bij Daria thuis was gebeurd, wat de gasten haar hadden verteld en waarom. Ik stond op. Ik moest onmiddellijk terug naar Dnipro. Ik zou Daria zoeken en deze kwestie afhandelen. Maar voor die tijd moest ik moeder nog meer vragen stellen.

Moeder zat nog steeds bij de keukentafel voor zich uit te staren. Haar vlekkerige handen lagen roerloos op die vervloekte krant, als een oud dak van eterniet, en de aanblik had iets onherroepelijks. Ik kon niet naar haar kijken.

'Het bestaat niet dat je die dingen alleen op grond van het geneuzel van de Sokolovs denkt,' zei ik. 'Of wel?'

'Daria had haar moeder bewijsmateriaal gestuurd vanaf jouw werk.'

'Gestuurd? Hoe gestuurd? Heb je gezien wat ze zogenaamd heeft gestuurd?'

'Doe geen moeite. Waarom zouden de Sokolovs over dit soort dingen liegen?'

Uit de documenten van ons kantoor bleek wie via Daria een kind had gekregen. Alleen in die documenten stonden de namen van Viktor en zijn vader, die als donor had gefungeerd. Ik durfde te wedden dat Daria die informatie van haar onaangekondigde gasten had gekregen, die wellicht ook bewijzen bij zich hadden gehad van de zakelijke activiteiten van Maksim, mijn vader en Veles Kravets, of in ieder geval van de connectie die er tussen hen bestond. Daria had desondanks haar mond kunnen houden; haar functieomschrijving was geheim voor de Sokolovs. Niemand had hoeven te weten aan wie ze haar eicellen had gedoneerd. Maar ze had een andere keuze gemaakt en alles zonder blikken of blozen aan haar moeder doorgebriefd, als een ordinaire kletskous.

'Had ik jou niet gevraagd modellenwerk te regelen voor Daria? Wat is daaruit voortgekomen? Wat is er mis met jou?'

Waarschijnlijk besefte ik niet hoe definitief moeders woorden waren, want ik liep niet naar de auto maar ging in plaats daarvan de slaapkamer in, alsof ik van plan was hier te overnachten. Al mijn foto's waren verdwenen. Er waren al kleden opgehangen om de lege muren te bedekken. Het ingelijste gezicht van mijn neef keek me aan alsof ik niet meer bestond.

# Dnipropetrovsk

## 2009

Ik bleef staan bij de met donkerbruin kunstleer beklede voordeur, die aan de rugleuning van een gecapitonneerde zitbank deed denken, en verzamelde heel even moed voordat ik Daria's woning binnenging, waar ik niet meer was geweest sinds ik haar de sleutels had gegeven. De vertrouwde geur van lelietjes-van-dalen had zich aan de wanden van de hal gehecht ter hoogte van de spiegel, en op het plankje ervoor stond een half gevuld flesje van hetzelfde parfum. Ik keek om me heen. Ik kon niet bepalen of Daria halsoverkop was vertrokken of dat de tweekamerwoning er net zo uitzag als altijd. Tussen de jurken en blouses aan de kleerhangers herkende ik een aantal kledingstukken die ik voor haar had gekocht, maar ik kon me niet herinneren welke spullen ik haar allemaal had gegeven. Ik kon niet beoordelen of er iets ontbrak in de kasten, of er tussen de potjes op de kaptafel crèmes misten die Daria dagelijks gebruikte, of het parfum dat ze had achtergelaten iets verried over haar gedrag, namelijk of ze in paniek was gevlucht of niet. Ik vond niets wat mij kon helpen haar gemoedsgesteldheid te duiden, of te gissen wat haar bestemming was en hoelang de reis zou duren. Toch controleerde ik de kamers, in de hoop een aanwijzing te vinden. De wandkalender was op oktober blijven staan, op een foto van een in herfstkleuren gehulde Gelderse roos vol rode trosjes bessen. De planten hadden in geen tijden water gehad en de geldboom was aan het doodgaan. Op het fornuis stond een oosters pannetje met een lange steel dat ze blijkbaar nog steeds gebruikte om koffie te zetten; de espressomachine die ik had aangeschaft was verdwenen, verkocht misschien. Behalve een aantal halflege jam- en augurkenpotjes vond ik in de koelkast alleen een paar kwarkrepen, alsof Daria nog steeds een kind was. Op een bord lag een uitgedroogd, half opgegeten *tsjeboereki*-pasteitje, en vanuit de aangrenzende woning was muziek te horen, 'Zwarte engel' van Svetlana Loboda, waar ook Daria vaak naar geluisterd had. Ik ging terug naar het trappenhuis. Misschien hadden de buren iets gehoord, hadden ze Daria gezien toen ze vertrok, of de mannen die haar woning waren binnengedrongen. Maar mijn pogingen om aan te bellen waren vergeefs. Niemand op die verdieping reageerde op mijn kloppen, noch op de zoemer. Ik keerde terug in Daria's woonkamer, sloot Loboda's stem op in de keuken door de deur te sluiten en begon Daria's collegeaantekeningen door te nemen, en haar boekenplanken, stapels tijdschriften, post en ansichtkaarten die op de spiegel in de gang waren geplakt. Tussen de bladzijden van een gedichtenbundel van Lesja Oekrajinka vond ik gedroogde lelietjes-van-dalen. Ik had het boek aan Daria gegeven omdat in haar map stond dat lezen een van haar hobby's was, en ik had haar opgedragen een aantal gedichten uit het hoofd te leren voor het geval ernaar gevraagd werd. Daria had gehoorzaamd; er was een voordrachtskunstenaar aan haar verloren gegaan. Ik gooide het boek op tafel en ging op de bank – die ik voor haar had uitgekozen – zitten om na te denken. Het kantoor had de tweekamerwoning geregeld, ik de meubels. Ik had verwarmingselementen in de kast opgeslagen voor het geval er een gascrisis kwam, en had zelfs een man laten komen om de zilverdraden van het waterzuiveringssysteem te vervangen voordat de nieuwe bewoner haar intrek zou nemen. Daria was opgetogen geweest toen ze dat alles had gezien, en ze had meteen het bed uitgeprobeerd, dat iets heel anders was dan het stapelbed van haar studentenflatje. Dankzij mij hoefde ze geen handwasjes meer te doen, had ze een eigen badkamer gekregen, en iets anders op haar bord dan die eeuwige gebakken aardappelen. Ik had haar broer zijn gezondheid teruggegeven en een legale baan voor hem geregeld, dankzij mij had haar familie een toekomst gehad. Mijn beoordelingsvermogen had me vreselijk in de steek gelaten als het ging om het soort dankbaarheid dat je voor al die dingen mocht verwachten.

Ik ging een luchtje scheppen op het balkon, dat ik gemeubileerd had ondanks het feit dat de roestige bewapening her en der in het beton zichtbaar was. Daria had de stoelen naar binnen gehaald en net als haar buren van het balkon een opslagruimte gemaakt. Er stonden dozen met blikjes tomaat en een zak aardappelen die in een deken was gewikkeld. Daarnaast stonden winterbanden opgestapeld. Ze had een auto. Dat wist ik niet. Was ze dezelfde avond naar Snizjne gereden, of ergens anders naartoe? Was ze überhaupt nog in het land? Nu pas besefte ik dat ik geen flauw idee had wat ze met haar inkomsten had gedaan of wie haar paspoort had. Ik had geen navraag gedaan, niet met haar gesproken nadat ik haar naar Spanje had gestuurd, vlak voordat die koter van de Kravetsen geboren zou worden. Ik weigerde te geloven dat Daria voorgoed verdwenen was; ze wilde afstuderen. Ze zou gedwongen zijn op de universiteit te verschijnen om haar studieplek te kunnen houden. Die kwestie had toch zeker niet alle waarde verloren?

Ik besefte dat ik eigenlijk niets over haar wist, ook al beschikte ik over haar chromosoombepaling, haar gezondheidsinformatie en een lijst van hobby's die het in de ogen van cliënten goed deden. Ze was een volkomen vreemde voor mij.

# Snizjne

## 2009

Ik was sinds de dood van mijn vader niet meer in Snizjne geweest, en was er ook nu liever niet naartoe gereden. Maar ik móest iemand van de Sokolovs zien te vinden. Niemand van hen had mijn telefoontjes beantwoord, en dat verbaasde me niets. Het kon niet anders of ze haatten me, en ze zouden mijn bewering dat ik niet had geweten wie de man van Donetsk was niet slikken; ik geloofde daarom zelf ook niet dat een gesprek onze band weer kon herstellen. Ik hoopte vooral dat we een bedrag overeen konden komen waarvoor zij hun mond zouden houden en Daria weer aan het werk zou gaan. Het geld regelde ik later wel. Ik betwijfelde geen moment dat mijn plan zou werken. In dit land werkte dat altijd. Je moest alleen kunnen onderhandelen. Als Daria er niet mee zou instemmen, zou ik me erop richten haar moeder en broers over te halen.

Ik zag de vertrouwde torens, de vertrouwde bergen, en reed een tijdje doelloos rond; ik kwam langs de vertrouwde school, school nummer één, en liet de airco op volle kracht blazen, alsof de prikken met de passerpunt die ik in mijn vingertoppen voelde daardoor zouden weggaan, de passerpunt die ik dag in, dag uit in mijn vingers had gestoken, terwijl ik mijn ogen sloot en me voorstelde dat de bergen steenkool echte bergen waren, ergens in de verte, en dat ook ik ergens anders was. Ik scheurde langs met gras overwoekerde standbeelden, afbrokkelende monumenten en bouwvallige muren van silicaatsteen, tot ik gewaarwerd dat ik weer over de Lenina en weer over de Gagarina reed, misschien al voor de derde of vierde keer. Ik was vergeten dat de stad zo klein was.

Voor het gebouw waar de Sokolovs woonden bleef ik staan. Ik had verwacht naast de ingangsdeur een stel omaatjes aan te treffen aan wie ik zou kunnen vragen in welk appartement Daria's familie woonde. Maar het was te koud om buiten te zitten, het erf was leeg. Ik liep om het gebouw heen, speurde de ramen af, waarachter ik niets anders kon zien dan vitrages en de op tanden lijkende schaduwen van sansevieria's en aloë's, en ik pijnigde mijn geheugen. Daria's broertje had boodschappen gedaan voor zijn moeder en andere oudere bewoners van het pand toen de lift kapot was gegaan. De vierde verdieping. Zo was het. Aan de liftwand hing een icoon van de Heilige Maagd Maria, en terwijl ik op het knopje drukte vroeg ik haar om voorzienigheid. Het hielp niet. Geen van de buren reageerde op mijn koppige aanbellen. Ik liep naar het volgende trapportaal. Ik rook koolsoep, en ergens werd er naar het nieuws gekeken. Ik durfde te wedden dat de kabelradio hier nog niet aan belang had ingeboet. Bij tante thuis herinnerde alleen een contactdoos in de muur nog aan die staatsleugens spuiende koeienbel. Ik kneep in de reling. Er moest iemand zijn in dit gat die iets wist. Ik klopte op de deur van iedere woning in het trappenhuis, drukte op iedere deurbel, en toen mijn werk vergeefs bleek klom ik gefrustreerd naar het dak van het gebouw, waar ik me door de wind liet opdrogen; het traplopen had me zweterig gemaakt. De stank van kool en spijsolie deed mijn maag knorren. Ik had sinds de voorgaande dag niet gegeten, laat staan geslapen, en ging op de cementtegels zitten. Ook elders werd het landschap bespikkeld door schotelantennes. Hier deden ze me denken aan een vliegenzwam. Deze toxische stad had mijn leven vergiftigd en hield maar niet op het te verontreinigen, en ik kon er niets tegen beginnen. Toch had ik geen reden om van het dak te springen. Een heel gezin laten verdwijnen was duur. Vroeg of laat moesten de gezinsleden ergens opduiken, en ik kon me niet voorstellen dat ik ze niet zou vinden.

Ik keerde terug naar de auto en zette de radio aan om wakker te blijven tot ik bij een benzinestation koffie zou kunnen halen, maar het bekende nummer dat werd gespeeld overviel me, was compleet fout voor het moment. Terwijl ik probeerde van zender te wisselen werd ik ingehaald door een toeterende vrachtwagen. Ik reed naar de berm en controleerde hoe de kohllijntjes rond mijn ogen erbij stonden. Niet best. Ik legde mijn hoofd tegen het stuur en liet Platsj Ijeremii op de golven spelen. Nadat ik naar Parijs was gevlucht had ik een stapelbed gedeeld met een meisje uit Lviv dat onophoudelijk naar die band luisterde. De muziek drong vanaf haar walkman door tot in mijn oren, en ze was met name verzot op dit nummer, waarin werd gezongen over witte asters en de terugkeer, na de zomer, naar gerussificeerde steden, en ik dacht: daar ben ik in ieder geval aan ontkomen, en ik zal er ook nooit terugkeren. Toch was er iets met dat lied wat me ertoe bracht de walkman stiekem, met cassette en al, kapot te maken. Ze had geen geld om een nieuwe te kopen, en het asterlied zweeg.

Het meisje kwam er nooit achter wie er schuldig was aan die wandaad. Ze huilde bij het zien van de glanzende kluwen magneetband op de grond, en misschien dat ik heel even spijt had, heel even maar. Ik troostte haar en op een of andere manier eindigde het ermee dat we elkaar troostten. Ze had geen flauw idee van de dingen waartoe ik in staat was. Ondanks het feit dat we in boven elkaar gelegen bedden sliepen, was ik net zozeer een vreemde voor haar als Daria voor mij. Ik had Daria zo grondig onderzocht dat ik meende te weten wie ze was. Inmiddels kon ik niet meer inschatten waar zij toe in staat was of waar ze naartoe zou vluchten.

Maar had ik mezelf dan veel beter gekend? Als iemand mij

vroeger had gevraagd wat ik ervoor over zou hebben om meer te weten te komen over het lot van mijn vader, zou ik lachend hebben geantwoord: wat gebeurd is, is gebeurd. Ik was zelfs niet bij mijn vaders graf geweest. Toch had ik totaal anders gehandeld toen Ivan een paar weken eerder een ruilhandel had voorgesteld, met als inzet informatie over mijn vader.

Die ruil had ertoe geleid dat die mannen Daria's woning waren binnengedrongen.

Had de Sokolovs doen onderduiken.

Die ruil zou jij me niet kunnen vergeven.

# Het dorp, Oblast Mykolajiv

## 2009

'Naar het schijnt bezit jij iets wat geld waard is,' zei Ivan. 'En iemand is bereid daarvoor te betalen.'

Mijn nekspieren spanden zich meteen. Ik was gekomen om hem op te halen voor het eten, maar hij treuzelde bij het inladen van de potjes en flesjes compote in de kofferbak, alsof hij een kristallen piramide aan het bouwen was. De geopende achterklep onttrok hem aan het zicht en ik kon zijn gelaatsuitdrukking niet zien. Uiteindelijk rechtte hij zijn rug, en hij drukte zijn duim, wijsvinger en middelvinger tegen elkaar en zette er een smakkende kus op om aan te geven hoe goed de compote was die Boris maakte.

'Alsof je versgebakken zoete broodjes verkoopt. Bij de afkickkliniek staan ze buiten al in de rij hiervoor.'

Ivan wist duidelijk niet hoe hij moest beginnen, en dat was nieuw. Het kon niet om de papavers gaan. En ik bezat helemaal niets waardevols. Als we het tenminste niet hadden over iets waar ik op kantoor toegang toe had: eicellen, zaadcellen, embryo's, foetussen. Het cliëntenregister. De database bevatte alle informatie over de gezondheid van de cliënten, hun genotype, hun wensen, hun donoren. Er was vast iemand die daar graag een flink bedrag voor zou neertellen. Gegadigden waren er genoeg: onze concurrenten in de branche, een jaloerse minnares of minnaar, vijanden van de cliënten, waarom ook niet de veiligheidsdiensten van verschillende landen?

Ivan sloeg de achterklep met zo veel kracht dicht dat de icoon die met plakband op het dashboard was geplakt in de voetruimte viel, en hij boog zich voorover om ernaar te zoeken. Ik wachtte. Ivan was niet iemand die aan koetjes en kalfjes deed, en het viel hem duidelijk zwaar over het onderwerp te praten. Ik besloot hem verkeerd te begrijpen, om zo het gesprek op gang te brengen.

'Ik kan geen korting geven op vruchtbaarheidsbehandelingen zonder betrapt te worden. Mijn cheffin is een oplettende vrouw.'

'Geen zorgen, daar gaat het niet om. En eigenlijk wordt er niets van je geëist.'

De Heilige Koeksja van Odessa was gevonden, Ivan rechtte zijn rug. Dezelfde heilige had de taxi gesierd waarmee hij had rondgereden om compote te verkopen. Die tijden waren voorbij, en Ivan was geen kleine dealer meer. Hij was opgeklommen en wilde nog verder opklimmen. Hij kuste de Heilige Koeksja, die door Ivan was uitgekozen omdat ook hij had geleden, namelijk in de kampen in de Oeral, en zette de icoon terug op zijn plaats. Maar in plaats van ter zake te komen begon hij in het handschoenenvakje rond te woelen totdat hij een fles vond; uit de kofferbak pakte hij nog een pot augurken van drie liter. De achterklep werd opnieuw onnodig hard dichtgesmeten, en het flesje gezegende olie dat aan de achteruitkijkspiegel hing zwaaide heen en weer. De drankfles plofte open. Ivan nam een grote slok en reikte mij de fles aan. Ik weigerde die niet.

'De deal betreft een cliënt van je.'

'Wie?'

Ivan wierp een blik op het huis, alsof hij zich ervan wilde vergewissen dat niemand ons kwam storen. Het was moeders verjaardag en nog even en ze zou zich afvragen waar we bleven.

'Naar het schijnt weet je wie. Een of andere hoge piet. Een Oekraïner, geen buitenlander.'

Viktor. Dat was de enige mogelijkheid. Instinctief sloeg ik een kruisteken. Ik wilde me absoluut niet verder dan nodig in Ivans aangelegenheden mengen – en in deze kwestie al helemaal niet. Het gesprek op zich was al verraad.

'Wie heeft jou gestuurd?'

'Dat hoef jij niet te weten.'

'Ik kan niets doen.'

'Het is geen moeilijke klus.'

'Zulke klussen bestaan niet.'

Hij beet in een knapperige augurk, veegde zijn vingers af aan zijn broek en haalde toen een pakje sigaretten tevoorschijn. Hij klopte zo lang met het uiteinde van de sigaret op het pakje dat ik hem moest onderbreken om te vragen of ik er ook een mocht. Zwijgend rookten we een tijdje. Ik besefte dat ik onmiddellijk Viktor of mijn cheffin op de hoogte moest stellen van het voorstel. Of jou. Jullie zouden wel weten wat er gedaan moest worden, maar Ivan zou in de problemen komen, en ik vast ook. Het was geen toeval dat Ivan als loopjongen was ingeschakeld, en het was evenmin een geheim dat Viktor en ik bevriend waren. Toespraken, feestelijke openingen, gala's. Viktor had de fotografen vermeden totdat zijn vader had besloten dat hij de politiek in moest. Er waren talrijke kiekjes waar we samen op stonden. Ik wist meer over Viktor dan wie dan ook, of dat dacht ik althans, en dat maakte mij interessant.

'Ik weet niet of we een keuze hebben,' zei Ivan.

'We?'

'Niemand mag ooit te weten komen dat ik de informatie over deze speciale persoon van jou heb gekregen.'

'Is dat de klus? Jullie willen de patiëntgegevens van mijn cliënt?'

'Je hoeft alleen maar alles te kopiëren, tot in de kleinste details. Totaal onschuldig en ongevaarlijk.'

'Dat kan ik niet doen. Met geen mogelijkheid.'

'Interesseert het je niet eens wat je beloning zou zijn?' vroeg Ivan, en hij pauzeerde even. 'Je zou het hoofd van je vader krijgen.'

Het duurde heel even voordat ik besefte wat hij zei. Ik ging op de grond zitten en voelde hoe het vocht zich door mijn kleren heen naar mijn huid verspreidde. Ik vroeg me niet langer af waarom Ivan zich zo ongemakkelijk voelde. Hij bood me opnieuw de fles en de augurken aan. Ik wilde alleen de drank. Het hoofd van mijn vader. Daar had ik in geen tijden aan gedacht. Er was ook niets om over na te denken. Ik was er altijd van uitgegaan dat zulke dingen gebeurden, in zulke kringen, bij dergelijke afrekeningen. Het schenden van stoffelijke resten was effectief genoeg als waarschuwing. Ik had er nooit bij stilgestaan dat iemand mijn vaders lichaamsdeel jarenlang zou willen bewaren, of wilde onthouden waar dat was begraven. Of wist ik veel hoe dit soort dingen werden geregeld. Misschien was een vriezer vol handen, voeten en hoofden een soort bank waar je iets uit kon halen als de familie van het slachtoffer met journalisten wilde praten. Of als er bepaalde diensten nodig waren. Wanhopige verwanten zijn altijd overal toe bereid om hun dierbare in zijn geheel naar diens laatste rustplaats te kunnen brengen. Maar waar het om ging was dat iemand om een of andere reden het hoofd van mijn vader in bezit had, en dat was het enige wat ik moest weten. Met zulke lui speelde je geen spelletjes. Het aanbod dat mij werd gedaan was bedoeld om duidelijk te maken wat er zou gebeuren als ik weigerde. Dezelfde types wilden nu Viktor en zijn vrouw schade toebrengen. Dat liet me koud. Wat me niet koud liet was mijn eigen hoofd, waarvan ik wilde dat het tussen mijn schouders bleef staan.

'Denk aan je moeder en je tante. En aan Boris.'

Meer hoefde Ivan niet te zeggen.

# Dnipropetrovsk

## 2009

Moeder belde om het nieuws te vertellen. De militie was langs geweest, maar omdat het maar twee dingen kon betekenen als de autoriteiten aanklopten, leed of geldverlies en meestal allebei, hadden ze de poort op slot gehouden. Toen de mannen de volgende ochtend waren teruggekeerd was tante zo geschrokken dat ze de wateremmer had laten vallen. Een dergelijke volharding betekende gedonder in de glazen. De militie zou hen niet met rust laten zolang ze niet kreeg wat ze wilde, en dus had het hun het beste geleken de man tot het erf toe te laten. Hij gunde hun en de grommende hond de tijd om aan zijn goedhartige voorkomen te wennen voordat hij de reden van zijn bezoek toelichtte: op een bouwplaats waar een flat werd neergezet was een lichaamsdeel gevonden dat waarschijnlijk aan mijn vader had toebehoord. Moeder moest mee naar het mortuarium.

Ik zat aan mijn bureau, probeerde verbaasd te klinken en drukte de punt van mijn vulpen in een lege bladzijde in mijn agenda. Het kantoor was nog steeds gesloten in verband met de pandemie en de bijbehorende quarantaine. Niemand had mijn bezigheden opgemerkt toen ik de inloggegevens van mijn cheffin had gebruikt om de toegangsrechten van werknemers voor de database uit te breiden, wat ik op de computer had gedaan van onze toch al blunderende secretaresse; diezelfde computer had ik ook gebruikt om de informatie te printen. Nadat ik het materiaal over de Kravetsen aan Ivan had gegeven had ik in gedachten een lijst opgesteld van iedereen die ik de schuld kon geven van het lek. De secretaresse stond bovenaan.

Aan de andere kant van de lijn schraapte moeder haar keel.

'Ik heb je nooit verteld hoezeer die kwestie me getergd heeft,' zei ze.

'Hoe wisten ze van wie het hoofd was?'

'Aan de hand van gebitsgegevens.'

'Is het zeker dat het om vader gaat?'

'Dat heb ik toch al gezegd.'

Ze klonk jonger en ze maakte haar zinnen af, de staarten vielen niet weg, en ze babbelde over wat ze van plan was te doen, vroeg niet alleen maar naar mijn bezigheden en roddelde niet over aangelegenheden van anderen. De volgende dag zou ze met de priester spreken over een nieuwe begrafenis, de heiligen bedanken en kaarsjes opsteken.

'We kunnen dit maar beter in alle stilte afhandelen,' zei ik. Ik had geen behoefte aan overvloedige aandacht, laat staan aan een ijverige onderzoeksjournalist.

'Uiteraard. Geen andere gasten, alleen wij. We hoeven dit aan niemand te vertellen.'

Ik had bevreesd naar moeders telefoontje uitgekeken en had verwacht dat het één grote huilbui zou worden. Maar haar reactie was compleet het tegenovergestelde. Ze verdronk niet in herinneringen, vroeg zich niet vol verwijt af waarom ze zich destijds niet kordater had verzet tegen vaders grootse plannen en waarom we niet al eerder uit Snizjne waren weggegaan. Ze bracht vader helemaal niet meer ter sprake nadat ze het eigenlijke nieuws had onthuld. Ongelovig luisterde ik naar haar, verwonderd over haar vitaliteit; ze had zelfs vakantieplannen. Als ik de visa kon regelen, zouden zij en tante een bezoekje brengen aan mijn nicht in Londen. Ik zei dat dat oké was, stemde overal mee in. Voorheen zou moeder het huis absoluut niet voor langere tijd aan het toezicht van Boris en de hond hebben overgelaten. Ik had het gevoel met een vreemdeling te praten, totdat ik besefte dat ze net zo klonk als toen ze jong was, in Tallinn. Die moeder dacht ik voor altijd te hebben verloren. Mijn daad had haar teruggebracht.

Na afloop van het telefoontje opende ik het raam om een sigaret te roken, en ik vroeg me af of de verandering die in moeder had plaatsgevonden blijvend zou zijn. De straat werd geveegd door het oude vrouwtje met haar gebloemde sjaal. Aan de buitenmuur van het gebouw waar ze langskwam was een nieuwe airco verschenen, die de andere airco's aan de muur er net zo slooprijp liet uitzien als sommige van de balkons van het pand. Toch stond het gebouw nog overeind, en het was dermate oud dat het niet anders kon of de fundamenten stonden op een stevige ondergrond. Ik wist niet zeker of mijn eigen voorzorgsmaatregelen voldoende waren om de brandjes die ik had gesticht te blussen.

Nu was gebleken dat Veles Kravets verantwoordelijk was voor het lot van mijn vader, en nu Daria was verdwenen, besefte ik dat ik iets concreets nodig had om mijn veiligheid te garanderen, iets wat niemand kon gebruiken om me te chanteren, iets wat zwaarder woog op de weegschaal dan een bevel van Veles en wat jou zou dwingen mijn kant te kiezen als de pleuris zou uitbreken en mijn verraad jegens jullie aan het licht kwam.

Het kind was niet alleen bedoeld als levensverzekering. En toch dacht ik dat een dergelijke verzekering goed van pas zou komen toen ik de pillen aan de kant gooide, aan het eind van de dag waarop ik moest inzien dat Daria niet bij me zou terugkeren. Nadat ik aan het begin van de avond een van de meisjes op de trein had gezet, durfde ik mijn auto niet te starten. Ik probeerde te kalmeren en keek naar de mensen die gedecideerd achter het stuur stapten en wegreden, die zich als vissen met zilveren schubben bij hun school voegden. Daria zou niet in staat zijn een bom onder mijn auto te plaatsen, maar wat haar broers betreft wist ik dat niet zeker. Ik kon niet met hen onderhandelen omdat ik hen niet kon vinden, de hele club was al meer dan een week verdwenen. Als ze geen geld wilden, dan wist ik niet waar ze wel genoegen mee zouden nemen. Met mijn leven waarschijnlijk.

Ik stond op en liep naar de parkeerplaats, stak een sigaret op en probeerde aan iets anders te denken. Studenten kwamen het station uit, hun geruite tassen met zich meeslepend; ik durfde te wedden dat daar levensmiddelen in zaten die ze van thuis hadden meegekregen. Ze wankelden onder het gewicht van hun bagage, en ik volgde hen met mijn blik tot ik me herinnerde dat Daria zich niet op de universiteit had vertoond. Ik draaide me om en realiseerde me dat ik per ongeluk een hartzeersigaret had opgestoken. Die bijnaam was op kantoor verzonnen. De Sobranie-cocktailsigaretten waren zo mooi dat ze ook je liefdeswonden genazen, en daarom werd er alleen op momenten van wanhoop naar gegrepen. Ik gooide de sigaret met het gouden filter op de grond en ging gehaast weer in de auto zitten. Ik had mezelf te lang wijsgemaakt dat die gans weer bij d'r verstand zou komen, al was het maar vanwege de bonus die ze had moeten ontvangen nadat het kind van de Kravetsen gezond ter wereld was gekomen. Ik had op het laatste moment weten te voorkomen dat het geld werd overgemaakt. Ik had nog nooit iemand ontmoet die de neus ophaalde voor pecunia.

Ik probeerde mezelf ertoe te dwingen de motor te starten. Maar ik kon het niet, en mijn ogen richtten zich op de achterbumpers van de auto's voor mij. Elk daarvan was versierd met een sticker die aangaf dat het voertuig was gezegend. Mijn auto had zoiets niet.

Ik stopte de sleutels van de auto in mijn tas en zette koers naar de tramhalte. Mijn voetstappen leken vertraagd, alles om mij heen bewoog in een ander tempo dan ik en de wagon vulde zich met mensen voordat ik er was. Ik besloot op de volgende tram te wachten, en toen die tot stilstand kwam richtte ik mijn blik op de stoel van de conducteur, die door het raam te zien was, en die werd gekenmerkt door een beertje dat aan de rugleuning was vastgebonden. Dat zou mijn oriëntatiepunt zijn, de wereld op haar plaats houden. Ik begreep niet waarom het bestijgen van een paar traptreden in een doodgewoon voertuig zo moeilijk was geworden. De gedachte dat de lichamen van vreemdelingen tegen mij aan zouden komen leek ondraaglijk. Moest ik Aleksei om hulp vragen en liegen dat er iets met mijn auto was? Hield de man die vlak bij mij was gaan staan mij in de gaten? Ik durfde mijn telefoon niet te pakken.

Ik sprong op de rails, versnelde mijn pas tot ik bij het standbeeld van Petrovski kwam, waar ik bleef staan. Ik wierp een blik achterom. De geel-rode flanken van de trams kraakten in mijn ogen als een kapotte televisie, maar de man was verdwenen. Ik probeerde mijn gedachten te verzamelen, vroeg me af wat ik moest doen en hoe jij dat deed, hoe jij je wagen durfde te starten hoewel je zelf bommen plaatste onder de auto's van anderen. Dat had je althans gedaan. Hoe voelde dat? Om meteen nadat iemand anders in stukjes was geëxplodeerd zelf het stuur te pakken? Was het als een dronkenschap die tot een kater leidde, of een geboorte waarvan je de pijn vergat? Of als een vechtpartij die de adrenaline deed stijgen? Deed het je plezier dat jijzelf in leven was en iemand anders niet? Had je dan het gevoel dat je alleen God nog boven je had? Kon je verslaafd raken aan dat gevoel, zoals ik verslaafd was geraakt aan de verering en de bewondering die voortvloeiden uit mijn werk als schenker van leven?

Een paar mannen waren op en rond het standbeeld met reinigingsmiddelen in de weer. Er was weer eens iemand geweest die het monument had beklad door er in bloedrood vloeiende letters 'Slager' op te schrijven. In Kiev was het standbeeld van Petrovski omvergetrokken. Hier stond het nog steeds overeind. Ik dacht aan de moeder van baboesja Vilina. Er werd verteld dat zij het lijk van haar eigen kind had opgegeten tijdens de *Holodomor*, de hongersnood die door de Slager vlijtig was aangewakkerd. Baboesja's moeder was gek geworden. Haar overlevende nakomelingen hadden hun leven desondanks voortgezet, en een van haar achterkleinkinderen reed dagelijks in alle rust langs de bronzen Slager, maar raakte van onbeduidende tegenslagen overstuur als de eerste de beste huilebalk. Ik draaide me om, van zins om in de volgende tram te stappen. Ik gedroeg me achterlijk. Baboesja had veel ergere dingen overleefd. Ze had gezien hoe lente in de kampen inhield dat er lijken onder de smeltende sneeuw vandaan kwamen. En mijn grootvader? Hij was in de ingestorte mijnschachten in het Donetsbekken afgedaald en had de oorlogsschade gerepareerd met niets anders dan een olielamp en een bijl. Maar ik was zo zwak dat ik er niet eens in slaagde de onbeduidende tramhalte te naderen, die na een moment van rust opnieuw vol stond met mensen. Als de Sokolovs wraak wilden nemen op mij, zou dit de ideale plek zijn. Daria zou ongemerkt dicht bij me kunnen komen. Of haar broers. Of haar ooms, want die had ze ook. Ik draaide mijn hoofd om en zocht naar iets om naartoe te gaan. Het metrostation. Ik knipperde met mijn ogen. Door de ineenstorting van het Oostblok was de met veel poeha gestarte bouw van de ondergrondse vertraagd, en er waren maar een paar stations. Daarom maakte er bijna niemand gebruik van, en daarom gaf dat een veilig gevoel. Op de verlaten perrons zou ik tekenen van gevaar makkelijker herkennen, en op dat moment leek het belangrijk om uit de buurt van het treinstation weg te komen, om het even waarnaartoe. Ik wilde me beschutten tegen het vijandige gestaar van onbekende mensen dat ik overal tegenkwam, waar ik ook keek.

Op het metrostation trilde ik zo ontzettend dat de fiche uit mijn handen viel en er op hoge snelheid vandoor rolde. Ik kneep mijn ogen tot spleetjes in het schemerdonker en rende erachteraan over de modderige vloertegels, totdat ik het te pakken kreeg, voor een hokje met een bewaakster erin die mij in de gaten hield. Ik voelde hoe de achterdochtige blik van de vrouw me volgde naar de roltrap, die zo hoog was dat het me duizelde. Iedereen kon me een duw geven en me met het hoofd vooruit naar beneden laten vallen. Iedereen kon me een duw geven en op de rails laten belanden, de bewaakster zelf desnoods. Het perron was als een grafkelder, en door het gele licht leek mijn huid gebalsemd. De marmeren muren weergalmden de dood, de leegte vormde een bedreiging. Ik pakte mijn telefoon en besloot Aleksei te vragen me te komen helpen. Mijn vingers trilden zo hard dat ik per ongeluk een foto nam. De flits ging af. Een oud mannetje dat vlakbij stond snauwde dat hier niet gefotografeerd mocht worden en begon met zijn stok te zwaaien. Ik stond verstijfd op mijn plaats en luisterde als een kind naar de uitbrander voor mijn misstap. Het fotoverbod uit de Sovjettijd, dat betrekking had op strategische objecten, was nog steeds van kracht. Ik merkte de ongewassen huid van het opaatje op, en de geur van ui, kool en gedroogde vis in zijn kleren. Er landden spetters speeksel op mijn huid. Ik reageerde niet op zijn gevloek, ging er niet vandoor, ging zelfs niet aan de kant. Ik staarde naar de muur achter de rails. Daar hingen geen reclameborden, en daardoor moest ik aan Moskou denken, waar ik voor het eerst de ondergrondse had genomen. Het licht en de kleuren waren identiek, en ik kon mijn vader bijna horen zeggen dat ik zijn hand stevig moest vasthouden. Ik was bang geweest voor de duwende mensen en de roltrap, waar maar geen eind aan leek te komen, voor de houten treden. Metaal zou vonken veroorzaken, had vader me geleerd, hout was een veiliger alternatief, en ik was zenuwachtig geweest. Ik dacht daarbij aan vlammen, niet aan de muren van het metrostation. Ik kon me geen voorstelling maken van reclame op die plek. Ik had nog nooit reclames gezien in de trams of bij de haltes, niet voordat ik in Parijs kwam, en daardoor besefte ik niet wat het voor mijn gezicht zou betekenen als het zien was op een reclame die in het hele netwerk van ondergrondse stations werd getoond. Ik had alleen een sprong van blijdschap gemaakt toen mijn agent het nieuws had gebracht: ik was gevraagd aan proefopnames voor een reclame voor kastanjepuree mee te doen. Het ging om een grote buitenreclamecampagne, en ik zag al voor me hoe ik eindelijk een klus kreeg die goed geld opleverde. Mijn agent keek verder vooruit. Zij vond dat ik moest weigeren. Ik ging toch, en werd geselecteerd.

Ik heb jou nooit de werkelijke reden verteld waarom ik gestopt was met het modellenwerk. Ik zei dat de oppervlakkige aard van het werk me was gaan tegenstaan en dat ik terug naar huis had gewild. Maar in werkelijkheid durfde ik niet op te biechten hoe mijn carrière was stukgelopen op mijn eigen domheid. Ik had niet begrepen hoe de hiërarchieën in mijn nieuwe omgeving eruitzagen. Alle westerse meisjes hadden geweten wat een Chanel en wat een Louis Vuitton was, ze waren opgegroeid in een wereld waarin kennis van de armada aan merknamen met de moedermelk werd ingezogen. Ik had niet beseft hoe gigantisch het verschil was tussen een reclame voor Dior en eentje voor kastanjepuree, maar wuifde geringschattend toen mijn agent waarschuwde dat ik dit soort klusjes maar beter kon overslaan als ik de interesse van belangrijke ontwerpers wilde wekken, als ik carrière wilde maken. Als iemand me tot zijn muze zou maken, zou mijn iets te korte lijf geen probleem zijn. Muzen belandden op de catwalk, catalogusmeisjes niet, laat staan kastanjepureepaspoppen. Aan het begin van mijn carrière had ik het redelijk goed gedaan op de Aziatische markt, hoewel ik daarvoor al te oud en te dik was. Als ik geen koers zou wijzigen, zou ik ook elders buiten de boot vallen.

Maar door de honger waren mijn oren verstopt geraakt. Veel te vaak bestond het honorarium uit de kleren die we tijdens de shoot hadden gedragen, en ik had echt geld nodig. En dat was precies wat de kastanjepureereclame beloofde, maar toen de metrowanden bedekt werden met mijn gezicht en mensen me begonnen te herkennen op straat, was mijn geldbuidel nog net zo slank als voorheen. Mijn agenda liep daarentegen leeg. Ik kreeg geen fotoshoots meer, zelfs niet voor catalogi. Een tijd lang worstelde ik nog verder, ervan uitgaand dat de reclame in de vergetelheid zou raken. Dat gebeurde niet. Ik was altijd en eeuwig het meisje van de kastanjepuree, en had mijn waarde als investeringsobject verloren, zodat mijn agent me in de steek liet. Een paar honderd euro was het enige wat ik voor de fotosessie kreeg, hoewel het merk mijn foto bleef gebruiken in zijn reclames. Daardoor raakte mijn gezicht volledig afgedragen en belandde ik op de weg die naar het metroperron in Dnipro voerde. Het gevloek, het speeksel en de zwaaiende stok van de oude man waren terecht. Het was mijn verdiende loon.

Uiteindelijk wist ik mijn auto veilig in de parkeergarage van mijn flat te krijgen, en zodra ik was aangekomen belde ik jou. Ik ging ervan uit dat ik het aan je stem zou horen als mijn paniekaanval, de hartzeersigaretten die op een of andere manier naar mijn hand dwaalden en het gevoel geobserveerd te worden, erop duidden dat mijn wankele kaartenhuis was ingestort. Ik wist niet wat ik zou doen als je niet zou opnemen, behalve dat ik niet zou uitstappen en niet naar binnen zou gaan. De telefoon ging lang over, en iedere wektoon galmde als een doemklok. Ik bleef zitten waar ik zat en bad tot de Heilige Maagd Maria tot ik je stem hoorde. Ik spitste mijn oren. Ik kon er niets anders in ontdekken dan tederheid, en dat gaf me de moed uit de auto te stappen en naar de lift te lopen. Op de achtergrond van je woorden herkende ik het verkeer in Londen en haastige voetstappen, en ik rekte het gesprek totdat ik op de juiste verdieping zou belanden, mijn appartement en de kasten kon inspecteren en onder het bed kon kijken en mezelf vijftig gram cognac kon inschenken. Toen ik die achterover had gegooid, was ik in staat het gesprek te beëindigen. Meer durfde ik niet te drinken, om mijn alertheid niet te verliezen. Ik leunde even tegen de voordeur. Ik dacht aan de tijd waarin men houten deuren was gaan vervangen door inbraakbestendiger exemplaren. In de nieuwe flat waarin mijn woning zich bevond was niets wat gerenoveerd moest worden. Toch had de vorige bewoner een nieuwe deur laten plaatsen; die was van ijzer, en heel even vroeg ik me af wat er met haar was gebeurd. Ik schudde de vage gedachte van me af en was blij dat er in ieder geval één ding in orde was, in ieder geval íets, en binnenkort zou ik op de oudste manier ter wereld voor nog meer zekerheid in mijn leven zorgen. Het besluit om de pillen weg te gooien was zo genomen. Jij zou gedwongen zijn de moeder van je kind te beschermen als iemand uit die gestoorde familie mij van het leven wilde beroven, en dan bedoelde ik niet alleen de Kravetsen maar ook de familie van Daria. Ik had te lang gezwegen over haar verdwijning om erover te kunnen vertellen. Bovendien had ik gelogen en op kantoor in paniek beweerd dat Daria zich een tijdje op haar studie wilde richten, maar die uitleg zou niet lang overeind blijven. Als Viktor en zijn vrouw meer kinderen wilden, zouden ze geen genoegen nemen met andere donoren, niet nadat deze wonderdoenster een heuse engel voor hen was gebleken.

Ik durfde niet in mijn eigen auto te rijden, die niet van kogelbestendig glas was voorzien, in tegenstelling tot Alekseis terreinwagen, en ik verplaatste me zoveel mogelijk in zijn gezelschap, vermeed het in mijn eentje te reizen. Ik ging niet meer naar de parkeergarage van mijn flat, deed geen boodschappen meer, kwam niet op openbare plaatsen, niet in lunchcafés, restaurants of nachtclubs, en ik wachtte al op jouw terugkeer toen je nog op het punt stond naar het vliegveld van Dnipro te vertrekken. Mijn vreemde routes waren jou nog niet opgevallen, omdat ik dacht dat er niets kon gebeuren wanneer ik samen met jou was. Maar je merkte dat ik schrok van een motor die dicht langs ons reed, dat ik overstuur raakte toen er op straat een autoband klapte, en dat ik in het restaurant als een anorexiapatiënt met mijn maaltijd klooide, zodat het leek alsof ik gegeten had. Je lievelingsplek, het terras van Mimino, maakte me aan het zweten, eten was moeilijk, het voedsel bleef in mijn keel steken en ik had altijd flesjes water bij me die ik zelf had gekocht, zoals Garri Kasparov dat ook deed. In mijn handtas zat de icoon die baboesja mij had nagelaten, en ik zocht op internet naar beschrijvingen van vergiftigingsverschijnselen. Tijdens een wekelijkse vergadering vroeg ik me af waarom de KGB Stepan Bandera had gedood door hem met een cyanidecapsule te beschieten in plaats van met een normale kogel. En waarom moest journalist Georgi Gongadze met dioxine worden overgoten voordat hij werd onthoofd? Wat was de logica daarachter? En hoe groot moest een tapijt zijn als je er een mens in wilde wikkelen? Hoeveel meter plastic had je daarvoor nodig?

Ik begon bij de ramen uit de buurt te blijven en sliep op de bank met mijn kleren aan. Als we tegelijkertijd in de stad waren, bracht ik de nacht bij jou door. Mijn leven was als het dagelijks drinken van een gifdrank geworden. Ik kon op ieder willekeurig moment mijn leven of het licht in mijn ogen verliezen.

Enige tijd later waren we in Zaporizja, en voordat we naar het oudejaarsavondgala gingen zou ik nog naar een mogelijke kandidate gaan kijken in het district Leninski. Het Boerjatenmeisje kwam uit de omgeving en daarom was ze voor ons alleen geschikt om te helpen zoeken naar andere Aziatisch ogende donoren, waar in Amerika een tekort aan was. Voor zulke meisjes werd daarginds goed betaald. Jij bood aan me een lift te geven en onderweg lichtte ik de situatie toe.

'Waarom heb je dat niet eerder verteld?' vroeg je verbaasd. 'Ik ken in Moskou een paar juristen voor wie het vinden van werk een uitdaging is vanwege hun ogen. Ze zijn aan het sparen voor een operatie.'

'Is het echt zo slecht gesteld?'

'Op de Dag van de Overwinning en andere nationale feestdagen blijven ze thuis, anders worden ze afgeranseld.'

'Misschien zouden ze naar Amerika moeten vertrekken.'

Ik pakte mijn waterfles en spoelde het wurgende gevoel in mijn keel weg. Ik wist niet of ik meer te doen had met de Boerjatenmeisjes of met mezelf. Afgeranseld. Ik kreeg het woord niet uit mijn hoofd. Toen ik het meisje inspecteerde en haar uitlegde wat haar taak was, dreunde dat woord nog steeds in mijn hoofd. Ik keerde terug naar jouw auto, waar jij op mij zat te wachten, en ook toen liet het woord me nog niet met rust; het beukte in mijn achterhoofd alsof er een trein over me heen denderde.

Ik had in verband met het gala een afspraak gemaakt bij een

schoonheidssalon, waar ik op de terugweg naartoe zou gaan. Hoe dichter we bij de salon kwamen, des te minder zin had ik. In de sauna's in dit land gebeurden onophoudelijk ongelukken, die door de aanklager steevast zelfmoord werden genoemd, en ik schepte geen troost uit de gedachte dat Daria amper het geld zou hebben om de rechterlijke macht om te kopen, want hoe kon ik nou weten wat voor contacten haar vader had gehad?

'Ik denk dat ik de schoonheidsspecialiste afzeg. Ik ben liever bij jou,' zei ik terwijl ik mijn hand op je dijbeen legde en probeerde te glimlachen, hoewel ik me tegelijkertijd afvroeg of de Sokolovs erin zouden slagen twintigduizend euro bijeen te harken. Een moord op bestelling was goedkoper dan een kind krijgen via draagmoederschap, en liggend op een plek die ik niet kende, in mijn eentje en met een masker op mijn gezicht, zou ik een makkelijk doelwit zijn. Voor een iets hoger bedrag mocht je mij in het bijzijn van ooggetuigen op klaarlichte dag doodschieten, en dan hoefde je geen gevangenisstraf te vrezen. Afranselen zou niet volstaan voor de Sokolovs, gegarandeerd niet.

'Wat is er?' vroeg je terwijl je de motor uitzette.

We waren op de bestemming aangekomen. Ik verroerde me niet. Ik zou niet in staat zijn uit te stappen, de paar meter naar de schoonheidssalon te lopen, de deur te openen. Ik kneep mezelf. Ik was bezig paranoïde te worden. Maar Daria was niet teruggekeerd naar de universiteit. Ze had haar voormalige leven opgegeven.

'Ik dacht dat je opgelucht zou zijn. Lada Pavlovna heeft een gezond kind en iedereen is weg van jou,' ging je verder.

'Ik bén opgelucht.'

'Nietwaar. Je slaapt niet, je bent schrikachtig, zegt afspraken op het laatste moment af. Of komt het door mij? Heb je iemand...'

'O nee, van m'n leven niet,' zei ik geschrokken.

'Wat is er dan wel?'

'Het kan even duren voordat de spanning zich ontlaadt. Misschien kan ik gewoon niet geloven dat alles eindelijk gelukt is. Misschien heb ik vakantie nodig.'

'Vakantie?'

Je draaide je om en keek naar me. Ik kikkerde op bij de gedachte. Misschien zou alles beter lijken als ik een tijdje weg kon van hier. Maar naar de schoonheidssalon wilde ik hoe dan ook niet, en ik probeerde je aandacht af te leiden van mijn vreemde gedrag.

'Ja, vakantie. En vandaag zouden we nog een keer een rondje Zaporizja kunnen doen.'

'Wil je echt gaan sightseeën, hier? Was het hoogste Leninstandbeeld van het land niet genoeg?'

'Ik bedoelde plekken die voor jou belangrijk zijn.'

Je vingers trommelden op het stuur. Je vertelde nooit echt enthousiast over je verleden, maar het was absoluut niet vreemd dat een vrouw iets over de jeugdjaren van haar geliefde wilde weten. Even was ik trots op mijn tactiek.

'Goed. Zie je die kiosk?'

Je wees op een hokje aan de overkant van de straat en vertelde dat je daar de eerste echte vechtpartij van je leven had gevochten, omdat er een groepje oudere jongens in de buurt had rondgehangen die de kleinere jongens ofwel van hun net gekochte kauwgom beroofden, ofwel hun geld afpakten voordat ze iets konden kopen. Toen kwam de dag waarop je besloot dat het nu welletjes was, en na de vechtpartij werd jij degene die van anderen afpakte wat hij wilde, niet degene van wie dingen werden afgepakt.

'Word je door iemand bestolen?' vroeg je aan het eind van je verhaal. 'Ben je daarom zo nerveus? Of heb je per ongeluk iemand vermoord? Een van de meisjes?'

'Nee, in godsnaam!'

Mijn tactiek was mislukt, en nu beeldde je je God wist wat in.

'Als dat wel zo is, is het geen probleem, maar je moet me echt vertellen wat er aan de hand is. Wat het ook is, ik help je.'

Dat zou het juiste moment zijn geweest om alles op te biechten. Ik durfde niet.

'Het is niet zoiets. Echt niet. Een vakantie zal me goeddoen. Of misschien wil ik mijn geld met iets anders verdienen, ander werk zoeken.'

'Je hebt ondergeschikten. Laat hun de vervelende karweitjes doen.'

Een paar dagen eerder had mijn cheffin over de toekomst van het bedrijf verteld. We zouden uitbreiden, en ik zou de verantwoordelijkheid voor al onze activiteiten in Oekraïne krijgen terwijl zij zou rondreizen om in andere landen filialen te openen voor de cliënten ter plaatse. Hoewel ze geen bezwaar had gehad tegen mijn wens om vanwege jou in Dnipro te blijven, en hoewel ik mijn werk vanaf die locatie zou kunnen doen en tegelijkertijd meer verantwoording zou dragen, wilde ik dat allemaal niet meer. Ik wilde niet degene zijn die lastige karweitjes deed, en niet degene die ze op anderen afschoof.

'Maar toch. Misschien zou het fijn zijn om ergens anders te wonen. Wat vind jij? Al was het maar een tijdje?'

'Waarom niet. Al zou Veles daar anders over denken.'

Als ik toen alles had opgebiecht, zou je misschien zelfs begrip hebben getoond voor mijn vergissing. Misschien had je eraan teruggedacht hoe Veles je hielp om de moord op je familie te wreken, en had je een verband gezien tussen onze situaties. Jij begreep waar vergelding om draaide en daarom had je me kunnen helpen mijn probleem op te lossen, Daria te vinden, haar te dwingen weer aan het werk te gaan. Maar ik greep de kans niet, want het neveneffect van mijn handelen was dat ik jou had misleid, en door te zwijgen volgde ik alleen maar de familietraditie, de lessen van mijn moeder.

Je hebt haar een keer ontmoet. Ik had de moed gehad je aan het begin van de zomer mee te nemen naar Mykolajiv om mijn familie te ontmoeten, toen ik nog geen flauw vermoeden had dat ik in het najaar alles zou verpesten door in te stemmen met het voorstel dat me via Ivan was gedaan. Ten tijde van ons uitstapje was alles nog in orde geweest; overal bloeiden de acacia's, populieren en sneeuwbalstruiken, met hun op sneeuw lijkende wattenbollen, en zodra we waren aangekomen zag ik dat jullie met elkaar zouden kunnen opschieten; ik had voor niets in spanning gezeten. Misschien weet je nog dat tante na het avondeten de antenneradio aanzette en dat precies op dat moment op het nieuws werd gesproken over de rechtszaak van degenen die van de hongersnood waren beschuldigd, waarop jij zei dat een groot deel van je verwanten na de volksopstand van de Boerjaten was geëxecuteerd en dat de rest naar de kampen was gestuurd. Hoewel er geen rechtstreeks verband met de Holodomor bestond, had men ook in de kampen geweten wat honger was. Moeder knikte en vertelde dat ze in Irkoetsk was geboren, waar haar ouders naartoe waren gedeporteerd, haar vader vanuit Estland en haar moeder vanuit Oekraïne. In Irkoetsk hadden veel Boerjaten gewoond. Een vriendelijk volk, zei moeder. Ik gaf niet hardop uiting aan mijn verbazing. Ik had nog nooit eerder meegemaakt dat ze dat aan een vreemde onthulde, want dat was het: een onthulling. Een bekentenis die ze niet had gedaan toen ze vader had ontmoet. Tegen hem had ze verteld dat ze uit Tallinn kwam, zoals ze gewend was te doen op advies van baboesja, om goede redenen.

De traditie in mijn familie om onze geboorteplaatsen op te schonen startte na de dood van Stalin, toen mijn grootvader toestemming kreeg om na zijn deportatie terug te keren naar zijn geboorteland. De ontvangst thuis was kil. De bruid die hij meebracht uit Irkoetsk werd met wantrouwen bekeken. Niemand wilde het dochtertje dat in dezelfde stad was geboren knuffelen.

De verwanten van mijn grootvader zagen in mijn Oekraïense grootmoeder alleen maar een Russischsprekende vrouw die de arme jongen had misbruikt om aan een beter belegde boterham te geraken, aan een Estische eettafel. Wat hen betreft was onze familie door Vilina gerussificeerd, en dan bedoelden ze niet alleen de blikken tanden in de mond van mijn grootouders.

Mijn opa werd gekweld door de slechte relatie. Hij hield het erop dat het allemaal kwam doordat hij was gedeporteerd en dat de familieleden bang waren dat dat stempel ook op hen zou drukken. Irkoetsk had zo'n echo, zo bitter dat die een breuk veroorzaakte tussen de vader van mijn moeder en diens Estische verwanten.

Na verloop van tijd besefte moeder dat mijn vader geen carrière in de partij ambieerde of posities probeerde te bereiken waarvoor een onberispelijke achtergrond vereist was, zoals moeder had gevreesd. Ze ging uit dansen met een man die zich niet liet inspireren door de medailles die zijn vader had ontvangen voor diens strijd tegen het fascisme. Desondanks durfde ze het niet te vertellen. Eerst besloot ze te wachten tot hij een aanzoek zou doen. Vervolgens besloot ze te wachten tot ze toestemming kregen om te trouwen en ze kans had gezien boodschappen te doen in de speciale winkel voor mensen die toestemming hadden gekregen. Toen ze zichzelf in haar witte jurk in de spiegel bekeek, dacht ze dat het zonde was om de jurk niet te gebruiken. De trouwdag naderde maar het juiste moment kwam niet, en er was ook al een restaurant geboekt voor het feest, en een tijdstip bij het Gelukspaleis om de echtverbintenis te registreren. Stel dat de bruidegom woedend werd en de bruiloft zou afblazen, hoe zou ze dat kunnen uitleggen aan anderen? De uitnodigingen waren al verstuurd.

Het waren de Estische appelbomen die moeder er uiteindelijk toe dwongen het verhaal van haar familie te vertellen, jaren na de bruiloft, toen mijn vader zich begon af te vragen waarom we in de herfst niet gingen helpen bij het oogsten. Moeders verwanten van vaderskant woonden in kolchozen, maar ze hadden meerdere moestuinen en dat najaar was de oogst goed. Moeder draaide altijd met een of ander excuus om de hete brij heen. Uiteindelijk raakte vader geïrriteerd, en toen vertelde moeder alles.

Hij werd niet eens kwaad. Wat hem betreft waren de Estische appels sowieso niet zo lekker als de Oekraïense.

Moeder kon het niet opbrengen te vertellen waarom ze haar achtergrond had opgeschoond, om dezelfde reden dat ik jou niet over Snizjne vertelde. Ze was bang dat ze in de ogen van mijn vader een leugenaar zou zijn. Als ze hem op één punt had misleid, waarom zou ze dat dan niet ook op andere punten hebben gedaan? Dat was ook wat ik dacht toen ik jou ontmoette, en hoe meer tijd er verstreek, des te lastiger werd het. Het juiste moment kwam nooit.

Wanneer moeder met baboesja Vilina over deze dingen sprak, zei die nooit dat ze anders had moeten handelen. Geen van tweeen zeiden ze dat. Wel zei moeder een keer dat ze niet zeker wist of vader haar in de steek zou hebben gelaten als ze de waarheid had opgebiecht voordat ik werd geboren. Na een leugen is het zo moeilijk om vertrouwen op te bouwen, en daarom kon ik geen enkele reden bedenken waarom jij mij zou geloven als ik kans zou zien je te vertellen wie de moordenaar van Viktor was.

# Dnipropetrovsk

## 2010

Toen we waren teruggekeerd van onze vakantie in Londen wachtte er een verrassing voor me op kantoor: een pakje van moeder. Ik had niets van haar gehoord tijdens de jaarwisseling, niets tijdens de kerst, helemaal niets sinds onze breuk, en ik ging ervan uit dat het pakketje een verzoenend gebaar was, een verlaat cadeautje. Terwijl ik het openmaakte aan de keukentafel stelde ik me voor hoe ik moeder kort daarop zou bellen om haar te bedanken, en ik glimlachte.

De secretaresse graaide een van de tijdschriften weg die uit het pakpapier vandaan waren gekomen, om bij de koffie te lezen. Zelf moest ik even slikken.

'Ben je van plan te gaan verbouwen of gaan jullie een huis bouwen?' vroeg ze. 'Luiden de huwelijksklokken al?'

Ik kreunde wat terwijl ze over haar vriend babbelde, en ik merkte dat ik als een eenzame populier in de wind stond te zwaaien. Ik wist niet meer hoeveel brochures met bouwmateriaal en hoeveel inrichtingstijdschriften ik had meegenomen naar moeder. Ik durfde te wedden dat ik ze stuk voor stuk in het pakket zou aantreffen. Er viel een kaartje tussen de tijdschriften vandaan met daarop een boeket asters; aan de binnenzijde had ik een datum genoteerd. Mannen van een bouwbedrijf dat destijds goede aanbevelingen had gekregen zouden langskomen om tantes perceel te bekijken; er zou met de bouw van een nieuw huis worden begonnen. De stapel tijdschriften en het kaartje met de datum waren mijn verjaardagscadeautje voor moeder geweest.

Ik liet de secretaresse en de bladen in de keuken achter en sloot mezelf op in mijn werkkamer. Ik wist nog hoeveel problemen we hadden gehad toen we probeerden een gasleiding naar tantes huis te laten leggen. Ik herinnerde me het hoofdkantoor waar moeder en ik uiteindelijk naartoe waren gegaan; de beambte had een kaart uitgevouwen op een grote tafel. Ik herinnerde me de rode lijnen die daarop waren getekend, waarbinnen tantes huis en het hele dorp waren aangegeven. Ik herinnerde me moeders gezicht toen het haar begon te dagen dat het gebied tijden terug al op het gasnet was aangesloten, en de stem van de beambte die had uitgelegd dat we zelfs met eigen geld geen buis konden aanleggen die er al lag. Om die reden waren onze aanvragen steeds afgewezen. Moeder had niet de puf gehad om in verweer te komen. Ik had opgemerkt dat in werkelijkheid slechts de helft van het dorp op het netwerk was aangesloten en dat er daarom reden was om te vragen wie de rest van het bouwmateriaal had gestolen. Moeder had de boel gesust en zich bij de beambte verontschuldigd voor de verwarring en voor mijn slechte gedrag. Vernederd hadden we het kantoor verlaten, en toen ik naar Parijs was verhuisd had ik gedacht dat ik geld naar huis zou kunnen sturen om het gasprobleem op te lossen. Dat was niet gebeurd, en ik had besloten dat in het huis dat ik zou laten bouwen niets op gas zou werken, zelfs het fornuis niet. In de loop der jaren had ik opgeschreven wat er allemaal in het nieuwe huis moest komen, in ieder geval stromend water en een binnendouche, en toen ik mijn plannen aan moeder en tante liet zien waren ze dolblij. Ze hadden uitgekeken naar het leggen van de fundering zoals in hun meisjesjaren naar dansfeestjes. Ik had zelfs met jou over de kwestie gesproken, en jij had beloofd de beambten in het gareel te brengen als ze problemen veroorzaakten of als ik met onredelijke smeergeldeisen te maken kreeg. Het betalen van de boetes zou geen probleem vormen.

Het pakket dat moeder had gestuurd zette me weer met beide

benen op de grond. Het opgeluchte gevoel dat de vakantie had gebracht was verdwenen, ook al was ik erin geslaagd jouw achterdocht weg te nemen, en alleen al het feit dat ik niet aan Daria had gedacht, had me goedgedaan.

Zittend op de kussens in het hotel hadden we het nieuwe huis voor mijn tante ontworpen, en tegelijkertijd hadden we over de dingen gesproken waarover Maria Kirillovna mij advies had gegeven. Een eigen huis. Maria Kirillovna had gelijk gehad. Jij had daarover nagedacht. Je mag echt absoluut niet geloven dat ik dat op het spel zou zetten door wraak te nemen voor oud zeer. Zo iemand ben ik niet. Ik wilde iedereen een thuis geven. Meer dan wat dan ook.

De week daarop kreeg ik opnieuw een pakje van moeder. Ik nam het meteen mee naar de beschutting van mijn eigen kamer. Ik wilde niet weten wat erin zat, en toch koesterde ik de hoop dat het om een witte vlag ging, een teken dat moeder vrede wilde. Mijn hoop was vergeefs. Uit het pakpapier kwamen mijn kastanjepureereclames tevoorschijn, mijn schoonmaakmiddelenglimlachjes, mijn joviale knipogen naar de herfstmode. Ik herinnerde me hoe verbijsterd ik jaren geleden was geweest toen ik de fotocavalcade in de slaapkamer voor het eerst had gezien, en hoe ik alle knipsels van de muur had gehaald en ze in de kast had verstopt. Destijds had moeder ze weer terug op hun plek gehangen.

Ik kon moeders hevige reactie niet begrijpen. Ze wist hoe in dit land zaken werden gedaan. Zelf verbouwde ze papavers voor drugsverslaafden, en ze vroeg niet hoe ik voor mijn woning, mijn schoenen en mijn creditcardafrekeningen betaalde. Ze had jou ontmoet en jouw terreinwagen gezien, die in de volksmond spottend 'ijskasten' werden genoemd vanwege de vorm en de kleur. Ze wist wat voor mensen in zulke auto's reden, en ze had je desondanks hartelijk welkom geheten in haar huis. Ze wist dat je voor een concern werkte dat zich op de mijnbouw concentreerde, en het enige wat dat bij haar had losgemaakt waren tevreden hoofdknikjes – in ieder geval tot het moment waarop bleek dat Veles Kravets de man van Donetsk was. Dat had alles veranderd, en daar werd ik constant aan herinnerd. Moeder annuleerde zelfs de opdracht tot het aanleggen van een drinkwaterleiding. Daar kwam ik achter toen het bedrijf contact met me opnam om een voordeliger vervolgabonnement aan te bieden. Ik had de rekening betaald. Moeder dronk liever die vieze troep uit de put dan dat ze mijn nog viezere geld aannam. Ze woonde liever in tantes huis, dat van steenkoolslakken was gebouwd. Dat had men gratis mogen ophalen van de afvalbergen bij de fabrieken, en de bouw had decennia geduurd, maar ik had gefantaseerd dat ik mijn moeder een bakstenen huis zou geven. In plaats daarvan had ik haar wankele funderingen geboden, een krot van stro.

Na onze breuk hield ik alleen via Ivan contact met Mykolajiv. Van hem hoorde ik hoe het met de mensen thuis ging, en hij beantwoordde mijn vragen over de gemoedsgesteldheid van mijn moeder. Het teken van vergiffenis waarop ik wachtte kwam niet.

Ik bracht geen enkele keer een bezoek aan huis voordat ik Oekraïne verliet.

Ivan omhelsde mij onhandig, als de zus die hij niet had, en bleef in de gang staan dralen. Ik vermoedde dat hij slecht nieuws had. Toch vroeg ik hoe het ging. Hij verplaatste zijn gewicht van het ene naar het andere been, opende en sloot de ritssluiting van zijn trainingsjack. Ik draaide me om naar de keuken, om mijn teleurstelling te verbergen. Ik zou het nieuwe paspoort niet vandaag krijgen.

'Champagne, wodka of cognac?'

'De berkenhorilka van Boba, als je die hebt.'

Ik zette alles wat ik in de kastjes kon vinden op een dienblad en droeg dat naar de woonkamer, mijn slechte gevoelens wegdrukkend. Ivan stond bij het raam en bewonderde de ondergaande zon. Hij wist nog dat de flat op het moment dat die gebouwd werd de hoogste van het land was, en liep naar de plank met cd's om naar de juiste muziek te zoeken.

'We hebben het nog niet over de prijs gehad,' zei hij.

Ik knikte. De situatie geneerde hem ook. Dat merkte ik aan zijn gebaren, aan de manier waarop hij zijn hand over zijn stoppelbaardje haalde, aan zijn rits friemelde, zich op de cd's concentreerde, alsof de geldkwestie van ondergeschikt belang was. Ik had verwacht dat hij me gewoon de papieren zou overhandigen. Het was aan zijn deals te danken dat ik op het punt stond alles wat ik had achter te laten. Ik schonk Boris' horilka in een paar bekers en hoopte dat het om een redelijk bedrag ging. Ivan hief het glas.

'Op nieuwe wegen en mogelijkheden?'

'Waarom ook niet,' zei ik instemmend.

Ik bevochtigde de rand van het glas met mijn lippen en zette het toen op tafel. Het liefst wilde ik vragen wat er mis was gegaan met het paspoort, en hoelang ik nog zou moeten wachten. Maar ik kon aan Ivan geen dingen onthullen die hem niet aangingen. Misschien vertrouwde ik er niet op dat hij zou helpen als hij wist hoe ernstig de situatie was. Ik wilde niet dat hij zich moest afvragen wat hem het meest opleverde, wilde hem niet in de verleiding brengen.

'Heb je het gehoord van Tatjana Fedorova? Die zakenvrouw?'

Ik schudde mijn hoofd. Het paspoort. Ik wilde het paspoort, niet over een of ander nutteloos wijf ouwehoeren.

'Ze helpt sociale weeskinderen als Boris en probeert via de rechtbank degenen die in staat zijn zonder voogd te leven van hun juridische onbekwaamheid af te helpen.'

Fedorova was dus niet nutteloos. Ik rekte de zoom van mijn blouse op en keek Ivan sceptisch aan. Ik dacht aan iets wat jij ooit had gezegd. Filantropie is altijd een coulisse. Er moest een reden zijn voor Fedorova's bezigheden: uitbreiding van haar zakelijke activiteiten, netwerken, witwassen van haar reputatie en rijkdommen. Maar maakte dat iets uit als ze resultaat wist te boeken? Niemand was geïnteresseerd in het verbeteren van de positie van sociale weeskinderen. Als de instellingen hun gratis werkkrachten verloren, wie zou het werk dat zij deden dan verzorgen, wie zou hun lonen betalen?

'Jij gelooft niet in de goede daden van Fedorova,' zei Ivan. 'Misschien is een familielid van haar in een instelling beland of heeft ze zelf haar kind afgestaan en daar later spijt van gekregen. Is dat onmogelijk?'

Hij schonk ons nog eens in.

'Op Boba,' zei hij.

Ik hief het glas. Het vorige had ik in een bloempot geleegd terwijl Ivan naar geschikte muziek zocht. 'Drugsverslaafden in de moestuin' van Hady begon te spelen. Ivan had dat nummer vaak geneuried. Dat deed hij nu ook, en ik moest glimlachen. Misschien wilde hij toch niets onmogelijks in ruil voor het paspoort.

'Onze Boba heeft talent,' zei hij. 'Niemand kan zo goed horilka maken als hij.'

'En niemand zorgt zo goed voor de compotekeuken als hij.'

'De beste kok ooit,' zei Ivan terwijl hij tegen zijn glas tikte en het glazen oppervlak inspecteerde alsof het een papaverbol was; hij drukte zijn oog ertegenaan, zoals Boris deed wanneer hij beoordeelde of een papaverbol rijp was.

'Hij verdient een betere toekomst.'

'Absoluut.'

'Als Tatjana Fedorova zijn zaak op zich neemt, heeft hij hulp nodig.'

'Wat voor hulp?'

'Je tante zou Boba kunnen leren lezen en hem onder de mensen kunnen brengen, laten zien hoe je met een trolleybus moet reizen en in een winkel moet betalen. De autoriteiten moeten ervan overtuigd worden dat mijn broer voor zichzelf kan zorgen. Als je tante of je moeder zijn voogd zou worden, zou hij bij hen kunnen gaan wonen.'

'Is dit de prijs van mijn paspoort?' vroeg ik verbaasd. 'Natuurlijk stemmen ze daarmee in. Je kunt het rechtstreeks bij henzelf ter sprake brengen. Waar heb je mij voor nodig?'

Ivan zweeg en trok een blikje kaviaar open. Ik nam genoegen met een augurk. Jij had de verandering in mijn dieet nog niet opgemerkt en dacht misschien dat ik minder was gaan roken om veroudering van mijn huid tegen te gaan. Van tijd tot tijd gunde ik mezelf een paar glazen bubbels, zodat het niet opviel dat ik cognacjes afsloeg. Ik merkte dat ik mijn hand op mijn buik had gelegd. Ik haalde hem daar weg.

'Gewoon zomaar,' zei Ivan uiteindelijk. 'Op deze manier is dit een deal, geen geschenk. Niemand is iemand anders iets schuldig.'

Ik lachte even. Hij had gelijk. Dit was de eerlijkste manier om de kwestie af te handelen, de best mogelijke. Zolang ik met jou samen was, zouden de mensen thuis geen zorgen hebben. En als jij en ik geen stel waren, wat dan? Na de Oranjerevolutie was het overheidsapparaat vernieuwd, maar veel ambtenaren zaten in de schulden nadat ze soms wel honderdduizenden euro's hadden betaald voor hun dienstbetrekking; ze smachtten net zo hard naar inkomsten als politici naar stemmen. Jij had verteld dat er zoals verwacht extra controle zou komen op de aanbouw van papaver en dat er al een grote operatie werd voorbereid. Ik vermoedde dat de pas geopende meldlijn voor narcotica het druk zou krijgen met telefoontjes van afgunstige buren. Door de aangiftes zouden moeder, tante en Boris in de gevangenis belanden als er geen ondersteunend netwerk was. Zonder steun zouden alleen al de concurrentie en gewone drugsverslaafden een bedreiging vormen. Maar vanwege de plannen met Boris zouden moeder en tante als familieleden zijn voor Ivan.

'Ben je er klaar voor?' vroeg hij.

'Waarvoor?'

'Voor het Finse staatsburgerschap.'

Hij haalde een stapeltje paspoorten uit zijn borstzakje.

'Ruslana Toivonen, dat ben jij. En een van deze is haar moeder. Of iemand die de moeder van Ruslana Toivonen zou kunnen zijn.'

Instinctief grabbelde ik naar mijn pakje sigaretten, en ik had er al eentje opgestoken voordat ik besefte wat ik deed. Ivan was me weer een stap voor geweest. Toen ik had ingestemd met zijn ruilhandel had ik niet beseft dat ik moeder in gevaar kon brengen met mijn verraad. Dat realiseerde ik me later pas. Nu hoefde ik me niet meer af te vragen hoe ik reisdocumenten voor haar kon regelen die niet getraceerd konden worden. Wat ik niet wist, was of ze ook echt zou vluchten. Maar in ieder geval had ze daartoe nu de mogelijkheid. Ik veegde mijn neus af aan een servetje en dacht aan het pakje dat ik op het bijzettafeltje had neergezet en waar ik een nieuwe telefoon met een anoniem abonnement in had gestopt. Ik gaf het aan Ivan en vroeg hem het pakje samen met het paspoort in moeders ladekastje te verstoppen.

'Je hoeft het haar niet te vertellen.'

'Natuurlijk niet,' zei Ivan knikkend. 'Mijn broer mist je trouwens. Hij vraagt altijd of er nog nieuws over je is.'

'Moeder praat zeker nog steeds niet over mij.'

'Ze kalmeert wel. De Japanner is misschien niet de verloofde waarop ze had gehoopt, maar moeders draaien altijd bij.'

Ik zei niets. Ivan had zonder slag of stoot mijn in de haast verzonnen verklaring voor moeders stommetje spelen geaccepteerd, of anders zweeg hij alleen maar uit hoffelijkheid.

'Er is nog meer,' ging hij verder. 'Drie van deze paspoorten zijn van Ruslana Toivonens kinderen. Die kun je indien nodig als valuta gebruiken, en een van deze kan doorgaan voor Ruslana Toivonens man.'

Ik verschoot. Ik had niet om papieren voor jou gevraagd.

'Je Japanner heeft ongetwijfeld al een prachtige collectie van zichzelf, maar paspoorten zijn als auto's voor mannen of als schoenen voor vrouwen. Je kunt er nooit te veel van hebben. Vooral niet als het om exemplaren gaat die je niet via je vaste verkooppunt koopt.'

Ik keek Ivan even in de ogen en hield meer van hem dan ik ooit van een van mijn familieleden had gehouden. Mijn hand ging weer automatisch naar mijn buik. Ik haalde hem daar opnieuw weer weg. Een mens mocht vast wel dromen hebben.

'Nou, heb je niets te zeggen? Zoals je waarschijnlijk wel vermoedt, was Ruslana Toivonens man het lastigst te regelen. Ik geloof dat hij een Koreaan is,' zei Ivan lachend terwijl hij het stapeltje naar me toe schoof. Zes paspoorten. Zes levens. Zes mogelijkheden.

Ik was vergeten de sigaret die ik al had aangestoken uit te drukken en besloot hem helemaal op te roken. Eentje zou waarschijnlijk geen kwaad doen. De nicotine schoot me naar het hoofd zoals alcohol bij iemand die voor het eerst drinkt. Ivan lepelde nog meer kaviaar naar binnen.

'Ik wilde je meteen bellen toen ik dit setje kreeg. Maar ik wist me te bedwingen. Zonde om een leuke verrassing te verpesten. Geneer je niet, pak ze maar op. Bekijk ze eens.'

Ik bladerde in de paspoorten, vouwde de bladzijden om, die authentiek aanvoelden. De stempels verhaalden over grote reislust. Als staatsburger van een lidstaat van de Europese Unie genoot Ruslana dezelfde voordelen als de Finnen, en haar kinderen eveneens; de familie Toivonen had Ruslana's geboorteland altijd zonder visa kunnen bezoeken. Ondanks het feit dat ze jonger was dan ik, leken we behoorlijk op elkaar, en ze had geen gelaatstrekken die ik niet met een penseel kon bijwerken. Tot mijn verbazing merkte ik dat ik glimlachte, niet om de mogelijkheden die de identificatiebewijzen me boden, maar om Finland en de Finse televisieprogramma's waar ik als kind naar had gekeken. Hoewel de magische kring van destijds was verdwenen en mijn kennis van het Fins verwaterd, zou die kennis wel weer terugkeren, wat ik van een taal die ik helemaal niet beheerste niet kon zeggen. Een nieuw leven als een nieuwe persoon begon zelfs aanlokkelijk te lijken. Ik had er genoeg van steeds een plan B te moeten ontwikkelen. Finland was een goed alternatief: zuivere natuur en goede scholen, een veilige omgeving voor een kind om op te groeien.

Maar zonder Veles' toestemming zou jij niet vertrekken. Tenzij je gedwongen was. Of zou je meekomen als ik dat vroeg, als niemand wist waar je naartoe ging, onder welke naam, en door wie je paspoort was geregeld? Zou je zijn meegekomen?

Ik had gedacht dat ik opluchting zou voelen toen ik wist dat ik zwanger was – dit was de verzekering waarnaar ik had verlangd.

Maar het liep anders. Ik begon meer te piekeren, me zorgen voor twee te maken, en ik besefte dat als het kind werd geboren, ik me de rest van zijn leven zorgen zou maken om hem. Ik wist niet zeker of ik dat zou volhouden, en ik had haast gemaakt met het regelen van paspoorten. Pas toen ik de papieren van Ruslana Toivonen en haar gezin in handen had, besloot ik het kind te houden, want die papieren boden niet alleen een handige mogelijkheid om te vluchten: voor mij waren het goede voortekenen.

Ruslana had twee dochters en een pasgeboren zoontje, en ineens wist ik zeker dat ik in verwachting was van een jongetje. Ruslana's baby heette Oleh. Olezjko. Mijn Olezjko. Ook dat was een teken. Ik had op internet lijsten met kindernamen doorgenomen en naar afgeleiden van mijn doopnamen gezocht, ondanks het feit dat ik mijn cliënten afraadde dat te doen. Oleh ging op dezelfde Vikingnaam terug als mijn eigen naam, op Helga. Klonk dat niet alsof het Hoge Noorden ons riep? Het was alsof dit alles lang geleden in de sterren was geschreven.

Ik herinnerde me dat de gemoedstoestanden van de moeder al in deze fase overgingen op de kleine, die op dat moment nog niets anders was dan een gigantisch hart. Het klopte tussen de honderddertig en honderdvijftig keer per minuut. Op een of andere manier was het zo wonderbaarlijk dat het hart altijd eerst kwam, vóór de zintuigen, vóór het verstand, vóór de ledematen, vóór het vermogen om te ademen. Terwijl al het andere pas bezig was zich te ontwikkelen, was het hart al zodanig voltooid dat het klopte, en het klopte onder mijn eigen hart. Onze zoon had al een naam en hij had al een hart. Ik wist alleen niet of het klopte van angst, liefde of hoop.

Nu weet ik dat de angst al het andere verteerde, en misschien werd er iets giftigs in het vruchtwater afgescheiden op het moment dat ik Viktors lijk op de binnenplaats van ons kantoor zag liggen.

# V

# DE GOEDE FEE

# Helsinki

## 2016

Ik werd wakker door een ingeving en stond op. Ik moest met Ivan praten. Dat had ik in zes jaar niet gedaan, en ik wist dat het onverstandig was. Maar jij was me al op het spoor. Wat had geheimhouding nog voor zin? Ik móest weten of Ivan iets had gehoord. Als er iemand was die iets gehoord kon hebben, dan was hij het, en hij kon beter dan wie ook advies geven.

Ik rende naar de kiosk om een nieuw telefoonabonnement te kopen en belde naar het restaurant in Mykolajiv waar Ivan vroeger vaak afsprak. Toen ik was uitgesproken herhaalde het slaperig klinkende meisje aan de andere kant van de lijn snel Ivans naam, waarna ze zweeg. Ik beweerde dat ik Boris' botaniedocente was, liet een terugbelverzoek achter met mijn nieuwe nummer en begon alle vragen die ik moest stellen op papier te zetten. Ik hoopte dat Ivan zich herinnerde dat ik Boris een plantkundewoordenboek had gegeven. Dat deed hij, en hij belde.

'Ik had niet verwacht iets van jou te horen. Ben je het echt, Aljonka?'

Ik hapte naar adem en kneep in de hoorn. Zes jaar was een eeuwigheid, en zes jaar lang had niemand mijn naam liefdevol in het Russisch uitgesproken. Ik ging in de zonneschijn op de vensterbank zitten en probeerde vast te houden aan het geluksgevoel.

'Je moeder had nooit die blik in haar ogen. Daaruit leidde ik af dat je in orde was.'

'Welke blik?'

‘Een gebroken blik,’ zei Ivan. ‘Maar raad eens waar ik net naar zit te kijken? Naar de dienstregelingen van de trams, tot op de minuut nauwkeurig. Precies zoals in het Westen.’

‘Hebben we die tegenwoordig?’ vroeg ik verbaasd. Ik kon me niet herinneren ooit een fatsoenlijke dienstregeling te hebben gezien, waar dan ook in het land.

Ivan moest lachen. Hij was zelf ook zo verbluft geweest toen hij het hoorde dat hij naar een tramhalte was gereden om het met eigen ogen te controleren. Naar het scheen waren er ook routekaarten. Op de achtergrond hoorde ik het geknars van rails en het geroezemoes van het leven van alledag, en het gelach van kinderen, en de lente weerklonk zo lieflijk in al die geluiden dat ik mijn vingers tegen mijn ooghoeken moest drukken.

‘Als je het niet gelooft, zal ik je een foto sturen.’

Ik keek naar mijn papiertje. Ik wilde dat het gesprek verderging alsof het een totaal normaal telefoontje tussen twee oude vrienden betrof. Zes jaar lang had ik mijn vrienden het best kunnen helpen door hen niet te bellen, en had ik alleen naar de hoorn gegrepen om met mijn moeder te praten of met de mensen wier vloeren ik dweilde, mensen die niet wisten wie ik was. Ik herinnerde me dat baboesja Vilina deportatie zonder het recht op correspondentie als een doodvonnis beschouwde. Zij had geluk gehad, ze had brieven en pakjes ontvangen. Ze had de kampen overleefd. Ik had dankzij moeders bezoekjes zes jaar zonder vrienden overleefd. Anders zou ik mezelf hebben verraden, omdat ik met iemand had móeten praten, iemand die ik kende en die mij kende, iemand die me herinnerde aan degene die ik lang geleden was geweest, iemand met wie ik bij uitstek een gesprek als dit kon voeren, en ik besefte dat dit wellicht mijn enige gesprek met een vriend zou worden in jaren. Of het laatste. Daarom moest ik vragen blijven stellen aan Ivan. Ik wilde weten hoe het weer was daarginds en waar een mompelend oud mannetje vlak bij hem zich druk om maakte, waarom hij het over chauffeurs had, over dat die weer bang waren. Ivan antwoordde dat het oude mannetje zenuwachtig was geworden bij het zien van een paar trams die vlak achter elkaar reden. Ivan had hem de dienstregeling getoond. Er was niets vreemds aan de hand: twee trams die elk een andere route reden moesten wel achter elkaar aan rijden.

'Die ouwe geloofde je niet,' zei ik. 'Ondanks de dienstregeling.'

'Klopt.'

Ook ik kon me de trojka's van bussen en trams herinneren. Als een voertuig panne had of werd overvallen door rovers of uiteenlopende hooligans, kon de chauffeur op hulp rekenen. Ivan was in de gevangenis beland doordat hij zich in dergelijk gezelschap had opgehouden. Hun activiteiten leverden niet bepaald veel op, en nadat hij achter de tralies had kennisgemaakt met papaverdeskundigen had hij namens een of andere dealer de schuld van een mishandeling op zich genomen. Op die manier had hij zijn plaats in het netwerk verdiend, en na zijn vrijlating had er een baan op hem gewacht. Ivan wist hoe je handel moest drijven.

'Maar ik neem aan dat je niet belt om te horen hoe het tegenwoordig met Oekraïne gaat, of wel?'

'Het spijt me,' zei ik. 'Het was nooit mijn bedoeling contact met je op te nemen. Dat had ik mezelf beloofd.'

Er klonk een aansteker. Ivan zoog de rook naar binnen en het geroezemoes bij de tramhalte verdween naar de achtergrond. Ik wist dat hij mijn vriend was en toch betwijfelde ik of hij zou hebben teruggebeld als Boris er niet was geweest. Ik zette de gedachte van me af. Ik wilde niet wanhopig klinken, en dus stelde ik me voor hoe het park achter de halte wit zag van de acacia- en populierenbloesems. Ik dacht aan kastanjebomen, platanen, esdoorns, eiken, alle mogelijke loofbomen die je hier minder zag dan in Oekraïne. Ik dacht aan de zorgeloosheid die ik ooit had bezeten. Ik dacht aan hoe ik dwars door Kiev was gereden in mijn eigen auto en met Vopli Vidopliassova had meegebruld, ik dacht aan jouw hand in mijn hand en aan dagen vol vreugde, opdat dat hoorbaar zou zijn in mijn stem. En ik dacht aan de jongen in het hondenpark.

'Ik geloof dat ik weer in de problemen zit, goede vriend,' zei ik, en ik beklemtoonde het laatste woord om Ivans hart te beroeren. 'Mijn identiteit is bekend geworden en men is mij op het spoor. Toch is mijn leven naar omstandigheden draaglijk. Ik kan niet vertrekken, niet langer vluchten.'

'Heb je alternatieven?'

'Dat is precies waarom ik bel.'

'Heb je iets om mee te handelen?'

'Iemand is van plan om de kinderen van Lada Kravets te kidnappen.'

'Van die weduwe? Heb je bewijzen?'

'Misschien. Ja.'

'Wat voor bewijzen?'

'De persoon die de ontvoering voorbereidt, heeft in het geheim foto's genomen van Lada Kravets' kinderen en is hen op hun dagelijkse routes gevolgd. Ik heb die foto's en ik weet wie die persoon is en waar ik die persoon kan vinden.'

Ivan was teruggekeerd bij zijn auto. Ik stelde me voor hoe hij de Heilige Koeksja van Odessa kuste en nadacht. Zijn stem klonk voorzichtig geïnteresseerd, maar de stilte hield te lang aan; toen startte hij de motor, de radio werd op de achtergrond hoorbaar en hij stelde de airco in, en ik kon bijna horen hoe hij een besluit vormde dat voor mij verkeerd zou uitpakken. Misschien wilde hij niet dat iemand zou merken hoe close we waren. Daarmee zou hij niets winnen. En ik wist niet of hij er iets mee zou winnen als hij als boodschapper fungeerde.

'Je hebt geen tussenpersoon nodig,' zei hij uiteindelijk. 'Je zou de Japanner kunnen bellen.'

'Die luistert niet, niet na dit alles.'

'Die man weet hoe je zaken moet doen.'

Ik kneep in de hoorn. Ik wilde het gesprek niet beëindigen, me niet verlaten op onherroepelijke woorden, hem er niet aan herinneren dat als ze mij te pakken kregen, ik in mijn wanhoop ook zijn betrokkenheid kon onthullen bij de manier waarop de gegevens van Viktor en zijn vrouw in verkeerde handen waren geraakt, hoe hun anonimiteit was geschonden. Ivan had dat georganiseerd, niet ik.

'Omwille van de goeie ouwe tijd,' fluisterde ik terwijl ik verf van het kozijn krabde. Tussen de vensterglazen draaide een kever rondjes. Ik móest vorderingen maken. Ik keek naar mijn lijst en vroeg: 'Ben je met Boris naar de terugkeer van de pelikanen wezen kijken? En de kraanvogels, zijn het dezelfde die zijn teruggekomen?'

Ivan kuchte en zette de motor uit. De radio zweeg. Op de achtergrond klonk geritsel; hij had iets uit zijn jaszak gehaald en vertelde wat hij in zijn hand hield. Een clubkaart, die hij als aandenken in zijn portemonnee bewaarde. Die had de kaarthouder het recht gegeven ook van de diensten van de residentie van president Janoekovitsj gebruik te maken wanneer de gastheer afwezig was. Ik wist niet dat Ivan zo hoog was opgeklommen.

'Ik heb de Japanner daar een paar keer ontmoet.'

Ik grabbelde naar een halfleeg koffiekopje en nam een paar slokken. Toch had ik een droge mond. Ivan en jij waren daar samen geweest om te zuipen, te bowlen, te vissen, de rendieren van de president te schieten. Desondanks had Ivan mij niet verklikt. Dat moest ik onthouden. We zaten in dezelfde boot. Ik had geen reden in paniek te raken. Ik verzocht Ivan alles te vertellen, en hij begon door te schetsen hoe jullie elkaar na de dood van Viktor hadden ontmoet. Je was naar Ivan in Mykolajiv gegaan en had gevraagd wie mij verborgen zou kunnen houden of mij had kunnen helpen, en of ik nog steeds verwanten in Donetsk of Tallinn had. Ivan was verbaasd geweest. De connectie met Donetsk was nieuw voor hem. Hij was alleen op de hoogte van een oom in Tallinn.

'Trapte hij daar echt in?' vroeg ik.

'Hebben jullie het ooit over anderen dan jullie verwanten in Tallinn gehad, tegen wie dan ook? Waarom had ik iets anders moeten horen?'

'Dat is niet hetzelfde. Jij bent als familie voor ons. Het ging slecht met ons in Donetsk en dat wist jij.'

'Zo slecht dat niemand van jullie er achteraf ook maar één woord over sprak. Dat zei mij genoeg. Of hoe dom denk je dat ik ben?'

Ik sprak hardop het vermoeden uit dat Ivan jou íets had moeten geven. Het zou toch vreemd zijn als mijn goede vriend zogenaamd niets over mij wist. Maar Ivan beweerde dat het inderdaad zo makkelijk was gegaan, tot zijn verrassing. Hij had geen vingers verloren, niet eens een nagel, en volgens Ivan had je hem meer uit plichtsbesef verhoord dan vanuit een echte behoefte om informatie te verkrijgen. Ik merkte dat ik zweette. De zonneschijn die binnenstroomde was ineens verzengend. Toch bleef ik op de vensterbank zitten, en ik vroeg me af of je het er werkelijk bij had laten zitten. Ik meende te begrijpen waar het om ging. Je had alles zo makkelijk kunnen voorkomen, door te checken of mijn vader daadwerkelijk voor een bouwbedrijf in Mykolajiv had gewerkt, en of ik rechtstreeks vanuit Tallinn naar Parijs was vertrokken. Je had oude schoolvrienden van me kunnen opsporen, van wie je zou hebben vernomen dat ons gezin naar een gehucht in oostelijk Oekraïne was verhuisd. Als je de eerste van mijn leugens aan het licht had gebracht, was mijn carrière als coördinator meteen geëindigd. Je had niet de puf gehad al die moeite te doen, omdat je al zo frustrerend vaak achtergrondchecks had verricht in verband met de obsessieve kinderwens van de Kravetsen, en door je onzorgvuldigheid was je medeplichtig geworden, een onvrijwillige handlanger, en geen enkele schuldige ging graag in zijn eigen fouten wroeten. Het was vast makkelijker om te beweren dat ik zo sluw was geweest, en mijn moordplan zo waterdicht, dat ik er zelfs in was geslaagd jou te misleiden. Ik slikte. Jij zou nooit willen dat ik kans zag iemand te vertellen hoe vriendelijk je was geweest. Net zo meegesleept door de liefde als ik. Net zo makkelijk te verleiden.

'Je hebt jezelf trouwens een aardige reputatie bezorgd. De Japanner laat zich er niet makkelijk in luizen,' zei Ivan. 'Misschien wilde hij me niet nader verhoren omdat dat gênant zou zijn geweest. Door zijn onverschilligheid gaf hij te verstaan dat jij er eigenlijk niet toe doet.'

IJdelheid. Ik wist niet dat jij zo ijdel was als het om je reputatie ging.

'Maar wat de anderen niet begrijpen is waarom je niet meteen de hele club van kant hebt gemaakt toen je als de eerste de beste schoondochter bij ze op bezoek ging. Dan was er niemand overgebleven om wraak op je te nemen.'

Toen Ivan en jij elkaar later tegenkwamen in de presidentiële villa, gedroeg jij je alsof jullie elkaar voor het eerst zagen. Er werd geen enkele keer naar mij verwezen.

'Je snapt ongetwijfeld dat je nooit meer kunt terugkeren,' zei Ivan. 'Een dergelijke deal bestaat niet. Maar ik zal de boodschap doorgeven.'

We zaten al meer dan een uur in een lunchcafé voor de school van de kinderen in het hondenpark. Terwijl we naar een vrij tafeltje op het terras zochten had Daria iets gezegd wat me maar niet met rust liet. Ze had zich net iets te enthousiast verbaasd over het feit dat kinderen hier in hun eentje naar school en naar huis liepen.

'Ga nog eens koffie halen,' commandeerde ze.

Hoewel er nog een uur te gaan was totdat de bel zou klinken die aangaf dat de school uitging, begon Daria bij het naderen van dat hoogtepunt met haar schoen tegen een stoel te tikken, en niets wees erop dat ze al moe werd. Ik liep naar de counter en hield tegelijkertijd de mensen op straat in de gaten, lettend op bekenden en vijanden. Ik zette de kopjes koffie op een dienblad, droeg dat naar Daria en ging weer op mijn plekje bij de muur zitten. Mijn benen deden pijn. Die ochtend had ik haar plaatsen getoond die een rol speelden in Aino's leven. Ik had zelf voorgesteld die toer te maken, en had gelogen dat ik een vrije dag had. Een deel van de locaties had ik verzonnen, een deel was echt waar, zoals de plaatsen waar de ouders werkten, en de dierenwinkels. En de school.

'Ik ben trouwens bezig Fins te leren,' zei Daria terwijl ze een lesboek uit haar tas pakte. 'Zullen we even oefenen?'

Ik pakte het boek aan, dat er nog nieuw uitzag. Daria leunde naar me toe en begon voorbeeldzinnen voor te dragen, veel te vloeiend voor een beginneling. Af en toe keek ze me aan en zocht ze erkenning voor haar uitspraak.

'Ben je van plan hier zo lang te blijven dat dat echt nodig is?'
'We moeten toch zeker een gemeenschappelijke taal hebben?'
'We?'
'Aino en ik natuurlijk. Wie anders?'
Ze keek me aan alsof ik dom was. Misschien was ik dat. Mijn vage vermoedens leken bewaarheid te worden. Ik had de voorgaande avond op internet gezocht naar plaatsen waarvan ik wist dat daar voormalige cliënten van Daria en hun kinderen woonden. Eén geval had mijn aandacht getrokken: een onbekende vrouw had geprobeerd op een speelplein in een Duits dorp een kind mee te grissen. Men vermoedde dat het om een buitenlandse vrouw ging, en de krant toonde de foto die een voorbijganger met zijn telefoon van haar had genomen. Mensen die de persoon herkenden werd gevraagd contact op te nemen met de politie. Het ging overduidelijk om Daria. Ze was van plan het kind van een voormalige cliënt te ontvoeren en huisje-boompje-beestje te spelen. Waarom kon ze niet een ander kind in plaats van Aino kiezen? Of was het makkelijker hier een kind te ontvoeren dan in een willekeurig ander land? Ik staarde naar het asfalt voor ons. Het was zo gelijkmatig als het glazuur op een taart in de etalage van een banketbakker, maar de grond onder mijn voeten begon zich te bewegen alsof ik me in een trein bevond.
'Luister je wel?' vroeg Daria. 'Jij moet mijn fouten corrigeren.'
Ik begon de woorden in het lesboek te herhalen en verzon tussendoor mijn eigen voorbeeldzinnen. De boodschap die ik via Ivan had doorgegeven was een poging tijd te winnen. Een kogel door mijn kop zou geen optie zijn als je de details wilde weten over de foto's die stiekem van Lada Kravets' kinderen waren genomen. Je zou gedwongen zijn met mij te praten. Om even te gaan zitten. Me in de ogen te kijken. Toen ik aan jouw blik dacht was ik er niet meer zeker van of de foto's van Kravets' koters, laat staan het nieuws uit Duitsland, voldoende waren om te bewijzen dat Daria een gevaar vormde, of je op grond daarvan bereid zou

zijn me te ontmoeten. Maar als het voldoende was en je wantrouwen zou gaan koesteren jegens Daria, zou er iets meer tijd zijn. Misschien net genoeg om je te vertellen wat er echt gebeurde op de dag dat Viktor stierf. Maar toch, mijn woorden hadden nauwelijks gewicht. Ik had meer bewijzen nodig, en wel meteen. Ik moest Daria zover zien te krijgen dat ze bekende. Ik haalde diep adem.

'Hoelang heb je erover gedaan om de moord op Viktor te beramen?'

Ik stelde de vraag in het Fins en voelde me al een stuk zekerder doordat het gelukt was de zin hardop uit te spreken. Daria begreep de vraag niet of deed alsof. Ik herhaalde hem in het Russisch. De voet die tegen de stoel had getikt stopte. Toen lachte ze.

'Wat is dat voor onzin?'

'Of was het een ongeluk?' ging ik verder. 'Ongelukken gebeuren. Kunnen we er niet eindelijk openlijk over praten?'

'We gingen Fins oefenen.' Daria zwaaide met het lesboek. 'Ik heb geen zin in die achterlijke onzin van jou.'

'Had je niet liever mij van kant gemaakt in plaats van Viktor? Als ik jou was geweest, had ik dat overwogen,' zei ik, en heel even was ik tevreden met mijn ingeving. Je inleven in de gemoedstoestand van de cliënt was een oude truc. Maar hij werkte niet.

'Ben je gek geworden, of wat zit je nou ineens te ijlen?'

Daria legde het boek neer en keek me onderzoekend aan, alsof ze er geen woord van begreep. Ze had de hele dag haar mond nog niet voorbijgepraat, ondanks mijn pogingen haar daartoe te verleiden. Bij de counter van het lunchcafé had ik de dictafoon weer aangezet, die in mijn zak zat nu en onze nutteloze gesprekken opnam. Ik zou haar niet kunnen laten bekennen. Ze zou niets toegeven. Ze was koelbloediger dan ik had gedacht. Ze was één gladde emaillen buitenkant en ik kreeg geen grip op haar. Ik keek toe terwijl ze haar koffie verkeerd proefde; ze leek zich af te vragen wat er mis mee was, tot ze blijkbaar ineens een ingeving kreeg.

'Wacht even... Probeer je soms je eigen zonden op mij af te schuiven?'

'Doe normaal. Ik heb gezien wat jij hebt gedaan.'

Ik greep haar pols en kneep er hard in.

'En als ik Ladka nou eens de foto's stuur die jij van haar kinderen hebt gemaakt?' vroeg Daria. 'Of aan Veles? Dat is misschien beter. Zou de man van Donetsk niet het juiste adres zijn ervoor?'

'Ik heb die toch niet genomen?'

'Wie gaat dat geloven?'

Ik liet haar pols los. Ik had Ivan niet moeten bellen. Ik besefte meteen welke fout ik had gemaakt. Ik werd verantwoordelijk gesteld voor de dood van Viktor. Ivan had zich afgevraagd waarom ik niet meteen ook de andere Kravetsen had omgebracht. Niemand zou dan achter mij aan zijn gekomen. Het was waterdichte logica. Ik had een motief. Als Daria haar dreigement ten uitvoer bracht, zouden jullie meteen denken dat ik mijn wraaktocht voortzette, dat ik nog niet verzadigd was. Ik had niets waarmee ik kon bewijzen dat Daria de stiekeme fotograaf was, en als Daria haar mond opendeed, zou ze beweren dat ik probeerde haar erin te luizen.

'Veles zou een heel leger achter jou en je familie aan sturen,' zei Daria met aanzwellende stem.

Mijn hand lag verstijfd op de tafel en leek van gips. Ik probeerde in mijn tas naar mijn vingerloze handschoenen te zoeken maar vond niets, en uiteindelijk stak ik mijn vingers tussen mijn dijen om ze op te warmen. Ik slaagde er niet meer in het gesprek in juiste banen te leiden.

'En weet je wat? Dat zou je verdiende loon zijn.'

Daria's telefoon lag naast haar koffiekopje. Door onze aanvaring was ze de serafijnkrullen op het display vergeten; die waren van Aino, en tijdens het koffiedrinken had Daria steeds naar het gezicht van het meisje gekeken en het glas gekust als was het een icoon. Het scherm werd donker en dat merkte ze niet; ze werd steeds kwader en begon alle redenen op te sommen waarom ik tot in alle uithoeken van de aardbol moest worden opgejaagd. Ze noemde namen op. Meisjes die ik was vergeten, en meisjes die ik nooit had ontmoet. Meisjes die meer hormonen toegediend hadden gekregen dan er in heel Londen te vinden waren. Meisjes bij wie de eierstokken waren verwijderd. Meisjes die complicaties hadden gekregen of wier baarmoeder per ongeluk was geperforeerd. Meisjes die waren teruggekeerd bij de vruchtbaarheidsklinieken, niet om te doneren maar als cliënt. Meisjes wier welzijn door niemand werd gecontroleerd nadat ze uit de catalogi van de agentuur waren verdwenen. Daria had duidelijk Amerikaanse propagandasites zitten lezen; daar waren voor ieder onderwerp wel activisten te vinden. Als op bestelling begon ze te vertellen over haar deelname aan een bijeenkomst van anonieme eiceldonoren in New York. Ze was verrast geweest door het aantal lotgenoten, en door het feit dat velen van hen uit Oekraïne en Rusland, Polen en Roemenië kwamen, allemaal Oost-Europese landen. De meesten waren in hun geboorteland begonnen met doneren, en nadat ze naar het buitenland waren gestuurd om daar hun kunstjes te vertonen waren ze in Amerika achtergebleven, omdat ze daar beter werden betaald. Niet iedereen had het goed, en niemand had een ziektekostenverzekering. Sommige meisjes hadden maar één keer gedoneerd en toch borstkanker gekregen, hoewel dat niet in de familie zat. Toeval, zei ik. Daria snoof minachtend. Er waren te veel van dat soort gevallen om van toeval te kunnen spreken.

Een stel studenten aan het aangrenzende tafeltje keek ons lange tijd aan, en om de klank van Daria's stem te duiden had je geen talenknobbel nodig. We trokken de verkeerde soort aandacht. Ik glimlachte verontschuldigend naar hen. Het gezelschap schrok en wendde zijn blik af. In gedachten dankte ik de Finse beleefdheid. Daria kreeg een droge keel van het preken, ze dronk haar koffie op en keek op haar telefoon hoe laat het was.

'Ik begreep godverdomme niet waarom je uitgerekend mij uitkoos voor Viktor, totdat ik besefte dat het je gewoon niet boeide. De Kravetsen kozen uit alle smoelen de mooiste en dat was toevallig de mijne en jij had het lef niet tegen ze in te gaan.'

'Zo was het niet.'

'Genoeg gezwetst nu. Nog even en Aino komt van school,' snauwde Daria terwijl ze opstond; haar stoel viel om. 'Jij gaat dit moment niet verpesten.'

De andere gasten draaiden zich naar ons om en een vrouw die voorbijliep bleef staan. De buurvrouw. Haar gezicht oogde gezwollen, haar jas hing losjes om haar heen. Zwanger. Gegarandeerd zwanger. Ze hief haar hand op bij wijze van groet. Ik knikte lichtjes en zette Daria's stoel rechtop. Ik was te ver gegaan. De dictafoon was nog steeds aan het opnemen, voor niets. Ik zou het later nog een keer proberen. Ik keek naar Daria, haar onderlip trilde. Ik greep haar bij een mouw en vroeg of ze iets over het Finse basisonderwijs wilde horen, over de vakken die Aino op school kreeg.

Daria ging weer zitten.

'Wat weet jij daar nou van?'

'Ik weet in ieder geval dat Finland het beste schoolsysteem ter wereld heeft.'

Toen de kinderen de school uit renden, zich verheugend op het weekend, spitste Daria haar oren. Ze leek onze ruzie te zijn vergeten en schrok toen ze het blonde hoofd van Aino zag. Het meisje rende naar de vrouw van het hondenpark, die er uiterst atletisch uitzag in haar zandkleurige voorjaarsjas. Uiterst welgesteld.

'Wat doet die vrouw daar?' vroeg Daria geagiteerd. 'Aino zou toch in haar eentje terug naar huis lopen?'

'Misschien is ze eerder van haar werk weggegaan.'

Ongemerkt had ik Daria's hand vastgepakt, en we keken toe

terwijl Aino en haar moeder in het geroezemoes op straat verdwenen, alsof het een spannende film betrof. Ik vond het niet prettig dat Daria de voornamen gebruikte als ze het over de kinderen van het hondenparkgezin had. Je moest kinderen nooit te vroeg bij hun echte naam noemen. Toch liet die gewoonte van Daria me niet onberoerd. Ik betrapte mezelf erop dat ook ik het meisje in gedachten Aino noemde, en de jongen Väinö.

'Ik haat jou niet, heb je ook nooit gehaat,' zei Daria. 'En momenteel is er niemand die ik zozeer haat als die vrouw daar.'

Ik haatte haar ook. Ik haatte alles wat zij haar kind kon geven. Ik haatte het dat ze een dikke loonstrook had, nieuwe voorjaarsjassen, geld voor de kapper en een vader voor de kinderen. Ik haatte dat ze statiegeldflessen naast de vuilnisbakken neerzette zodat mensen als ik ze konden oppakken, omdat zij de centen die je daarvoor kreeg niet nodig had. En ik haatte dat ze onophoudelijk werd gebeld door vrienden en dat zij en haar man arm in arm liepen. Door de haat werden Daria en ik heel even verenigd, en Daria voelde dat.

'Heb ik mijn kind verkocht? Heb ik echt mijn kind verkocht...' vroeg ze ineens, '...aan dat wijf daar?'

'Aino is niet jouw kind.'

Daria trok haar hand weg.

'Ik dacht dat jij mij begreep. Ik kan het allemaal prima zonder jou regelen.'

Ik vroeg niet wat ze bedoelde. Dat was niet nodig. Zodra het voorjaar begon gingen de ouders en de kinderen regelmatig naar hun zomerhuisje. Ik had het daar niet over gehad met Daria, en vroeg me af of ze wist waar het zomerhuisje stond nu het gezin daar al een paar keer een weekendje was geweest. Het was een makkie om midden in het bos een kind te ontvoeren. Ze kon het niet weten. Anders had ze allang een auto gehuurd.

'Wat mij betreft is van of naar school de beste optie,' zei ze. 'We nemen Aino meteen 's ochtends mee en jij laat meteen aan de onderwijzeres weten dat het meisje ziek is. Op die manier wordt de verdwijning pas 's middags opgemerkt.'

Daria ging staan. Ze wilde kleren kopen voor Aino en meende dat we klaar konden zijn met shoppen tegen de tijd dat de hond werd uitgelaten. Ik merkte op dat het beter was niet te vaak naar het hondenpark te gaan, anders zouden we te veel opvallen. Daria was niet geïnteresseerd in mijn bezwaren. Ze leek maar geen genoeg te kunnen krijgen van het observeren van het gezin, en ik wist niet zeker of dat uit gemis was of dat ze woede jegens de ouders wilde opbouwen, wier geluk ze wilde afnemen. Of misschien schonk de wetenschap dat ze hun ondergang tegemoetgingen haar een gevoel van voldoening waar ze alles uit wilde halen wat erin zat.

'Schiet op,' commandeerde ze, en ze draaide zich naar mij om met dezelfde soort glimlach op haar gezicht als toen ze Viktor had gewurgd. Toen ze had beseft dat de schuld mij volledig in de schoenen zou worden geschoven, kende haar vreugde geen grenzen. Ditmaal grijnsde ze om een andere reden: ze had me aan de leiband en dat wist ze. Ik had geen andere keus dan haar te volgen, en tegelijkertijd legde ik een verband tussen wat Ivan had gezegd en Daria's woorden en wat ik daarin tussen de regels door kon lezen. Daria had gedreigd met Veles' mannen, en dat mijn familie en ik tot in alle uithoeken van de aardbol zouden worden opgejaagd. Waarom had Veles dat niet meteen gedaan nadat zijn zoon was overleden? Waarom hadden de terreinwagens het huis van mijn tante niet langduriger in de gaten gehouden? Waarom was Ivan alleen voor de vorm ondervraagd, niet al te nauwkeurig en niet vaker dan eenmaal? Ik was ervan uitgegaan dat dat door jou kwam, maar stel dat ik het allemaal verkeerd had geïnterpreteerd? Lada had persoonlijk toezicht gehouden op het onderzoek naar Viktors dood. Dat had Daria beweerd. Stel dat het uitgerekend Lada was die had goedgekeurd dat je zo slordig was bij je naspeuringen? Stel dat ze je zelfs had aangemoedigd slordig te zijn? Was zij degene die ik moest bedanken voor alles? Lada Kravets had er waarschijnlijk nauwelijks behoefte aan dat er uitgebreid werd gewroet. Daar had ze haar redenen voor.

Misschien wilde ik gewoon met alle geweld geloven dat jij me uit medelijden of genade had laten ontsnappen. Of uit liefde.

Een groep jongeren had zich in het park verzameld, en ons vaste bankje was bezet. Dat maakte Daria niet uit; ze bepaalde dat we bij de stenen trap naast de omheinde uitlaatplaats de wacht zouden houden. Ik trok mijn jas uit en ging daarop zitten. Zelf vermeed ik het hondenpark altijd op vrijdagavonden, omdat het er vreemd uitzag als je tussen de zuiplappen die in de schaduw van de bomen rondhingen ging zitten lezen. Daria's gezelschap veranderde daar niets aan. We zagen er niet uit als vriendinnen die hiernaartoe waren gekomen om lol te trappen. We hadden op zijn minst een fles wijn of een paar biertjes bij ons moeten hebben, een plausibele reden om buiten te lanterfanten. Of een hond.

'Ik had verwacht dat je wat behulpzamer zou zijn,' zei Daria verwijtend terwijl ze naast me ging zitten. 'Ik ben teleurgesteld in je.'

Ik deed met opzet of ik haar verkeerd begreep en zei dat het me speet dat ik de kinderkledingzaken in de stad niet zo goed kende. De liefdadigheidswinkel die ik had voorgesteld was niet goed genoeg geweest, en dus waren we gedwongen geweest naar het centrum te gaan om kleren voor Aino te zoeken. Wonder boven wonder had Daria die zelf betaald. Ze had geld. Creditcards. Contanten.

'Zit niet te zieken. Misschien dat deze je kunnen aansporen?'

Daria's hand ging naar haar jaszak om de telefoon te pakken. Ik wendde mijn blik af van de foto's die ze liet zien. Ik vroeg me af of ze de kleinkinderen van jouw baas alleen maar had gefotografeerd om het verhaal te kunnen vertellen waarmee ze mij had bedreigd – namelijk dat ík hen bespioneerde. Heilige Moeder van God, zó gewiekst kon die teef toch niet zijn?

'Ladka ziet er goed uit, vind je niet? Die prutser van een secretaresse oogt tegenwoordig minder levendig. Heb je gehoord wat er met haar is gebeurd? Ik betwijfel of jou net zo'n snel einde is gegund.'

Ze zocht naar een nieuwsartikel over een ongeluk in een vervallen hotel en schoof dat naar me toe. Ik zag alleen de kop. Een jonge vrouw was door een gat in de vloer van hotel Parus naar beneden gevallen. Ik richtte mijn blik op Daria's vinger en dacht aan jou en mij op de boulevard, aan de geur van halva die vanaf de Oleina-fabriek verleidelijk mijn neus binnendrong, en aan het boeket bloemen dat aan de reling hing te verwelken terwijl de bos rozen in mijn hand leefde. Het statige profiel van het Parus lag links van ons. Door de ineenstorting van het Oostblok en het opraken van de roebels was de bouw van het hotel, dat een icoon van Sovjetpracht had moeten worden, stopgezet, en ondanks verschillende pogingen daartoe was het nooit voltooid. De plek was later favoriet geworden bij dronkaards en minnaars. Het uitzicht vanaf de bovenste verdiepingen was vast duizelingwekkend, en de façade was nog steeds mooi. Ik rook de geur van april die opsteeg vanaf de grond. Vroeger had het mooie weer dezelfde waaghalzen naar het hotel getrokken die ook bruggen beklommen via de kabels. Lente op de oever van de Dnjepr. Daar had ik heimwee naar.

Ik hield heel even mijn adem in en inhaleerde toen diep en langzaam.

'Nadat je was gevlucht werden de gebeurtenissen onder de loep genomen en kwam er van alles aan het licht. Bijvoorbeeld dat die secretaresse vertrouwelijke cliëntgegevens had doorgespeeld, zelfs in haar e-mails.'

Ik haalde mijn schouders op. Die vrouw was een amateuristische streber geweest. Het zat me niet dwars dat ik de gebeurtenissen die tot haar dood hadden geleid in gang had gezet. Daria begon zachter te praten, haar blik bleef gericht op de weg die naar het park voerde en haar greep om de papieren tassen met Aino's kleren verstrakte. Nog even en ze zouden komen.

'Het kan jou net zo vergaan als die secretaresse. Wil je echt dat je moeder een krantenartikel als dit over jou leest? Heb je haar niet al genoeg verdriet bezorgd?'

De kilte van de stenen trap begon in mijn botten door te dringen, en ik voelde hoe mijn benen begonnen te tintelen. Ik had moeder gedwongen naar huis terug te keren opdat ze niet met mijn lijk geconfronteerd zou worden. Het leek erop dat die voorzorgsmaatregel niet toereikend was. Het kon nog steeds zijn dat ze dingen zou zien die geen enkele moeder zou moeten zien. Het tintelende gevoel in mijn vingers begon zich uit te breiden naar mijn armen, en opnieuw zocht ik vergeefs naar mijn vingerloze handschoenen. Ik moest ze ergens hebben laten vallen. Moeder had er asters op genaaid, en ik had ze nu nodig.

'Maar ik zal niemand iets over jou vertellen als je me helpt. Wat zeg je ervan? Maandag?'

Ik drukte heel even mijn handen tegen mijn gezicht. De vlucht van Kiev naar Helsinki duurde maar een paar uur. Ivan had jou vast al gebeld. Het dak van een flat. Een balkon. In plastic gewikkeld op een vuilnisbelt. Tenzij ik iets van waarde bezat. Iets wat Lada Kravets niet kon verdraaien. Iets waaraan je baas niet voorbij kon gaan. Een bewijs. Een bekentenis.

Daria gaf me een duw.

'Hé, wat vind je van maandag?'

'Is goed. En daarna? Waar was je van plan het meisje mee naartoe te nemen?'

'Naar huis.'

'Naar Oekraïne? Jij hebt haar paspoort niet.'

'Dat zouden we kunnen stelen.'

'Door bij hen in te breken? Vergeet het.'

'Aino is klein, ze past in een kofferbak. We rijden eerst naar Estland en dan via Letland en Litouwen naar de Poolse grens en naar huis. Het Donetsbekken is erg in trek bij iedereen die de autoriteiten wil vermijden.'

Daria had gelijk. De sterke arm van de Finse wet zou zich niet tot aan de Volksrepubliek Donetsk uitstrekken. Het was geen slecht plan. Het was geschift.

'Heb je wel geld genoeg voor alles? Waar denk je een auto vandaan te halen?'

Daria reageerde niet en keek naar een stel dat de omheinde losloopweide naderde; het tweetal was bezig een puppy aan de lijn te leren lopen.

'Luister, zouden we voor Aino zo'n teckel moeten kopen? Of liever het soort hond dat ze al hebben? Zou haar dat helpen zich thuis te voelen?'

Het stel was precies het type dat vroeger mijn aandacht zou hebben gevangen. Ze hadden de toekomst en dat straalde van hen af. Onwillekeurig strekte ik mijn hand uit naar de puppy, om hem meteen weer terug te trekken. Toen ik had beseft dat de ouders van Väinö en Aino mij niet herkenden, had ik overwogen een huisdier te nemen. Met behulp van een hond zou een kennismaking met de jongen heel natuurlijk verlopen. Maar ik wist dat ik in mijn eentje zou moeten vluchten als de grond onder mijn voeten te heet werd; vluchten met dieren ging niet. Bovendien had ik een nachtmerrie gehad die me eraan had herinnerd waarom ik beter geen hond kon hebben, en nu was ik blij met die beslissing. Jij hield van dieren. Misschien zou jij een hond die zijn vrouwtje verdedigt niet doodschieten. Iemand anders zou dat wel doen. Of anders zou het dier op straat belanden. Of liggend naast mijn lijk omkomen van de honger. Of misschien zou het dier voor die tijd zijn tanden in mijn vlees zetten.

Daria vergat haar puppywensen en rechtte haar rug. Het gezin naderde het park. De vader en moeder liepen hand in hand. Ze lachten om iets, de zoon slenterde op een paar meter afstand achter de anderen aan. Het meisje had een 1 meimolentje in haar hand. Ze probeerde het te laten draaien, maar dat lukte niet. De jongen proestte het uit en zei iets. Het meisje zwaaide nog een paar keer met het molentje en de jongen moest lachen. Het meisje begon te huilen. Ik besefte dat pas toen het gejank luider werd.

'Wat is er gebeurd?' vroeg Daria paniekerig.

Terwijl de vader het meisje troostte draaide de moeder zich boos om naar de jongen, die bloosde en toen kwaad werd. Daria was overeind gekomen. De jongen beende weg. De moeder rende achter hem aan en begon hem terug de andere kant op te sjorren. Een vergissing: daar was de jongen al te oud voor. Ik gaf een rukje aan Daria's hand. Onenigheid binnen het gezin was niet onze zaak. We mochten niet geïnteresseerd lijken in het gekibbel van twee onbekende kinderen, maar al snel trokken ze ook de aandacht van anderen: de jongen greep een handvol zand van de grond en gooide dat in het gezicht van het meisje. Daria schrok en zette een stap naar voren. Het meisje zette het op een brullen, het molentje viel op de grond en de jongen rende ervandoor. De moeder sloeg haar arm om het meisje, dat niet stopte met huilen. Ik reageerde niet op tijd, Daria was sneller. Ze vloog op de vrouw af en rukte het meisje uit haar armen. De vrouw gilde. Het meisje schreeuwde. De hond begon te blaffen. Ik ging staan en sloop langzaam in de richting van de straat. Het was nu of nooit. De jongen zat gehurkt aan de rand van het grasveld met zijn rug naar het park en porde met zijn schoen tegen het asfalt.

'Zusjes kunnen soms irritant zijn,' fluisterde ik tegen hem.

Hij hoorde me en snotterde. Mijn eerste en laatste gesprek met hem was totaal anders dan ik had verwacht.

'Ja. Klopt. Alles moet altijd om haar draaien.'

'Dat zal toch niet?' zei ik, en het verbaasde me dat ik überhaupt in staat was te praten, en dat ik zo natuurlijk klonk. 'Dat komt alleen maar omdat zij jonger is. Jij bent net zo belangrijk.'

En voor mij het belangrijkst, maar dat zei ik niet hardop.

'Weet je, het is altijd beter om ongezien wraak te nemen. Anders kom je in de problemen.'

De hond in het park blafte nog steeds, het meisje huilde en ook de vader van het gezin verhief zijn stem. Ik hoorde gefluister, voorbijgangers draaiden hun hoofd om naar waar de geluiden vandaan kwamen en pakten hun telefoons tevoorschijn, en ik haalde mijn zonnebril uit mijn jaszak. Een oudere vrouw die vlak bij ons op straat was blijven staan wist zeker dat de hond het meisje had gebeten en vroeg of ze misschien de politie moest bellen. Ik knikte. Zo was het inderdaad gegaan.

'Maar ik geloof dat het meisje de hond eerst heeft geslagen,' zei ik. 'Waarschijnlijk niet voor het eerst.'

De jongen keek me stomverbaasd aan. Ik glimlachte tegen hem en liep het trapje af naar de straat. Ik moest ervoor zorgen rustig te lopen. Ik zou hier nooit meer terugkeren.

Langzamerhand werd ik gewaar dat ik op de hoek van mijn straat was aangekomen en naar het vertrouwde gebouw strompelde, en ik kon me niet herinneren hoe ik vanaf het park hier was beland. Ik dacht aan de jongen, aan mijn gesprekje met hem, en aan hoe ik op de treden van het stenen trapje naar de straat het gevoel had gehad dat ik vanuit de hoogte naar beneden werd geduwd. De trapstenen waren aan de kant gegaan, het asfalt was gescheurd, de grond onder mij was verdwenen en ik was gevallen. Het was hetzelfde gevoel als toen ik tussen een kier in de gordijnen van mijn werkkamer het levenloze lichaam van Viktor zag liggen, op de binnenplaats achter ons kantoor. De seconden duurden een eeuwigheid, en de vloer keerde pas terug onder mijn voeten toen ik besefte dat ik onmiddellijk moest vluchten. In eerste instantie wist ik niet hoe ik uit het gebouw kon wegkomen. Mijn werkkamer had alleen deuren die uitkwamen op de gang en op de receptieruimte. Ik hoorde hoe daar mensen heen en weer liepen. Het raam aan de straatzijde bood de oplossing. Het plan maakte dat mijn bloed weer begon te stromen; ik gooide mijn bontjas, mijn handtas en mijn schoenen naar buiten en klom er zelf achteraan, mijn buik beschermend. Nadat ik op de grond was geploft keek ik omhoog. Ik zag de gordijnen die in de tocht wapperden als engelenvleugels, maar geen enkele achtervolger. Zonder me iets aan te trekken van mijn enkel, die ik bij de sprong had verstuikt, liep ik naar het midden van de weg, waar ik een tegemoetkomende auto staande hield. Ik was destijds zo vindingrijk. Maar ik had dan ook geld, en een door geld ondersteunde ruggengraat, en een positie die me autoriteit verschafte. Maar toch. Ik vroeg de chauffeur van de rammelkast niet eens of hij me naar het vliegveld kon brengen. Ik beval hem dat te doen en smeet een bundeltje bankbiljetten op de bijrijdersstoel. De auto kwam onmiddellijk in beweging, en ik bond een sjaaltje om mijn enkel. Voordat ik mijn telefoon wegwierp stuurde ik een kort berichtje aan moeder, en heel even keek ik naar het zwijgende beeldscherm. Ik weet nog dat ik dacht: niemand durft een dode vrouw op te bellen, en dat was wat ik nu was. Ik begreep niet precies wat er was gebeurd op kantoor. Viktor had het leven verloren, dat besefte ik nog wel, maar verder niets. Ondanks alles handelde ik systematisch, en ik was verrassend goed voorbereid: ik had bij een van mijn informanten een tas staan voor het geval ik er halsoverkop vandoor moest, en ik gaf de chauffeur opdracht om daar langs te gaan.

Misschien besefte het meisje dat er iets mis was. Maar ze stelde geen vragen, liet mij in mijn koffer wroeten, waar ik de hooggehakte schoenen uit haalde en laarzen voor in de plaats stopte, evenals een nieuwe telefoon met simkaart. Ik legde die even aan een oplader en liep toen naar de chauffeur om te zeggen dat hij de reserveband die op de achterbank lag moest weggooien. Vanwege de gastank zou mijn bagage niet in de kofferbak passen. De man weigerde en leek al te betwijfelen of die hele trip genoeg zou opleveren. Ik gaf niet op. Er gingen pijnscheuten door mijn enkel, ik had hoofdpijn en mijn vlucht leek te stranden op een reserveband. Ik moest er bijna om lachen, om de absurditeit van alles. Toen zag ik dat de chauffeur een steelse blik op mijn jas van wolfsbont wierp, en ik fluisterde hem toe dat zijn vrouw er als een koningin zou uitzien in die mantel. Hij leek hetzelfde te denken. Dat gaf de doorslag, en uiteindelijk slaagde hij erin alles in de auto te proppen. Tijdens het oponthoud zag ik kans mijn ontsnapping nader te overdenken, en ik besloot koers te zetten naar Kiev. Jullie hadden de macht het vliegveld van Dnipro te sluiten als jullie dat wilden. Misschien hadden jullie dat al gedaan. Ik stelde de chauffeur nog meer dollars in het vooruitzicht en hij klaagde niet over de gewijzigde bestemming, ook al zou hij de hele nacht moeten doorrijden.

Onderweg stopten we bij een tankstation, hetzelfde waar jij en ik waren geweest voor mijn eerste ontmoeting met Lada Kravets. Nu was ik daar weer, maar ditmaal zat ik in het soort auto waar ik vroeger nooit zou zijn ingestapt, een auto die op gas reed en die ditmaal mijn leven zou redden. Ik luisterde naar de tank die werd gevuld, wat klonk als het gerommel van hongerige darmen – of nee, het was gereutel, en ik bedekte mijn oren terwijl ik mijn omgeving inspecteerde. De fooi die de pompbediende van de chauffeur kreeg leek uit beleefdheid te bestaan in plaats van uit dollars, en toen de chauffeur naar binnen liep om iets te knabbelen te halen, stapte ik uit om mijn benen te strekken. Ik controleerde of de auto gezegend was. Dat was het geval, en ik beschouwde dat als een goed voorteken. Ik boog me voorover om mijn koffer te openen en mijn jas van wolfsbont te ruilen voor een vestje van vossenbont. Ik dacht eraan dat ook ik moest eten, vanwege Olezjko, en liep achter de chauffeur aan de winkel van het tankstation binnen. Hij stond bij de balie op zijn bestelling te wachten en belde ondertussen met zijn vrouw. Zijn stem zoemde van tevredenheid en ik vermoedde dat de echtgenote weldra te weten zou komen wat voor geschenk de man mee naar huis zou brengen.

Toen ik terugliep naar de auto kwam er een horde zwerfhonden op me af gedraafd om eten te stelen. Ik stond al op het punt een van mijn broodjes naar de beesten te gooien toen een ervan het rechtstreeks uit mijn hand hapte. Ik deinsde terug, liet ook de rest van de etenswaar vallen en verstopte me op de achterbank van de auto. We hoorden niet thuis op dit tankstation, te midden van deze schurftige keffers, in deze van een gastank voorziene auto. Toch leek niemand zijn aandacht op mij, de auto of de chauffeur te richten, en dat was het belangrijkste. En ik huilde niet. We waren nog steeds in leven, Olezjko en ik, en we hadden nog steeds kans op een toekomst. Het was nog niet allemaal voorbij. Desondanks was het deze fase van de reis die ertoe leidde dat ik mijn zoon verloor. Mijn laatste reis van het hondenpark naar huis zou tot hetzelfde resultaat leiden, hoewel de situatie anders was, in een ander land. Maar jij hebt er geen behoefte aan over mijn ontsnapping te lezen. Die interesseert jou niet. Jij en Veles willen de moordenaar van Viktor en ik bezit geen andere valuta meer dan de identiteit van een schuldige.

Ik heb me jarenlang afgevraagd hoe ik jou zou vertellen over de dag waarop Viktor stierf. Je hebt de leugens van Daria en de weduwe gehoord, en geen van beide verhalen strookt met de waarheid. Wat wel klopt is dat we alle drie ter plaatse waren. Vlak voor zijn laatste ademtocht had Viktor een ontmoeting met mij, zijn vrouw en Daria.

Alles was nog in orde toen Lada Kravets een tijd boekte om over de volgende behandelronde te praten. Ze maakte de afspraak rechtstreeks met mij en deelde met een stem die overliep van trots mee dat ze samen met haar man zou komen. Ik maakte onmiddellijk mijn agenda leeg voor die dag en zei tegen de klusjesmannen dat ze moesten wegblijven, om te garanderen dat er een vredige sfeer hing op kantoor; de kersverse moeder zou namelijk op de cellen moeten vertrouwen die in stikstofcontainers werden bewaard, hoewel ze het net zo wilde doen als de voorgaande keer, toen er een succesvolle verse terugplaatsing was gedaan. Maar ik kon haar niet vertellen dat ik geen flauw idee had waar de door hen aanbeden eiceldonor uithing.

Toen het afgesproken tijdstip naderde werd ik nerveus. Ik zette een gevulde fruitschaal, Zwitserse chocola en tompoezen op tafel, en de Lomonosov-kopjes. Ik deed alles zelf; ik had het nodig kleine, eenvoudige karweitjes te doen die geen concentratie vereisten, en ik dacht aan de kloppende foetus die binnen in mij groeide. Ik verschoof de servetjes weer eens, zette de bordjes beter neer, maakte suikerwater voor mezelf in een kopje en vervloekte het feit dat ik vanwege mijn toestand mijn zenuwen niet met iets sterkers kon kalmeren. Toch voelde ik hoe het kobaltblauwe servies, dat ik van moeder had gekregen, mij kracht verschafte. Het was het enige echt persoonlijke dat ik in mijn werkkamer had, en het vergeet-me-nietjesmotief deed me denken aan iets wat ik niet precies onder woorden kon brengen. Misschien aan de tijd waarin voor ieder transparant deeltje van het servies hard moest worden gewerkt, relaties moesten worden geschapen en onderhouden. Wanneer ik het beenderporselein in mijn hand hield voelde ik me sterker: ik had het ver geschopt, ondanks alles. Ik had een auto, een woning, werk, eigen creditcards. Ik had een man, harttonen. Ik had een leven als een banket en had veel te verliezen. Ik was niet van plan ook maar iets te verliezen.

Een uur voordat de Kravetsen arriveerden stuurde jij een berichtje, waarin je bevestigde dat je de volgende dag 's avonds zou terugkeren in de stad. Je voelde je melancholiek, en ik ook, nog steeds. Ik mixte nog meer suikerwater, peinsde over wat ik zou aantrekken wanneer ik je ging ophalen en bladerde verstrooid door de lijst met cliënten, waar ik een echtpaar uit zou pikken dat precies behoeftig genoeg was. Veel van onze cliënten verkeerden in geldproblemen nadat ze hun spaargeld aan onze diensten hadden uitgegeven, en uit die groep mensen zou ik de wanhopigste kiezen om het door mij verzonnen verhaal aan mijn cheffin te vertellen. Ze zouden beweren dat Daria hun had aangeboden voor een gunstige prijs te doneren, en in ruil daarvoor zou ik hun een paar gratis behandelingen geven. Tegen mijn cheffin zou ik liegen dat Daria door mijn eigen nalatigheid de hand had weten te leggen op de contactgegevens van de echtparen. Een kleine blunder maakte mijn verzinsel alleen maar geloofwaardiger. Aleksei zou achter de voortvluchtige aan worden gestuurd en niemand zou die domme gans geloven, wat ze ook zou verzinnen om zichzelf te verdedigen. Naar het balkon ermee. Naar het dak van een flat. Mijn zorgen zouden voorbij zijn.

Precies om vier uur bracht de secretaresse de Kravetsen mijn kamer binnen, die als een pril verliefd stel oogden. Viktor en Lada gingen naast elkaar zitten; hun dijen raakten elkaar aan. De kersverse moeder had een gloeiende blos op haar wangen. Ze was vrouwelijker geworden, haar boezem was strak en haar decolleté diep, de veldzuringachtige broosheid was verdwenen. De sjaal om haar schouders gleed er steeds af en ze oogde niet langer alsof ze zich daaronder wilde verbergen. Ze droeg haar nieuwe centimeters met trots en straalde een nieuw soort kracht uit.

Viktor bewonderde mijn inmiddels gerenoveerde werkkamer. Nog even en het hele kantoor zou klaar zijn voor de verkoop.

'Ik ben trouwens bij ons nieuwe onderkomen in het Menorah-centrum wezen kijken,' zei ik. 'Het overtreft dit kantoor wel, zeg.'

'Mooi is het, hè?'

'Schitterend.'

Ik voelde wilde bewegingen in mijn baarmoeder. Ik dwong mezelf te glimlachen. Soms had ik het gevoel dat Olezjko wilde ontsnappen. Misschien was dat ook zo. Ik had jou nog niet verteld over ons kind, maar de risicovolle maanden waren al voorbij en ik wachtte tot je zou terugkeren in de stad. Ik was van plan het nieuws te onthullen wanneer we elkaar de volgende dag 's avonds zouden ontmoeten.

Ineens klopte de secretaresse op mijn deur, hoewel ik haar had verboden ons te storen. Geïrriteerd beende ik op haar af. Ze fluisterde dat ik bezoek had, iemand die mij met alle geweld wilde spreken. Zelfs mijn kwade gezicht maakte niet dat de secretaresse opduvelde.

‘Ga maar even,’ wuifde Viktor. ‘Wij hebben absoluut geen haast.’

Ik volgde de secretaresse naar de keuken, en pas toen ik daar was aangekomen werd me toegefluisterd om wie het ging. Ik moest steun zoeken bij de deurpost toen ik het hoorde. Ik kneep er hard in en keek naar mijn handen, die me heel even aan mijn moeder deden denken, zo bleek waren mijn vastklampende vingertoppen geworden.

‘Weet ze wie er momenteel in mijn werkkamer zitten?’

‘Ik denk het niet, ik heb in ieder geval niets gezegd,’ zei de secretaresse. ‘Daria is denk ik voor haar bonus gekomen. Die is nog niet betaald.’

Natuurlijk. Daar ging het om. Daria was eindelijk platzak. Mijn angst veranderde in opluchting. Ik hoefde Daria er niet in te luizen. In tegenstelling tot wat ik had gedacht voelde ze zich niet te goed voor geld. Ze zei er dus toch geen nee tegen. De winterzon sprenkelde gezegende olie naar binnen en ik had zin om die in mijn handen op te vangen. Ik zou haar de spelletjes die ze had gespeeld vergeven, zou genadig zijn, omdat ik me dat nu kon veroorloven. Ik zou dit overleven. We zouden het echt overleven.

‘Breng haar naar de keuken. Vraag de bewaker om hulp en zeg tegen Daria dat ze moet wachten, anders ziet ze geen cent. Begrepen?’

De secretaresse herhaalde mijn woorden. Ik keek naar haar gezichtsuitdrukking. Ze leek de opdracht te begrijpen en ik stuurde haar terug naar de receptie. Ik durfde me niet voor te stellen wat er zou gebeuren als Daria ook maar een glimp van Viktor Kravets zou opvangen en hem identificeerde als de zoon van de man van Donetsk. Maar dat zou niet gebeuren.

Ik liep terug naar mijn werkkamer als was dat een koninkrijk dat ik zojuist had herwonnen, en beantwoordde Lada Kravets’ glimlach met een ongedwongenheid die ik sindsdien niet meer heb ervaren. Ze zat in haar eentje op mij te wachten, want Viktor was naar buiten gegaan om een sigaret te roken nadat hij een belangrijk telefoontje had gekregen. Ik knikte goedkeurend om Lada's poging de kersverse vader te leren dat hij buiten moest roken nu hij een kind had, en ging op mijn stoel zitten, die in een troonzetel was veranderd. Ik voelde me een overwinnaar die haar lot kon buigen als was het een aluminiumlepel.

Hoewel de binnenplaats van het kantoor omheind was, dwaalde er wel eens een hond of kat het terrein op, en daarom dacht ik meteen dat het om een zwerfhond ging toen Lada's en mijn theekransje werd onderbroken door een gil die van buiten kwam, gevolgd door een dreun. Het kwam van de achterkant van het gebouw, stelde ik vast.

'Wat was dat?' Lada Kravets keek me aan; ik kreeg ineens de koude rillingen en het leek of mijn benen zich vulden met cement. Ik kon niet voorkomen dat Lada naar het raam sprintte. Ze wierp een blik naar buiten en rende toen in de richting van de receptie, en er kwam een vreemd gejank uit haar mond, dat luider werd toen ze de achterdeur had bereikt. Ik hoorde hoe ze probeerde die open te rukken. Hij was op slot, wie had dat nou gedaan?

Langzaam kwam ik overeind. Voordat ik kon zien wat er buiten aan de hand was, stormde Lada Kravets mijn kamer weer binnen; ze duwde me aan de kant en begon aan het raam te sjorren. Ik keek naar beneden. Er was thee op mijn jurk gespat. Mijn lievelingskopje lag in scherven op de grond. Mijn hand bevond zich nog in dezelfde houding als eerder, hield het kopje vast dat ik had laten vallen. Mijn vingertoppen leken op marmer, net zo doods. Toch dwong ik ze een vuist te maken, en ik duwde de wapperende vitrage aan de kant om te zien hoe Lada Kravets, die uit het raam was geklommen, struikelend naar haar op de grond liggende man rende. Daria hield een stroomkabel vast. Dezelfde kabel die boven de achterdeur had gebungeld. Op de sneeuw was bloed te zien. De betonnen vuilnisbak was omgevallen. Als ik het goed zag, zaten daar ook vlekken op. Alsof het hoofd van de man ertegenaan was gegooid. Ik weet niet waarom het voelde alsof het zo was gebeurd. Zo was het gebeurd. Niet alsof.

Viktor bewoog zich niet. Lada nam binnen een tel een besluit, pakte Daria bij de schouders en sloeg een arm om haar heen. Ik dacht eerst dat ze Daria te lijf ging, totdat ik haar heldere woorden hoorde – *grijp de moordenaar, grijp de moordenaar* – en het geloei dat daarop volgde. Lada Kravets wees op mij en haar geloei leek haar groter te maken en haar stem had een stalen klank. Ze leek op het standbeeld van Moeder Moederland, met het zwaard op mij gericht en Daria's hoofd als het schild. De achterdeur was inmiddels geopend, ook de bewaker, die God wist waar had uitgehangen, kwam aangestormd, en de mensen die de binnenplaats op waren gedrongen probeerden te bevatten wat er was gebeurd. Stuk voor stuk draaiden ze hun hoofd, om dezelfde kant op te kijken als Lada: naar mij. Ik leunde nog steeds tegen het kozijn, mijn bloedsomloop was tot stilstand gekomen. Niemand keek naar Daria, die weer bij zinnen leek te komen en glimlachte. Ze glimlachte naar mij en dat maakte dat ik in actie kwam.

Ik deed de deur van mijn werkkamer op slot en schopte mijn hoge hakken uit. Ze zouden nog even tijd nodig hebben. Iemand moest een ambulance bellen, Viktor onderzoeken en dan checken hoe de vrouwen die op de binnenplaats stonden te jammeren het maakten. Pas daarna zou iemand op het idee komen achter mij aan te gaan. Ik opende het raam aan de straatzijde en bereidde me voor op de sprong.

Ik herinner me ieder detail van die dag, zelfs de lijst met vertrekkende vluchten die van het scherm van mijn nieuwe telefoon straalde, de bestemming van iedere vlucht, en het feit dat alle bestemmingen onhaalbaar leken: alle Oekraïense maatschappijen die vanaf het vliegveld van Kiev vertrokken waren in het bezit van Viktors goede vriend Vekselberg. Uiteindelijk zag ik ook andere maatschappijen staan, maar ik herinner me de wanhoop die ik voelde toen alle wegen dood leken te lopen. Hetzelfde gevoel drong zich op toen Daria in Helsinki opdook.

Ik had het eerder moeten doorgronden. Misschien liet het besef op zich wachten doordat ik in Oekraïne in slaap was gesust door een leven waarin het geld aan de bomen groeide. In de auto met de gastank besefte ik dat mijn eigen vermogen in no time zou opraken. Hoe waren Daria en al haar familieleden er dan in geslaagd zich zo lang verborgen te houden? Ze moesten hulp hebben gehad.

Ineens wist ik het heel zeker.

Dat was de reden dat ik de Sokolovs niet had gevonden.

Daarom hadden ze het geld gehad om te vluchten.

Ik was nooit hun doelwit geweest, Viktor was dat.

Ik moest erkennen dat het een geniaal plan was. De mannen die Daria's woning waren binnengedrongen hadden van haar een kogel gemaakt die traag en trefzeker op Viktor afvloog. Niemand zou haar motieven in twijfel trekken. Alleen al door haar familieachtergrond had ze reden om hem te haten. Maar bovenal was ze een eiceldonor, en donoren die van het padje raakten waren er meer dan genoeg. Niemand zou vermoeden dat er bij Viktors dood op de achtergrond andere oorzaken meespeelden dan de geestelijke ontwrichting van een doorgedraaide vrouw.

Zonder Lada zou Daria nu in de gevangenis zitten.

Als je het geduld zou kunnen opbrengen om mij toe te staan te vertellen wie Viktor heeft vermoord, zou je de mensen kunnen zoeken die de informatie over de Kravetsen ontvingen. Je zou Daria kunnen dwingen over de indringers te vertellen, hun fysieke kenmerken door te geven. De Sokolovs moesten iets over hen weten, want het gezin was met hun hulp ondergedoken. Jij zou van alle vijanden de echte kunnen opsporen, degene die slimmer was dan wij allemaal. Zou dat je baas niet meer behagen dan wat dan ook? Zou het voldoende zijn om mijn vrijheid te kopen?

Ik klopte op de deur van Daria's hotelkamer. Niemand deed open. Ik had geen idee in wat voor toestand ik haar zou aantreffen, als ze al in haar kamer was, en pakte de sleutelkaart die ik had gejat uit mijn zak. Een paar uur eerder had ik een nijdig berichtje van haar gekregen, waarin ze zich afvroeg waar ik hem naartoe was gesmeerd vanuit het hondenpark. Ze maakte geen melding van de confrontatie met Aino's ouders, en schreef ook niet hoe die was afgelopen. Stel dat ze zichzelf van het leven had beroofd. Stel dat mijn problemen waren opgelost. Ik pakte de deurkruk vast en heel even schoot me ook de mogelijkheid door het hoofd dat jij daar op mij zou zitten te wachten, te midden van muffe handdoeken en door wanhoop besmeurde wijnglazen, en ik voelde een steek in mijn borst, alsof er een eikenhouten staak in was geramd die zich bewoog.

Daria lag uitgeteld tussen de rimpelige en in elkaar gewikkelde lakens en gaf geen kik toen ik haar in de zij porde. Maar ze leefde wel. Ik beheerste mezelf, zette de tas met kleren die ik voor haar had meegenomen naast het bed en stopte de lege flessen in de prullenbak. Die waren het enige wat verried hoe ze het incident in het park had opgenomen, en ik besloot van de gelegenheid gebruik te maken. Meteen was ik zo alert als een soldaat. Hoewel ik haar spullen al eerder had doorzocht, zou ik dat nog een keer doen, met andere ogen, want ik wist nu meer en er was nog maar weinig tijd om naar bewijsmateriaal te zoeken. Thuis had ik het paspoort gecontroleerd dat Ivan voor jou had geregeld. Dat was nog steeds geldig.

Ik begon de inhoud van Daria's portemonnee te tellen en keek haar creditcards door. Als zich een gunstig moment voordeed zou ik alles jatten en dat was alvast iets, maar de koffer die geopend op de grond stond had niets interessants te bieden. Stickers van eerdere vliegreizen die ze had gemaakt onthulden dat ze ijverig onderweg was geweest met lowbudgetmaatschappijen, en haar internationale paspoort stond vol stempels. Op de bodem van de koffer lagen zandkorrels, alsof daar schoenen zonder bescherming hadden gelegen, sliertjes tabak en een versleten zakje zonnebloempitten van het merk Semki. Ik schudde er een handvol uit, knakte de pitten tussen mijn tanden en liep naar de schrijftafel. Die lag vol met nieuwe papieren. Op een kaart van Helsinki was ons ochtendlijke wandelrondje aangegeven: het hondenpark, het huis van het gezin, de plaatsen waar de ouders werkten, de school van de kinderen, de markthal, de buurtwinkel. De roosters van het gezin waren op notitiebriefjes van het hotel genoteerd, en daar stonden ook telefoonnummers van de school en de leerkrachten op, alsmede cijfercombinaties die aan deurcodes deden denken. Misschien had Daria van alle kinderen speciaal Aino gekozen omdat ze hier, in Helsinki, een hulpje had, iemand die de taal sprak ook nog. Misschien was dat de enige reden dat ze mij nog niet had verklikt aan de agentuur of de Kravetsen. Want het was duidelijk dat ze wel wrok jegens mij koesterde.

Mijn hoop om kaarten te vinden waarop de routes van de Kravetsen stonden was vergeefs, en ik vond geen handgeschreven notities, niets wat kon bewijzen dat het Daria was geweest die de kinderen van Lada Kravets had gestalkt. Ik pakte Daria's telefoon en ontgrendelde die met haar duim. De fotogalerij was leeggemaakt, met uitzondering van de kiekjes van Aino. Ik besloot niet op te geven.

Ik smeet het zakje zonnebloempitten op de grond en begaf me naar de badkamer. Op de drempel hield ik mijn adem in. Ik was niet gewend aan de mengelmoes van geuren die Daria voor elkaar had gekregen. Alles was op een of andere manier plakkerig. Dopjes met een schroefdraad zaten vol stof en haren. Uit een met tandpastaspetters bedekte en naar valeriaan stinkende toilettas stak een stoffig ruikende borstel waarvan de pennen bedekt waren met blonde haren. Rond de steel van de tandenborstel zat opgedroogde tandpasta, en de haren waaierden uiteen. Naast de wasbak stonden plastic zakjes, mat geworden van slijtage, waarin naar de geur te bepalen in ieder geval thee van berkenweerschijnzwam zat. Zware pijnstillers, Pentalgin. Had ze misschien rugklachten? Sommige donoren kregen daar last van. Maar Daria leek zich moeiteloos te bewegen, met het oog op haar toestand. Kanker? Misschien. Ook dat kwam voor.

Terwijl ik de toilettas doorzocht raakte mijn vinger iets kleverigs aan. Ik trok mijn hand terug. Een bolletje propolis rolde tevoorschijn en viel op de grond. Ik waste een van de glazen uit met zeep en dronk een glas kraanwater. Het bolletje lag nog steeds naar me te loeren. Ook in mijn familie geloofde men in de kracht van propolis; moeder en tante kauwden daarop bij ieder ongemak dat je kon bedenken, maar hier zag het er alleen maar uit als ontlasting. Dit was de verkeerde plek ervoor, de verkeerde plek voor mij, voor mijn leven, en tussen Daria's spullen zat niets wat mij verder hielp. Ik pakte het bolletje was op met een papieren zakdoekje, gooide dat in de prullenbak en liet daarbij per ongeluk de haarborstel op de grond vallen. Ik plukte er wat blonde haren uit. Korte haren. Heel kort. Daria's haar was nu donker. Ik liep terug de kamer in en trok aan Daria's bobkapsel. Het bewoog zich niet, maar ik kon wel een pruikennetje zien zitten. Ik durfde niet harder te trekken. De pruik was echt en van goede, Indiase kwaliteit. Misschien nam ze de Pentalgin daadwerkelijk in verband met kanker. Als dat zo was, had ze het aan zichzelf te danken. Dat kreeg je ervan als je niet op tijd stopte. Als je doorging. Degenen die dom waren gingen door met doneren. Dom en hebzuchtig. Daria's eventuele gezondheidsproblemen lieten mij koud. Maar iets klopte er gewoon niet. Als ze het geld had om zich met een pruik van vele duizenden euro's te vermommen, waarom kleedde ze zich dan zo haveloos? Toen begreep ik het. Het maakte haar niet uit waar ze haar geld aan verkwistte. Ze gaf niet om haar verkoopwaarde. Ze had niemand wiens blik belangrijk voor haar was, ze was alleen, net als ik. Het besef was heel even voelbaar, voelde als de prik van een pincet, meer niet.

Ik stopte de borstel terug in de toilettas en toen zag ik het potje vitaminen dat in een hoekje zat weggestopt, vitaminen voor aanstaande moeders. Ik wierp een blik op de uiterste gebruiksdatum. Ondanks het versleten uiterlijk was het nog heel nieuw. De helft van de pillen was ingenomen. Ik pakte de koortsthermometer die uit de toilettas stak en schudde hem uiteindelijk helemaal leeg op de tafel. Te midden van de rommel piepte het hoekje van een verscheurd doosje tevoorschijn. Dat merk zou ik overal herkennen. Was Daria zwanger geweest? Had ze een kind gewild maar was dat niet gelukt? Was dat de reden dat ze achter haar cliënten aan was gegaan?

'Hoe ben jij binnengekomen?'

Daria was wakker geworden en strekte zich uit op het bed.

'Je had een van je sleutelkaarten op de trap bij het park laten vallen,' zei ik terwijl ik met vaardige bewegingen de vloer begon te dweilen met huishouddoeken die ik van huis had meegebracht. Mijn leugen werd geslikt, of anders dacht Daria er niet lang genoeg over na omdat ze door mijn woorden aan Aino's kleren moest denken. Die waren in de consternatie in het park achtergebleven. Morgen zouden we opnieuw moeten gaan winkelen.

'Ik ben hartstikke blij dat je er bent,' verzuchtte ze, en ze hield mijn bezigheden een tijdje in de gaten. 'Is dat geen karweitje voor het personeel?'

'We mogen geen sporen van onszelf achterlaten hier.'

'Verstandig,' zei Daria, waarna ze over Aino begon te babbelen alsof ze een gemeenschappelijke toekomst had met haar.

Aan de deur hing nog steeds het 'niet storen'-bordje, en heel even was ik geïrriteerd. Het laatste wat ik had willen opruimen was de troep van die domme gans. De kraan in de badkamer druppelde als een klok. Ik deed mijn oren dicht en dacht tijdens het schoonmaken aan het leven van de jongen van het hondenpark. Toen ik klaar was ging ik op de rand van het bed zitten, en ik hield Daria even in de gaten, die inmiddels voldoende leek te zijn opgeklaard. De kleren die bij de schermutseling besmeurd waren geraakt zou ik inpakken en naar de vuilcontainer brengen. Ik trok aan Daria's blouse totdat ze gehoorzaamde en zich uit de mouwen wentelde en wurmde. Er klonk gerinkel. Een ring, smal en van goud, die in een zakje van de blouse had gezeten rolde over de vloer. Ik graaide hem weg voordat Daria dat kon doen. Ik kreeg een heldere ingeving. De vitaminen, de koortsthermometer, het doosje met de zwangerschapstest. Was mijn vermoeden juist? Als ze geen kinderen kreeg, dan was dat niet onze schuld maar die van haarzelf, met dat gewicht, met die levensstijl. Ze wist net zo goed als ik welke factoren van invloed waren op de vruchtbaarheid.

'Wanneer heeft die man jou verlaten?' vroeg ik.

'Wist je dat er in Engeland heel veel stellen zijn die hun eigen behandeling financieren door te doneren? Ze geven andere mensen de ene baby na de andere en toch kan hun eigen kinderkamer leeg blijven.'

Daria strekte haar hand uit. Ze wilde de ring. Ik liet hem op haar handpalm vallen. Waarom had ik Ivan goddomme nog aan toe gebeld? Ik had het hele gedoe zonder hulp van anderen kunnen afhandelen. Stellen die als gevolg van kinderloosheid uit elkaar gingen waren een probleem waar ik bekend mee was, en ik kon als geen ander aan de juiste touwtjes trekken. Ik vroeg me niet langer af wat er met Daria aan de hand was. Misschien had ze endometriose, misschien een cysteuze eierstok, misschien iets anders. Of misschien lag het defect bij de man. Als ik er meer over te weten kwam, kon ik Daria misschien helpen met een oplossing. Dan zou ze Aino en Väinö met rust laten en zich op haar eigen gezin richten. Toen bedacht ik dat ik nooit meer zou kunnen terugkeren naar het hondenpark.

'Heb jij je dan nooit afgevraagd hoe een leven samen met je zoon zou zijn?' vroeg Daria.

'Pardon?'

'We zouden hem ook kunnen meenemen, er met zijn vieren vandoor gaan. Wat vind je ervan?'

Ik wilde ja zeggen. Wat wilde ik dat graag, en heel even dacht ik erover na. Maar ik wist wat een in Finland opgegroeide jongen van het Donetsbekken zou vinden.

Ik checkte op de sociale media of de vrouw van het hondenpark iets had geschreven over het incident met Daria. Er waren geen updates. In plaats daarvan viel mijn oog op een foto van een paar dagen geleden. Ik liet die op mijn telefoon aan Daria zien, die naast het bed voor zich uit zat te staren. De vrouw had herinneringen aan de vorige zomer gedeeld met haar volgers, als aperitiefje voor het naderende vakantieseizoen. Een typisch kiekje van vakantietenen: gesuikerde benen, gepedicuurde nagels, zacht gepolijste hielen en een boek ernaast als bewijs van intellectualisme.

'Kijk nou,' zei ik. 'Dit is waar wij naar moeten streven. Je moet je vermannen, een voorbeeld zijn voor Aino.'

Daria wendde haar hoofd af. Ik vergrootte de foto van de hiel. Geen scheuren, geen droge huid, niet het minste teken van eelt, geen schuurplekken door de verkeerde maat schoenen. De lijnen in de voetzool waren zo ondiep dat er niet eens zand in zou blijven steken.

Ik pakte Daria's hoofd vast en draaide dat met geweld naar de spiegel. Dat was het enige voorwerp in de kamer dat ze nog niet had weten te besmeuren, en hij was genadeloos. Haar oogleden waren gezwollen en in overrijpe vruchten veranderd, en uit haar ooghoeken stroomde traanvocht, dat zou opdrogen op haar wimpers. Aan haar blik kon ik zien dat ze begreep wat ik bedoelde: ze leek wel een zwerver.

'Je trekt de aandacht, te veel aandacht. Door je gedrag in het park is het alleen maar moeilijker geworden je plan uit te voeren. Hoe denk je dat je Aino kunt meekrijgen na dit alles? Ze is nu immers bang voor jou.'

Het superieure sarcasme dat vanaf onze eerste ontmoeting op haar gezicht had gelegen, was verdwenen. Dat kon ik begrijpen. Aino zat niet bij haar op schoot maar bij de vrouw.

'Jij wist wat voor klerewijf dat mens was, en toch veinsde je dat ze een geweldige moeder zou worden.'

'Is ze dat dan niet? Het kind heeft een hond, hobby's, dure kleren, goed verdienende ouders, wat wil je nog meer? Ruimtevluchten, de maan?'

Daria trok haar neus op. Ik wilde niet weten wat voor indruk ze had gewekt toen ze via de receptie van het hotel naar de lift liep. De boulevardkranten zouden met grote koppen verhalen over de commotie die een verwarde Slavische vrouw in het hondenpark had veroorzaakt, en de kans bestond dat iemand haar zou herkennen op de foto's die door lezers naar de bladen waren gestuurd. Alleen al uit de scheldwoorden die ze in het park had geschreeuwd had het gezin kunnen afleiden dat de belager geen autochtoon was, en inmiddels moesten de ouders wel beseffen om wie het ging. Het zou even duren voordat men van de schrik was bekomen, voordat alles met de politie was afgewikkeld, de hond was verdedigd, de kinderen getroost en de tranen gehuild. Uiteindelijk zouden ze beseffen wat het incident in het park te betekenen had.

'We moeten hier weg,' zei ik. 'Die vrouw gaat aangifte van mishandeling doen tegen jou.'

'Ze weet niet wie ik ben.'

'Natuurlijk weet ze dat nu.'

Daria snoof. Niets leek haar geloof in haar eigen onzichtbaarheid te laten wankelen. Toen bedacht ze iets, en ze fleurde op.

'Zullen we Aino eerst meenemen naar jullie?'

Naar ons. Natuurlijk. Thuis zou ik een bekentenis aan haar ontfutselen en die vastleggen. En daarna, wat dan? Jij zei ooit dat de schedel van een mens op een eierschaal lijkt: je kunt hem met ieder willekeurig voorwerp dat je kunt vastpakken splijten. Ik maak het allemaal makkelijk voor je.

Ik gaf Daria opdracht een boodschappenlijst te maken terwijl ik de schoonmaak afrondde. Ze reageerde enthousiast op het idee en checkte de sociale media voor Aino's favoriete eten. Toen ze een foto vond van de vader tijdens het boodschappen doen liet ze me die zien. Hij was een goede vader, precies zoals ik Daria had verzekerd, en in vele opzichten progressief. Hij deed het merendeel van de inkopen, kookte graag en deed de was. Maar Daria's plannen veranderden er niet door.

'Moeten we misschien ook iets voor jouw zoon kopen?'

Ze had datzelfde trucje al vele malen uitgehaald en iedere keer weer had ik veel zin gehad haar te slaan. Ik deed het niet. Een kussen. Daarmee zou het snel gaan. Maar nog niet, niet hier.

'Heb je ze echt nog nooit zien ruziemaken?' vroeg ze terwijl ze nog steeds door foto's van de ouders browsete.

'Nee, nooit.'

'Goeie toneelspelers,' zei ze bot.

Ik sprak haar niet tegen. Hoewel de airco zijn best deed kon ik nog steeds het braaksel, de gal en de drank ruiken, het feesten zonder feest. Toch begon het er al een beetje toonbaar uit te zien. In de aangrenzende kamer klonk gestommel van mensen. Kleerhangers die tegen de wand van de kast botsten. Ze hadden een kind dat in de kamer rondjes begon te rennen, en een baby die op het punt stond te gaan huilen. Ik wist niet hoe Daria daarop zou reageren. Niet goed, waarschijnlijk.

'Waarom ben je godverdomme doorgegaan met doneren?' barstte ik uit.

'Voor het geld, waarvoor anders,' zei Daria verbaasd. 'Ik ben gestopt toen ik genoeg had voor een redelijk goed leven. Aino komt niets tekort bij mij.'

Ik stak mijn hand op. Ik zou ophouden met debatteren. Ik moest de indruk wekken een sympathieke assistente te zijn die vrolijk babbelend samen met Daria het hotel verliet, en ik zei tegen haar dat ze iets schoons moest aantrekken. Ik haalde de blouses en rokken tevoorschijn die ik voor haar had meegebracht. Het was niet veel bijzonders, maar in ieder geval keurig.

'Ga nou iets passen. Zodat Aino zich niet hoeft te schamen.'

'Komt voor mekaar,' zei Daria terwijl ze naar de badkamer slofte met de stapel kleren op haar arm. Ze gehoorzaamde, nam een douche. Dat was alvast iets. De baby in de aangrenzende kamer barstte in huilen uit, ik wierp een blik op mijn horloge. Mijn pols was kaal. Ik bevoelde mijn zakken. Ook daar zat moeders klokje niet in. Ik stak mijn hand in een zak met een gat erin. Het horloge had er waar dan ook uit kunnen vallen. Hopelijk niet hier in de kamer. Ik tastte de hele vloer af en voelde tussen de kussens, maar vond niets. Misschien was het voorgoed verdwenen. Ik zou het nooit meer opwinden, en om een of andere reden wankelde mijn vastberadenheid even bij die gedachte.

'En, wat vind je?'

Daria was ongemerkt de badkamer uit geslopen. Ze hield haar handen voor zich alsof ze naakt was en zichzelf probeerde te bedekken. Ik nam haar op met mijn blik, langdurig. Dit was mijn moment om in ieder geval íets terug te geven van het leed dat ze mij berokkende. Ik beheerste me.

‘’t Moet maar.’

Een glimlach lichtte haar gezicht op en ze durfde voor de spiegel te gaan staan.

‘Zullen we gaan?’

Ik stak mijn hand uit, pakte het pakje koekjes en liet dat in mijn boodschappenmandje vallen. Dat ging verrassend makkelijk en voelde goed. Naast mij zat een andere immigrant gehurkt het assortiment in het onderste schap te bekijken, maar ik stond, kaarsrecht als de vrouw van het hondenpark. Een vluchtig moment voelde ik me bijna een lokale bewoner, iemand die niet hoefde te bukken voor de goedkopere producten op de onderste plank. In gedachten maakte ik een berekening: dat gevoel was goud waard. Dat is wat ik zou betalen voor het feit dat ik me een paar seconden had ingebeeld Väinö's moeder te zijn. Ik liet het pakje koekjes in mijn mandje liggen. Het kreeg gezelschap van een zakje grutten.

'Ik wil een mannaschotel maken voor Aino,' zei Daria.

'Misschien vindt ze dat niet lekker.'

'We zullen zien. Dat was mijn favoriete eten toen ik klein was, en kinderen vinden het leuk om samen met hun ouders te koken. Wat zou Aino verder nog willen?'

Ik glimlachte vriendelijk om Daria's stompzinnige plannen.

'IJs?'

Daria zette koers naar de diepvriesafdeling.

'Wat denk je? Zou dit iets zijn?'

De fatsoenlijke maaltijd die ze had gegeten had haar goedgedaan, evenals de schone kleren. De vitaminen die ik had gekocht hadden haar goedkeuring kunnen wegdragen. Maar over de man die haar had verlaten had ze desondanks niets willen vertellen. Toch was dit een veelbelovend begin, Daria volgde mijn instructies. Als mijn plannen slaagden, zou het gezin van het hondenpark alles mogen houden wat het bezat, een leven waarin de gezinsleden voor niemand hoefden te buigen, zelfs niet bij het boodschappen doen. Volgende week zou Väinö met zijn ouders in deze zelfde winkel zijn, de vader zou een uitpuilende winkelwagen duwen, de moeder zou een pakje mueslirepen uit ditzelfde schap pakken, en geen van hen zou vermoeden aan welk onheil ze zojuist waren ontsnapt doordat ik hun paradijs en de jeugd van mijn zoon had gered. Ik zou zijn geheime goede fee zijn.

'Een van onze artsen is naar Finland verhuisd voor haar werk,' zei ik. 'Zij zou jou kunnen onderzoeken. We kunnen samen bij haar op consult gaan. Meteen desnoods.'

'Ik heb genoeg van witte jassen.'

'Dat zeggen alle cliënten wanneer ze bij ons komen, en daar zaten echt hopeloze gevallen tussen, velen ouder dan zestig. Moet je nagaan, jij bent pas...'

'Chocola of iets anders?' vroeg Daria terwijl ze naar de schappen met snoepgoed beende.

Zelf zou ik het aanbod onmiddellijk hebben aangenomen als ik haar was geweest. Maar dat was ik niet. Toch was ik van plan mijn uiterste best te doen. Soms was een klein scheurtje voldoende. Als ze ervan overtuigd zou raken dat ik haar zwanger kon krijgen, zou ze daar alles voor overhebben, en dan zou ze bereid zijn voor mijn expertise de prijs te betalen die ik verlangde: een bekentenis. Ik moest alleen maar een vonkje veroorzaken en blazen tot het ontvlamde.

Ik volgde Daria, die bezig was een nieuwe potpourri van lekkernijen samen te stellen. Ze keek zelfs niet naar de rij goedkopere chocola in het onderste schap. Bij de kassa's werden streepjescodes gelezen in het vrijdagavondritme. Het voortdurende gepiep gaf me hoofdpijn. Aan de andere kant van het rek gilde een kind dat allang in bed had moeten liggen. Ik liet Daria in alle rust begaan, probeerde haar niet op te jagen.

'Je wordt een fantastische moeder,' zei ik.

Ze glimlachte, een glimlach waar je voor had willen betalen. Zodra ik een bekentenis aan haar had ontfutseld zou ik met haar doen wat ik moest doen, ik zou haar geld en creditcard afpakken en haar laten wegrotten in mijn woning. Ze zou nooit meer het leven van mijn kind bedreigen. Iets anders kon ik mijn zoon niet geven, nooit.

Ik kon je geur in de gang al ruiken. Ik rook je geur in de lucht, die mijn huis geëlektrificeerd had als op de vooravond van een groot feest, en ik wist al voordat ik de keuken binnenstapte dat er op het aanrecht een kopje zou staan dat ik daar niet had achtergelaten. Af en toe paste je oude KGB-trucjes toe. Die waren volgens jou effectiever en goedkoper dan wapengekletter. Naar het scheen kwam de boodschap altijd aan.

Ik was aan de late kant.

'Kleiner dan ik dacht,' zei Daria terwijl ze rechtstreeks de slaapkamer in liep. 'Heb je niet eens een woonkamer?'

Het uitzicht dat zich aan de andere kant van het raam ontvouwde ontlokte een tongklik bij haar, en op het glas bleef een vettige vlek achter van haar hand. Wat mij betreft was het uitzicht prima. Daria vond duidelijk van niet. Haar kritische blik ging over mijn meubels, mijn gordijnen, mijn vloerkleden, en elk gebaar waarmee ze mijn spullen afdeed als vuilnis vertelde mij dat ze zich heel goed herinnerde wat ik ooit was geweest. Op iedere andere dag zou ik me hebben geschaamd.

'We moeten bedenken hoe we ervoor kunnen zorgen dat Aino het hier naar haar zin heeft de eerste tijd. Of kunnen we beter morgen al een auto kopen en maandag meteen gaan rijden? Aino doet vast geen oog dicht op een plek als deze.'

'Ik ga theezetten,' zei ik, en ik liet Daria alleen zodat ze nog meer kritiek op mijn appartement kon leveren.

Ik sloot mijn ogen toen ik over de drempel van de keuken

stapte. Ik was bang dat ik me had vergist, zoals ik al zo vaak had gedaan. Zo vaak al had ik een volslagen vreemde heel even voor jou aangezien. Ik zocht jou in mensenmassa's, in bussen tijdens het spitsuur, op het treinstation. De vertrouwde geur van aftershave kon me heel even terug in het verleden werpen, en ik werd bang als ik meende jouw rug te herkennen. Ik was altijd teleurgesteld wanneer ik besefte dat ik me had vergist. Maar ditmaal had ik dat niet. Het kopje stond op het aanrecht. Ik drukte mijn lippen ertegenaan en rook een zwakke geur van koffie. Ik raakte de nog warme zijkant van het koffiezetapparaat aan. Ik haalde diep adem en wierp een blik uit het raam, waar de gloed van de ondergaande zon net bezig was te verdwijnen. Buiten was niets afwijkends te zien. Jij stond niet op straat, er hingen geen onbekende mannen rond, de auto's op de parkeerplaats behoorden de bewoners toe. Toch was je in mijn woning geweest. Je was al dichtbij. Je was al hier.

Ik ging met het kopje in mijn hand op de vensterbank zitten en opende het raam. Ik keek naar mijn vingers en die tintelden niet; de vingertoppen gloeiden. Ik haalde rustig adem. Ik was niet bang. Ik zou niet op de vlucht slaan. Ik zou niet gillen. Ik zou alleen maar diep en langzaam ademhalen.